2017年度国家社科基金青年项目

"中国古典文学在西班牙语世界的传播研究"(17czw038)

中华译学倡立传字与

以中华为根 译与学并重
弘扬优秀文化 促进中外交流
拓展精神疆域 驱动思想创新

丁酉年冬月许钧撰 罗卫东书

"十四五"时期国家重点出版物出版专项规划项目

中华译学馆·中华翻译研究文库

许 钧 ◎总主编

中国古典文学
在西班牙语世界的
翻译与传播

李翠蓉 ◎ 著

ZHEJIANG UNIVERSITY PRESS
浙江大学出版社
·杭州·

图书在版编目（CIP）数据

中国古典文学在西班牙语世界的翻译与传播 / 李翠
蓉著. --杭州：浙江大学出版社，2024.10
（中华翻译研究文库 / 许钧总主编）
ISBN 978-7-308-23983-7

Ⅰ．①中…　Ⅱ．①李…　Ⅲ．①中国文学－古典文学－
西班牙语－文学翻译－研究　Ⅳ．①I206.2②H345.9

中国国家版本馆 CIP 数据核字(2024)第 024010 号

中華譯學館

莫言題

中国古典文学在西班牙语世界的翻译与传播
李翠蓉　　著

出 品 人　褚超孚
丛书策划　陈　洁　包灵灵
责任编辑　包灵灵
责任校对　杨诗怡
封面设计　程　晨
出版发行　浙江大学出版社
　　　　　（杭州市天目山路 148 号　邮政编码 310007）
　　　　　（网址：http://www.zjupress.com）
排　　版　浙江大千时代文化传媒有限公司
印　　刷　杭州高腾印务有限公司
开　　本　710mm×1000mm　1/16
印　　张　20.25
字　　数　340 千
版 印 次　2024 年 10 月第 1 版　2024 年 10 月第 1 次印刷
书　　号　ISBN 978-7-308-23983-7
定　　价　88.00 元

总　序

改革开放前后的一个时期,中国译界学人对翻译的思考大多基于对中国历史上出现的数次翻译高潮的考量与探讨。简言之,主要是对佛学译介、西学东渐与文学译介的主体、活动及结果的探索。

20 世纪 80 年代兴起的文化转向,让我们不断拓宽视野,对影响译介活动的诸要素及翻译之为有了更加深入的认识。考察一国以往翻译之活动,必与该国的文化语境、民族兴亡和社会发展等诸维度相联系。三十多年来,国内译学界对清末民初的西学东渐与"五四"前后的文学译介的研究已取得相当丰硕的成果。但进入 21 世纪以来,随着中国国力的增强,中国的影响力不断扩大,中西古今关系发生了变化,其态势从总体上看,可以说与"五四"前后的情形完全相反:中西古今关系之变化在一定意义上,可以说是根本性的变化。在民族复兴的语境中,新世纪的中西关系,出现了以"中国文化走向世界"诉求中的文化自觉与文化输出为特征的新态势;而古今之变,则在民族复兴的语境中对中华民族的五千年文化传统与精华有了新的认识,完全不同于"五四"前后与"旧世界"和文化传统的彻底决裂与革命。于是,就我们译学界而言,对翻译的思考语境发生了根本性的变化,我们对翻译思考的路径和维度也不可能不发生变化。

变化之一,涉及中西,便是由西学东渐转向中国文化"走出去",呈东学西传之趋势。变化之二,涉及古今,便是从与"旧世界"的根本决裂转向对中国传统文化、中华民族价值观的重新认识与发扬。这两个根本性的转变给译学界提出了新的大问题:翻译在此转变中应承担怎样的责任? 翻译在此转变中如何定位? 翻译研究者应持有怎样的翻译观念? 以研究"外译中"翻译历史与活动为基础的中国译学研究是否要与时俱进,把目光投向"中译外"的活动? 中国文化"走出去",中国要向世界展示的是什么样的"中国文化"? 当中国一改"五四"前后的"革命"与"决裂"态势,将中国传统文化推向世界,在世界各地创建孔子学院、推广中国文化之时,"翻译什么"与"如何翻译"这双重之问也是我们译学界必须思考与回答的。

综观中华文化发展史,翻译发挥了不可忽视的作用,一如季羡林先生所言,"中华文化之所以能永葆青春","翻译之为用大矣哉"。翻译的社会价值、文化价值、语言价值、创造价值和历史价值在中国文化的形成与发展中表现尤为突出。从文化角度来考察翻译,我们可以看到,翻译活动在人类历史上一直存在,其形式与内涵在不断丰富,且与社会、经济、文化发展相联系,这种联系不是被动的联系,而是一种互动的关系、一种建构性的力量。因此,从这个意义上来说,翻译是推动世界文化发展的一种重大力量,我们应站在跨文化交流的高度对翻译活动进行思考,以维护文化多样性为目标来考察翻译活动的丰富性、复杂性与创造性。

　　基于这样的认识,也基于对翻译的重新定位和思考,浙江大学于 2018 年正式设立了"浙江大学中华译学馆",旨在"传承文化之脉,发挥翻译之用,促进中外交流,拓展思想疆域,驱动思想创新"。中华译学馆的任务主要体现在三个层面:在译的层面,推出包括文学、历史、哲学、社会科学的系列译丛,"译入"与"译出"互动,积极参与国家战略性的出版工程;在学的层面,就翻译活动所涉及的重大问题展开思考与探索,出版系列翻译研究丛书,举办翻译学术会议;在中外文化交流层面,举办具有社会影响力的翻译家论坛,思想家、作家与翻译家对话等,以翻译与文学为核心开展系列活动。正是在这样的发展思路下,我们与浙江大学出版社合作,集合全国译学界的力量,推出具有学术性与开拓性的"中华翻译研究文库"。

　　积累与创新是学问之道,也将是本文库坚持的发展路径。本文库为开放性文库,不拘形式,以思想性与学术性为其衡量标准。我们对专著和论文(集)的遴选原则主要有四:一是研究的独创性,要有新意和价值,对整体翻译研究或翻译研究的某个领域有深入的思考,有自己的学术洞见;二是研究的系统性,围绕某一研究话题或领域,有强烈的问题意识、合理的研究方法、有说服力的研究结论以及较大的后续研究空间;三是研究的社会性,鼓励密切关注社会现实的选题与研究,如中国文学与文化"走出去"研究、语言服务行业与译者的职业发展研究、中国典籍对外译介与影响研究、翻译教育改革研究等;四是研究的(跨)学科性,鼓励深入系统地探索翻译学领域的任一分支领域,如元翻译理论研究、翻译史研究、翻译批评研究、翻译教学研究、翻译技术研究等,同时鼓励从跨学科视角探索翻译的规律与奥秘。

青年学者是学科发展的希望,我们特别欢迎青年翻译学者向本文库积极投稿,我们将及时遴选有价值的著作予以出版,集中展现青年学者的学术面貌。在青年学者和资深学者的共同支持下,我们有信心把"中华翻译研究文库"打造成翻译研究领域的精品丛书。

许 钧

2018 年春

陶渊明本性中道的一面无疑让他在隔绝的田园生活中感到愉悦,但当时局稳定、以德为先、文人可以参与国家时政时,其齐家治国平天下的儒学志向又难免让他叹息。

　　　　　　　　　　　　　　　　——[秘鲁]吉叶墨(Guillermo Dañino)

　　李白是一位充满想象力的诗人,他用生命与作品给后人留下想象的空间,他的生命与作品均反映了他对自然与自由的热爱、对美酒的偏爱与对传统的创新。

　　　　　　　　　　　　　　　　——[西班牙]苏亚雷斯(Anne-Hélène Suárez)

　　李清照是一位伟大的爱情诗人:相聚、离别、欢乐、悲伤、欲说还休的优雅、思念、自然,以及最突出的时间的流逝,都是描述主题。诗人以一种全面的、模糊的、隐喻的、清灵且优雅的方式呈现了所有的情愫。

　　　　　　　　　　　　　　　　——[墨西哥]帕斯(Octavio Paz)

　　《聊斋志异》在中国的地位就等同于《一千零一夜》在西方的地位。

　　　　　　　　　　　　　　　　——[阿根廷]博尔赫斯(Jorge Luis Borges)

《老子》是执政者的教科书、无政府主义的福音、战士的方向和指南、和平者的理由、隐士的庇护所。

——[西班牙]毕隐崖(Juan Ignacio Preciado)

《张协状元》以它极其复杂的戏剧结构、十分完备的音乐系统、高度发展且概念化的角色体系成为中国戏剧史、民俗文学史上的里程碑。

——[西班牙]利亚马斯(Regina Llamas)

这是一部优美的古典作品,它超越时代,超越文化,也超越肤色。这就是拉米雷斯翻译的吴敬梓的小说《儒林外史》。这部500页的作品向我们揭示了一个完整、深奥、僵化、独特的世界,是一本教科书。

——[西班牙]布埃纳文图拉(Ramón Buenaventura)

目　录

下 篇 中国古典文学在西班牙语世界的翻译、传播特点

引　言

　　歌德学院前总院长卡思-阿克曼（Michael Kahn-Ackermann）从事对外文化活动三十余年。他认为，一个国家的对外文化活动或者对外文化政策主要有两个目标：一个是提高软实力，即从国家层面制定政策推动并宣传自身文化，让对象国接受并肯定被宣传文化的价值，简言之，即"让你佩服我"；另一个是加深其他民族对本民族文化的理解，理解本民族的价值观念，甚至理解这种价值观念形成的历史原因，简言之，即"让你读懂我"。现今，我国对外文化政策更加注重实现第一个目标，推动中华文化"走出去"，增强中国文化软实力，提升中国人的文化自信。

　　而中国古典文学就是能够恰到好处地同时实现这两个目标的优质载体之一。中国古典文学以中国几千年传统文化为底色，它独特的美学价值受到了其他民族的肯定；中国古典文学反映了几千年来中国人的生活状态，能让其他民族理解中国人价值观形成的过程。文学传播以书本为主要载体，易传播、易获得；文学作品内涵具备艺术性、审美性与强大的社会认知功能，融认知与休闲于一体，受众广泛。因此，中国古典文学域外传播是实现中国文化自信、促进文化交流最有效的方式之一。

　　中国古典文学域外传播一直是翻译学、海外汉学、比较文学等领域的重要研究课题。其中，中国古典文学在英语世界的传播研究最为全面、充分、深入，既有断代、国别研究，如作者的《20世纪中国古代文学在英国的传播与影响》（2017）；又有以文学类别、作者、作品为具体研究对象的成果，宋丽娟《"中学西传"与中国古典小说的早期翻译（1735—1911）——以英语世界为中心》（2017）、莫丽芸《英美汉学中的白居易研究》（2018）、张万民《英语世界的诗经学》(2021);也有关于译者的研究,如葛桂录《中国古典文学的英国之旅——英国三大汉学家年谱:翟理斯、韦利、霍克思》(2017);还有联动出版者的相关研究,如孙轶旻《近代上海英文出版与中国古典文学的跨文化传播(1867—1941)》(2014)。

此外,中国古典文学在英语世界的传播研究还衍生出了一些交叉学科、交叉领域的研究理论,如谢天振的《译介学导论》(2007)、许钧的《文学翻译批评研究》(2012)和查明建的《比较文学与中外文化交流》(2018)。

如今,中国古典文学在其他语言文化圈传播的相关研究也陆续兴起,越来越多的年轻学者加入,研究成果也不断丰富、多元。他们多借鉴英语研究的理论、视角与方法,探究中国古典文学在其他语言文化圈传播的独特性,丰富了中国古典文学域外传播研究的视野。

目前,中国文学在西班牙语世界的传播研究多以具体传播对象、国别研究为主,鲜见以中国古典文学整体为研究对象、以整个西班牙语世界为研究范围的综述性研究成果。最初为本书带来启发的是黄鸣奋的《英语世界中国古典文学之传播》(1997)。黄鸣奋的研究主要集中在分类、整理、爬梳各类数据。本书虽然也采用历时梳理的研究方法,但同时也从译文、译本、译者、出版者四个维度直观、立体地梳理译介现状,通过接受者的视角观照译本的传播效果,从比较文学的视野窥探域外传播的内在规律。

本书依据袁行霈的《中国文学史》来判定中国古典文学的范围,但是,具体的研究对象为中国古典文学作品的西班牙语译本,不包括衍生产品,如戏剧、影视相关作品。除了严谨的节选、全选本,也尽量涉猎改编译本,如连环画等,以求纵向分析中国译出的历史演变、多样尝试。

西班牙语是联合国六大官方语言之一,全球超过 5 亿人以它为母语。本书研究范围限定为西班牙语译本,主要包括三个层面:一是西班牙语国家译入;二是中国译出;三是西班牙语国家、中国以外的国家或地区的少量译本。归根结底,译本的范围由译出语来限定,所以,有必要对"西班牙语"进行一个更为严格、清晰的定位。通常说的"西班牙语"(español),实际指"卡斯蒂利亚语"(castellano),在西班牙,以及西班牙语美洲,还有其他语言,如加泰罗尼亚语、加利西亚语、巴斯克语、玛雅语、纳瓦特尔语与克丘亚语等,除特殊情况外,本书研究对象不包括上述语言的译本。

关于译本收集,主要有两类来源:一是专著、论文、辞典等纸质文献,如伊多亚·阿尔比亚佳(Idoia Arbillaga)的《西班牙的中国文学翻译现状》(*La Literatura China Traducida en España*, 2003)、雷孟笃(José Ramón Álvarez)的《西班牙汉学现状概略》(*Esbozo de la Sinología española*, 2009)、弗朗西斯科·拉法尔加(Francisco Lafarga)和路易斯·佩格瑙德(Luis Pegenaute)的《西班牙翻译历史辞典》(*Diccionario Histórico de la Traducción en España*, 2009)、陈国坚的《中国诗歌在西班牙语世界的译介》(*La Poesía China en el Mundo Hispánico*, 2015)、德梅特里奥·埃斯特瓦内斯·卡尔德隆(Demetrio Estébanez Calderón)的《文学术语辞典》(*Diccionario de Términos Literarios*, 2016)、王晨颖的《华裔文学及中国文学在西班牙语国家的译介》(*La Traducción de la Literatura Diaspórica China y de la Literatura China a Lengua Española*, 2018),程弋洋的《鉴外寄象:中国文学在西班牙的翻译与传播研究》(2021)。二是在线资源,主要包括以下几类:(1)图书馆,如中国、西班牙、阿根廷、墨西哥、哥伦比亚、秘鲁、智利等国的国家图书馆,西班牙塞万提斯在线图书馆与哥伦比亚的路易斯·安赫尔·阿朗戈图书馆;(2)购书网站,如西班牙亚马逊、西班牙图书之家、当当图书网、孔夫子旧书网等;(3)出版社网站,中国与西班牙语国家的主流出版社官网,如外文出版社与五洲传播出版社、西班牙的讲席出版社与米拉瓜诺出版社;(4)数据库,如 Dialnet、china traducida y por traducir、巴塞罗那自治大学 TXICC 项目①、西班牙出版书籍数据库(Base de datos de libros editados en España)以及 WorldCat 等。

另外,需要说明的是,部分已收录的译本并未在本书中呈现,主要有

---

① 即 Traducció del xinès al català/castellà(TXICC)。详见:https://webs. uab. cat/txicc/zh-hans/% e7% a0% 94% e7% a9% b6% e7% bb% 84% e6% 88% 90% e5% 91% 98/。

两点原因：一是译本自身的原因，信息不全、不明确，或者不同数据来源之间的信息有所出入；二是本书内在结构的原因，本书集中在对重要译介对象、译本、译者进行分析，有些译本并非论述重点。当然，可以肯定的是，因为研究对象宽泛，研究范围宏广（时间层面、地理层面），仍然存在未被发现的译本，有待后来研究加以拓展、挖掘、突破。

本书将中国古典文学作品按照文学类别分为四类：诗词、散文、戏剧与小说。其中，古典诗词的译介、传播极为典型：译史长、译本多、译者身份多元、译风迥异，这也是本书的研究重点。因此，本书主体部分除引言和结语外，共分三篇九章。

上篇将诗词的翻译单列（第一章至第四章）：

第一章　《诗经》《楚辞》的翻译与传播；

第二章　汉魏六朝诗的翻译与传播；

第三章　唐诗的翻译与传播；

第四章　宋元明清诗词散曲的翻译与传播。

中篇包含散文、戏剧和小说三个类别的翻译（第五章至第七章）：

第五章　古典散文的翻译与传播；

第六章　古典戏剧的翻译与传播；

第七章　古典小说的翻译与传播。

下篇则在上篇、中篇的基础上梳理、总结中国古典文学在西班牙语世界翻译与传播的特点（第八章和第九章）：

第八章　中国古典文学在西班牙语世界的翻译特点；

第九章　中国古典文学在西班牙语世界的传播、接受特点。

上　篇

中国古典诗词
在西班牙语世界的翻译与传播

中国是世界公认的诗歌国度,抒情诗影响尤为深远,"中华文明以抒情诗最为丰硕,它对东方的影响堪比希腊文化对地中海国家的影响"①。如此评价基于以下三点:一是中国诗歌起源早,历史悠久;二是中国诗歌体量大;三是中国诗歌传播深广,既含语内传播,也指跨语际传播。中国古诗在西方的译介,是法国走在了前列。1735 年,李白与杜甫的名字出现在法国汉学家、传教士杜赫德(J. B. Du Halde, 1674—1743)的《中华帝国全志》②;李白的名字首次出现在西班牙语文献中要追溯到 1894 年,在尼加拉瓜诗人鲁文·达里奥(Rubén Darío, 1867—1916)所作名篇《神游》(Divagación)③,比法国晚了近 200 年。

第一首被译成西班牙语的中国古诗是李白的《月下独酌》,由墨西哥当代诗人何塞·胡安·塔布拉达(José Juan Tablada, 1871—1945)翻译,收入了《〈李白〉及其他诗歌》(Li-Po y otros poemas, 1920)。哥伦比亚现代主义诗人吉耶尔莫·巴伦西亚(Guillermo Valencia, 1873—1943)翻译的《神州集:东方诗歌》(Catay-Poemas Orientales),收录了 19 世纪以前的中国古诗 98 首,以唐诗为主,这是首部系统译介中国古诗的西班牙语诗集。

巴伦西亚以后,西班牙语世界陆续译入中国古诗,大部分诗集以"中国诗歌"为主题,按照时间先后择译诗歌。此类编年诗集绝大多数以古典诗词为主,偶尔录入几首现代诗歌;它们多由译者从法语、英语、德语与意大利语等语言转译。若从地域观照,则以巴塞罗那、布宜诺斯艾利斯的译介成果最为集中。因为这些编年体转译诗集代表了西班牙语世界早期译介中国古诗的行为,所以有必要简单回述它们中的重要代表。

巴塞罗那是西班牙汉学发展的起源地以及重镇,西班牙对中国古诗的翻译也始于此地。因为巴塞人也操加泰罗尼亚语,所以起初中国古诗

---

① Alberti, R. & León, M. T. Poesía China. Madrid:Visor Libros, 2003:7. 译文由笔者翻译。后文除专门注明译者外,均为笔者翻译。

② 参阅:蒋向艳. 唐诗在法国的译介和研究. 北京:学苑出版社,2016:3-4.

③ 达里奥. 鲁文·达里奥诗选. 赵振江,译. 石家庄:河北教育出版社,2003:123-124.

首先被翻译成此种语言。根据西班牙汉学家多罗斯·弗尔克(Dolors Folch)所著《中国诗歌及其加泰罗尼亚语翻译》(*Poesia xinesa i poesia xinesa en català*，1984)，最早的加泰罗尼亚语版的中国诗歌集有 3 部：一是诗人阿佩·莱斯·梅斯特雷斯(Apel·les Mestres)翻译的《中国诗歌》(*Poesia Xinesa*，1925)；二是诗人、翻译家马里亚·马嫩特(Marià Manent，1898—1988)翻译的《金风——中国诗歌阐释》(*L'aire Daurat*：*Iinterpretacions de la Poesia Xinesa*，1928)；三是诗人约瑟夫·卡尔纳尔(Josep Carner)翻译的《月与灯》(*Lluna i Llanterna*，1935)。3 部译诗集收录中国诗歌 300 多首，以唐诗为主，其中李白、杜甫与王维的作品所占篇幅最多。

当然，巴塞罗那也出版了西班牙语版诗集：一是西班牙作家、翻译家胡安·鲁伊斯·德拉里奥斯(Juan Ruiz dc Larios)翻译的《中国诗选》(*Antología de la Poesía China*)①；二是马嫩特翻译的《生命的色彩：中国诗歌翻译》(*El Color de la Vida*：*Interpretaciones de Poesía China*，1942)；三是曼努埃尔·古铁雷斯·马林(Manuel Gutiérrez Marín)翻译的《瓷楼：中国诗歌》(*El Pabellón de Porcelana*：*Poesías Chinas*，1945)。

在布宜诺斯艾利斯出版的诗集则主要包括：阿尔弗雷多·胡安·J. 魏斯(Alfredo Juan J. Weiss)和埃克托尔·F. 米里(Héctor F. Miri)翻译的《中国诗歌》(*Poesía China*，1944)、安赫尔·何塞·巴蒂斯特萨(Ángel José Battistessa)翻译的《玉笛》(*La Flauta de Jade*，1951)、阿尔弗雷多·A. 怀特洛(Alfredo A. Whitelow)翻译的《中国智慧》(*Sabiduría China*，1954)、苏珊娜·德阿尔德科亚(Susana de Aldecoa)翻译的《魔镜》(*El Espejo Mágico*，1955)、阿尔瓦罗·云雀(Álvaro Yunque)翻译的《中国诗人：透过双重迷雾的风景》(*Poetas Chinos*. *Paisaje a través de la Doble Niebla*，1958)、拉斐尔·阿尔贝蒂(Rafael Alberti，1902—1999)和玛利亚·特雷莎·莱昂(María Teresa León)翻

---

① 诗集并未标明出版年份，但根据巴塞罗那大学图书馆的数据推断，当是 20 世纪 30 年代。

译的《中国诗歌》(*Poesía China*, 1960)、弗里茨·阿瓜多·佩尔茨(Fritz Agüado Pertz)翻译的《中国诗歌精选》(*Poesía China : Antología Esencial*, 1977)、阿尔韦托·莱塞卡(Alberto Laiseca)翻译的《中国诗歌》(*Poemas Chinos*, 1987)、鲁特·贝格(Ruth Berg)转译的《中国古代爱情诗歌》(*Poesía Amorosa de la Antigua China*, 1994)①、罗贝托·库尔托(Roberto Curto)翻译的《李白与其他诗人：中国最经典的诗歌》(*Li Po y Otros : Las Mejores Poesías Chinas*, 2000)、佚名译者翻译的《中国诗歌双语选集》(*Antología Bilingüe de Poesía China*, 2011)以及路易斯·H. 罗德里格斯·费尔德尔(Luis H. Rodríguez Felder)翻译的《中国古代诗歌与叙事文学：中华民族美丽故事选》(*Poesía y Narrativa de la Antigua China : Antología de Bellas Historias del Pueblo Chino*, 2011)。

　　上述译本中最具代表性和影响力的莫过于阿尔贝蒂翻译的《中国诗歌》。阿尔贝蒂是西班牙"二七年一代"最重要的诗人之一。西班牙内战后,他自我放逐至阿根廷,在布城文学界的东方文化氛围影响之下,与妻子玛利亚·特雷莎·莱昂合作,从英语、法语转译《中国诗歌》。诗集共收录129首诗歌,涉及《诗经》、《楚辞》、汉魏六朝诗、唐诗、宋词与部分20世纪诗人(如毛泽东、闻一多、艾青)等。阿尔贝蒂论述了中国诗歌起源、唐诗历史背景及其繁荣原因。他还详细分析了汉字的决定性作用:单音节汉字便于押韵(韵脚灵活),有助于保持形美(汉字数等于音节数);汉语的不同声调能赋予诗歌抑扬顿挫的音美;汉字书写方式(书法)又能增加诗歌形美,让书法、诗歌两门艺术互相辉映。由于是转译,《中国诗歌》存在部分硬伤,如将"竹林七贤"缩减为"竹林六贤"(Seis poetas del Bosque de Bambúes)②等,然而,这并未妨碍该诗集的盛行,它流传甚广,1972年在阿根廷再版,2003年在马德里第三次付梓。

　　中国诗歌不仅被西班牙语世界译入,而且3部以"中国诗歌"为主题

---

① 1999年以《诗选：中国古代爱情诗歌》(*Antología : Poesía Amorosa de la Antigua China*)为名再版。

② Alberti, R. & León, M. T. *Poesía China*. Madrid: Visor Libros, 2003: 12.

的编年体西班牙语诗集也在中国出版:一是邓念慈(Bernardo Acevedo,
1916—2005)翻译的《中国诗歌选》(*Florilegio de Canto y Poesía China*,
1985);二是鲁文·努涅斯(Rubén Núñez)翻译的《中国的形象与诗歌》
(*China: Imagen y Poesía*, 1987);三是阿罗德·阿尔瓦拉多·特诺里奥
(Harold Alvarado Tenorio)翻译的《中国爱情诗歌》(*Poemas Chinos de
Amor*, 1992)。

其中,《中国诗歌选》是从汉语直译的。邓念慈是耶稣会士、诗人、知
名汉学家、哥伦比亚西班牙语皇家学院成员,他在中国居住了60年,在辅
仁大学西文系任教期间选译该诗集,包括各个时代的中国诗歌、民歌共53
首。值得一提的是,诗集采用了汉西对比模式,搭配中国画,民歌部分还
附加了唱法。邓念慈通晓汉语,从汉语直译,但是,他更加重视归化效果,
译诗"是否成诗"于他而言更为重要。他放弃词句的忠实度,整体把握诗
情、诗境,尝试在译诗中传递诗人情感。这源于他高超的目的语修为,也
得益于其诗人的身份。此处,以孟浩然《宿建德江》为例体会其译风:

> Mi barquita se adentra en la neblina
> cuando ya el sol se pierde al horizonte.
> Destaca al cielo su cabeza fina
> el árbol rudo en el lejano monte.
> Más cerca está la solitaria luna
> sobre el quieto cristal de la laguna. [1]

译诗音美、韵美、形美。翻译比较贴切,对景致的描绘细微、准确,对
意境的勾勒也颇为写意。但是,邓念慈未体会原诗所抒之情,漏译"客愁
新","月近人"仅"月近",但无"人"。孟浩然情景交融的诗歌在邓念慈笔
下成了一首优美的、绘景的西班牙语诗歌。

当然,除了邓念慈,也有其他译者从汉语直译"中国诗歌",此处列举
将在后文涉及的三个重要译本:黄玛赛(Marcela de Juan,1905—1981)翻

---

[1]　Con referente a Chen, G. J. *La Poesía China en el mundo hispánico*. Madrid:
Miraguano,2015:70.

译的《中国诗歌简集再编》(*Segunda Antología de la Poesía China*, 1962)、毕隐崖(Juan Ignacio Preciado, 1941—　)翻译的《中国诗歌选集》(*Antología de Poesía China*, 2003)以及陈国坚翻译的《中国诗歌:从公元前 11 世纪到公元 20 世纪》(*Poesía China-Siglo XI a. C.-Siglo XX*, 2013)。

　　综上,从 1929 年的转译诗集《神州集:东方诗歌》至 2013 年的直译诗集《中国诗歌:从公元前 11 世纪到公元 20 世纪》,以"中国诗歌"为主题选译是西班牙语世界译入中国古诗的重要方式,这既是中国古典诗词西译的起源,也贯穿了西班牙语世界对中国古典诗词的整个译介过程,这些译本也见证了众多译者为了翻译中国古诗所做出的艰辛努力。

　　然而,以"中国诗歌"为主题进行部分选译仅是译介的粗浅层次,深层次的译介则以具体诗集、断代诗歌或诗人专集为译介对象,如《诗经》《唐诗三百首》《李白诗歌一百首》等。中国古典诗词在西班牙语世界的译介实践也是依循上述两个层次发展的。因此,本书的上篇便以《诗经》《楚辞》、汉魏六朝诗、唐诗、宋元明清诗词散曲为研究对象,从译文、译本、译者、出版者四个维度梳理它们在西班牙语世界的翻译与传播现状。

第一章 《诗经》《楚辞》的翻译与传播

　　《诗经》是我国第一部诗歌总集,原名《诗》,或称"诗三百",共 305 篇,代表周初至春秋中叶 500 多年间的诗歌创作成就,"标志着中国文学史的光辉的起点和现实主义文学传统的源头①。"《楚辞》则由西汉末年刘向辑录屈原、宋玉等人作品编制而成。在中国,整体而言,《诗经》的重要性,或者说为人所知的程度,要高于《楚辞》。

　　从西班牙语世界对《诗经》《楚辞》的译入情况观照,《诗经》作为儒家经典、文学经典被西班牙语世界双轨译入,译介历史漫长、译本众多、阐释丰富多元;而对《楚辞》的译入则非常有限。第一,《楚辞》无全译本、节译本。第二,即使选译,数量也极少,部分重要诗选甚至未选译。例如,黄玛赛《中国诗歌简集再编》(2007)中的 192 首诗歌无一首选自《楚辞》;阿尔贝蒂《中国诗歌》(2003)仅选译了《国殇》;毕隐崖翻译的《中国诗歌选集》共 252 首诗歌,仅选译了《国殇》《涉江》《哀郢》《橘颂》;陈国坚《中国诗歌:从公元前 11 世纪到公元 20 世纪》共译 155 位诗人的 408 首诗歌,仅选译了《山鬼》《湘君》。

第一节 《诗经》作为儒家经典、文学
经典被西班牙语世界双轨译入

　　历代儒家学者在传承儒家经典时,根据时代的不同,对儒家经典进行

---

① 　余冠英. 诗经选. 北京:中华书局,2012:1(前言).

了各自的创造性解释,以"程朱理学"为核心内涵的经典阐释系统"四书五经"最具代表性。"四书五经"使得儒家代表著作系统化、经典化,有利于儒家经典系统性地在国内外传播。《诗经》属"五经",又作为重要的言论支撑频繁地在"四书"中出现,在明代就引起了西方来华传教士的关注,他们将《诗经》作为重要的儒家经典,零散地将其翻译成了不同的西方语言。这种将《诗经》作为儒家经典的译入轨道在西方一直持续至今,西班牙语世界也不例外。

当然,西班牙语世界也注重《诗经》的文学内涵,将它作为中国最早的一部诗歌总集译入:在各类诗选、文学史、文学选集中选译,或将它作为中国古代民歌的重要代表译入,或将它作为文学经典,整本译入。20 世纪以来,将《诗经》作为儒家经典、文学经典的这两条译入轨道在西班牙语世界并列前行,构成了中国古典文学西译的一道独特的"双轨并行"景观。

(一)《诗经》作为儒家经典被西班牙语世界译入

明清时代的西方来华传教士中有不少西班牙人,他们或撰述与中国相关的著作,或译介中华典籍,或翻译其他传教士的相关著作,为双方文化交流做出了杰出贡献。也是在这个过程中,《诗经》被引入西班牙,零散地被译成西班牙语。

西班牙奥古斯丁会修士门多萨(Juan González de Mendoza, 1545—1618),穷其一生欲往中国传教,但是,他的夙愿并未实现。然而,他写成了旷世杰作《中华大帝国史》①。1585 年,该书一经问世,就立刻在欧洲引起轰动,仅在 16 世纪余下的十多年间,就先后被译成多种欧洲文字,共发行 46 版。该书是 16 世纪有关中国自然环境、历史、文化、风俗、礼仪、宗教信仰以及政治、经济等情况极为全面、详尽的一部著作,体现了 16 世纪

---

① 该书全称《据中国史书记载以及走访中国的教士和其他人士记述编撰的中华大帝国奇闻要事、礼仪和习俗史》(*Historia delas cosas mas notables, ritos y costumbres Del gran reyno dela China, sabidas assi por los libros delos mesmos Chinas, como por relación de Religiosos, y otras personas, quean estado en el dicho Reyno*)。

欧洲人的中国观,也是《利玛窦中国札记》发表以前,在欧洲极富影响力的一部专论中国的百科全书。不过,这部巨著中尚未提及孔子或者《诗经》:

> 《中华大帝国史》共两卷,其中并未介绍《诗经》之类的中国典籍,由此可推知,当时来华的西班牙人和葡萄牙人对于中国典籍及思想学术都不甚了解。书中比较含混地讲到"那里有著名大哲学家",但是并未提到孔子的名字;还介绍了中国人如何通过科举考试获得功名,但是没有提到参加科举考试需要读哪些书。①

然而,"著名大哲学家"为西方提供了了解中国的线索,为《诗经》的西译做好了铺垫。

《诗经》最早的西班牙语译文要追溯到由西班牙多明我会士高母羡(Juan Cobo,1546—1592)翻译的《明心宝鉴》(*Espejo Rico del Claro Corazón*,1592)。《明心宝鉴》由范立本辑录,内容多是"四书五经"中的语录以及民间流传的关于齐家治国、修身养性的格言。其中《孝行篇》第一条语录选自《小雅·蓼莪》,原文为:"《诗》云:'父兮生我,母兮鞠我。哀哀父母,生我劬劳。欲报深恩,昊天罔极!'"②后来,高母羡的《明心宝鉴》手抄本被带回西班牙,至今仍藏于西班牙国立图书馆,是现存的第一部中国文献的欧洲语言译本。

虽然高母羡翻译了《蓼莪》的部分诗句,但是,他的这种译介行为更多地属于偶然的、无意识的行为,他并未将《诗经》作为儒家经典来介绍。这种意识直到 17 世纪才出现,当时欧洲出现了几本介绍《诗经》的著作。其中一本是葡萄牙传教士曾德昭(Álvaro Semedo,1585—1658)所著的葡文版《大中国志》,1641 年出版,"很快就有西班牙文版(1642)、意大利文版(1643)和法文版(1645)"③。曾德昭比门多萨更进一步,他观察到"四书五经"是儒家文化与科举考试的基础。《大中国志》其中一章为"中国人的书籍和学术",涉猎孔子与"五经",对《诗经》如此定义:"第三部叫《诗经》,是古代诗

---

① 张万民. 英语世界的诗经学. 石家庄:河北教育出版社,2021:34.
② 范立本. 明心宝鉴. 北京:北京联合出版公司,2014:26.
③ 张万民. 英语世界的诗经学. 石家庄:河北教育出版社,2021:63.

歌,都有隐喻和诗意,其中有关于人类天性的,也有关于不同风俗的。"①这个定义虽然简短,但却是西班牙语文献对《诗经》作为儒家经典的首次定位。

相较"五经","四书"更为简单,易于阅读、翻译,因此,西方首先译介的是"四书"。"因此 16、17 世纪首先以西文译本形式传入欧洲、最为欧洲人熟知的,其实是'四书',而欧洲人对于《诗经》诗句诗篇的直观认知,大多来自'四书'中引用的诗句。"②

西班牙多明我会传教士闵明我(Domingo Fernández Navarrete, 1610—1689)编译的《中华帝国纵览》(*Tratados Historicos, Politicos, Ethicos y Religiosos de la Monarchia de China*)于 1676 年在马德里出版,该书共七个部分,第三部分为《论孔子和他的学说》,内容包括《大学章句》《论语》《尚书》的选译。如此一来,《诗经》就随着"四书"的选译,通过《中华帝国纵览》传到了西班牙。

高母羡与闵明我等传教士将《诗经》作为儒家典籍来译介,这条译入轨道直到 20 世纪、21 世纪仍然存在。在这条轨道中,最重要的译者莫过于杜善牧(Carmelo Elorduy, 1901—1989),他翻译出版了《诗经》的第一个全译本。杜善牧 19 岁进入西班牙罗耀拉耶稣会的修道院就读,1926 年来到中国,长期在安徽芜湖市耶稣会的传教地区工作,并担任修道院的哲学教授,1952 年迁居台湾,从事耶稣会的汉西、汉英词典编撰等工作,1959 年回到西班牙,研读了大量的中国古典哲学原著、评注,相继翻译了《道德经》《庄子》《易经》等 10 余部著作。

正是基于对道家、儒家经典的翻译,杜善牧选择了《诗经》。他先译了《诗经选》(*Odas Selectas del Romancero Chino*, 1974),选译 150 首诗歌,这个译本在委内瑞拉首都加拉加斯出版,未引起较大反响。后来,杜善牧又译了全本《诗经》(*Romancero Chino*),1984 年在西班牙首都马德里出版,引起了巨大反响,1986 年他还因此译本获得西班牙国家翻译奖。雷孟

① 曾德昭. 大中国志. 何高济,译. 北京:商务印书馆,2012:75.
② 张万民. 英语世界的诗经学. 石家庄:河北教育出版社,2021:55.

笃评介杜善牧译风,"他的翻译力求简单、易懂,与书写形式比较,杜神父更在意内容的表达"①。关于深层次的杜本译风观照,将在后文通过《关雎》不同译本的对照来分析。

杜善牧将《诗经》作为儒家经典来释读,他认为《诗经》在中华民族灵魂上留下了深刻印记,它的内里蕴含着鲜活的政治、哲学思想。《诗经》内含惩恶扬善的价值观,是统治阶级教化贵族、民众的工具:他们教给自己的人民荣耀感、美德感;训练官员,让官员在民间层层根植这种美德,净化民众的生活习俗,促使民众爱国、尊上。当然,在出现无德的统治者或者官员时,民众也会吟唱他们对政府、对官员阶层的不满与自己因此所遭受的痛苦。

此外,《诗经》随着"四书"被译入的路径也贯穿始终。1981年,马德里旺泉出版社出版了《四书》(*Los Cuatro Libros*),包括《论语》《孟子》《大学章句》《中庸》,这个译本是迄今最具影响力的"四书"西译本,曾于1995年、2002年、2014年、2017年多次再版。其译者为西班牙汉学家华金·佩雷斯·阿罗约(Joaquín Pérez Arroyo)。他的翻译原则是在保证译文符合西班牙语语法结构、内容通俗易懂的基础上,尽量还原原文的风格。《孟子·梁惠王上》引用了《大雅·灵台》的首句:"经始灵台,经之营之,庶民攻之,不日成之。"②以它为例观照佩雷斯的译文:

> Midió y comenzó, lo midió, lo planeó. El Pueblo vino a él y en menos de un día lo terminó. ③

佩雷斯的译文遵循诗歌体例、特征,简短且押韵。此外,在翻译道、慈、礼、伦、君子等特有哲学概念、术语时,他会在文后词汇表增加注解,以解决"词不尽义"的问题。比如,他将"君子"译作"高贵之人(el hombre superior)",并注解:"君子"原指"君王之子"。由此,它具有了封建等级的

---

① Álvarez, J. R. Esbozo de la sinología española. *The World of Chinese Language*, 2009(12):33.

② 诗经. 孔丘,编订. 北京:北京出版社,2006:308.

③ Pérez Arroyo, J. *Los Cuatro Libros*. Madrid:Alfaguara, 1981:216.

含义,是一种地位上的"崇高",同时儒家赋予了它"道德上的优越"的意义。又如,他将"伦"译作"人际关系(la relación humana)",并注解:儒家区分了五种最主要的人际关系,即君臣、父子、夫妇、兄弟、朋友。①

2004 年,在秘鲁首都利马出版了《对生活、统治的教导——两部儒家经典:〈大学〉与〈中庸〉》(*Enseñanzas para la Vida y el Gobierno:Dos Textos Confucianos,el Daxue y el Zhongyong*),包含《大学》《中庸》全篇的完整译文。两部作品引用了不少《诗经》片段,译者为此还增加了一个附录:55 首诗歌全文的完整翻译。

2012 年,外文出版社出版了原文、今译和西班牙语对照的《孟子》(*Mencio*),古今译者为杨伯峻,中西译者为豪尔赫·路易斯·洛佩斯(Jorge Luis López)。"古译今"的目的是向缺乏古汉语知识的现代读者传播古典文学,其内容通俗易懂、老少咸宜,与其对应的西班牙语译文因而难以保留古汉语的风格和形式,特别是在诗歌的翻译上,再观《孟子·梁惠王上》中引用的《大雅·灵台》首句的译文:

> 杨伯峻今译:
>
> 　　开始筑灵台,经营复经营,大家齐努力,很快便落成。②
>
> 洛佩斯西译:
>
> 　　El rey comenzó a construir su torre sagrada,hizo un esquema con todo su plan. Para realizar el trabajo,la gente vino corriendo,y como por arte de magia,¡zas! la obra terminó. ③

杨伯峻将白话文融入诗歌的体例中,可谓"俗中有雅",但是,因为汉语和西班牙语的非同源性,对诗歌很难实现"形神兼备"的转写。因此,西班牙语译者不得不将其完全散文化,这一译句和前述佩雷斯的同一译句相比,虽然缺乏"形似",但句意更加明晰易懂。此外,译者创造性地加入

---

① Pérez Arroyo,J. *Los Cuatro Libros*. Madrid:Alfaguara,1981:216.

② López,J. L. *Mencio*. Beijing:Ediciones en Lenguas Extranjeras,2012:4.

③ López,J. L. *Mencio*. Beijing:Ediciones en Lenguas Extranjeras,2012:5.

了"zas"这样的口头拟声词,十分传神地再现了最早的口头文学《诗经》朗朗上口、活泼灵动的特质。

(二)《诗经》作为文学经典被西班牙语世界译入

早在 1967 年,杜布森(W. A. C. H. Dobson)就在《东方学》(《亚非研究》前身)发表了《中国诗歌的源头》(*Los orígenes de la poesía china*),详细阐释了《诗经》的历史背景、内容结构与韵律节奏。自汉朝以来,中国有不少观点将《诗经》作为伦理、道德的教条与格言,忽视了它的文学价值;杜布森细读文本,认为《诗经》是"诗"非"经",充分肯定了它的文学价值及其对中国后世文学所产生的深远影响:"(《诗经》)意味着一个过渡阶段,一个前后 500 年的过渡阶段,从颂到歌,从雅到风,从神意表达到世情释放,从圣歌到史诗,从史诗再到抒情诗。"[①]杜布森的阐释与杜善牧已经截然不同。

其实,西班牙语世界一直注重《诗经》的文学性,将它作为中国最早的诗歌总集来选译。云雀的《中国诗人:透过双重迷雾的风景》(2000)与阿尔贝蒂的《中国诗歌》(2003)均有选译;黄玛赛的《中国诗歌简集再编》(2007)选译 10 首;毕隐崖的《中国诗歌选集》(2003)囊括 30 首,如《国风·周南》《螽斯》《桃夭》《麟之趾》等。当然,《诗经》最重要的选译本莫过于高伯译(Gabriel García-Noblejas Sánchez-Cendal, 1966—   )翻译的《中国古代民诗》(*Poesía Popular de la China Antigua*, 2008),汉西双语,共 140 首民诗,67 首选自《诗经》,以《国风》为主。

1983 年,由玛丽亚·克里斯蒂娜·戴维(María Cristina Davie)翻译的汉西双语插图版《中国古代民歌:〈诗经〉》(*Antiguas Canciones Chinas：Che King*)在巴塞罗那出版,翻译了 62 首诗歌,这是继 1974 年杜本以来,《诗经》的第二个西班牙语节选译本。1984 年的杜本以后,《诗经》的第二个全译本于 2013 年在马德里出版,译者为高伯译,他将书名译作"Libro

---

① Dobson，W. C. A. H. Los orígenes de la poesía China. *Estudios de Asia y África*，1967，3(1)：48.

de los Cantos"。高伯译用"canto"（民歌）、"poesía popular"（民诗）来定位《诗经》，戴维也采用"canción"（民歌）翻译《诗经》的书名，由此可以管窥他们对《诗经》的定位以及对它的译入轨道：看重它的现实主义文学传统，将《诗经》作为文学经典译入。高伯译甚至认为，《诗经》对中国文化的重要性，就如同中世纪的传统民诗对西班牙文学那样重要，"允许我们知道那时候的平民生活是什么样子的"①。其实，《诗经》的现实主义内涵在中国文学史上也是得到公认的。袁行霈在《中国文学史》中如此定位《诗经》：

> 《诗经》的内容十分广泛丰富。它立足于社会现实生活，没有虚妄与怪诞，极少超自然的神话，所叙写的祭祀、宴饮、农事是周代社会经济和礼乐文化的产物，其他诗对时政世风、战争徭役、婚姻爱情的叙写，展开了当时政治状况、社会生活、风俗民情的形象画卷。《诗经》不仅描述了周代丰富多彩的社会生活、特殊的文化形态，而且揭示了周人的精神风貌和情感世界。可以说，《诗经》是我国最早的富于现实精神的诗歌，奠定了我国诗歌面向现实的传统。②

袁行霈的阐释在高伯译对《诗经》题材的分析中得到了印证、深化、体系化。他认为，家庭与政府是《诗经》中较为突出的两类题材，例如，家庭这个主题就得到了多面、立体的体现：求偶、婚礼、别离、思念均有涉猎。既有你情我愿的爱情、幸福婚姻带来的欢愉，也有求爱不成与糟糕婚姻所带来的惆怅、悲伤。此外，两类题材相互关联、融合，形成了一个统一体：政府要求统治者对待民众应该如同父母对待子女，做"父母官"。

高伯译还认为，《诗经》的情感主题是传世的，能够跨越时空。当代西班牙语读者能在其中读到"现今的困扰"，例如，反战、不满意糟糕的政府、亲人爱人别离、爱情、失恋、欲望、生活的折磨、渴望言论自由、追寻内心宁

---

① García-Noblejas，G. *Poesía popular de la China antigua*. Madrid：Alianza Editorial，2008：16.
② 袁行霈. 中国文学史（第一卷）. 北京：高等教育出版社，2020：64.

静、希望能够活在当下。① 由此可见,文学域外传播存在一个内在逻辑:
"接受者的需求。"换言之,若是某一部作品中的主题完全无法在现今的西
班牙语语境下引起任何共鸣,那么,它自然也不会成为译入对象。所以,
无论是将《诗经》作为儒家经典还是文学经典,从本质上而言,译入行为都
是由自身需要出发,他们需要在儒家经典中获取中国智慧,反观自身发
展;或从中寻求对古代中国更广泛的认知,以实现对人类更加全方位的了
解;或从中找寻情感共鸣,以使情感得到释放、情绪得到净化。

在这个通过文学译介进行文化交流的过程中,译者为此做出的努力、
奉献值得载入史册。采用现代西班牙语翻译古远的《诗经》,他们需要考
虑名物、修辞、韵律、题旨与意象等数个不同方面,仅以《周南·关雎》的名
物翻译为例,便可以管窥这种难度。

纳兰成德说:"六经名物之多,无逾于诗者,自天文地理,宫室器用,山
川草木,鸟兽虫鱼,靡一不具,学者非多识博闻,则无以通诗人之旨意,而
得其比兴之所在。"②高伯译也提及了名物于《诗经》的重要性:"或许孔子
在这种(名物)知识中看到一种内在的、自然的价值,又或许一种象征意
义——植物、动物能够象征性地代表人类的美德、丑行。"③

《关雎》涉猎名物虽然不多,"但它们却规定了一种时代背景、一种文
化氛围,也规定了诗篇的基本内容和艺术风格。任何一点改变,都会打破
原诗结构的内部和谐,使翻译作品或打上译入语文化的烙印,或换上一种
艺术的情调,甚至改变原来的题旨"④。以"雎鸠""洲""淑女""君子""荇
菜"与"琴瑟"为例,观照杜善牧(1984)⑤、墨西哥汉学家罗素·马埃斯

---

① García-Noblejas,G. *Poesía Popular de la China Antigua*. Madrid:Alianza Editorial,2008:16.
② 详见:李玉良.《诗经》翻译探微. 北京:商务印书馆,2017:2.
③ García-Noblejas,G. *Libro de los cantos*. Madrid:Alianza Editorial,2013:27.
④ 李玉良.《诗经》翻译探微. 北京:商务印书馆,2017:10.
⑤ Elorduy,C. *Romancero Chino*. Madrid:Editora Nacional,1984:29.

（Russell Maeth）（1986）①、高伯译（2008）②、高伯译（2013）③ 与徐蕾
（2017）④5 个译本的译法：

表 1-1　5 个译本的《关雎》名物翻译对比

名物	杜译本 （1984）	马译本 （1986）	高译本 （2008）	高译本 （2013）	徐译本 （2017）
雎鸠	pandión (águila blanca)	osífragas	tórtolas	tórtolas	cormoranes
洲	islote	islote	isleta	isletas	isla
淑女	doncella	muchacha	muchacha	ella	doncella
君子	rey	varón	señor	señor	caballero
荇菜	nenúfares y lotos	planta acuática hing	lenteja de agua	lenteja de agua	cardaminas
琴瑟	cítaras y liras	citeras grandes y pequeñas	cítaras y laúdes	cítaras qin y laúdes se	la cítara y la lira

　　"雎鸠"是性情凶猛的鱼鹰。杜译"pandión"，内涵本与原诗一致，但是，
他为便于读者理解，又在后面添加了括号，注明"白色的鹰"，此举除画蛇添
足之外，还让译诗、原诗存在不一致的风险；马译"osífragas"，意为"胡秃鹫"，
体型硕大，凶残之鸟，与原诗意境相差甚大；高译两版均用"tórtolas"（欧斑
鸠），看似属于"误译"，但是，"tórtolas"其中一个义项为"相爱的伴侣"，可见
译者采用了归化策略；《大中华文库》系列《诗经》的今译文为"雎鸠"，对汉西
翻译没有参照价值，徐译"cormoranes"（鸬鹚）属误译。
　　"洲"指河中"小洲"，杜本、马本均译作"islote"，指无人居住的水中小
洲，贴切；高本"isleta"指边沿，即"河边"，单数、复数均可理解，但词义与原

① Maeth，R. Carmelo Elorduy，Romancero chino. *Estudios de Asia y África*，
　　1986，68（2）：340-341.
② García-Noblejas，G. *Poesía Popular de la China Antigua*. Madrid：Alianza
　　Editorial，2008：155.
③ García-Noblejas，G. *Libro de los cantos*. Madrid：Alianza Editorial，2013：47.
④ Xu，L. & Valdés，C. *Poesía de la Antigua China I*. Beijing：Ediciones en
　　Lenguas Extranjeras，2017：3，5.

文有所出入;徐译"isla"(岛,洲),加之后文定语"黄河",合在一起即为"黄河之洲",合理。至于"淑女",杜本与徐本都译作"doncella",一是注重古老诗风,二是突出"淑"字,属于较为贴切的直译;马本与高本(2008)均作"muchacha",注重现代语境;高本(2013)为"ella",颇有创意,用"她"来代替"淑女":"buena y hermosa era ella"(善良美丽的是她),既朗朗上口,又凸显主题:一个关于"他"与"她"的爱情故事。

"君子"的古义多指王侯贵族或统治阶级,也指有德行的人。杜本"rey"(君王)取古义,且有特定指涉对象。他在文前注释中,将《关雎》归为侍女咏唱太姒的诗歌,所以,此处"君王"指周文王。马译"varón"(男子),突出与"女孩"的对称;高译"señor"既可理解为取古义,又能指有德行的人,这种译法可谓对应;徐本用归化的方法译为"caballero"(绅士)也有所本。

"荇菜"属浅水性植物。茎细长柔软而多分枝,匍匐生长,节上生根,漂浮于水面或生于泥土中。叶片形睡莲,小巧别致,鲜黄色花朵挺出水面,花多且花期长。杜译"nenúfares y lotos"(睡莲与莲),美则美矣,却不合原文;马译"planta acuática hing"(水生植物荇),属于阐释类的翻译,信息准确,但却无法还原原诗意境;高译"lenteja de agua"(西班牙一种类似于浮萍的水草),问题在于它是全部浮于水面之上,无"参差",无高矮;《大中华文库》系列的今译文为"荇菜",对汉西翻译无实际参照价值,徐译的"cardaminas"指一种长约40厘米到60厘米的草生植物,开白花、紫花或粉红色的花,在水边生长更佳,多用于园林装饰,与原文颇有距离。

最后是文化器物"琴瑟"与"钟鼓"的翻译,"琴瑟在堂,钟鼓在庭",琴瑟友"情",钟鼓乐"德"。杜本、高本(2008)与徐本将"琴"译作"cítara"(齐特琴),"瑟"则译作"lira"(莱雅琴)或者"laúd"(鲁特琴),具有浓郁的西方文化色彩,这种归化在一定程度上影响了原诗诗境的再现。高伯译意识到了这种影响,在2013版中便将"琴瑟"译作"cítaras qin y laúdes se",增加了"琴瑟"的拼音,力争保留一点古典文化的余味;马埃斯则用"citeras",一种匈牙利的民间弹拨乐器,与原文有所出入。

第二节　《诗经》《楚辞》作为中华典籍被中国译出

　　《诗经》不仅被西班牙语世界双轨译入,也作为中华典籍被中国译出。它在 2017 年被全本译出:徐蕾、卡塔里娜·巴尔德斯(Catarina Valdés)翻译《诗经》(*Poesía de la Antigua China*);2019 年被节选译出:高伯译翻译《诗经与诗意画》(*Libro de las Odas，Ilustrado*),共 80 首诗歌。两个译本都隶属中国的大型译出项目,分别为《大中华文库》与"中华之美"丛书。《大中华文库》总编辑杨牧之先生称道,虽然外国学者不断地将中国名著介绍到世界各处,"但或因理解有误,或源于对中国文字认识的局限,质量上乘的并不多,常常是隔靴搔痒,说不到点子上"①。所以,《大中华文库》的初衷是致力于系统、准确地将中华民族文化经典译成外文,编辑出版,介绍给全世界,简言之,即向海外传播"原汁原味"的中国文化。

　　《大中华文库》1994 年开启,选择 110 种图书,包括哲学思想、文学、科学技术、历史与军事多类经典,是一项国家层面推动的大型系统出版工程。它涉及两种类型的翻译:一种是语内翻译,即将古代汉语翻译成现代汉语;另一种是语际翻译,即将汉语翻译为英语、法语、西班牙语、德语、俄语、阿拉伯语、日语和朝鲜语等 8 种外语。其中,汉语、西班牙语对照本的出版计划共 25 册:《周易》《老子》《论语》《孙子兵法》《孟子》《庄子》《水浒传》《西游记》《三国演义》《红楼梦》《诗经》《荀子》《楚辞》《史记选》《唐诗选》《唐宋文选》《西厢记》《牡丹亭》《金瓶梅》《聊斋志异选》《宋词选》《元曲选》《天工开物》《儒林外史》《老残游记》。

　　对于《大中华文库》,有一些学者持怀疑态度,例如谢天振,他从实际传播效果的角度指出了《大中华文库》的不足,"迄今为止,这套丛书已经翻译了一百余种选题,一百七十八十册,然而除了个别几个选题被国外相关出版社买走版权外,其余绝大多数已经出版的选题都局限在国内的发行

---

① Yin，C. D.，Jiang，F. G. & Barrera，F. *Versos de Chu*. Dalian：Editorial de la Universidad de Tecnología de Dalian，2015：1.

圈内,似尚未真正'传出去'。"①实际上,《大中华文库》的翻译对象体量大,例如,四大名著本为巨著,加上译文,汉西对照版的四大名著每部达 3000 页以上,《西游记》甚至有 4442 页,书厚了,易读性差了,与现今的快节奏生活"格格不入",愿意读或者说能够读的人少了,价格也高,于市场传播确实不利。

但是,《大中华文库》自有它的历史价值,许多与许钧就认为,《大中华文库》是"中国选择"和"中国阐释"构建系统的中国文化价值观的基础;对于国内高水平翻译人才、语言服务人才培养有着不可忽视的价值,"《文库》中的每一本书,除经过出版社正常的'三审'程序之外,还要经过《文库》编委会指定专家的'二审',它代表了我国最高的出版水平与出版质量"②。

《诗经》《楚辞》均是《大中华文库》的译介对象。徐译《诗经》由外语教学与研究出版社出版,分 I、II 两册,文言文原文、白话文今译与西班牙语译文对照;中外专家合译,又得益于《大中华文库》独有的"五审"模式,译文整体忠实、贴切。不过,笔者也发现一处明显错误,汉语版前言:"《诗经》是中国古代文学的一颗明珠,儒家经典书籍'五经'之一,由孔子从西汉到春秋期间的诗歌中选取了三百零五首于公元前六世纪到前五世纪整理而成。"③错把"西周"写成"西汉",但是,与之对应的西班牙语版前言用词正确:"la dinastía Zhou occidental"(西周)。

《楚辞》(*Versos de Chu*)2015 年由大连理工大学出版社出版,选译屈原《离骚》、《九歌》(11 篇)、《天问》、《九章》(9 篇)、《远游》、《卜居》、《渔父》、《大招》以及宋玉《招魂》《九辩》。译者为尹承东、姜凤光与法比奥·巴雷拉·特列斯(Fabio Barrera Téllez)。尹承东毕业于北京外国语大学西班牙语专业,曾任中央编译局副局长、主审,中央编译出版社社长兼总编辑,是中国文化译研网(CCTSS)西葡语专家委员会专家、中拉思想文化经典互译工程评审

---

① 谢天振. 中国文学走出去:问题与实质. 中国比较文学,2014(1):2.

② 许多,许钧. 中华文化典籍的对外译介与传播——关于《大中华文库》的评价与思考. 外语教学理论与实践,2015(3):13-14.

③ Xu,L. & Valdés,C. *Poesía de la Antigua China I*. Beijing:Ediciones en Lenguas Extranjeras,2017:19.

会主席。他是我国最有影响的西班牙语文学译者之一,曾译《迷宫中的将军》《三角帽》《瘸腿魔鬼》《曾是天堂的地方》《胡利娅姨妈和作家》《坏女孩的恶作剧》等作品。汉译西代表作除了《楚辞》,还有清代小说《老残游记》。

《楚辞》也采用文言文原文、白话文今译与西班牙语译文对照版式,西班牙语多在白话文基础上翻译。为保证翻译质量,采用了中外专家合译的方式;并在翻译的过程中以英文译本为蓝本,同时参考法文、德文等多个译本,以便开阔视野,使得译文更加精准、忠实、贴切。

总之,《诗经》《楚辞》作为中华典籍通过《大中华文库》被译出,是中国学者、译者与出版者为中国古典文学"走出去"做出努力的重要见证。若将《大中华文库》比作满汉全席,"中华之美"丛书则是精致的餐前冷盘。该系列选取中国古典优秀韵文,搭配与诗意相应的中国传统绘画,按时代分为 8 个专题:《诗经与诗意画》《道德经与神仙画》《汉魏六朝诗与诗意画》《唐诗与唐画》《宋词与宋画》《元曲与元画》《明清诗与明清画》《毛泽东诗词与诗意画》。汉英、汉西、汉法对照三个文版,共 24 分册,2019 年全部出版。总之,不论是《大中华文库》对《诗经》《楚辞》的译出,还是"中华之美"丛书对《诗经》的译出,都是中国在文化交流中积极发声的具体体现,是中国译者与出版者勇担大任的见证。

第二章　汉魏六朝诗的翻译与传播

　　汉魏六朝诗的主要成就集中体现在两个类型：一是乐府诗，以汉乐府、南北朝民歌为典型；二是文人诗歌，主要包括《古诗十九首》与东汉两晋文人诗歌。汉魏六朝时间跨度大，诗歌体量也大，但是，因处于"诗经楚辞"与"唐诗宋词"的"夹缝"中，在中国文学史上显得相对"暗淡"。然而，它们颇受西班牙语世界译者的青睐、喜爱，被大量译介。

　　汉魏六朝诗的译介要追溯到 20 世纪 50 年代。1952 年，阿根廷出现了西班牙语版的《中国古代佚名诗》，译者从法语、英语与意大利语经典选本中选译了 27 首诗歌，其中包括《木兰诗》；1956 年，黄玛赛发表了名为《中国文学》(*La literatura China*)的文章，简述了中国文学史，还用较大篇幅介绍了汉魏六朝的代表诗人：司马相如、司马迁、班固、班超、嵇康与陶渊明等。

　　后来，1960 年首版的阿尔贝蒂的《中国诗歌》选译了蔡琰、陈琳、王粲、曹丕、曹植、陆机、陶渊明、鲍照与谢朓等诗人，也译介了乐府诗，如《十五从军征》《木兰诗》等。阿尔贝蒂偏爱抒情方式相对直白的《子夜歌》，在前言中就译入《子夜歌》第 24 首《子夜歌·揽裙未结带》：

　　　　Sin anudar mi cintura ni pintar mis cejas,
　　　　me acerco a la ventana.
　　　　Mi vestido de seda se me vuela,
　　　　Yo riño al viento de primavera que lo levanta. [1]

---

① Alberti, R. & León, M. T. *Poesía China*. Madrid: Visor Libros, 2003: 14.

　　在西班牙语世界中,墨西哥对汉魏六朝诗的译介最为集中。墨西哥学院是拉丁美洲最有名的研究型学府之一,下辖的亚非研究中心最具特色。亚非研究中心的学术季刊《亚非研究》(*Estudios de Asia y África*)始于1966年[①],是西班牙语世界最为重要的关于亚洲、非洲的区域研究刊物之一。20世纪末期与21世纪初期,《亚非研究》刊载了近300首西译乐府诗;文人诗也备受其关注,译介对象主要有《古诗十九首》、蔡琰、刘辩、孔融、顾欢、项羽、刘邦、刘彻、刘细君与张衡等。代表译者为马埃斯、西班牙汉学家安妮-海伦·苏亚雷斯(Anne-Hélène Suárez, 1960—)与美国汉学家傅汉思。他们甚至出版了一部汉代文集:《汉代:公元前206年至公元220年》(*Dinastía Han*. *206 a*.*C*.—*220 d*.*C*., 1984),这是西班牙语世界最早的关于中国的断代文集,分三部分:一是历史,二是文学,三是哲学。文学部分的诗歌包括项羽的《垓下歌》、刘邦的《大风歌》、刘彻的《秋风辞》、刘细君的《悲秋歌》、张衡的《四愁歌》《怨诗》、36首乐府诗、《古诗十九首》、《悲愤诗》、《焦仲卿之妻》。

　　西班牙也出版了一个重要译本:上一章论及的由高伯译翻译的《中国古代民诗》(2008),共140首诗,其中汉乐府70首。中国也出版了一个重要的断代译本,即"中华之美"丛书之《汉魏六朝诗与诗意画》(*Poesía Ilustrada de la Era Han*, *los Tres Reinos y las Dinastías del Norte y del Sur*, 2019),译者为青年汉学家罗豹鹿(Pablo Rodríguez Durán, 1987—),选译汉魏六朝诗80首,包括《古诗十九首》中的13首、陶渊明10首、汉乐府6首、古诗2首《步出城东门》《十五从军征》、北朝民歌《木兰诗》《敕勒歌》。译介的其他诗人有刘邦、项羽、刘彻、李延年、班婕妤、曹操、刘祯、曹丕、曹植、阮籍、傅玄、陆机、左思、张翰、顾恺之、谢灵运、鲍照、谢朓、范云、沈约、柳恽、吴均、何逊、王籍、阴铿、陈叔宝、徐陵、韦鼎、王褒、庾信、杨广,译介数量1首到3首不等。

　　本章将以汉乐府、南北朝民歌、陶渊明为分析对象,从译本梳理、译者

---

① 始发时期刊名称为《东方学杂志》(*Estudios Orientales*),1975年更名为《亚非研究》。

分析与重要译本辨析的角度分析汉魏六朝诗在西班牙语世界的传播。

第一节 汉乐府的译本梳厘、阐释与译文分析

汉代乐府诗立题、命意匠心独运,叙事技巧高超娴熟,体制灵活多样,故为中国诗歌史上的一大壮丽景观。它的现实主义内涵尤其受到文艺批评家的肯定,余冠英如此定位:"中国文学的现实主义精神虽然早就表现在《诗经》,但是发展成为一个延续不断的,更丰富、更有力的现实主义传统,不能不归功于汉乐府。"①西班牙的《文学术语辞典》如此评价乐府诗内涵:"关于题材,(乐府诗)主要是一些讲述日常生活的叙事诗,隐射社会现实、民俗风情的各个方面,包括战争与爱情等主题。"②

不论是现实主义诗风还是叙事体形式,都让乐府诗受到西方的重视,西班牙语世界也不例外。不同时期的西译诗选都选择了汉代乐府诗,其中以《亚非研究》在20世纪八九十年代的译介最为集中。1980年,《亚非研究》刊载了两篇相关译文:《焦仲卿妻——公元三世纪的一首叙事长诗》(*La esposa de Jiāo Zhòngqīng-una balada larga china del siglo III d. C.*)与《汉乐府——爱情、战争与社会现实》(*La poesía popular de la Dinastía Hàn:el amor,la guerra y la realidad social*),译者均为马埃斯,译文通达、注释明晰。

马埃斯从现实主义诗风、叙事体形式两个方面肯定了《古诗为焦仲卿妻作》(又称《孔雀东南飞》)的重要价值。他认为,从中国文学传统分析,宋元民俗文学繁荣之前,中国主流文学作品的95%为儒生所写,反映的是统治阶级与官僚地主阶级的生活。相比之下,能够反映其他社会阶级的文学源头较少,主要有道家、佛家的一些文章、宋以来的小说、民间故事以及古代民歌,所以,民俗长诗《古诗为焦仲卿妻作》具有代表意义。另外,

① 余冠英. 乐府诗选. 北京:中华书局,2012:13(前言).
② Estébanez,D. *Diccionario de términos literarios*. Madrid:Alianza Editorial,2016:1008.

《古诗为焦仲卿妻作》在文学表现形式上与西方传统长诗更加接近："相对单一封闭的故事情节、精准的时间描述、不同场景之间的相互关联、对话相对于叙述所占的优势（57%）、客观叙述、在叙述关键时刻人称的变换（第一、三人称）、夸张的表达与对既有文学典故的援引。"①

中国传统批评注重将《古诗为焦仲卿妻作》的悲剧归因于社会环境与家庭礼教。② 对此，马埃斯并不认同，认为这仅是悲剧的背景。按照当时的传统，中元节供奉先人，无后之人得不到供奉，将变饿鬼。焦刘夫妇无子，引起焦母不满，马埃斯认为这才是悲剧的真正原因。③ 他以焦刘结婚时间长久来支撑这个论点。他认为诗歌中有三处体现结婚时间：一是焦仲卿"共事二三年，始尔未为久"；二是焦母"吾意久怀忿，汝岂得自由"；三是刘兰芝"新妇初来时，小姑始扶床，今日被驱遣，小姑如我长"。④

其实，第一个时间确指；第二个时间主观，"久"表达主观情感，与客观时间联系不直接，即使结婚只一年，也可以"久怀忿"；第三个时间模糊且存疑，"新妇"四句，因见于唐人顾况《弃妇词》，故疑此四行为后人所加。⑤国内批评未将第二个时间纳入考虑范围，并用第一个时间比照第三个，得出两种观点：一种认为第三个时间是诗人运用夸张手法；⑥另一种认为第三个时间不契合第一个，所以疑为后人所加。⑦ 用确定的版本、确指的时间去比照存疑的版本、模糊且主观的时间，国内批评客观合理。而马埃斯是以主观、模糊甚至存疑的第二个、第三个时间来确定焦刘婚姻时长的。他认为第一个确指时间是焦仲卿运用夸张手法，表示结婚时间并不长，希

① Maeth，R. La esposa de Jiāo Zhòngqīng：una balada larga china del siglo III d. C. *Estudios de Asia y África*，1980，43（1）：127.
② 游国恩等. 中国文学史（一）. 北京：人民文学出版社，1983：169.
③ Maeth，R. La esposa de Jiāo Zhòngqīng：una balada larga china del siglo III d. C. *Estudios de Asia y África*，1980，43（1）：129.
④ 郭茂倩. 乐府诗集. 上海：上海古籍出版社，1998：886-887.
⑤ 余冠英. 乐府诗选. 北京：中华书局，2018：312.
⑥ 北京大学中国文学史教研室. 两汉文学史参考资料. 北京：高等教育出版社，1959：549.
⑦ 曹旭. 古诗十九首与乐府诗选评. 上海：上海古籍出版社，2019：312.

望焦母再给妻子第二次机会,误释了原诗内涵。

马埃斯采用的汉语源文本是《两汉文学史参考资料》①,此作明确论述过焦刘结婚时间。② 所以,究竟是马埃斯"大意忽视",还是"视而不见",抑或是"见而不信"呢? 无论是哪一种情况,都隐射出一个现实:在西班牙语世界对乐府诗的阐释过程中,"中国阐释"缺位。

在《汉乐府——爱情、战争与社会现实》的前言中,马埃斯指出,绝大多数的中国诗歌为儒生所写,呈现了统治阶级与官僚地主阶级的生存状态、哲学思考与审美趣向;反映其他社会阶级生活经历的诗歌寥寥无几。《诗经》虽是中国诗歌源头、经典,但从社会学视角分析,磅礴的"诗三百"却有禁忌话题,如疾病、衰老以及子女。然而,乐府诗,尤其是汉乐府,主题更加广泛,除了爱情,疾病、军役与孤儿等都是重要主题。③ 因此,"它(乐府诗)具备作为中国多方面社会生活证据的重要性"④。

《汉乐府——爱情、战争与社会现实》选译了 22 首诗歌,按照主题分类如下:《陌上桑》《白头吟》《董娇饶》等 10 首爱情诗歌;《战城南》《十五从军征》《饮马长城窟行》《悲歌》共 4 首战争兵役诗歌;《妇病行》《孤儿行》《长歌行》《东门行》等 8 首社会现实诗歌。在每一首译诗之前,马埃斯均简单阐释了诗歌内涵,比如,表 2-1 就是他对汉乐府中体现出来的中国女性生存状态的阐释。⑤

---

① 在马埃斯的论述中,他选择的原文本《两汉文学史参考资料》的出版年份为 1965 年。但书名、作者、出版社、书本页码(634 页)均与 1959 年版不差毫厘。这种结果可能有两个原因:一是书评作者将出版年份注错;二是 1965 年确实直接再版过 1959 年版的《两汉文学史参考资料》。这两种情况我们都可采用 1959 年版作为比照对象。

② 北京大学中国文学史教研室. 两汉文学史参考资料. 北京:高等教育出版社, 1959:549.

③ Con referente a Maeth,R. La poesía popular de la dinastía Hàn:el amor,la guerra y la realidad social. *Estudios de Asia y África*,1980,45(3):619.

④ Maeth,R. La poesía popular de la dinastía Hàn:el amor,la guerra y la realidad social. *Estudios de Asia y África*,1980,45(3):633.

⑤ Maeth,R. La poesía popular de la dinastía Hàn:el amor,la guerra y la realidad social. *Estudios de Asia y África*,1980,45(3):621-638.

表 2-1　马埃斯对汉乐府中的中国女性生存状态的阐释

诗名	翻译副文本
《悲歌》	……女人足不出户。她们完全依附于自己的丈夫,但是中上阶层的男人通常都有两个甚至更多妾室,所以她们时刻担心失去男人宠爱的后果。
《董娇饶》	除了担心被其他女人分宠、男人异心,一个女人的地位也会受到时光流逝的威胁。
《上山采蘼芜》	描绘失宠后果。
《有所思》	那个时代也不是所有女人都愿意顺从地接受男人的异心。
《陌上桑》	胆子更大的是秦罗敷,……这首诗明白清晰地反映那个时代女性未能实现男女平等的愿望,是唯一的一首。
《妇病行》	疾病缠身,家庭悲剧。

在《汉代:公元前 206 年至公元 220 年》中,马埃斯再译汉乐府,共 36 首,其中还包括了 4 首讽喻类乐府。

整体而言,乐府诗诗体简单,"乐府诗的措辞较为简单朴素,接近口头习语,和古诗相比不受那些彰显学识的典故的约束,而且早期乐府诗在语言上大多是程式化的。"①所以,乐府诗的翻译,尤其是音韵方面的翻译,要较五七言诗容易。然而,古汉语与现代西班牙语不同的行文习惯,依然会给翻译带来一些挑战。以《江南》为例观照:

《江南》原诗:

江南可采莲,莲叶何田田!

鱼戏莲叶间:鱼戏莲叶东,鱼戏莲叶西,鱼戏莲叶南,鱼戏莲叶北。②

马埃斯译:

AL SUR DEL RÍO

---

① 傅汉思. 梅花与宫闱佳丽:中国诗选译随谈. 王蓓,译. 北京:生活·读书·新知三联书店,2010:397.

② 曹旭. 古诗十九首与乐府诗选评. 上海:上海古籍出版社,2019:229.

Al sur del río podemos recoger el loto，

¡Anchas，qué anchas，las hojas del loto!

Entre las hojas del loto juegan los peces.

Al este de las hojas del loto juegan los peces.

Al oeste de las hojas del loto juegan los peces.

Al sur de las hojas del loto juegan los peces.

Al norte de las hojas del loto juegan los peces.①

罗豹鹿译：

RECOGIENDO LOTOS

A orillas de un río sureño recogemos lotos de verdor primaveral

Donde juegan peces en medio de los tallos y las olas y la flor

Al oriente de los pétalos hacen el amor

Juguetones se tocan con afecto austral

Y escondidos por donde se oculta el sol

Pícaros nadan en la flor septentrional.②

《江南》属相和歌古辞，歌咏采莲。"'鱼戏莲叶东'以下可能是和声。'相和歌'本是一人唱，多人和的。"③因此，汉语原诗的重复不仅不显得累赘，反而必要。但是，对于倾向于借助一切语法手段来避免重复的现代西班牙语，这种重复就多少有一些冗繁，朗读马埃斯的译诗便会有这种直观感受；罗豹鹿许是深谙这种语言差异可能带来的美学价值丢失，所以刻意地用了不同的表达。

当然，语言差异会给翻译带来困难；那么，两门语言的相似之处则可能给翻译带来意想不到的"惊喜"。英国汉学家白安妮（Anne Birrell）译

---

① Maeth，R. La poesía popular de la dinastía Hàn：el amor，la guerra y la realidad social. *Estudios de Asia y África*，1980，45(3)：620.

② Rodríguez Durán，P. *Poesía Ilustrada de la Era Han*，*los Tres Reinos y las Dinastías del Norte y Sur*. Beijing：China Intercontinental Press，2019：19.

③ 余冠英. 乐府诗选. 北京：中华书局，2012：12.

《玉台新咏：中国早期爱情诗选》(*New Songs from a Jade Terrace*：*An Anthology of Early Chinese Love Poetry*, 1982)，马埃斯作书评(1984)指出，绮丽的情诗在中国文学史上不受待见。他认为，白安妮的译本忽略了文化内涵，译风笨拙、暗淡，但相比现存译本仍属最佳。同时，他也点明了译本多处错译细节，其中一个错处是汉乐府杂曲《上山采蘼芜》的首句翻译，对比汉语原诗、白安妮英译、马埃斯西译与高伯译西译来分析：

> 《上山采蘼芜》原诗：
>
> 上山采蘼芜，下山逢故夫。①
>
> 白安妮英译：
>
> Uphill I piched sweet herbs.
>
> Downhill I met my former husband. ②
>
> 马埃斯西译：
>
> Sube a la montaña a recoger la fragancia.
>
> Baja de la montaña y encuentra a su ex-marido. ③
>
> 高伯译西译：
>
> Subí al monte a por hierbas fragantes
>
> y al bajar me encontré a mi antiguo esposo. ④

马埃斯认为，白安妮译本未将"上山"(uphill)与"下山"(downhill)的

---

① 曹旭. 古诗十九首与乐府诗选评. 上海：上海古籍出版社, 2019：148.

② Maeth，R. Anne Birrell (trad.) New Songs from a Jade Terrace：An Anthology of Early Chinese Love Poetry. Maeth，R. trad. *Estudios de Asia y África*，1984，60 (2)：324. "piched"应该是误写。

③ Maeth，R. La poesía popular de la dinastía Hàn：el amor，la guerra y la realidad social. *Estudios de Asia y África*，1980，45(3)：624.

④ García-Noblejas，G. *Poesía Popular de la China Antigua*. Madrid：Alianza Editorial，2008：303.

动态位移表现出来;他自己则巧妙地用了"subir"(上)与"bajar"(下)这两个动词,且使用了历史现在时,体现了"上山"与"下山"的动态,与汉语原文更为贴近;高译本采用了简单过去时"me encontré"(点状时间)与动词短语"al bajar"(线性时间)结合,也能体现下山时的动态,且与"上山"(简单过去时)形成一个对比,最为贴切。事实上,马埃斯、高伯译的这种突破源于西班牙语中正好有两个可以单独表示"上""下"的动词,且有点状、线性时态对照。换言之,这个翻译优势更多得益于语言的独特性、丰富性以及汉、西两门语言的巧合类同。

马埃斯以后,汉乐府译诗还出现在两部重要的文学选集中:一是吉叶墨(Guillermo Dañino Ribatto,1929—2023)从汉语直译的《雕龙——中国文学选集》(*Esculpiendo Dragones*:*Antología de la Literatura China*),该书 1996 年在秘鲁出版,选译了 10 余首汉代乐府诗歌,如《白头吟》《十五从军征》《东门行》《陌上桑》《孔雀东南飞》;二是中国西班牙语学者吴守琳用西班牙语撰述的《中国古典文学简史》(*Historia de la literatura clásica China*),该书 2005 年由中国外文出版社出版,选译了 5 首汉乐府:《陌上桑》《东门行》《妇病行》《孔雀东南飞》《十五从军征》。

墨西哥、秘鲁、中国均译介乐府诗之后,西班牙也出现了关于汉乐府的一个重要译本:高伯译翻译的汉西对照版《中国古代民诗》(2008)。选译乐府诗 73 首,占比 52%;汉代以前 3 首:《长城民歌》《击壤歌》《弹歌》;汉乐府 70 首,注重选译童谣,如《会稽童谣》《成帝时歌谣》《后汉献帝初京都童谣》《顺帝末京都童谣》等。高伯译参照汉语原文本,如中华书局的《乐府诗集》《两汉诗选》等,从汉语直译,整体的译风精准、明朗。他在前言中指出,农民是古代中国基数最大的社会阶级,虽然受教育程度低,但他们从未停止过艺术创作,且创造的艺术形式丰富、多元、新颖。然而,或许由于内容敏感,或许由于其他因素,他们从未因为自己的创作而留名,而乐府诗是最后一块反映他们生活的阵地。他还分析了农民的耕战生活状态:生产活动、军役劳役、信仰与祭祀,"他们不仅要耕种田地,23 岁至 56 岁期间还要服役两年,一年驻军,一年边防。此外,每年还有一个月参与大型公共建设,比如建设灌溉水利设施,建设黄河沿边堤坝,以控制水位上涨,军事堡垒与防护城墙等。因此,一点都不奇怪,有大量的诗歌是为反对战争与统治者而作,另一些则描述农村生活的艰辛与苦难"①。

高伯译还翻译了《汉乐府诗选》(*Poesía Popular de las Dinastías Han*),属于《大中华文库》系列,2021 年由五洲传播出版社出版。高译《汉乐府诗选》选译了 54 首诗歌,比《中国古代民诗》少 16 首,但是,选译篇目差异较大,《安世房中歌》《远如期》《战城南》《董逃行》《远夷乐德歌》《武溪深行》《孔雀东南飞》等近 30 首诗歌为新译篇目。总之,汉乐府西译是一个亮点,因为汉乐府的现实主义内涵契合了西班牙语译者、读者的审美趣向。

高译《汉乐府诗选》属于《大中华文库》系列的"多语种项目",即从汉英对照版的 110 种典籍中选出常用且必备的 25 种典籍,译成法语、俄语、西班牙语、阿拉伯语、德语、日语和韩语等 7 种语言。后来,为配合"一带一路"倡议,《大中华文库》开展了共建"一带一路"国家语言对照版的翻译工作,第一批涉及 29 种语言,共 84 种典籍,其汉西对照版典籍出版计划包括《山海经》《搜神记选》《宋明平话选》《赵氏孤儿》《窦娥冤》《韩非子选》《黄帝八十一难经》《汉乐府诗选》,选译种类仅次于印地语(11 册),所以,西班牙语成为《大中华文库》系列除英语以外最为广泛的译出语种,体现了中国译出对西班牙语世界的重视,以及西班牙语翻译人才队伍的壮大。

第二节　墨西哥汉学家马埃斯对南北朝民歌的偏爱

20 世纪末期,墨西哥学院亚非研究中心有三位专治中国古典文学的专家:约翰·佩奇(John Page)、白佩兰(Flora Botton)与马埃斯,又属马埃斯的相关成果最多。他长期评介中国古诗英译本、西译本、法译本以及汉语原本,梳理《亚非研究》的目录,20 世纪 70 年代至 90 年代,马埃斯共作关于中国古诗的书评 46 篇,评论客观、严谨,时常重译被评述译本中的

---

① García-Noblejas, G. *Poesía Popular de la China Antigua*. Madrid: Alianza Editorial, 2008: 36.

部分诗歌,比如,上一节论述的对白安妮《上山采蘼芜》英译本的重译。他的译介也以严谨著称,通常参照汉语原本、英译本进行西译;严格考证作品的时间框架,且擅长在中西比较视野中定位译介对象。

马埃斯尤为偏爱南北朝民歌。法国著名汉学家谢和耐(Jacques Gernet)著《中国社会史》(*Le Monde Chinois*),将中国的三国魏晋南北朝(公元 220 年至 589 年)比作西方的中世纪。[①] 马埃斯采用这个论断,并为它增加了内涵:中国的"中世纪"与西班牙的"中世纪"从文学史角度分析,均有一个重要转折:主流古典文学的衰败与民间文学的诞生。西班牙的"中世纪"在罗马帝国灭亡之后诞生,中国的"中世纪"则在东汉灭亡之后出现;西班牙民诗体现在 2000 首加利西亚语–葡萄牙语诗歌,按主题可分为情歌、圣歌与嘲讽诗,分别对应南朝民歌的吴歌西曲、神弦曲与童谣。中国"中世纪"的民诗代表作是北宋郭茂倩辑录的百卷《乐府诗集》,囊括汉朝至五代十国的几千首民歌。因此,马埃斯选译《乐府诗集》。1985 年至 1990 年的 6 年间,他集中译介了《中国中世纪民歌 I-VII》(*La canción popular en la China medieval*: *I-VII*),共 5 篇译文,选译南北朝民歌共 212 首。

第一篇译文为《I:子夜歌》(*I*: *Las canciones de la Dama Medianoche*, 1985),选译吴声歌曲《子夜歌》42 首;《II:子夜歌》(*II*: *Las canciones de la Dama Medianoche*, 1985)译介《子夜四时歌》75 首、《大子夜歌》2 首、《子夜警歌》2 首与《子夜变歌》3 首,共 82 首。马埃斯认为,《子夜歌》描述的爱情大胆直白,"相对《诗经》的经典性、朦胧性和汉乐府的模糊性,南朝民歌里的爱情诗经常是男女双方的对唱;意思表现得更加豁然明白,更带城市市民的意识,描写也更加大胆,更加活泼,更加贴近人性和自我;在'性描写'上,也比前代做了更富有创造性和刺激性的实验"[②]。

对《子夜歌》的这种认识也影响了马埃斯的翻译策略,比如,他将"子""郎""欢"分别译为:"mi muchacha(我的女孩)""mi joven(我的男孩)"

① Con referente a Maeth, R. La canción popular en la China medieval I: "Las canciones de la Dama Medianoche". *Estudios de Asia y África*, 1985, 64 (2): 133.
② 曹旭. 古诗十九首与乐府诗选评. 上海:上海古籍出版社,2019:357.

"mi deleite(我的小欢欢)"。① 原诗第二人称代词在译语中变成了第一人称所属格,这样的处理也让本就直接的南朝民歌更加大胆、活泼、直白。再如,若遭遇叙事主体模糊不清(第二人称或第三人称)的问题,他会果断选择第二人称,因为"选择第二人称更加符合情诗本质,更加利于'我'与'你'的直接抒情方式"②。

事实上,叙事主体模糊是中国古诗西译的难题之一,经常因此造成误译。以马埃斯对《子夜歌》其三的翻译来例证,原诗、译诗、回译如下:

《子夜歌》原诗:

a. 宿昔不梳头,

b. 丝发被两肩。

c. 婉伸郎膝上,

d. 何处不可怜?③

马埃斯译:

e. Hace mucho que no me peino;

f. Mis cabellos tan finos como la seda ya me cubren ambos hombros.

g. Si sólo me tuviera mi joven sobre sus rodillas,

h. ¡qué feliz sería yo(ahora)!④

回译为汉语:

我已经很久不梳头;

---

① Maeth,R. La canción popular en la China medieval I:"Las canciones de la Dama Medianoche". *Estudios de Asia y África*,1985,64(2):141-142.

② Maeth,R. La canción popular en la China medieval I:"Las canciones de la Dama Medianoche". *Estudios de Asia y África*,1985,64(2):140.

③ 郭茂倩. 乐府诗集. 上海:上海古籍出版社,1998:571.

④ Maeth,R. La canción popular en la China medieval I:"Las canciones de la Dama Medianoche". *Estudios de Asia y África*,1985,64(2):141.

我那如丝般细腻的长发已经盖满双肩。

要是我的情郎能将我抱坐在他的膝上，

我（现在）该多幸福啊！

比照原诗，译诗已样貌大变，e、g、h 句均存在误译。e 句误译"宿昔"；原诗 c 句指将"发丝"伸到情郎膝上，①g 句将"发丝"错解为"我"，原诗内涵大改；h 句错解"可怜"，承上误译。译者的想象力令人叹服，因错译"宿昔"，便借"女为悦己者容"的传统，认为女主人公久不梳头，是因为情郎不在身边，"顺其自然"地便将 c、d 句译作女主人公对情郎的思念。撇开原诗，译诗竟也完整顺遂。

《III：神弦歌》(*III：Las canciones de las cuerdas sagradas*，1987)选译 18 首。在该译作中，马埃斯介绍了神弦歌的历史、社会背景，分析了其结构、文学形式(诗歌、音乐、舞蹈、哑剧)及人物；类比了神弦歌的"民俗"特点与西方圣歌的民俗性；剖析了神弦歌折射出的人神之间的爱情书写；对照辨析了第三首《圣郎曲》已有译本与他自己的译文，并深入探讨了神弦歌的内涵。

1989 年，马埃斯继续翻译《中国中世纪民歌 IV-VI》(*La canción popular en la China medieval IV-VI*)，第"IV"部分译介《子夜歌》以外的吴声歌曲 20 首，即南朝时期长江下游以南京(时称建邺)为中心的其他传统民歌；第"V"部分译介西歌曲 34 首，它的题材更加城市化，多以江陵地区为背景，主要描绘游历商人及他们的爱情生活，相对于吴歌的婉转，西歌曲更加直白；第"VI"部分则译介杂曲歌辞的南歌《西洲曲》，因为它是较为稀少的乐府抒情长诗的代表作。马埃斯还试图考据《西洲曲》的时间框架与空间结构，多次尝试，但仍以失败告终。他"迫于无奈"，最后得出一个不失新奇的结论：《西洲曲》是意识流，倒也有趣。

实际上，传统中国文艺批评认为，南朝民歌多以城市都邑为背景，包含了不少色情作品与文人拟作，所以，地位不如汉乐府。②"它基本上已经

---

① 曹旭. 古诗十九首与乐府诗选评. 上海古籍出版社,2019：362.

② 游国恩等. 中国文学史(一). 北京：人民文学出版社,1983：253.

脱离了汉乐府'感于哀乐,缘事而发'和'观风俗,知厚薄'的正教传统,更多地朝表现人性和纯粹娱乐的方面发展。"①

马埃斯却认为,南朝民歌是真正的民诗。为支撑这个观点,他援引了华兹生(Burton Watson,1925—2017)与傅汉思等汉学家的论述。但是,其中并无实质性的证据,无法反驳中国学者关于南朝民歌的定位、评价。他无奈得出如下结论:"如果社会背景与中国截然不同的西方中世纪也有同类诗歌,那么也许我们应该再审视一下中国学者的观点,也许应该承认我们现有的 500 多首中国民诗(指南朝民歌)就是当时民诗的典型范例。"②

马埃斯的这个观点不仅主观、唯心,还是真正的"西方中心主义"。尽管论证过程欠缺学术性、严谨性,然而,不可否认的是,他对南朝民歌近乎偏执的喜爱,似乎不打算让任何评论来降低它的价值。其实,马埃斯大可不必"烦忧",南朝民歌在中国文学史上的地位,究其根源还是中国诗歌过于磅礴浩瀚,批评家只能通过比较、对照来定位时期、地域不同又文风迥异的诗作。这是通过比较得出的相对的结果,并非从客观上否认南朝民歌的诗学价值。

此外,马埃斯还译介了《VII:〈木兰诗〉与北歌》(*VII：La balada de Mulan y la tradición norteña*,1990)。他在前言中比较了南北民歌的异同:虽然形式近似,但是题材差异较大,南歌多写爱情,北歌则以游牧生活、战争与大自然为主要题材。

其实,《木兰诗》在西班牙语世界的译介由来已久,早在 1960 年,阿尔贝蒂就将它的全文翻译为西班牙语,采用自由散体的形式,注重译诗的美学价值,这个译本在阿根廷初版,后在西班牙再版,在西班牙语世界影响深广。自此,《木兰诗》在西班牙语世界被反复译介。

西班牙的口头文学传统也由来已久,民歌民谣数不胜数,其中有一首

---

① 曹旭. 古诗十九首与乐府诗选评. 上海:上海古籍出版社,2019:354-355.

② Maeth,R. La canción popular en la China medieval I: "Las canciones de la Dama Medianoche". *Estudios de Asia y África*,1985,64(2):137-138.

古典谣曲变体《女兵谣》(*La doncella guerrera*),别具民风。主体情节大致如下:马科斯生有七个女儿,没有儿子,幼女女扮男装,替父从军,建立功绩,王子爱上她,在王后的帮助下多番试探她的真实性别。《女兵谣》"有上百个变体"①。主要变体多出现于女兵与王子、王后的机智周旋环节。比如,在西班牙卡塞雷斯地区就流传着一个版本:女兵的佩剑掉落时,说了一句"¡Maldita sea yo!"②(我真倒霉!),但"倒霉"这个形容词用了阴性形式,由此暴露女儿身。

同样是女扮男装、代父从军、建功立业,西班牙的《女兵谣》与中国的《木兰诗》异曲同工、两相辉映,两首诗的开篇几乎相同:

《女兵谣》译:

马克斯自叹年事高,膝下无子又添烦恼。

小女儿前去把名报,她替父从军志气高。③

《木兰诗》:

阿爷无大儿,木兰无长兄,愿为市鞍马,从此替爷征。④

而且,直至今日,《女兵谣》仍然以跳绳歌、圆圈舞儿歌与摇篮曲等形式,在西班牙各地以及其他西班牙语国家口口相传,这为《木兰诗》的接受做好了铺设。此外,木兰独立、勇敢、坚毅、机智,这样独特、新颖的艺术形象打破了西班牙语世界对"三从四德"的中国古代妇女形象的刻板认知,"打破儒家文化将女人变成在家从父、出嫁从夫、夫死从子的道德准则"⑤。

---

① Vasvári, L. O. Queering "The donçella guerrera". *Calíope*:*Journal of the Society for Renaissance and Baroque Hispanic Society*,2006,12(2):94.

② Cid Lucas, F. La mujer soldado como motivo literario en Oriente y Occidente:la Canción de Mulán y el romance de La doncella soldado. *La Torre del Virrey*:*Revista de Estudios Culturales*,2013,13:50.

③ 陈众议,范晔,宗笑飞. 西班牙文学:黄金世纪. 南京:译林出版社,2018:279.

④ 曹旭. 古诗十九首与乐府诗选评. 上海:上海古籍出版社,2019:492.

⑤ Cid Lucas, F. La mujer soldado como motivo literario en Oriente y Occidente:la Canción de Mulán y el romance de La doncella soldado. *La Torre del Virrey*:*Revista de Estudios Culturales*,2013,13:52.

中国中原农耕文明底蕴下衍生出的对女性的教育理念在西班牙语世界遭遇文化冲突,相反,北方游牧文化对女子的教育观契合了西方游牧文化对女子的教育观,这些都为《木兰诗》在西班牙语世界的接受锻铸了独特的文学语境,使它在西班牙语世界实现了深入的传播。

此外,《敕勒歌》等 14 首北歌也被译成西班牙语,以它为例对比观照马埃斯的译风:

《敕勒歌》原诗:

敕勒川,阴山下,天似穹庐,笼盖四野。天苍苍,野茫茫,风吹草低见牛羊。①

马埃斯译:

EL RÍO TCHIREK

yace bajo las Montañas Oscuras;

Donde el cielo es como los costados de una carpa

Tendidos sobre la Gran Estepa.

El cielo es gris, gris:

Y la estepa ancha, ancha:

Sobre la hierba que el viento ha azotado

Ovejas y bueyes vagan. ②

罗豹鹿译:

CANCIóN NóMADA

Por la orilla del río

A la falda del monte

El cielo es la Yurta que a la estepa ampara

---

① 曹旭. 古诗十九首与乐府诗选评. 上海:上海古籍出版社,2019:490.

② Maeth, R. La canción popular de la China medieval VII. "La balada de Mulan" y la tradición norteña. *Estudios de Asia y África*, 1990, 81(1): 118.

Bóveda diáfana

Intemperie vasta

Arrecia el viento y la hierba se agacha

Y con su soplo revela a la res y a la cabra. ①

《敕勒歌》是一首敕勒人唱的民歌,由鲜卑语译成汉语,浅近明快、浑然天成、质直朴素、意韵真淳。先从章句分析,原诗七句。马译八行,将"风吹草低见牛羊"译作两行;罗译七行,将"天似穹庐,笼盖四野"译作一行,也将"风吹草低见牛羊"分译作两行。再从选词角度对比,整体而言,马埃斯更加注重以原诗为主旨,以直译、异化等追求忠实的翻译策略为主,比如,他直译了"敕勒川"与"阴山"这两个地名,又如,"苍苍""茫茫"沿用原文叠词结构:"gris, gris""ancha, ancha",不过,"苍苍"并不指"灰色",而指"青色",这是马埃斯的一处误译;罗豹鹿追求"重情轻言"②的翻译观,他的译诗以归化为主要的翻译策略,更为注重译语读者的阅读感受,尽力消除他们和原诗之间的距离,比如,他将"敕勒川"与"阴山"意译为"河边""山下"。

马埃斯的集中译介体现了他对南北朝民歌近乎执着的热爱,让它们在遥远的墨西哥焕发了新的活力,也让西班牙语读者得以欣赏到不同于《诗经》的"风",不同于汉乐府的别样现实主义诗歌,使得中国古诗西译更全面、更完整。

第三节 陶渊明的译介

相较于两汉乐府诗、南北朝民歌,汉魏六朝文人诗在西班牙语世界的译介相对薄弱,虽然此阶段代表诗人众多,但是,绝大多数尚未成为译介

---

① Rodríguez Durán, P. *Poesía Ilustrada de la Era Han, los Tres Reinos y las Dinastías del Norte y Sur*. Beijing: China Intercontinental Press, 2019: 195.

② Rodríguez Durán, P. *Poesía Ilustrada de la Era Han, los Tres Reinos y las Dinastías del Norte y Sur*. Beijing: China Intercontinental Press, 2019: 198.

的重要对象,唯一的例外是陶渊明,他的诗歌穿越时空吸引了西班牙语世界的译者,早在 1942 年,马嫩特就选译了《饮酒(其五)》:

EN UN LUGAR POBLADO

En un lugar poblado mi casa levanté,

mas ni rueda lejana ni caballos oiré.

De sosiego se ciñe sólo aquel a quien gusta:

un corazón callado su soledad ajusta.

Cogí mis crisantemos de Levante. Y el mar

verde de mis colinas espero contemplar.

¡Amables cosas! Llevan su cálido sentido,

Mas no lo acierta nunca el labio conmovido. ①

因为转译,译诗内容略有走样,还漏译了"山气日夕佳,飞鸟相与还",不过译诗严格按照西班牙语诗歌韵律,采用亚历山大体,音美、韵美。

马嫩特之后,黄玛赛也评介了陶渊明,"他是真诚的,即兴的,他有一颗单纯的灵魂,一种完美抒情方式和一份深切的宁静淡远。"②所以,黄译《中国诗歌简集再编》选译了陶渊明诗歌 4 首,阿尔贝蒂的《中国诗歌》选译其 2 首;毕隐崖的《中国诗歌选集》选译其 6 首;陈国坚的《中国诗歌》选译其 8 首;罗豹鹿的《汉魏六朝诗与诗意画》选译其 10 首。

最偏爱陶渊明的莫过于吉叶墨。他的《雕龙》(1996)选译了陶诗 8 首,但是,这还不足以表达他对陶渊明诗歌的喜爱及对其诗学价值的肯定。因此,吉叶墨后来翻译了陶渊明专集:《五柳先生》(*El Maestro de los Cinco Sauces*),2005 年在秘鲁首都利马出版,2006 年在西班牙再版。这本专集译介了陶渊明诗歌 150 首:田园山水诗 32 首、家庭生活诗 25 首、友情诗 16 首、酒诗 22 首、有关死亡的诗歌 5 首、关于人生思考的诗歌 50 首。吉译《五柳先生》采用汉西对照版,汉字部分繁简交叉,用拼音注音,便于

---

① Con referente a Chen, G. J. *La Poesía China en el Mundo Hispánico*. Madrid: Miraguano, 2015: 34.

② De Juan, M. La literatura china. *Arbor*, 1956, (5): 71.

有汉语基础的译语读者感受汉语原诗的形式、音韵之美。

吉叶墨认为，陶渊明在一个注重辞藻与诗歌形式的时代，用最简易的形式书写最为平常的生活，这是他诗歌创作的独特之处。吉叶墨对陶渊明的定位契合中国的主流批评，"陶渊明又是一位创新的先锋。他成功地将'自然'提升为一种美的至境；将玄言诗注疏老庄所表达的玄理，改为日常生活中的哲理；使诗歌与日常生活相结合，并开创了田园诗这种新的题材"①。

除了定位陶渊明的诗歌，吉叶墨也评价他的人生。虽然后世多见他"不为五斗米折腰"的形象，但是，字里行间却充满了他在儒与道、入世与出世之间的挣扎："他本性中道的一面无疑让他在隔绝的田园生活中感到愉悦，但当时局稳定，以德为先，文人可以参与国家时政时，他的齐家治国平天下的儒学志向又难免让他叹息。"②解决"仕隐"之间的矛盾，办法之一便是"心远地自偏"，以实现"采菊东篱下，悠然见南山"。蕴含淡远诗意的语词是翻译难点，仅以"心远"与"见"为例，比照不同译本的翻译（见表 2-2）：

表 2-2　四个译本的核心语词翻译对比

语词	黄玛赛译本	吉叶墨译本	陈国坚译本	罗豹鹿译本
心远	El corazón distante	tu corazón está lejos	Ten alejado el corazón del mundo	Mira hacia dentro
见	se ve	contemplo	diviso	(El paisaje) emerge

陈译"保持你的心远离世界"具化程度最高，其次是吉译"你的心位于远处"，再次是黄译"远的心"，抽象程度愈高，诗意愈完整。"悠然见"指诗人采摘菊花时，偶然间抬头见到南山，此句有一个翻译难点：原诗中"见"的主语是抒情主体"我"，但原诗直接省略，营造了一种幽幽淡淡的天合意境，然而，西班牙语动词变位的主语指向明确，译诗势必要将原诗省略的

① 袁行霈. 中国文学史（第二卷）. 北京：高等教育出版社，2020：59.

② Dañino，G. Tao Yuanming：El Maestro de los Cinco Sauces. Madrid：Hiperión，2006：24.

"我"明晰化。吉译、陈译主语明晰化,一定程度上破坏了原诗的意境;黄玛赛巧妙地采用了无人称形式,保留了原文的冲淡平和之美;罗豹鹿直接让"南山"做主语,是"南山"出现在眼前,而非"我"见"南山",在一定程度上也起到了类似的作用。

第三章　唐诗的翻译与传播

　　唐诗在中国文学史上的地位毋庸赘言,与此同时,它也得到了西班牙语世界的肯定,他们将唐诗在中国文学史上所处的时期比作西班牙文学史上的"黄金世纪","西班牙的'黄金世纪'是西班牙民族文学的生发和兴盛的渐进过程。在这个过程中,西班牙文坛人才辈出,群星闪烁,对欧洲乃至世界文学产生了巨大的影响。"①基于对唐诗地位的肯定,西班牙语世界充分、全面、持续地译介唐诗选、唐代诗人专集,深入地研究唐诗、评介唐代诗人。早在1961年,阿根廷就出版了首部西班牙语唐诗集《中国唐代诗人》(*Poetas Chinos de la Dinastía Tang*),选译了34位唐代诗人的110首诗歌,距今,唐诗选的译介史已经跨越了一个甲子。截至2019年,关于唐诗的西班牙语专译本已有47部,主要译介对象为唐诗选(15部)、李白(15部)、王维(5部)、杜甫(5部)、白居易(3部)与寒山(4部)。

　　唐诗的译介与汉学家、翻译家相互成就,产生了唐诗四大译者:吉叶墨、苏亚雷斯、陈国坚与常世儒;唐代诗人李白、王维、杜甫、寒山以及白居易在西班牙语世界的译介各有千秋、各具特色,折射出文学域外传播的内在规律以及唐诗在西班牙语世界传播的特殊性;而西班牙语辞典、百科、文学史、译著前言、论文与专著对唐诗的定位与研究则深化了西班牙语世界对唐诗的认知、研究水平。

---

① 陈众议,范晔,宗笑飞. 西班牙文学:黄金世纪. 南京:译林出版社,2018:7.

第一节　唐诗的四大译者:吉叶墨、苏亚雷斯、陈国坚、常世儒

在译文、译本、译者、出版者四者中,译者无疑最为关键,译文风格因译者不同而迥异;译本因译者的翻译行为而产生。目前,中国古典文学西班牙语译者主要有四类:一是传教士,就文学而言,译作较少,以诸子散文为主。二是"自学成才"型汉学家,他们多因为个人经历"凑巧"或"偶然"成为汉学家。他们多生于 20 世纪前半叶,译介活动集中在 20 世纪后半叶、21 世纪,如西班牙汉学家黄玛赛、毕隐崖与秘鲁汉学家吉叶墨。三是"科班出身"型汉学家,他们大都接受过系统的汉语语言文化教育,在良好的语言基础上译介、研究。他们多生在 20 世纪后半叶,译研活动主要集中在 20 世纪末及 21 世纪,如前文已经涉猎的西班牙汉学家高伯译、本章将涉猎的西班牙汉学家苏亚雷斯,以及后文将会涉猎的西班牙汉学家宫碧蓝(Pilar González España, 1960—　　)与雷林克(Alicia Relinque, 1960—　　)等。四是"科班出身"的中国西班牙语译者,他们都接受过系统的西班牙语语言文学教育,多年从事西班牙语翻译、教学等工作,如上文已经涉猎的尹承东,本章将涉猎的陈国坚、常世儒,以及后文将会涉猎的王怀祖。

四大译者的唐诗译著数量分别为吉叶墨 5 部、苏亚雷斯 5 部、陈国坚 9 部、常世儒 4 部,共 23 部,占唐诗专译本的一半。此外,他们对唐诗的译介也较为全面,吉叶墨译全李白、杜甫、王维、白居易;苏亚雷斯译李白 2 部、白居易与王维各 1 部;陈国坚多译李白(4 部),杜甫、白居易各 1 部;常世儒则翻译了 4 部唐诗选,所选唐诗范围广泛。他们均从汉语直译,翻译质量得到了很大保障;且既有译入文本,又有译出文本,利于比较研究。

(一)吉叶墨

吉叶墨生于 1929 年,卒于 2023 年,早先专治神学、句法学,年过半百时来到中国,先后在南京大学、对外经贸大学教授语言学、文学,20 世纪 90 年代返回秘鲁时,曾在圣马科斯大学、秘鲁天主教大学任教。他在中国期间自学汉语、钻研诗歌,后来致力于中国古典文学西译工作,译有古诗

集 7 部:陶渊明 1 部、唐诗 5 部、张可久 1 部;编译中国故事集、谚语集多部。最值得一提的是,耄耋之年,他仍然笔耕不辍,编写了巨著《中国文化百科全书》(*Enciclopedia de la Cultura China*,2013)。2016 年,吉叶墨荣获第十届"中华图书特殊贡献奖"。习近平主席 2016 年访问秘鲁时,曾在秘鲁国会发表题为《同舟共济、扬帆远航,创中拉关系美好未来》的演讲,用一整段描述了吉叶墨对文化交流所做的贡献,并向他致以崇高的敬意。

吉叶墨践行"纸上得来终觉浅,绝知此事要躬行"的理念,游遍了大半个中国,在中国参演了 25 部电影,终将实践认知与学术研究结合了起来。所以,他对中国的认识比较全面,评价也较中肯,比如,他对中国文化连贯性的评论:

> 我不由得想到在这个国家漫长的历史进程中,没有出现过特别严重的分裂破坏活动,颠覆性的改革,亦或是宗教圣战。这似乎是一种传统的以综合为主的思维方式,一种调和主义,在主导着中国的传统文化思想,使得它们得以传承下来。这种传承的延续性是令人瞩目的,就好比是一条奔腾不息的大河,慷慨地接纳各个支流的汇入,且依旧保持其自身特质不变。[1]

吉叶墨关于唐诗的 5 部译作分别为:《白塔——唐诗一百首》(*La Pagoda Blanca*:*Cien Poemas de la Dinastía Tang*,1996)、《酒泉——李太白诗歌》(*Manantial de Vino*:*Poemas de Li Tai Po*,1998)、《琵琶行——白居易诗选》(*La Canción del Laúd*,*Poemas de Bai Juyí*,2001)、《翰林——杜甫诗选》(*Bosque de Pinceles*.*Poemas de Tu Fu*,2001)与《空山——王维诗选》(*La Montaña Vacía-Poemas de Wang Wei*,2004)。因他常住利马,他的译著一般先在秘鲁出版,随后多由西班牙的出版社再版。

《白塔——唐诗一百首》(以下简称《白塔》)的副文本包括致谢、译介对象阐述、译者介绍、目录、前言、注释与参考书目,也采用汉西对比版式。

---

[1] 吉叶墨. 来自中国:迷人之境的报道. 奚晓清,译. 北京:五洲传播出版社,2016: 200.

吉叶墨还比照了拼音与西班牙语字母的发音,如拼音"b"相当于西班牙语的"p";详细介绍了拼音的声调,便于译语读者体验汉诗的音韵之美。《白塔》多选译五七言律诗(以绝句为主),共 41 位诗人,既有主流诗人,如杜甫、李白、王维等;又有相对小众的诗人,如沈佺期、崔国辅、韩翃、赵嘏与于武陵等,对唐诗的译介较为全面。

吉叶墨还在前言中阐明了自己的翻译策略。一是放弃能指:汉字的形象无法翻译,如"明"虽可译出内涵,却无法翻译汉字的构成方式。汉诗的格律、音韵及节奏等也不可译,若要欣赏汉诗"能指"带来的美学体验,则只能阅读原诗。二是保证诗义传递:诗歌自有其连贯意义、语义场及文本核心,但当字词出现多义时,译者应具备选择其中最恰当的语素单位的能力。三是传递诗歌精神:诗歌自有其内在精神,即它的本质、身份或灵魂,有效翻译应该尊重原诗内在精神,并在译文中传递,必要时可适当牺牲其他形式上的对等要求。四是译诗采用连贯流畅的语言:翻译诗歌时,原诗语言结构被打乱,在译诗中重组,这个过程要保持译文语言的一致性及流畅感,必要的解释应该做注,以免打乱译诗节奏。

吉叶墨的译诗忠实、精准,严谨而有新意,这得益于他的学术养成。吉叶墨是文学、符号学双科博士,精通多门西方现代语言与拉丁文;因语言学方面的深厚造诣,他对汉语不是普通的学习,而是研习;对中国古典文学也不是普通的阅读,而是从学术研究角度的"解码"。因此,他的译文自然精准,加之他是在西方学术研究范式下进行译介活动的,自然容易被西方学者接受。所以,《白塔》1996 年于利马出版,2001 年于西班牙再版,2004 年被北京大学出版社第三次刊行,它"走遍"了三大洲,是最受欢迎的中国古典文学西译本之一。吉叶墨的其他唐诗译本将在下一节论述。

(二)苏亚雷斯

西班牙翻译家、汉学家苏亚雷斯是西班牙作家、剧作家冈萨罗·苏亚雷斯(Gonzalo Suárez, 1934—　　)之女。她毕业于巴黎第七大学东方语学院的汉语言文化专业,主攻中国语言与文化,毕业论文研究中国当代作家张贤亮,并将其小说《土牢情话》从汉语译为法语。后来,她又在北京大学文学系留学两年。2009 年,在巴塞罗那自治大学获得"跨文化交际与翻译"的博士学位,论文为《中国古典诗歌的翻译问题——以杜甫的八首古诗为例》(*El problema de la traducción de poesía china clásica en ocho poemas de Du Fu*),是巴塞罗那自治大学东亚研究中心最为重要的汉学教授之一。

苏亚雷斯是中国古典文学的重要译者,从汉语直译了孔子、老子、李白、杜甫、王维、白居易与苏东坡等人的作品;也从法语转译,例如,西译法国汉学家马古礼的《中国文学选集》(*Antología de la Literatura China*, 2001)以及著名法籍华人学者程艾兰的《中国思想史》(*Historia del Pensamiento Chino*, 2003)。她于 2021 年 9 月获得西班牙国家翻译奖,颁奖词中如此说道,"对原作的文化、历史和社会因素的注释,使读者能够全方位理解作品"①。

苏亚雷斯关于唐诗的译作主要有 5 部:《李白诗歌 50 首》(*Cincuenta Poemas de Li Bo*, 1988)、《王维及亲朋的绝句 99 首》(*99 Cuartetos de Wang Wei y Su Círculo*, 2000)、《白居易绝句 111 首》(*111 Cuartetos de Bai Juyi*, 2003)《从中国到安达卢西亚——39 首绝句与 6 首阿拉伯语四行诗(灿烂的东方四行诗)》(*De la China a al-Andalus. 39 Jueju y 6 Robaiyat〈Esplendor del Cuarteto Oriental〉*, 2004)与《临路歌——李白诗歌 100 首》(*A Punto de Partir*, *100 Poemas de Li Bai*, 2005)。

《从中国到安达卢西亚——39 首绝句与 6 首阿拉伯语四行诗(灿烂的东方四行诗)》选译 24 位诗人的 39 首绝句,全为唐诗,除唐代四大家以外,还选译了相对小众的诗人,如崔玄亮、东方虬、韩偓、花蕊夫人、钱起、王驾与张旭等,译风清新、自然、简明、有力。苏译其他 4 部诗集将在后文详述。

苏亚雷斯的翻译策略有如下三条:一是尽量选译篇幅简短、浅显易懂的诗篇,避免大量注释破坏译文的流畅;二是在保证诗义准确传递的前提

---

① 上海塞万提斯图书馆. 安妮-海伦·苏亚雷斯荣获西班牙国家翻译奖. (2021-09-20)[2023-03-31]. https://mp.weixin.qq.com/s/oc7IPmNM9nHqTIxeZo1bwA.

下,尽量减少句中连接成分,力图再现汉诗的精炼;三是追寻再现原诗的形美、意美,苏译唐诗绝句四行、律诗八行,古体诗的诗行数量也严格遵循,保证了形式上的工整。苏亚雷斯深知对仗是中国诗歌的精髓,所以追求它的再现,以《江夏别宋之悌》为例验证她对翻译原则的践行情况:

EN JIANGXIA, DESPEDIDA A SONG ZHITI

Las aguas de Chu, límpidas como el vacío,
irán a lo lejos a dar al mar azul.

Más de mil estadios habrá entre los amigos,
en un solo vaso se encuentra nuestro gozo.

Las aves del valle cantan al cielo claro,
los monos del río aúllan al viento oscuro.

Hasta ahora nunca había vertido lágrimas,
pero en este instante el llanto no tiene fin.①

译诗四联、八句,颔联、颈联严格对仗:"Más de mil estadios"对"un solo vaso","Las aves del valle"对"Los monos del río","cantan"对"aúllan","al cielo claro"对"al viento oscuro";四句均押"o"韵("go, zo, ro, ro"),可谓严格意义上的韵文。颔联中她省略了转折连词"pero",颈联中略去并列连词"y",尾联中却自如地采用了"pero",证明苏亚雷斯对律诗"颔联、颈联对仗,首联可对仗可不对仗,尾联不对仗"的诗体规则熟稔于心,且有能力在译文中再现这样的规则。原诗的词序也尽量保持,她似乎对形式的对等有一种特殊的、不尽的追求。

(三)陈国坚

陈国坚(1939—2021)生于越南的一个华侨家庭,1948 年回到中国,1957 年考进北京对外贸易学院(现对外经济贸易大学)学习西班牙语,毕业后留校任教,后又到广州外语学院(现广东外语外贸大学)继续教授西

---

① Suárez, A. H. *A Punto de Partir*, *100 Poemas de Li Bai*. Valencia: Editorial Pre-textos, 2005: 107.

班牙语。20世纪80年代,陈国坚赴墨西哥留学,由此开始了西译中国古诗的实践,后来又在秘鲁、西班牙、中国出版多部译著。他指明了用现代西班牙语翻译古汉语诗歌的难度,突出了中国古诗的"不可译性",但同时也强调,作为跨文化使者,他有使命让西班牙语读者在一定程度上领略中国古典诗歌的瑰丽。正是在这样的使命感的驱使下,他兢兢业业地在这个领域耕耘了40余载,是为数不多的、长期致力于从汉语"译出"的西班牙语学者,并于2009年获得第四届"中华图书特殊贡献奖"。

陈国坚也是唐诗四大译者之一,译著有9部:《李白诗歌十八首》(*Dieciocho poemas de Li Po*,1981)、《杜甫诗歌十八首》(*Dieciocho Poemas de Tu Fu*,1981)、《把酒问月——李白诗集》(*Copa en Mano, Pregunto a luna- Li Bo, Poemas*,1982)、《白居易诗选》(*Poemas de Bai Juyi*,1984)、《唐诗:中国诗歌的黄金时代》(*Poemas de Tang, Edad de Oro de la Poesía China*,1988)、《中国古典诗歌——李白诗集》(*Poemas de Li-Po, Poesía Clásica China*,1989)、《李白诗歌一百首》(*Cien poemas-Li Po*,2002)、《唐诗三百首》(*Trescientos Poemas de la Dinastía Tang*,2016)与《西译唐诗选》(*Antología Poética de la Dinastía Tang*,2017)。

《唐诗:中国诗歌的黄金时代》以1978年中国社科院文学研究所编撰的《唐诗选》与1983年上海辞书出版社出版的《全唐诗鉴赏大辞典》为翻译源头,选译37位唐代诗人的137首诗歌,既有主流诗人,如白居易、李白、杜甫、王维;也有相对小众的诗人,如于良史、崔护、王建、李绅、陈陶、刘驾与马戴等,译介较为全面。

后来,陈国坚在此基础上翻译了《唐诗三百首》(2016),在蘅塘退士编选的313首的基础上,另增25首,共338首。译本包括两篇序言:他序与自序。他序由西班牙皇家历史学院院士卡洛斯·马丁内斯·萧(Carlos Martínez Shaw)撰写。陈国坚阐述了中国诗歌在译语文化中传播的两个关键因素。一是抒情诗歌个性化叙事能够让读者移情,产生情感共鸣,他还列举了让他移情的一些诗句,如"此恨绵绵无绝期""千载琵琶作胡语,分明怨恨曲中论""有酒不饮奈明何?""行乐须及春"。二是中国诗歌内在的普遍价值,他在西方诗歌中为唐诗情感寻找对应,如"只应守寂寞,还掩故园扉"与"谁解乘舟寻范蠡? 五湖烟水独忘机"。(莱昂《隐居颂》),"花开堪折直须折,莫待无花空折枝"(《致埃莱娜十四行诗》)。"可怜无定河边骨,犹是深闺梦里人"(西班牙诗人弗朗西斯科·德·克韦多),"千秋万岁名,寂寞身后事"(西班牙诗人豪尔赫·曼里克),以此来挖掘中国诗歌的普遍价值。

其实,这两个因素互为表里,移情从个性化叙事阐述,普遍内涵从宏大叙事定位诗歌审美意趣。这个认知对中国文学走出去有启发意义:将文化交流与文化传播的中心回放在诗歌情感、诗歌美学内涵对读者的情感启迪上。

《唐诗三百首》的自序部分,陈国坚从朝代史的角度论述唐代历史,从政治、经济、文化角度论证了唐朝的繁荣;回溯中国诗歌史时,从初唐、盛唐、中唐、晚唐四个层次分析了唐诗题材、诗风以及每个阶段的代表诗人,详解了唐诗韵律、节奏以及对既往诗歌艺术的继承、创新,特别强调唐诗对仗、意象叠加、精炼语言、普遍内涵等特征。

陈译《西译唐诗选》(2017)属于"中国文化精品译丛",与《唐诗三百首》(2016)比较,主要有以下不同:一是体量不同,2017 本仅选译 154 首,不足 2016 本的一半;二是版式不同,2016 本为西班牙语版,2017 本为汉西对照版,且每首诗歌均搭配水墨风插图,映衬诗歌内容;三是 2017 本诗人排序按照出生年份进行,2016 本按照字母顺序排列。另外,对比两个版本的译文,可见陈国坚在不断完善、修改译文,即使相隔时间很近,他在重译时也有自己的思索、判定与修改。例如,《枫桥夜泊》中,"夜泊"由"Una noche, anclado"改为"Fondeado de noche","霜满天"由"El cielo está inundado en la escarcha."改为"El cielo está inundado de escarcha."。

当然,两个译本最大的区别还是前言:2016 译入本前言长且精,2017 译出本短而浅。2017 本的前言包括两个译者自序(汉西不对照),共 8 页;2016 本的序言则有 90 页。这与译者实际的站位相关,同一译者既做译出文本,又有译入文本,且均译唐诗。译出从传播的角度,以易读为宗旨;译入从接受的角度,以信息精准、全面为目的。陈译唐代诗人专集将在下一节论述。

　　陈国坚不仅集中译介唐诗,还在诗集主题、体量与译本形式等方面做出了突破。西方学术历来关注女性在各个历史阶段的生活状态,西班牙语世界也不例外,他们尤为擅长从不同文本摄取信息、展开研究,文学文本就一直是他们研究的重点对象。因此,陈国坚翻译了两部诗集:一是《中国最佳爱情诗歌》(*Lo Mejor de la Poesía Amorosa China*,2007),选译公元前 16 世纪至今的 90 位诗人的 126 首诗歌,虽以男性诗人为主,但也选译了不少女性诗人,如徐淑、崔仲容、李冶、薛涛、刘采春、鱼玄机、杜秋娘、李清照与朱淑真等,从女性角度观照、体验爱情;二是《中国青楼女诗人选集》(*Antología de Poetas Prostitutas Chinas*,2010),选译公元 5 世纪至公元 21 世纪 28 位青楼女诗人的 64 首诗歌,唐代共 32 首,其中薛涛 12 首、李冶 6 首、刘采春 4 首、关盼盼 2 首、鱼玄机 2 首、张窈窕 2 首,赵鸾鸾、太原妓、徐月英、杜秋娘各 1 首。

　　上述译诗集体量较小,相比大部头的《中国诗歌》(408 首)与《唐诗三百首》(338 首),可谓"小家碧玉"。"小家碧玉"还有一位成员:《中国诗词必读》(*Poesía China Elemental*,2008),选译 37 位诗人的 82 首诗歌,以唐诗宋词为主。该精选集从受众角度突破,非常适合普通西班牙语读者。另外,陈国坚还翻译了《书画里的中国诗歌》(*Poesía China Caligrafiada e Ilustrada*,2006),使诗歌、书法与绘画三门艺术交相辉映,从传播形式上做了较大创新。

　　另外,陈国坚基于自己的译介、研究,撰写了专著《中国诗歌在西班牙语世界的译介》,按照译本的出版时间,历时地梳理了中国诗歌在西班牙语世界的译介情况,资料丰富、全面、详实、准确。他还在书中简单整理了中国诗歌在西班牙语世界的研究情况以及中国诗歌对西班牙语诗歌的影响。为中国古典文学西译、中西诗歌比较以及西班牙语世界汉学家研究奠定了基础、提供了视角。

(四)常世儒

　　常世儒(1952—)于 20 世纪 70 年代毕业于北京外国语大学西班牙语系,后留学墨西哥,毕业后再回北外任教,90 年代获得西班牙马德里自治大学语言文学博士学位,是中国最早的、为数不多的西班牙语博士之一。常世儒早期翻译西班牙语诗歌,译介对象有奥克塔维奥·帕斯(Octavio Paz, 1914—1998)、博尔赫斯。他后来与北外郑书九教授合作编写了《拉丁美洲文学选集》(1997),主要负责编写诗歌、散文部分,这是20世纪末期、21世纪初期在中国使用得最为广泛的拉美文学教程。再后来,诗歌翻译实践又引导常世儒逐渐从文学转向翻译,尤其是口译,他多次参加文化、经贸、金融、环保、旅游、食品等方面的翻译实践,并出版了两本翻译教材:《西班牙语口译》(2007)与《西汉口译实用理论与技巧》(2008),填补了国内西班牙语口译教材的空白。此外,他又多次担任西班牙巴塞罗那自治大学孔子学院的中方院长,成为汉语、汉文化的传播使者。

诗歌、翻译、文化传播三种元素的汇通,促使常世儒走上了中国诗歌西译的道路。他的主要译介对象为唐诗,相关译著主要有以下四部:一是与安东尼奥·萨亚(Antonio Zaya)合译的《唐诗三百首》(*300 Poemas de la Dinastía Tang*, 2001);二是独译的《精选唐诗与唐画》(*Poesía y Pintura de la Dinastía Tang—Antología Selecta*, 2010);三是与西班牙汉学家欧阳平(Manel Ollé)合译的《唐诗选》(*Poemas de la dinastía Tang*, 2015);四是独译的《唐诗与唐画》(*Poesía y Pintura de la Dinastía Tang*, 2019)。

《唐诗三百首》选译蘅塘退士311首中的308首,在马德里出版。陈国坚评价常世儒这个译本:"译文忠实、贴切,是汉诗西译的重要支撑,也体现中国诗歌西传的努力,遗憾的是因其有限的发行量并未引起重视。"①《精选唐诗与唐画》属于"中国传统文化精粹"系列,选译37位唐代诗人的诗歌共76首。译本在译介形式上有较大突破,西汉对照、诗画相映、精美排版体现了中国文化海外传播工作者的努力,美中不足的是,对照的唐诗、唐画内涵不对应,诗画相映,尚未"成趣"。

《唐诗选》属于《大中华文库》系列,选译52位诗人共154首诗歌,注

---

① Chen, G. J. *La Poesía China en el Mundo Hispánico*. Madrid:Miraguano,2015:102.

重选译长诗,如李白古体诗《蜀道难》《行路难》《将进酒》等,使得唐诗在西班牙语世界的传播更加全面。它的副文本与陈译《唐诗三百首》(2016)也"天差地别"。以前言为例,先看结构,常本分两个部分:《大中华文库》总序与译者自序(汉西对照);陈本分三个部分:名人他序、译者自序与此版序言。常本属政府主导的出版项目《大中华文库》,它的翻译实践也在"宏大叙事"框架下完成,总序独立,所有具体的翻译项目从属于它,两者关系是"从上至下";陈本的名人他序以具体译著为阐释对象,围绕译者、译著而作,两者关系有先后、属因果。

再看自序篇幅与内容,常本154首诗、8页序,陈本338首诗、80页序;对比内容,共同之处在于均有唐代背景、唐诗繁荣原因、唐诗发展的四个阶段等"宏观话语",不同之处为陈本还涉猎重要诗人论述、唐诗题材、内容、韵律、节奏、美学内涵等"具体话语",常本无。此外,陈国坚还明确了汉语原诗来源,又详述了翻译缘由、选诗原则以及翻译原则等"个人话语",他对翻译原则的陈述如下:

> 至于翻译,我遵循以下原则:首先,忠实传递原诗内容与精神,尤其是作者的情绪、感受以及诗歌的美学价值,并且试图实现一定的音韵和谐。原文是诗,我尽全力使卡斯蒂利亚语译文也是诗。我尽一切可能保证原诗的重要特点:简洁、对仗以及结构美。至于特定时代或者中国文化通用的隐射与比喻,我尽力翻译它的外延,而非紧贴原文文字、追求词义的准确翻译。①

以柳宗元《江雪》为例,观照陈国坚对翻译原则的践行情况,同时对比常世儒译本,以观不同译风:

> 柳宗元原诗:
> 千山鸟飞绝,万径人踪灭。
> 孤舟蓑笠翁,独钓寒江雪。②

---

① Chen, G. J. *Trescientos Poemas de la Dinastía Tang*. Madrid: Cátedra, 2016: 94.

② 俞平伯等. 唐诗鉴赏辞典. 上海:上海辞书出版社,2017:1013.

常世儒译：

NIEVE EN EL RÍO

Ningún pájaro sobrevuela en mil montañas，

y cubiertas las huellas de caminantes en diez mil sendas.

En un bote，solo，con capa y sombrero de paja，

un anciano pesca en la nieve del río helado. ①

陈国坚译：

NEVANDO SOBRE EL RÍO

Centenares de cerros

sin ningún pájaro.

Millares de senderos

sin rastro humano.

Barquita solitaria.

En el río nevado，

pesca solo el anciano. ②

原诗属五言绝句，20 个汉字，20 个音节，精炼至极。常译保持四行，再现原诗形式，然而，四行音节数分别为 14、17、16、16，又显得冗长，一定程度上破坏了原诗精炼的诗学内涵，而且，对仗也未能再现。陈国坚则以七行翻译四行，形式不对等，但每行诗歌的音节数在 6、7、8 之间变换，再现了原诗精炼之风；原诗"千"与"万""绝"与"灭""孤"与"独"对仗，陈译以"centenares"与"millares""sin"与"sin""solitaria"与"solo"对照来体现。此外，陈国坚深刻领会了意象叠加这个美学内涵，他大量堆砌名词或名词短语，打破了西班牙

① Chang，S. R. & Ollé，M. *Poemas de la Dinastía Tang*. Beijing：China Intercontinental Press，2015：295.

② Chen，G. J. *Trescientos Poemas de la Dinastía Tang*. Madrid：Cátedra，2016：355.

语惯有的行文方式,但却再现了原诗的诗境;常译则多用主谓宾结构,更加符合西班牙语行文习惯,但却无法体现意象叠加这个特点。不过,此版陈译漏翻"蓑笠",后来他在 2017 版《西译唐诗选》补充完整了。①

对比常译、陈译可见,常世儒更加注重"遵循",遵循汉语四行的形式,按照西班牙语主谓宾的行文习惯,但是,精炼与意象叠加这两个重要的美学内涵未能在译诗中还原。表面观之,陈国坚在"突破",在"背叛",他虽不遵循原诗诗行数目,不遵循目的语既定的行文习惯,却使原诗精炼与意象叠加这两个美学内涵都在译诗中得到再现。这大概验证了"翻译即背叛"的理念,忠实与背叛在诗歌翻译中却成了"一物两面"。

2019 年,常世儒再译《唐诗与唐画》,该作品属于"中华之美"丛书,选译了 29 位唐代诗人的 80 首诗歌,以李白、杜甫为主,各 13 首。"中国精粹"、《大中华文库》与"中华之美"等译出项目在多样文明互融互鉴的大语境中,体现了中国向西方主动译出的努力,不论是作品的选择还是形式的考量,都体现了中国学界、出版界的持续发力,值得肯定。

四大译者与汉语、西班牙语的结缘方式不同,习得西班牙语、汉语的方式与过程也不尽相同,译风迥异,译本的出版背景、时间、地点异样,但是,他们共同为唐诗在西班牙语世界的传播贡献了自己的力量,成为重要的唐诗译者。另外,他们四位都有长期从教的经历,不论是教授汉语还是西班牙语,也不论是文学课程、语言课程还是翻译课程,不管是在中国,还是在西班牙、秘鲁,他们都为培养下一批汉学家、翻译家、西班牙语学者奠定了基础,也在教学过程中传递了中国诗歌、中国文学以及中国文化。

当然,唐诗西译者不局限于他们四位,重要的唐诗选另有 4 部:一是黄宝琳(Pauline Huang)与卡洛斯·德尔·萨斯-奥罗斯科(Carlos del Saz-Orozco)译的《唐代诗人》(1983);二是欧盟及联合国译员、西班牙诗人哈维尔·亚圭埃·博施(Javier Yagüe Bosch)从汉语直译的《10 首唐代离别诗》(*Diez Despedidas de la Dinastía Tang*,1996);三是西班牙文学

---

① Chen,G. J. *Antología Poética de la Dinastía Tang*. Shanghai:Shanghai Foreign Language Press,2017:427.

教授、诗人阿尔弗雷多·戈麦斯·希尔(Alfredo Gómez Gil)与中国西班牙语学者陈光孚从汉语翻译的《唐诗选——第一个黄金时期》(*Antología Poética de la Dinastía Tang. Primer Período de Oro*, 1999);四是康塞普西翁·加西亚·莫拉尔(Concepción García Moral)翻译的《中国唐代诗人》(*Poetas Chinos de la Dinastía Tang*, 2000)。

第二节　李白、王维、杜甫、寒山的西译本梳理、分析与比照

唐代杰出诗人数量之多,为我国诗歌史上所罕见,"初唐四杰""李杜""诗仙""诗圣""诗佛""唐代三大家""小李杜""唐代四大家"等对诗人的称号层出不穷,各路文艺批评家也各抒己见。然而,中国文学史上的传统排位,在文学域外传播的过程中,往往会有偏差,西班牙语世界对唐代诗人的译介特色鲜明,从专译本数量分析,被译介得最多的四位唐代诗人为:李白、王维、杜甫与寒山,译本对照如表 3-1。

表 3-1　李白、王维、杜甫与寒山的译本对照

诗人	译作	诗人	译作
李白	La Danza de los Dioses①	王维	La Montaña Vacía- Poemas de Wang Wei, 1996
	Colección Oriental. Rimas Exóticas, 1952		Poemas del Río Wang, 1999
	Poemas de Li Po, 1962		99 Cuartetos de Wang Wei y Su Círculo, 2000
	Vida y Poesía de Li Po, 1968		La Montaña Vacía- Poemas de Wang Wei, 2004
	Selección de los Poemas de Li Po, 1976		Poemas del Río Wang, 2004

----

① 译本出版年限不可考,但译者于 1943 年去世,翻译行为应在此之前完成。

续表

诗人	译作	诗人	译作
李白	Dieciocho poemas de Li Po，1981	杜甫	Dieciocho poemas de Tu Fu，1981
	Copa en Mano，Pregunto a Luna-Li Bo，Poemas，1982		Siete poemas de Melancolía，1990
	Cincuenta Poemas de Li Bo，1988		El Vuelo Oblicuo de las Golondrinas，2000
	Poemas de Li-Po，Poesía Clásica China，1989		Bosque de Pinceles. Poemas de Tu Fu，2001
	Manantial de Vino：Poemas de Li Tai Po，1998		Chang-an，2004
	El Bosque de las Plumas，Li Tai Po，1999	寒山	Los Poemas de Han-Shan，Poesía Zen，1985
	Eres Tan Bella Como Una Flor，Pero las Nubes Nos Separan，1999		El Solitario de la Montaña Fría：Poemas de Han-shan，1994
	Cien Poemas-Li Po，2002		El Maestro del Monte Frío，2008
	A Punto de Partir，100 Poemas de Li Bai，2005		Los Poemas de la Montaña Fría，2010
	El Ermitaño de los Lotos Verdes，2005		

仅从译本数量观照,李白第一,王维、杜甫第二,寒山第三,且李白的译本数量占据绝对优势,超过另外三位诗人西译本数量的总和。随着对四位诗人西译本的梳理、分析,西班牙语世界译介的独特性也将逐渐展现。

(一)李白在西班牙语世界的翻译及影响

李白最早受到西班牙语世界关注,成为中国诗选、唐诗选的重要选译对象;也是唯一一位在 20 世纪上半叶有西班牙语专集的唐代诗人。这种关注一直延续至 50、60、70 年代,1980 年前共有 5 部李白专集:一是曾译《神州集:东方诗歌》的巴伦西亚翻译的《上帝之舞》(*La Danza de los Dioses*);二是名为 Tien Chwen-Min 的西班牙传教士译介的《东方诗集:异域韵律》(*Colección Oriental. Rimas Exóticas*, 1952),含 12 首李白诗歌;三是智利著名诗人路易斯·恩里克·德拉诺(Luis Enrique Délano,

1907—1985)译的《李白诗集》(*Poemas de Li Po*，1962)，德拉诺是智利共产党党员，他于 20 世纪 60 年代来到中国工作，在中国同事的帮助下，他从英语、法语转译并选录 31 首诗歌，译文采用不押韵的散体形式；四是马嫩特转译英国汉学家韦利(Arthur Waley)的《李白的诗歌与生平(701—762)》(*Vida y Poesía de Li Po*，1968)；五是佚名译者翻译《李白诗选》(*Selección de los Poemas de Li Po*，1976)。

上述译者或为诗人，或为传教士，他们大多不识汉字，从英语、法语等其他语言转译，故翻译忠实度值得斟酌。20 世纪 80 年代以后的汉学家、翻译家肩负了向西班牙语读者传递更为真实的李白诗歌的重任，他们大多从汉语直译，译作主要有以下 10 部：《李白诗歌十八首》(1981)、《把酒问月——李白诗集》(1982)、《李白诗歌五十首》(1988)、《中国古典诗歌——李白诗集》(1989)、《酒泉——李太白诗歌》(1998)、《翰林学士——李太白》(1999)、《美人如花隔云端》(1999)、《李白诗歌一百首》(2002)、《临路歌——李白诗歌一百首》(2005)与《青莲居士》(2005)。

陈国坚翻译的《李白诗歌十八首》发表于《亚非研究》。他认为李白是"带有现实主义色彩的浪漫主义诗人"[1]，并选译了诗人的经典作品，如《静夜思》《早发白帝城》《寻雍尊师隐居》等，采用了 17 条脚注，用以诠释诗歌内涵或注明诗歌创作的背景。

《把酒问月——李白诗集》在墨西哥出版，译者也为陈国坚，他选译 90 首诗歌，如《望庐山瀑布》《独坐敬亭山》《蜀道难》等。他注重保持原诗的文化内涵，比如，将"桃花潭"译为"el lago Flor de Durazno"(湖＋桃花)就比巴伦西亚译作"大海"更能保持原诗意境；再如，将"罗敷"译成"la doncella Lo Fu"(姑娘＋罗敷)，行文流畅，既易理解，又免去了采用保留原名、页脚注释的繁琐做法。尽管如此，为能更加达意，译者还是增加了 127 条脚注来诠释诗歌内涵或用以注明诗歌创作的背景。

《李白诗歌十八首》与《把酒问月》是陈国坚赴墨交流期间的译作。中

---

[1] Chen，G.J. Dieciocho poemas de Li Po. *Estudios de Asia y África*，1981，47 (1)：179.

国与墨西哥在 1972 年建立正式外交关系,当时中国国内急需西班牙语人才,墨政府委托墨西哥学院为中国培养西班牙语人才,这个传统延续了很长一段时间。陈国坚到墨之后,受到墨院推动中国诗歌翻译、传播的氛围影响,接手翻译李白诗歌,让更多的墨西哥读者及其他西班牙语读者得以在 80 年代读到李白的诗歌。墨西哥学院面向中国学者开设西班牙语语言文化培训课程,中国学者又以西译中国古典诗歌回馈他们,印证了文化交流的双向性质,也体现了多样文明的互鉴互利。

陈译《中国古典诗歌——李白诗集》在巴塞罗那出版,他参照上海辞书出版社的《唐诗鉴赏辞典》,选译了 94 首李白诗歌,按照创作的时间顺序排列。该译作虽在《把酒问月》基础上编译,但是,所选诗歌区别较大,部分重译作品也一再修改。诗歌数目略微增加,注释却见少,94 首诗歌共 68 条注释,翻译风格也有所转变。此版反响颇好,1990 年再版;后来,奥利维娅·梅肯斯(Olivia Merckens)选择了 90 版的部分诗歌结集,以《美人如花隔云端》为名再版;2002 年,再译、再编、再版为《李白诗歌一百首》。

《酒泉——李太白诗歌》在秘鲁出版,译者为吉叶墨,他尊李白为整个汉诗史上的巅峰,认为诗人几乎是整个汉诗、汉文化的表征,全世界都在阅读、欣赏并评论他的诗歌。该作品选译诗歌 120 首,包括古体诗、乐府及近体诗。因书名为"酒泉",注重翻译酒诗,如《月下独酌》(四首)《把酒问月》《将进酒》《山中与幽人对酌》《对酒》《鲁中都东楼醉起作》《南陵别儿童入京》《客中作》等。

吉叶墨还将李白的生平叙述为"色彩各异"的神话:白、黑、红。"白"指性格飘逸俊洒、皓如明月,又暗合名字;"黑"指李白坎坷、挫败的仕途;"红"指诗人嗜酒。吉叶墨对李白生平的神话化,揭示了诗人在西班牙语世界受到青睐的一个原因,即他狂放不羁的个性与传奇的人生。高力士脱靴、斗酒诗百篇、拥月而亡这些传说吸引了众多西班牙语世界的诗人、汉学家与读者。

《翰林学士——李太白》在利马出版,由费尔南·阿莱萨·阿尔维斯·奥利维拉(Fernán Alayza Alves-Oliveira, 1956—)与秘鲁诗人席尔瓦·桑蒂斯特万(Silva-Santisteban, 1941—)合译,选译诗歌 25 首,兼具长诗、短诗。阿莱萨 17 岁时就和从事外交事业的父亲来到了中国，学习了 9 年汉语，获得了北京语言大学汉语专业的学士学位，返回秘鲁后，曾在秘鲁天主教大学、圣马科斯大学任教。他曾言，"我一开始学习的是现代汉语与当代中国文化；但是，渐渐地我开始意识到，理解当代现实的关键在它的几千年历史，因此，我现在对中国的古典语言与文化更感兴趣。"①后来，他开始译介中国古典文学作品，除《李太白》以外，还译有《大学》《中庸》《道德经》等作品。

《李白诗歌五十首》1988 年在马德里由伊培里翁出版社出版，译者是苏亚雷斯。她在该书中简述了李白生平，概括李白诗风；采用了 29 条注释来注明诗歌背景、内涵。虽然译作篇幅有限，但是选诗题材广泛，尤其关注李白诗歌中世间年华匆匆与自然永恒不朽的对比、山景与月景、诗人间的友情，尤其是离别诗中所描绘的友情、酒诗等。苏亚雷斯的译本质量值得信赖，连一向要求严格的马埃斯也对这个译本做如下评价："整体精准，语言优雅。"②

苏亚雷斯欣赏李白的《临路歌》，在《关于死亡的中国古诗》(*Poemas ante la muerte en la China antigua*, 2008)一文中，她详细地分析了这首诗歌。公元 759 年，李白客居朋友家中，病重，感到死亡在靠近他，便作《临路歌》，诗中的"路"可能是"终"的误写，所以，此首诗歌可谓诗人为自己撰写的墓志铭。首联中李白自喻为"大鹏"，感叹雄心壮志未能得酬的情境；中联表达流芳万世的愿景；尾联借孔子亡后的情形感叹自己死后可能遇到的境况。

出于对《临路歌》的深切喜爱，苏亚雷斯选译了《临路歌——李白诗歌一百首》，2005 年由西班牙巴伦西亚市文前出版社出版。与《李白诗歌五十首》相比，不仅诗歌数量增加，翻译精准程度也有所提高，单从"李白"西班牙语译名的改变就能看出："Li Bo"改为"Li Bai"。她采用了 258 条尾

① Con referente a Chen, G. J. *La Poesía China en el Mundo Hispánico*. Madrid: Miraguano, 2015: 86.

② Maeth, R. Anne-Hélène Suárez. Li Bo: Cincuenta poemas. *Estudios de Asia y África*, 1992, 88(2): 430.

注,相较于脚注,尾注更利于译诗的连贯性,同时也能为希望深入理解诗歌内涵的读者提供参照。

《青莲居士》在波哥大出版,译者为吉耶尔莫·马丁内斯·冈萨雷斯(Guillermo Martínez González),哥伦比亚诗人、编辑,20 世纪 90 年代初期在北京担任《今日中国》杂志的顾问。他在 80 年代就开始了中国诗歌翻译实践。美国汉学家王红公(Kenneth Rexroth,1905—1982)曾以汉魏六朝乐府为翻译对象,结集《续汉诗百首:爱与流年》(*One Hundred More Poems from the Chinese: Love and the Turning Year*, 1970),马丁内斯以此为蓝本,选译《竹林:中国诗歌》(*El Bosque de los Bambúes: Poemas de China*, 1988)。此外,他还翻译了一本王维专集,后文将会详述。

综上,80 年代后的译本折射了西班牙语世界对李白的持续关注,也勾勒了李白的传播版图:西班牙为主,墨西哥、秘鲁次之,哥伦比亚最末。李白在西班牙语世界的突出地位不局限于翻译,西班牙语诗人对李白诗风的模仿,以及他们以李白为题而作的诗歌更是进一步体现了他对西班牙语世界的影响。

李白寓情于景的表情方式、精准凝练的语言风格、咏叹自然与追求天地人和谐的哲思对西班牙语诗人的创作产生了影响,西班牙语世界中不乏他的模仿者与跟随者,如马里察·加西亚(Maritza García),他曾写有一首小诗《烛光》:

> Junto a una candela encendida,
> me quedo viendo pasar la noche,
> la llama de la candela
> me traerá deseos infalibles,
> me llenará de pasión.
> Después
> el frío de afuera entrará violento

y estremecerá mi cuerpo. ①

译为汉语:
烛光
烛火端端凝望夜晚,
烛焰摇曳我心荡漾。
屋外寒气侵袭入内,
荡漾的心为之一颤。

诗歌"首联"俨如《静夜思》,"尾联"则如《玉阶怨》,借景抒情,情景交融。

此外,西班牙语诗人还以李白为题创作诗歌,如塔布拉达、西班牙诗人何塞·科雷多尔·马特沃斯(José Corredor-Matheos,1929—)、西班牙诗人哈纳罗·塔伦斯(Janaro Taléns,1946—)与哥伦比亚诗人费尔南多·阿韦拉埃斯(Fernando Arbeláez,1924—1995)。他们多从李白对酒的挚爱、对世间既定规则的蔑视与对"水中月"的执着等方面去描绘他;李白的一生契合他们对理想化的诗人形象的幻想:少年得志、与酒为伴、不倚权贵、至真至纯。

科雷多尔·马特沃斯隶属西班牙"五十年一代"诗人,受文化主义影响,追求"为艺术而艺术"的创作风格,自他的成名作《给李白的信》(Carta a Li Po,1999)开始,他的文化主义便有了"道"与"佛"的内涵。他从中国诗歌中获取创作灵感,借鉴中国古诗的简洁语言、幽深意境与巧妙结构。他特别欣赏并注重模仿中国古典诗歌意境,忽略或者减弱其叙事性,这在《给李白的信》中亦有所体现,这部诗集于 2005 年获得西班牙国家文学奖。

塔伦斯是西班牙"七十年一代"作家、知名翻译家,曾译莎士比亚、歌德、王维、杜牧、鲁迅等。他认为翻译即创作,翻译过程就是文学创作的过

① Con referente a Chen,G. J. *La Poesía China en el Mundo Hispánico*. Madrid: Miraguano,2015:163.

程,他自己便在翻译过程中不断学习创作。他将翻译过程中遇到的中国元素带到了自己的诗歌中,曾以"李白"为题创作了《青莲居士》,青山、夜露、长袍、白云、明月、松林与飞鸟等意象尽入其间:

EL ERMITAÑO DE LOS LOTOS VERDES

Homenaje a Li Po

Frente a la frialdad

que baja de los montes

olvido que es invierno

y el color del crepúsculo.

Las gotas del relente

hacen nido en mi túnica.

¡Ah, las nubes que pasan,

la luna entre los pinos

y el corazón! Un cielo

donde la brisa riela.

Noche, ahora tan sólo

quiero, cuando los pájaros

te abandonan, sentir

tu calor, todavía. ①

译为汉语:

青莲居士

(致李白)

若非觉察到冷气

从山上袭来

我已经忘却现已冬下

---

① Con referente a Chen, G. J. *La Poesía China en el Mundo Hispánico*. Madrid: Miraguano, 2015:175-176.

夜幕临近。

滴滴夜露

已在我的长袍上筑巢。

啊,云走了,

月从松间探出

还有我的心!

天上微风拂过。

夜,现在我只想

当飞鸟散尽

还能深深地感知

你的温暖。

阿韦拉埃斯于 1980 年创作了《中国诗歌与其他诗歌》(*Serie China y Otros Poemas*),包括 26 首短诗,诗风简洁,有中国古典诗歌之风。其中一首诗歌名为《李白》,短短几行,却将李白传奇的一生尽数囊括其中:爱酒如命、视金钱名利如粪土、豪放自如地追逐自我,并与池中月相拥告别世间。

LI PO

Mejor es el vino

que el renombre

dijo Li Po

quien conoció todo

salvo

la disciplina

y rechazó al mundo

como inútil y complicado.

La negra miseria

lo hizo perseguir

la luna en un estanque.

Se le llamó

Armonía-jamás-igualada. ①

译为汉语：

李白

酒胜于

名

李白说过

他无所不知

唯独不识规则

他拒绝世界

那个无用又复杂的世界。

黑色的厄运

却追赶着他

池面上的月亮。

呼唤了他

这一刻世界和谐了，前所未有的和谐。

（二）王维、杜甫、寒山的西译本梳理与分析

王维、杜甫在西班牙语世界的地位不分伯仲，王维甚至略高一筹。1986 年，西班牙汉学家马嫩特、弗尔克从汉语直译了加泰罗尼亚语版的王维专集《古老的故乡》(*Vell País Natal*)，于巴塞罗那出版，选译王维诗歌47 首。目前，王维诗歌西班牙语专集有 5 部：《空山——王维诗选》(1996)、《辋川集》(1999)、《王维及亲朋的绝句 99 首》(2000)、《辋川集》(2004)与《空山——王维诗选》(2004)。

《空山——王维诗选》在波哥大出版，译者为马丁内斯·冈萨雷斯。

---

① Con referente a Chen，G. J. *La Poesía China en el Mundo Hispánico*. Madrid：Miraguano，2015：194-195.

他将王维定义为"空山中的独孤居士",认为他可同李杜媲美,选译王维诗歌 41 首,这是一个转译文本,但翻译的源文本并未明确。

《辋川集》(1999)在马德里出版,译者为毕隐崖、西班牙知名女诗人克拉拉·哈内斯(Clara Janés),毕隐崖从汉语直译,哈内斯美化译诗。1973年,西班牙在北京设立大使馆,毕隐崖当时 32 岁,但是已经学习中文 10余年,他应征了大使馆的翻译并成功被录用,返回西班牙以后,从事中国古典哲学、文学翻译、研究工作,译作众多,不仅有前文提及的《中国诗歌选集》(2003),还有后文关于杜甫的译诗集,此外,他还译介了多部先秦诸子散文,后文将详述。

毕隐崖在该书前言中将王维与同时代的杜甫进行比较,他认为杜甫多以民间疾苦、战争、官场生活为诗歌创作背景;反观王维,无论是玄宗时代的盛世,抑或安史之乱后的乱世,社会生活、个人生活都鲜少成为他的诗歌主题。在他的诗歌中,名利或者历史稍纵即逝,他多描绘、渲染景物,采用象征手法,凸显无为之境与同自然的亲近,其诗境如同中国水墨画的意境。《辋川集》包含 20 首王维诗歌与 20 首裴迪对歌,汉西对应,每首诗歌都间入水墨插画,版面精美。

《王维及亲朋的绝句 99 首》由西班牙巴伦西亚市文前出版社出版,包括王维及其亲朋(裴迪等)的绝句 99 首。译者为苏亚雷斯,上文已论述她对形式对等的执着追求,这部诗集也不例外,所有译诗四行,并且尽量对仗;注重形式的同时又保存了原诗意境。

《辋川集》(2004)在马德里由特罗塔出版社出版,译者为宫碧蓝。她与王维的缘分始于她的博士论文《理解王维诗歌的语篇、语境关键》(*Claves textuales y contextuales para la comprensión de la poesía de Wang Wei*, 2002)。后来,她翻译了王维的《辋川集》,插入书法,汉西对照,翻译质量上乘,2005 年,宫译《辋川集》还获得西班牙全国翻译奖提名。此后,宫碧蓝又撰写了两篇关于王维的论文:《王维诗歌中的空间与道教话语分析》(*Análisis del espacio y el discurso taoísta en la poesía de Wang Wei*, 2014)与《王维山水诗中的哲学思想融合论》(*Sincretismo filosófico en la poesía de paisajes de Wang Wei*, 2014)。王维常被西方文化视为

"禅诗"的代表诗人,宫碧蓝却重点突出王维诗歌中的道教思想以及哲学思想的融合状态,可谓独特。

《空山——王维诗选》(2004)在利马和马德里分别出版,共选译了150首诗歌,其中山水诗67首、友情诗42首、其他主题诗歌41首。译者为吉叶墨,他将李白、杜甫与王维划归为儒释道三个思想流派的最佳代表。[①]事实上,将诗人多样的诗歌作品以及丰富的诗学内涵简化为哲学思想,有失全面,但是,有利于普通西班牙语读者理解、接受传播对象,能够提高传播的有效性。

另外,吉叶墨分析了王维诗学内涵,观点鞭辟入里。他认为,佛学思想以一种不易察觉又令人信服的方式浸入王维诗歌的方方面面,从诗人的内心散发出来的是他的灵魂所处的状态:与周遭的一切宁静相处。他如此描绘王维的心境:"宁静的自处,平和地融入自然,诗、画、朋友作伴,佛思与道法为内里。"[②]王维的此等心境并非与生俱来,而是在历经坎坷、归隐山林之后才逐渐获得的。有了"入世"之后的坎坷,才有"出世"后的顿悟;经历过跌宕起伏,方有胸中宁静。吉叶墨指出,王维的生命历程是万千中国古代知识分子的缩影:一方面出仕服务于社会;另一方面又被宁静的田园生活所吸引,常在艺术与权力、孤独与繁华、动荡与宁静之间摇摆。王维用诗词描绘的画境中,不仅有生命的美好,也闪烁着生命的智慧,一种充满着和谐、安宁、静谧、与世界融合的生命哲学,这便是王维诗歌的一般价值。

王维诗歌的一般价值、禅学思想吸引了西班牙语世界诸多的关注,杜甫在西班牙语世界的重要性则略逊一筹。西班牙汉学家哈维尔·马丁·里奥斯(Javier Martín Ríos)撰述了《月沉默:中国唐代诗歌绪论》(*El silencio de la Luna-Introducción a la Poesía China de la Dinastía Tang* (618-907), 2003),这是目前西班牙语世界唯一一部关于唐诗的学术专著,他就将王维置于李白之后、杜甫之前,王维在西班牙语世界的地位从这种排序便可管窥一二。目前,西译杜甫诗歌专集虽然已有5部:《杜甫诗歌十八

① Dañino, G. *La Montaña Vacía-Poemas de Wang Wei*. Madrid:Hiperión,2004:14.
② Dañino, G. *La Montaña Vacía-Poemas de Wang Wei*. Madrid:Hiperión,2004:16.

首》(1981)、《杜甫：七首伤感诗》(1990)、《微风燕子斜》(2000)、《翰林——杜甫诗选》(2001)与温贝托·科沃翻译的《长安》(2004)，但是，实际的诗歌翻译体量与译本的影响力较之王维仍有差距。

《杜甫诗歌十八首》载于《亚非研究》1981 年第 2 期，译者为陈国坚。译风简洁明朗，译者具象化了杜甫诗歌中的情志，同时注重利用西班牙语诗歌的抒情模式去表达中国古典诗歌的情感内涵。

《杜甫：七首伤感诗》在西班牙马拉加市出版，译者为西班牙著名翻译家佩雷斯·阿罗约，他曾于 20 世纪 70 年代在台湾学习汉语言文学专业，1981 年其翻译的儒家经典"四书"，被誉为"四书"最佳西译本，后文将有详述。他从汉语直译的《杜甫：七首伤感诗》，双语对照，多选杜甫晚年作品，虽然整部译诗集仅有 26 页，但是翻译质量上乘。佩雷斯认为，杜甫是中国最佳的古典诗人，甚至凌驾于李白之上，这个观点可谓独树一帜。

《微风燕子斜》在马德里出版，译者为毕隐崖与克拉拉·哈内斯，这是他们继王维《辋川集》(1999)译本之后的第二次合作，依然是毕隐崖从汉语直译，哈内斯诗化语言。译本汉西对照，繁体汉字用书法写成，间入精美插图。该书选译杜甫诗歌 50 首，均为诗人每个阶段的代表作，能够全面展示杜甫的诗歌与他的思想演变历程。通常情况下，杜甫被视为儒学精神的代表诗人，但毕隐崖不同，他强调了杜甫诗歌中所呈现出来的道思：鄙视财富，厌恶奢华，喜爱粗布麻衣胜过锦缎，但又并未因此自傲，"是一位能践行道学精髓的诗人，他将自然与人类情感巧妙地编织在抒情诗中"①。

《翰林——杜甫诗选》在利马出版，译者为吉叶墨。他从汉语直译，汉西对照排版，详述杜甫生平、作品，选译写实诗、山水诗、友情诗、传记诗、咏物诗等不同题材的诗歌共 151 首。该书翻译质量上乘，2006 年由马德里伊培里翁出版社在西班牙再版。吉叶墨的大部分西译中国诗集都是先在秘鲁出版，随后由马德里伊培里翁出版社再版，惠及两岸读者。同一译本在不同国家自由流转，皆因通行语言相同，这也是研究文学域外传播时

---

① Preciado，J. I. *El Vuelo Oblicuo de las Golondrinas*. Madrid：Ediciones del Oriente y del Mediterráneo，2000：14.

以通行语言来限定研究范围的重要原因。

根据 china traducida y por traducir 网站上的信息,《长安》是杜甫诗歌专集,由温贝托·科沃(Umberto Cobo)翻译,2004 年在哥伦比亚首都波哥大由顶梁柱(Arquitrave)出版社出版,对于更为详尽的信息,网站并未提供。①

从译本数量观照,李白、王维与杜甫之后是寒山。其实,上海辞书出版社的《唐诗鉴赏辞典》仅选寒山诗歌 1 首:《杳杳寒山道》。寒山的诗歌语言过于朴实,在诗歌鼎盛的唐朝,实难出彩。然而,在唐诗西译史上,寒山却占据了重要地位,属于典型的"墙内开花墙外香"。仅在 20 世纪,西方就掀起过两拨"寒山热":五六十年代西方世界就出版了 4 部寒山诗集,他由此在西方世界引起重视;20 世纪 80 年代以来,再次出现寒山诗集出版高峰。

截至 2019 年,寒山的西班牙语专集共 4 部:一是弗朗西斯科·考德特·亚尔萨(Francisco Caudet Yarza)从英语转译的《禅诗:寒山诗歌集》,选译 92 首寒山诗歌,1985 年在马德里出版;二是哥伦比亚诗人、翻译家何塞·曼努埃尔·阿郎戈(José Manuel Arango,1937—2002)从华兹生英译本转译的《寒山居士:寒山诗歌集》,1994 年在哥伦比亚麦德林出版;三是洛拉·迭斯·帕斯托尔(Lola Díez Pastor)从汉语直译的《寒山居士》,汉西双语,选译诗歌 59 首,2008 年由伊培里翁出版社出版;四是阿根廷作家路易斯·埃尔南·罗德里格斯·费尔德(Luis Hernán Rodríguez Felder)从英语等语言转译的《寒山诗歌》,2010 年在布宜诺斯艾利斯出版。

寒山的西译本数量超过了白居易,后者仅 3 部:陈国坚翻译的《白居易诗选》、吉叶墨翻译的《琵琶行——白居易诗选》、苏亚雷斯翻译的《白居易绝句 111 首》。

梳理完李白、王维、杜甫与寒山的译本之后,比照他们在西班牙语世界的传播现状,有两点值得分析:一是李杜的极度失衡,即李白的绝对优势与杜甫的弱势;二是王维与寒山的突出地位。

李白作为唐诗第一人,域外传播时,自然最先得到关注,换言之,他在中

---

① 详见 http://china-traducida.net/china-traducida/traducida-clasica/chang-an/.

国文学史上的地位迁移至译语世界,这是他在西班牙语世界占据绝对优势的首要原因。李白的诗歌还具有突破时空局限的特质,他对美酒与诗歌的挚爱、对流浪与归隐的向往、对自由与不朽的追逐契合现代读者的审美意趣、价值追求,西班牙语读者也不例外。另外,李白独特的人生经历恰好满足了西班牙语译者、读者对理想诗人的所有想象,似乎他的人生就是一首诗歌。他的诗歌中透射出来的自我、自信、自大甚至狂妄,又契合西方语境对个性的追求。因此,李白成为汉西翻译史上最重要、最突出的中国诗人。

在中国文学史上,"诗仙""诗圣"的地位旗鼓相当,这一点仅从诗选对他们诗歌的选择数量以及文史对他们的释读篇幅便可洞见。上海辞书出版社出版的《唐诗鉴赏辞典》(2017)选释李白诗歌 110 首、杜甫 108 首,仅次于他们的王维、白居易,则分别只有 49 首、44 首,李杜的地位完全凸显。袁行霈《中国文学史》(2020)单独释解李白、杜甫,篇幅分别为 13 页、14 页,可见李杜在中国文学史上的地位势均力敌。

然而,杜甫的西译本只有 5 个,仅占李白的三分之一,杜甫在西班牙语世界的相对弱势由此显见。究其原因,可从两个方面分析。一方面是杜甫诗歌的题材与内容。他选择的诗歌题材更现实,更沉重。杜诗最大的成就在于描绘所生活的时代以及民众疾苦。因此,阅读杜诗,读者需要对中国历史、中国现实有更深入的了解,甚至需要对杜甫所处的动乱时代有类似体验,方能理解他的诗歌,所以,对于西班牙语读者而言,杜甫的诗歌更难。另一方面是杜甫的思想情操。身处动乱时代,杜甫系念国家安危,同情生民疾苦,是历代仕人的典范。这种特殊的家国情怀根植于中国几千年的农耕文明与儒家文化,在西方海洋文明、游牧文明的语境中,较难引起共鸣,"对国家的忠诚,对民众苦难的同情,责任感,忠诚的品德,这些杜甫诗歌内涵所体现的价值观,与现代社会的契合度不如李白诗歌内涵所代表的价值观:自由、多元、个人主义、冒险与挑战精神"①。简言之,

---

① Suárez, A. H. Sinología y traducción: El problema de la traducción de poesía china clásica en ocho poemas de Du Fu. Barcelona: Universidad Autónoma de Barcelona (Tesis Doctoral), 2009: 227.

杜诗有特定的历史背景、特定的儒家文化内涵,穿越时空的能力不及李白诗歌,所以域外传播现状不同。

相比杜甫,王维受到了更多推崇。究其原因,也主要有两点。一是山水诗的普世性。王维的山水诗意境高远、空谷绝尘,且画面感极强,被喻为"诗中有画",备受推崇。山水诗歌托物言志、寓情于景,人类情感可通约、可传递、可理解,所以,即使是普通的西班牙语读者,也能轻易读懂咏叹自然、抒发情感的山水诗。二是西方对禅诗的认知由来已久,它早已受到诸多肯定。日本将禅诗传到西方,他们对禅诗的认知、理解与接受由此展开,后来,禅宗逐渐成为西方重要的美学传统之一。王维诗歌禅境幽远,自然容易受到西班牙语世界的青睐。

禅宗美学在西方的盛行也是寒山在西班牙语世界"异军突起"的内在原因,蒋向艳总结禅诗在西方盛行的原因,"对西方读者而言,融合道家哲学和佛教哲理的'禅宗'不仅是中国人独有的宗教哲学,其对自然山水的重视、其中蕴含的深刻而睿智的生活哲理,便使其成为引导中国人平常生活的精神上的指路灯,这对西方读者具有启示意义"①。

寒山在西班牙语世界的译介还有一个独特之处:转译为主、直译为辅。反观李白、王维、杜甫与白居易的西译本,则以汉西直译为主。这个现象折射出中国文学西译的两条路径:西方间接影响(转译)、中国直接影响(直译)。寒山在西班牙语世界的译介,主要源于西方间接影响。它的力量在 20 世纪是巨大的,这一点从《亚非研究》关于中国古典文学作品的书评便能管窥:英译本占绝对优势,此部分内容将在第九章详述。另外,唐诗四大译者均未翻译寒山,也能证明,若译者更多地直接接触中国文学,那么西方影响就会减弱。

综观唐诗选、诗人专集在西班牙语世界的译介,可见另一个特点:中国译出以唐诗选为主,西班牙语世界译入则更多地以诗人专集为主,这个差异也值得深究,宏大叙事与个体叙事的文化差异比较是一个可行的分析角度。中国传统文化惯常将个人放在时代、环境中去理解,以袁行霈在

---

① 蒋向艳. 唐诗在法国的译介和研究. 北京:学苑出版社,2016:226.

《中国文学史》中对李白的定位为例,"李白是盛唐文化孕育出来的天才诗人,其非凡的自负和自信,狂傲的独立人格,豪放洒脱的气度,充分体现了盛唐士人的精神风貌。盛唐诗歌的气来、情来、神来,在李白的乐府歌行和绝句中,发挥得淋漓尽致。……李白的魅力,就是盛唐的魅力"①。这一段中,"李白"出现三次,"盛唐"出现四次,李白的性格由盛唐的大语境养成,李白诗歌体现盛唐诗歌美学内涵,李白的魅力属于盛唐。

苏亚雷斯在《西班牙翻译历史辞典》中如此定位李白:"李白是一位充满想象力的诗人,他用生命与作品给后人留下想象的空间,他的生命与作品均反映了他对自然与自由的热爱、对美酒的偏爱与对传统的创新。"②这完全是以"李白"为中心的个体叙事模式,不包括时代、环境因素。阅读是一种个体体验,阅读诗人专集是个体去体验另一个体的生命历程与情感心志,移情容易、共鸣也较为容易,这大概是西班牙语世界译入唐诗时,李白专集较多的原因之一吧。

第三节　唐诗在西班牙语世界的研究及其特点

唐诗在西班牙语世界的译介无疑令人瞩目,它与汉学家、翻译家相互成就,塑造了唐诗四大译者。李白、王维、杜甫与寒山的译介又折射出西班牙语世界译入唐诗的特点与规律:偏好山水自然诗、禅诗;诗歌普遍价值为内因,审美趣向为外因。为了更加深入地理解西班牙语世界对唐诗的定位、阐释,有必要梳理、分析西班牙语辞典、文学史、译著前言、专著及论文对唐诗的研究并总结其特点。

(一)西班牙语辞典、文学史对唐诗的定位与阐释

西班牙巴塞罗那大学弗朗西斯科·拉法尔加教授与庞培大学路易

---

① 袁行霈. 中国文学史(第二卷). 北京:高等教育出版社,2020:218.
② Lafarga,F. & Pegenaute,L. *Diccionario Histórico de la Traducción en España*. Madrid:Gredos,2009:698.

斯·佩格瑙德教授主编了《西班牙翻译历史辞典》,意在囊括世界文学史上的伟大作家、译者与作品。这本辞典由 362 位编者共同完成,共 1192 页、850 余项词条。然而,有关中国的词条仅 6 项:中国文学、孔子、老子、李白、王维与鲁迅。这在一定程度上可以管窥中国文学在西班牙的传播境况,也能瞥见唐诗的突出地位。李白词条上文已经引述,王维词条由雷林克撰写,内容如下:"王维早期注重格律、修辞,后期便用简洁的言语来描绘意境,每个汉字似乎都能带来诗境的延伸,仿佛中国的山水画,用更多的留白让读者自己想象、领悟、解读。后来,这种留白的方式得到英美象征主义诗人的欣赏,并成为他们模仿的对象。"[1]

唯一译全"唐代四大诗人"的吉叶墨在《中国文化百科全书》中这样定位唐诗:"唐代(618—907)是中国经典主义文学阶段,唐诗被认为是中国诗歌史上的典范与巅峰。唐诗形式成熟,形式与内容两者之间平衡、和谐,表达方式蕴含的美学价值丰厚,情感丰富、多样,细节处理近乎完美,诗歌主题高度人性化。"[2]他对"李杜王白"的概述与定位如表 3-2 所示。

表 3-2　吉叶墨对唐代四大诗人的概述与定位

诗人	概述与定位
李白	他有血有肉,个性鲜明独特,敏感而热情。他的文字简洁而富有想象力,字里行间都充满力量,向我们传递着温度、真诚、激情与生命。所以,他的诗歌能够穿越时空,在不同的文化语境中传播。他不只在中国广受欢迎,也已成为世界上被阅读得最多的诗人。[3]
杜甫	博学,语言技艺精湛能自如地运用各种诗歌形式,古典词汇与民间词汇量巨大,他的诗歌题材与表达方式新颖。[4]

① Lafarga, F. & Pegenaute, L. *Diccionario Histórico de la Traducción en España*. Madrid: Gredos, 2009: 1168.

② Dañino, G. *Enciclopedia de la Cultura China*. Beijing: Ediciones en Lenguas Extranjeras, 2013: 147.

③ Dañino, G. *Enciclopedia de la Cultura China*. Beijing: Ediciones en Lenguas Extranjeras, 2013: 323.

④ Dañino, G. *Enciclopedia de la Cultura China*. Beijing: Ediciones en Lenguas Extranjeras, 2013: 147.

续表

诗人	概述与定位
王维	一位能将无限的形式美与诗歌的神秘主义、人文主义深邃内涵完美融合的大师。①
白居易	最大的贡献在于使文学民俗化,他的诗歌易懂,亲近民众。简洁明了、节奏明快是他的诗风,这使得他的诗歌被所有社会阶层的大量读者喜爱。②

　　吉叶墨对四位诗人的生命历程、诗风、诗学内涵与美学价值、他们对后世的影响以及他们在中国文学史上的地位都进行了清晰而精准的定位。前文所提及的翻译史辞典与百科词典对唐诗、唐代诗人的定位与中国文学史的定位大体一致,也相对客观。

　　关于中国文学史的最早的西班牙语著述要数黄玛赛的《中国文学》(*La literatura china*, 1956),她在文中定位了中国文学在西方的传播、接受现状,梳理了中国文学史,突出了唐诗的地位。她认为,唐代为中国文学史上最重要的时代,唐诗繁荣除了政治、经济、文化原因,也与当时中国的印刷术息息相关,它加快了唐诗作品的流传,同时也加深了文化同质性,使得唐诗的经典形式更加容易被普遍接受。她简单介绍了唐代诗人,但对李杜诗风的比较鞭辟入里:

　　　　杜甫或子美是一位具体而直接的诗人,他感动于日常生活的方方面面,并从中获得灵感。他感怀于人类生活本身与普通人的七情六欲,形而上的思想对他吸引力不大。

　　　　他(李白)的诗风与杜甫截然不同。少了一分沉重,少了一些规则,他的诗歌是自发的,是即兴的。一切都从他的笔尖自然流露,像是不需要经过一丝想象的努力。尽管两位诗人都礼赞生命,但李白更像一位抒情诗人,一位梦想家,随时准备沉浸于自己的哲学梦想中。③

---

① Dañino, G. *Enciclopedia de la Cultura China*. Beijing: Ediciones en Lenguas Extranjeras, 2013: 574.

② Dañino, G. *Enciclopedia de la Cultura China*. Beijing: Ediciones en Lenguas Extranjeras, 2013: 34.

③ De Juan, M. La literatura china. *Arbor*, 1956, (5): 73.

黄玛赛对杜甫诗风的总结客观、中立,概述李白时,则字里行间都透露着喜爱与赞美,甚至不惜以杜甫来反衬。其实,黄玛赛从来不遮掩她对李白的偏爱,她的译诗集就仅对李白一位诗人生平做了简述。当然,译者在翻译过程中形成的对翻译对象的喜爱或者偏爱,无疑会成为他们从事译介活动的动力,有利于中国古典文学的域外传播。除了李白之于黄玛赛,上文论及的南北朝民歌之于马埃斯,以及后文将会论述的李清照之于宫碧蓝,都是印证。

吴守琳撰述了西班牙语版的《中国古典文学简史》,分上、下册,16 开大版,共 1130 页,是迄今篇幅最长的西班牙语版中国文学史。这本简史以时间为线索,理论与作品交错,向西班牙语读者译介中国古典文学作品以及相关批评、理论。其中,唐诗以李杜为重点,从诗人生平、思想、诗歌题材、艺术与创新等角度分析、定位两位诗人,在诗选部分翻译李白诗歌15 首、杜甫 13 首。作为中国人,吴守琳对李杜的译介、评述与分析更符合中国传统的李杜"平等"地位,与黄玛赛大相径庭。

当然,世界文学史对唐诗的定位也值得观照,由弗朗西斯科·蒙特斯·德奥卡(Francisco Montes de Oca)撰写的《世界文学》(*Literatura Universal*)于 1977 年在墨西哥出版。全书 360 页,中国文学仅占 3 页,分为中国文学的特征、孔子与"五经"、中国历史、中国诗歌、中国戏剧与小说5 个部分。其中,"中国诗歌"这一词条仅介绍唐诗,认为唐诗是中国诗歌的巅峰,这与中国文学史对唐诗的定位一致。但是,对唐代四大诗人的定位独具特色:李白、杜甫、王维与韩愈。对李白极尽赞美,认为李诗的高度远超其他 3 位,在认为中国没有西方式的史诗、悲剧的前提下,独独认为李诗具有史诗风韵。[①]

(二)译著前言对唐诗的评介

前文已经论述,西班牙语世界的译入文本多载篇幅可观、内涵丰富的前言,因而它们对唐诗的分析也值得梳理、分析。在西译本《唐代诗人》

---

① Montes de Oca, F. *Literatura Universal*. México: Editorial Porrúa, 1977: 26.

(1983)的前言中,黄宝琳给予了唐诗很高的评价。她认为,在大多数其他语言尚未学会如何贴切地表达情感时,唐人便已经以一种意象丰富、情感充沛、音韵和谐与形式工整的诗歌形式在抒发着人与人之间、人与自然之间最深厚、最温纯的情感。

唐诗繁荣的原因也是众多译者意欲探究的重点,以毕隐崖在《中国诗歌选集》中所做的分析最为全面。一是政治开明确保文化思想开放、百花竞艳。唐朝在传承儒、道思想的基础上,佛学传播也达到巅峰,商贸交往又促使了内、外思想交流。二是经济繁荣保障了文化发展。盛唐时期,中国与外界通商频繁,促进了经济发展,为文化、诗歌艺术的发展提供了保障,文化交流又促进诗歌艺术形式多样化。三是文化传承保证诗歌艺术的延续与发展。吟诗作赋自古就是中国文人的基本素质,是最重要的日常活动。四是社会原因。科举制度在唐朝开始盛行,武则天时代尤为突出。诗歌不再只是文人墨客的爱好,更是文人晋升仕途最主要的方式。五是"道法自然"的道教思想决定诗歌艺术与汉民族相互依存。毕隐崖认为,汉民族深受道教影响,崇尚"道法自然",道教宗义将人同自然紧密联系,而诗歌在很大程度上也是关于人与自然、"情与景"的文学体裁。

除了定位唐诗、探究唐诗繁荣的原因,对唐代诗人的具体观照更是西班牙语世界研究唐诗的特色。唐代诗人西译专集的前言大多包含对译介对象的分析:生平、作品、诗风以及思想等方面,以苏亚雷斯在《临路歌——李白诗歌一百首》中对李白的分析最为深入。她从三个方面分析了诗人:诗歌风格、诗人生平及诗歌中所体现的哲学思想。

苏亚雷斯认为,李白崇尚"清水出芙蓉,天然去雕饰"的诗风。语言简洁自然、浅显易懂、朗朗上口,又兼用夸张、雄辩、历史指射、文学指射等手法。李诗充满无尽的能量、非凡的想象,他孤独的灵魂及流浪精神都漫布其中,他的一生就像"大鹏",飞翔不止,试图挣脱人类世界这个狭窄的"牢笼"。

为了考证李白出生年月、出生地,苏亚雷斯援引了各类文献资料,如李阳冰的《草堂集序》、魏颢的《李翰林集序》与范传正的《赠左拾遗翰林学士李公新墓碑》。她详叙了李白个人生活情况,如有几任妻子及几个孩子等,刨根究底地分析了李白与杜甫的友情,辨析李白"拥月而亡"的传说。苏亚雷斯对李白生平的辨析是典型的西方分析式研究,力求有理有据,意在全面了解李白。

苏亚雷斯还追溯了李白思想开放的源头。据《新唐书》记载,李白出生在西域,从文化人类学的意义上看,李白的个性必然烙上少数民族的特征。他生活在中原文化和异域文化的交接地带,他的家庭很容易形成较为开放的思想观念,在这样的家庭环境中不可能有很大的文化禁区;流浪来自他的纵横个性,流浪丰富了他的生活阅历,拓宽了他的视野,更加深了他对人生的体验;不断变化着的生活经历和感受也促成他对人生意义的理解不断变化。加之唐代各家思想争鸣,思想的解放就意味着没有禁区,信仰自由。在这种情况下,李白很有可能兼收并蓄各家思想。

在此基础上,苏亚雷斯分析了李白哲思,认为李白受道教影响,且有三个方面的证据:一是结交不少道友,如元丹丘与司马承祯等,后者对李白的评价也颇合道宗道义,"有仙风道骨焉,可与神游八极之表";二是李白求取道教护符并登录道册;三是李白作品中体现道教思想,如《大鹏赋》《临路歌》均现"大鹏"。然而,李白自小习剑,个人身上充满侠气,且有远大的政治抱负,这些均与道教宗义不相符。为此,苏亚雷斯得出结论:道教崇尚道法自然,追寻"天放",成为李白释放心灵的良药、想象力的源泉。然而,"以李白的飘逸潇洒自不会细细遵循道教宗旨及教义,李白哲学思想与同时代文人相似,是一种自成一格的调和论:盛唐的道、儒及佛的融合,再加四川人秉性里的勇猛与无所畏惧"①。

(三)专著、博士论文、期刊论文对唐诗的研究

辞典注重解释,文学史注重定位,译著前言注重评介,若欲深入地探析西班牙语世界对唐诗的研究,梳厘相关学术专著、论文才是关键。Dialnet 由西班牙拉里奥哈大学开发,是当今世界最强大的西班牙语书目

---

① Suárez,A. H. *A Punto de Partir*,100 *Poemas de Li Bai*. Valencia:Editorial Pre-textos,2005:27.

门户网站之一,是专注于人文、法律、社会科学领域的西班牙语数据库。笔者在 Dialnet 搜索到 40 余篇唐诗相关研究,其中专著 2 部:马丁·里奥斯的《月沉默:中国唐代诗歌绪论》与苏亚雷斯的《中国古典文学与诗歌黄金时代》(*Literatura China Clásica y Edad de Oro de la Poesía*, 2007);博士论文 2 篇:苏亚雷斯的《中国古典诗歌的翻译问题:以杜甫的 8 首古诗为例》与宫碧蓝的《影响王维诗歌理解的语义与语境关键》;期刊论文 30 余篇,如赵振江的《唐代:诗歌与韵律》(*Dinastía Tang, poesía y métrica*)、苏亚雷斯的《白居易:中国诗歌大师》(*Bai Juyi, maestro de la poesía china*)与亚圭埃·博施《杜甫三夜》(*Tres noches de Du Fu*)等。

马丁·里奥斯曾于北京大学学习汉语,后游学昆明,自 20 世纪 90 年代起开始研究中国文化及文学,2002 年在格拉纳达大学获得博士学位,论文为《中国新文化时期西方思想的影响与其翻译所扮演的重要角色》(*La influencia del pensamiento occidental y el papel de la traducción en el periodo de la Nueva Cultura en China*),现在该校任教。2003 年,发表《月沉默:中国唐代诗歌绪论》,从唐代历史、中国诗歌传统、诗歌艺术形式等方面论述唐诗的发展;概述唐诗主要题材:自然风景、诗画、流放、战争、民间疾苦、思乡之情、友情、时光仙逝、生命短暂、爱情及美酒等;探寻唐诗的内涵;追寻唐诗的哲学思想:儒、道、佛。

他还概述了"李杜王白"的生平及诗风。例如,他认为杜诗整体沉郁,这与诗人的生命轨迹相关。杜甫的诗歌具有浓郁的人文主义风格,他对自然这个中国古诗核心元素的表达,也与其他诗人不同,他不似他们那样形而上,而是更多地带有人文主义关怀。众所周知,杜甫的战争诗深刻而触动人心。马丁·里奥斯在分析杜甫战争诗歌的基础上,探索了中国古代未出现史诗的原因,"在关于战争的中国诗歌中,鲜少赞美军人的英武,也不歌颂荣耀的胜利;恰恰相反,在战争诗中,只见鲜血、伤痛、苦难、野蛮、悲伤、饥饿与死亡"[1]。

---

[1] Martín Ríos, J. *El Silencio de la Luna-Introducción a la Poesía China de la Dinastía Tang*. Barcelona, Azul Editorial, 2003: 107.

苏亚雷斯在博士论文中首先点明了一个事实:杜甫生前并未获得许多肯定,直到公元 10 世纪,杜甫才开始被认为是中国文学史上与李白并列的最伟大的诗人之一。关于李杜在西班牙语世界的译介失衡状态,她认为有两个原因。一是杜甫诗歌内涵与现代西方思想主流多有出入。二是苏亚雷斯作为译者的深刻体会,即杜诗翻译难度较大:翻译过程中失真元素较多,注释"密密麻麻"。然而,也正是因为杜诗西译难度大,翻译过程体现字词、句段与文化等各个层次的中西文化差异,才使得杜诗成为苏亚雷斯研究中国古典诗歌翻译的典型。苏亚雷斯以杜甫的 8 首诗为例分析了中国古典诗歌的翻译问题,它们分别为《望岳》《赠李白》《奉赠韦左丞丈二十二韵》《春望》《无家别》《乾元中寓居同谷县作歌七首》《绝句漫兴九首》《宿江边阁》。

《亚非研究》也有两篇唐诗研究代表作:《唐诗的一些韵律规则:日本杰出僧人空海(774—835)的笔记》(*Algunas convenciones fonéticas en la poesía de Táng:los apuntes del eminente monje japonés Kukai*(774–835),1982)与《通向不朽:张若虚与其唯一精湛的诗歌》(*Un boleto a la inmortalidad:Zhang Ruoxu y su único y magistral poema*,1987),作者均为马埃斯。日本僧人空海,曾于公元 9 世纪初在中国留学 3 年,他将崔融的《唐朝新定诗格》、王昌龄的《诗格》、元兢的《诗髓脑》、皎然的《诗议》等书排比编纂成《文镜秘府论》,讲述诗歌声律、词藻、典故、对偶等形式技巧问题,分天、地、东、南、西、北 6 卷,其中《西卷》之一便是"文二十八种病",马埃斯借助空海的笔记对唐诗韵律展开研究,逐一论述"平头、上尾、蜂腰、鹤膝、大韵、小韵、傍纽"等 28 种病。

马埃斯的研究折射出一个问题:中国文学理论缺乏,文学批评在西班牙语世界传播不深入:"然而,(中国)文学批评的发展并未与文学的发展齐头并进,兴许是因为深入中华民族内心的文学意识与诗学思想使得他们更加注重文学创造,而非深究文学意义、目的。"①正因如此,马埃斯才转

---

① González España,P. *Las Veinticuatro Categorías de la Poesía*. Madrid:Trotta,2012:11.

道日本的间接论述来分析中国的唐诗。

张若虚被闻一多先生誉为"孤篇横绝,竟为大家",马埃斯将他比作西班牙语世界的豪尔赫·曼里克(Jorge Manrique),后者也靠《悼父谣》(*Coplas por la muerte de su padre*)一首诗歌留名于世。马埃斯先从乐府旧题《清商曲辞·吴声歌曲》谈起,此旧题本描写宫廷贵族生活,张若虚则戏谑地用来描写普通人的生活。后又将诗歌分节,点明诗歌韵律,勾勒诗中意象,分析情景交融,闻一多先生对该诗歌的评价为"诗中的诗,顶峰上的顶峰"。马埃斯还将张若虚的《春江花月夜》译为西班牙语。

台湾辅仁大学的语言及文化类学术年刊《相遇神州》(*Encuentros en Catay*)于 1989 年刊载了一篇关于李白的比较研究:《李白与何塞·亚松森·席尔瓦关于宇宙意象运用比较》(*El uso de las metáforas cosmográficas en Li Po y José Asunción Silva*),席尔瓦(José Asunción Silva)(1865—1896)是哥伦比亚现代主义诗歌的奠基人。卡雷尼奥·比希尼娅(Carreño Virginia)分析的是李白诗歌中关于宇宙的意象:星空、星星、月亮、太阳与云朵等,席尔瓦则主要是黑夜与月亮,极少时候采用太阳、云朵、天空与星星。不同之处主要体现在两点:一是语言风格迥异,"李白采用直接、简洁、通俗的语言,有时甚至使用民歌。而席尔瓦,……为我们呈现某种节奏、韵律以及典故,增加文本的语义密度,凸显他的文人本质"①。二是文学传统存在差异,李白所处的时代,中国诗歌传统稳定、悠久,诗歌意象已成体系,所以他的意象使用容易做到"以点带面",事半功倍;而席尔瓦所处的文学语境截然不同,当时的哥伦比亚文学还处于不稳定、不自足、不令人满意的年轻状态。所以,他笔下关于宇宙的意象独立存在、不成体系,相互之间也无有机联系。

(四)唐诗在西班牙语世界的研究特点

纵观辞典、百科、文学史、译著前言、专著与论文对唐诗、唐代诗人的

---

① Shen,V. El uso de las metáforas cosmográficas en Li Po y José Asunción Silva. *Encuentros en Catay*,1989:85.

分析、评论与研究,可以发现唐诗在西班牙语世界的研究有三个特点。第一个特点是西班牙语世界对唐诗的态度:总的来说,以"肯定"为主,但也有"否定"看法。比如,苏亚雷斯曾言:"总体而言,中国古典诗歌不能同文艺复兴之后的西方诗歌相提并论,因为中国古诗并不蕴含人文主义精神,它只注重以个人为中心的抒情,难免让人产生'无聊与厌烦'的感觉。"①她以西方人文主义精神的定义框定中国古诗,但实际上,中国也有颇具人文主义精神的诗人,如得到《月沉默:中国唐代诗歌绪论》肯定的杜甫。中国古典文学浩瀚精深,对它的研探很难得出简单的综合性结论,如若急于通过比较视野去简单定位它,容易得出有失偏颇、不够全面的结论。

第二个特点是唐诗的研究视角、方法呈现西化趋势。他们将西方文论的概念如"语境""话语"与"调和主义"引入唐诗研究;以译学研究为基础,以文本研究为主体,以比较文学为特色;吸纳文学研究中常用的主题研究、政治意识形态分析、形象描绘等方法。

第三个特点是唐诗研究人员"专才济济,少有通才"。唐诗相关研究多在汉语言文学领域进行,他们倚重语言学,从译学角度出发,注重汉字、词源等方面的分析。比如,宫碧蓝主攻中国古典文学,造诣颇深,甚至能自如引用《文赋》《文心雕龙》《二十四诗品》来佐证观点。他们这一批汉学家以汉语言文学为学科背景,为中国古典文学在西班牙语世界的译研做出了巨大的贡献。美中不足的是,他们将中国古典文学作为研究对象与研究目的,成果缺乏广博度。不过,目前在西班牙语世界兴起的"中国学"形势将帮助中国古典文学研究的广博化发展。华金·贝尔特兰(Joaquín Beltrán)在《中国视野》(*Perspectivas Chinas*,2006)的前言中论道:"以'逻辑—语言'为源头的传统西班牙汉学正面对以'逻辑—知识'为内涵的新的中国学的挑战。"②

---

①　Suárez, A. H. Sinología y traducción: El problema de la traducción de poesía china clásica en ocho poemas de Du Fu. Barcelona: Universidad Autónoma de Barcelona (Tesis Doctoral), 2009: 83.

②　Beltrán, J. *Perspectivas Chinas*. Barcelona: Ediciones Bellaterra, 2006: 18.

第四章 宋元明清诗词散曲的翻译与传播

　　唐诗在西班牙语世界的译介全面、充分,甚至可谓突出。然而,与唐诗同为五七言诗顶峰的宋诗,它的西译非常不充分。其实,宋诗题材广泛,呈现了当时社会生活的方方面面,若深入挖掘,也可成为一个译介亮点。与唐诗并列的宋词虽还存在较大译介空间,不过,部分词人的译介已可圈可点,比如苏东坡、李清照。元明清以戏曲、小说著称,元代散曲与明清诗歌在中国文学史上并不"出彩",但是,译入、译出两个方向都有相关译本,部分名篇也被反复译介。总之,宋元明清诗词散曲在西班牙语世界的译介虽不充分,倒也有亮点。

第一节 宋诗在西班牙语世界的不充分译介

　　宋代之后的诗歌,虽然仍有发展,但是,大体上并未超出唐诗、宋诗的风格范围,所以它们仍同为五七言诗歌史上的两个顶峰。两者的美学内涵颇有差异,"唐诗以韵胜,故浑雅,而贵蕴藉空灵;宋诗以意胜,故精能,而贵深折透辟。唐诗之美在情辞,故丰腴;宋诗之美在气骨,故瘦劲"①。如上,部分文学批评将二者并列,然而,若观照宋诗在中国的传播及影响,它与唐诗可谓云泥之别。究其原因,宋诗相对尴尬的位置是其中一条,若从同一题材(诗歌)来论,因毗邻唐代,宋诗被唐诗的光环笼罩;若从同一时代(宋代)来论,则又被宋词的成就遮蔽。部分译者也梳理了唐诗、宋诗

_____

①　缪钺.诗词散论.西安:陕西师范大学出版社,2008:31.

之间的关系,例如,陈国坚论道:

> 与唐诗相比,宋诗散文性、情节性突出,或者说,宋诗更重内容,描绘细致入微,话题更为广泛,蕴含更多哲学思考与理性思考。此外,宋诗注重诗画结合,蕴含更多历史事件、传说与神话指射,主要的风格是宁静节制,不同于唐诗的自由灵动。一切事物都有两面性,因此,从古至今就存在着持不同意见的两派批评家,一派认为宋诗略逊一等,另一派认为宋诗与唐诗不分上下,但是,占据主流的一直都是第一派的意见。①

宋诗的域外传播现状也印证了陈国坚的观点,它对唐诗“望其项背”:唐诗专集西译本众多,但尚未有一部断代宋诗西译集。它散见于各类中国诗选中,阿尔贝蒂的《中国诗歌》就选译了部分宋诗,重要译介对象为苏东坡(8首)、梅尧臣(5首)、陆游(4首)。阿尔贝蒂多选浅显易懂的诗歌,因为它们能够给予诗人更大的翻译空间,梅尧臣《戏寄师厚生女》的译诗如下:

AL AMIGO A QUIEN LE NACIÓ UNA HIJA

Cuando nace un varón, toda la familia está contenta.

Cuando nace una niña, todos están avergonzados.

Cuando nace un varón, corren a anunciarlo a los vecinos.

Cuando nace una niña, ponen mal gesto.

Cuando el muchacho crece, se le dan libros y versos.

Cuando crece una muchacha, se la manda a cuidar el gallinero.

¿Cuándo llegará el momento en que un novio venga a saludar en la sala de ceremonias a sus suegros?②

译诗达意,且重押韵,巧用“cuando”和“cuándo”两词,让每行诗以相

---

① Chen, G. J. *Poesía China -Siglo XI a. C. -Siglo XX*. Madrid: Cátedra, 2013: 51.

② Alberti, R. & León, M. T. *Poesía China*. Madrid: Visor Libros, 2003: 163.

同的音节开头,自带一股"戏说"意味,与原诗的戏谑口吻不谋而合。

毕隐崖《中国诗歌选集》选译王安石、苏轼、柳永、朱淑真、岳飞、翁卷、叶绍翁与文天祥共 8 位诗人 24 首诗歌,其中苏轼 10 首、朱淑真 6 首、王安石 3 首,其余诗人各 1 首。

2005 年,汉西双语版《感性理性:中国诗歌与书法》(*Alma y Materia: Poesía y Caligrafía Chinas*)在西班牙问世,译者为侨居西班牙的华人书法家曾若镜与西班牙书法家拉斐尔·J. 巴尔内托(Rafael J. Barneto)。选译 60 首中国古诗,以唐诗为主,宋诗选译苏东坡 6 首:《望云楼》《夜泛西湖》《望湖楼醉书其二》《望湖楼醉书》《梅花诗》《海棠》。每一首古诗均搭配相应水彩画,诗文以双语书法写成,部分诗篇甚至包括两种不同字体的汉语原诗或者西班牙语译诗。虽美,却有失严谨:目录与所选诗人不对应,如目录未现"李商隐",但选译了《无题》;张可久错写为"张克佑",拼音又误写为"Zang Kejiu";译诗较为粗糙,甚至出现翻译硬伤,如漏译"桃花流水窅然去"。

陈光孚毕业于北京外国语大学西班牙语专业,曾任中国国际广播电台翻译、编辑与中国社科院外文所副研究员,曾译阿尔贝蒂、智利诗人加夫列拉·米斯特尔(Gabriela Mistral, 1889—1957)与巴勃罗·聂鲁达(Pablo Neruda, 1904—1973)的西班牙语诗歌。王怀祖也毕业于北京外国语大学,曾担任毛泽东、周恩来等国家领导人的西班牙语翻译,是我国重要的西班牙语学者、翻译家、语法家,编译著作丰富。陈光孚与王怀祖合译了《唐宋诗词选》(*Antología Poética de las Dinastías Tang y Song*,2008),共 217 首诗词,其中宋诗 47 首,主要译介对象为梅尧臣、欧阳修、王安石、苏轼、杨万里与朱熹等。

《唐宋诗词选》的总序由戈麦斯·希尔执笔,他深入地分析了中国人情感表达方式含蓄的原因。中国人习惯人与人之间保持距离,甚至追求这种距离,不同的社会阶层之间横亘着难以逾越的距离;称呼方式依据辈分、年纪而变化,严格且不可混淆。有了距离,人与人之间的情感表达方式自然不会直白,只能以含蓄的方式呈现。此外,中华民族注重个人事业发展,愿意为此接受亲朋之间地理上的分离,加之中华传统价值体系将牺牲、纯洁、坚贞等定义为美德,因此亲朋之间的分离变得更加理所当然。戈麦斯·希尔还剖析了中国人接受分离的心理过程:先是伤离别,再是顺从地接受离别,最后还乐观地期盼重逢。

王怀祖负责翻译、阐释宋代诗词,陈述宋代历史背景,结合历史分析宋代诗歌的创作主题:一是反映农民、手工业者、渔民、商贩等社会阶层真实生活的现实主题;二是战争主题;三是其他主题,如景物诗、风俗诗、爱情诗、友情诗等。诗集插入“汉字”图画,例如,《观书有感二首》西班牙语译诗间插入了占整页篇幅的楷体汉字“书本”。王怀祖认为,不存在完全对等的翻译,因此,比起形式的对等,他更重视再现诗歌内涵,同时努力让译诗具备西班牙语诗歌的内在节奏,以朱熹《观书有感二首》之一为例来对照该翻译原则的实践效果:

> **IMPRESIONES SOBRE LA LECTURA**
>
> Un estanque cuadrado pequeñito
>
> brilla tan lindo como un espejo.
>
> La luz en él riela,
>
> el reflejo de la nube flota.
>
> Si le preguntamos
>
> Cómo es que tan nítidas aguas contiene,
>
> contestará que su corriente
>
> procede de una fuente inagotable. [1]

译者放弃章句对应,按照西班牙语的行文习惯翻译,译诗达意,读起来也朗朗上口。后来,王怀祖又独译了汉西对照的《西译宋代诗词三百首》(*Antología de 300 poemas de la dinastía Song*, 2013),这是目前唯一的宋诗词断代西译集,以宋诗为主,共 224 首。诗集分两个部分:第一部分是重要的宋代诗人,苏轼、陆游、辛弃疾、欧阳修、王安石、李清照;第二部分是其他宋代诗人,如王禹偁、寇准、林逋、潘阆、郭震、柳永与范仲淹等。

---

[1] Chen, G. F. & Wang, H. Z. *Antología Poética de las Dinastías Tang y Song*. Madrid: Miraguano, 2009: 417.

宋诗不充分译介的原因很多,大体可分为两层:一是宋诗在中国的地位不高;二是文化差异造成的阻力,比如,宋诗"文"性更大,具体指射更多,历史背景更为丰富,也就意味着跨越时空的普遍性元素更少,近千年后的今天,在非母语语境的传播更加不易。但是,"一切事物都有两面性",宋诗题材更为丰富,不少诗人注重描绘多个社会阶层的真实生活,如杨万里的《插秧歌》、张俞的《蚕妇》、范仲淹的《江上渔者》、郑獬的《采凫茨》、梅尧臣的《田家》《田家语》《汝坟贫女》《村豪》《陶者》等。所以,如若从这个角度释解宋诗,定能引起西班牙语世界译者、读者的关注,因为他们乐于在中国古典文学中立体观照"中国之像"。这也是汉乐府、南北朝民歌得到他们特殊关注的重要原因。

第二节　中国译出《精选宋词与宋画》《宋词选》《宋词与宋画》

词在晚唐五代被视为小道,到宋代才逐渐与五七言诗相提并论,宋词取得的成就在词史上无与伦比。根据袁行霈的论述,宋词的成就主要在三个方面。第一,完成词体建设,艺术手段日益成熟。小令与长调最常用的词调都定型于宋代;宋词在词的过片、句读、字声等方面建立了严格的规范;词的声律、章法、句法格外细密。第二,宋词的题材范围"几乎达到了与五七言诗同样广阔的程度,咏物词、咏史词、山水词、田园词、爱情词、爱国词、赠答词、送别词、谐谑词,应有尽有"[①]。第三,艺术风格独具特色,"争奇斗艳,婉约与豪放并存,清新与秾丽相竞"[②]。

宋词在西班牙语世界的译介可圈可点,它是各类诗选的重要译介对象。而且,绝大部分译者都识"词",即能够将"词"作为一个特殊的诗歌类别来理解,他们或在前言中单独分析词、宋词,或注重词牌名的翻译(音译或意译),或注重词行的排列形式。阿尔贝蒂未单独介绍"词",但注明并翻译词牌名,如将《好事近》译作"Sobre la música 'UN ACONTECIMIENTO ALEGRE

---

① 袁行霈. 中国文学史(第三卷). 北京:高等教育出版社,2020:15.
② 袁行霈. 中国文学史(第三卷). 北京:高等教育出版社,2020:15.

SE ACERCA'"①。毕隐崖的《中国诗歌选集》选译宋词 25 首,他将"词"作为一个单独的诗歌类别,简述它的内涵、形成过程与发展演变,列举最常见的词牌,并以《西江月》为例陈述填词规则。他用拼音翻译词牌名,例如,他将《清平乐》译作"SEGÚN LA MELODÍA QINGPINGLE"②。陈国坚的《中国诗歌》选译宋词 47 首,他也将"CI"作为一个特殊诗类介绍,《丑奴儿》词牌名被译为"Según la melodía Chouniuer③ Ci",且"Ci"单列一行,以突出它的特殊性。

对宋词的集中译介体现在西班牙语世界译入的词人专集与中国译出的宋词西译选集。截至 2019 年,中国一共出版了 3 个汉西对照版的宋词选:宫碧蓝翻译的《精选宋词与宋画》(*Poesía y Pintura de la Dinastía Song- Antología Selecta*, 2011)与《宋词与宋画》(*Poesía y Pintura de la Dinastía Song*, 2019)以及王怀祖翻译的《宋词选》(*Antología Poética del Ci de la dinastía Song*, 2017)。

宫碧蓝早先在西班牙取得了西班牙语语言文学专业的学士学位。20 世纪 90 年代,她来到中国,在北京第二外国语学院教授西班牙语,同时学习汉语;后赴法国波尔多第三大学汉语言文学与文化专业学习本科课程,1998 年获得学位,开始在马德里自治大学东亚研究中心任教。宫碧蓝是宋词最重要的西班牙语译者,不仅翻译了宋词选,还译有李清照专集。

《精选宋词与宋画》与《宋词与宋画》译介对象一致:选译苏轼、辛弃疾、晏殊、晏几道、秦观、柳永、欧阳修、周邦彦、李清照、姜夔等 47 位词人的 79 首词作。这两本书的译文、译者、出版社相同,但后者译介宋画时与前者不同,既减少了前者对"宋画"的双语阐释,又删去了诗歌的双语注释。宫碧蓝同阿尔贝蒂一样,将词牌名的内容翻译出来,例如,"Mariposa enamorada de su flor"(蝶恋花)、"Como en sueños"(如梦令)与"Una rama cortada de ciruelo"(一剪梅),以柳永《雨霖铃》下阕为例,多译本比

---

① Alberti, R. & León, M. T. *Poesía China*. Madrid: Visor Libros, 2003: 174.

② Preciado, J. I. *Antología de Poesía China*. Madrid: Gredos, 2003: 205.

③ 原文将"丑奴儿"错拼成"chouniuer"。

较观照宫碧蓝的译风：

王怀祖译：

YU LIN LING

...Desde tiempos remotos

Siempre infunden tristeza

A los hombres sentimentales

Los momentos de despedida.

Mayormente en una noche de luna llena

La soledad resulta más dolorosa.

¿Dónde amaneceré cuando se me pase

La borrachera nocturna?

Será junto a la ribera

Poblada de sauces

Con la luna poniente

Y la brisa matutina.

Año tras año deambularé

Por lugares ignotos

Para mí perderán todo sentido

Los días y los paisajes hermosos.

Aun cuando me restasen

Los más lindos

Y cariñosos sentimientos，

¿A quién podría expresárselos?[①]

陈国坚译：

DESPEDIDA EN OTOÑO

---

① Wang，H. Z. *Antología Poética del Ci de la Dinastía Song I*. Shanghai：Shanghai Foreign Language Education Press，2017：19.

Según la melodía YULINTING①

...La despedida es siempre triste

para los enamorados.

Más aún ahora, con el frío del otoño.

Esta noche, pasada la borrachera,

¿dónde voy a estar?

En la orilla poblada de sauces,

con el viento matinal,

bajo una luna agonizante.

Pasarán días y meses,

y durante tu ausencia,

ni los bellos paisajes,

ni los tiempos agradables,

nada de nada me va a animar.

Cuando broten de mi corazón

mil bellas expresiones de amor,

¿a quién se las voy a dirigir?②

毕隐崖译：

CAMPANILLA BAJO LA LLUVIA

...Desde antiguo los amantes

conocen el dolor de separarse

yo ahora, en estos claros días de otoño,

¿cómo podré soportarlo?

¿Dónde estaré esta noche

---

① 原文拼音错误。

② Chen, G.J. *Poesía China -Siglo XI a. C.-Siglo XX*. Madrid: Cátedra, 2013: 319-320.

cuando despierte de mi embriaguez?

Riberas de álamos y sauces

brisa del alba

luna a punto de ocultarse.

Durante este año de ausencia

paisajes hermosos en días espléndidos

lo serán sólo de nombre，

aunque en mí brotaran tiernos sentimientos，

¿con quién podría compartirlos?①

宫碧蓝译：

La separación de los amantes siempre rompe el corazón. Me pregunto：¿cómo podré atravesar este día de un otoño cristalino tan frío y desolado? Y cuando llegue la noche ¿en qué lugar despertaré? ¿En los sauces de la orilla? ¿Bajo la luna que huye? ¿Con la ligera brisa del alba?

Pero me iré muchos años. Y sé que tiempos y lugares，esplendores y bellezas，serán sólo nombres para mí. Pues aunque sintiera las más intensas y variadas emociones，¿con quién podría compartirlas?②

词常有两种排列方式：一是分行排列，似诗；二是成段排列，类文。译文也有两种形式，王怀祖、陈国坚与毕隐崖分行成诗，宫碧蓝分段成文 (2019 版《宋词与宋画》分行成诗)。然而，这并不意味着宫本诗意最弱，相反，她的译文读起来最具诗意。从意象角度观察，上述四版译诗的诗意依次递减。王译遣词造句最为严苛，所以，也只有他精准地确定了"伤离别"

---

① Preciado，J. I. *Antología de Poesía China*. Madrid：Gredos，2003：203-204.
② González España，P. *Poesía y Pintura de la Dinastía Song-Antología Selecta*. Beijing：China Intercontinental Press，2011：16.

的主语,即"多情的人",并不单指"恋人""爱人",其他三位译者则将通义的离别局限为恋人之间的离别了。宫碧蓝遣词造句相对自由,受原诗的约束最小,例如,原诗"残月"本为静态,译诗中变成了"跑了(一部分)的月亮",化静为动,与原文相比,并不完全贴切,却自成一体。

王怀祖也是重要的宋词译者,他对宋词的译介始于与陈广孚合译的《唐宋诗词选》,选译 58 首宋词,主要译介对象为辛弃疾(14 首)、苏轼(9 首)、李清照(5 首)。王怀祖将"词"作为特殊的诗类,陈述词的产生、发展,详述填词规则,并以"十六字令""蝶恋花"两个词牌名为例,细分填词的汉字数、音律要求。他直接采用拼音翻译词牌名,如"浣溪沙"译作"Wan[①] Xi Sha"[②]。

王怀祖关于宋词的第二部西译选集是《西译宋代诗词三百首》,选译 76 首宋词,数量不多,仅占全书的四分之一,诗词杂糅,但为突出词的特殊性,词牌名音译,如"DIE LIAN HUA""SHUI DIAO GE TOU"与"DING FENG BO"等。时隔五年,王怀祖选择修改、雕琢自己的译文,例如,更换个别词语:"金风玉露一相逢"中"相逢"由"entrevista"[③]更改为"encuentro"[④];更换时态:"归鸿无信"从陈述式现在时"no acaban de aparecer"[⑤]更改为陈述式现在完成时"no han aparecido"[⑥]。

此外,王怀祖还注重译文内容的完整性、明晰化。以李之仪《卜算子》的翻译为例,"此水几时休? 此恨何时已?"的"恨"实指因思君而生的所有离愁别恨,说"恨"其实指"爱",这是怨语,中国人熟悉。但是,若字词对应

---

① 原文将"浣"错拼成"wan",但在 2017 年《宋词选》更正为"huan"。

② Chen, G. F. & Wang, H. Z. *Antología Poética de las Dinastías Tang y Song*. Madrid: Miraguano, 2009: 331.

③ Chen, G. F. & Wang, H. Z. *Antología Poética de las Dinastías Tang y Song*. Madrid: Miraguano, 2009: 350.

④ Wang, H. Z. *Antología de 300 Poemas de la Dinastía Song*. Shanghai: Shanghai Foreign Language Education Press, 2013: 249.

⑤ Chen, G. F. & Wang, H. Z. *Antología Poética de las Dinastías Tang y Song*. Madrid: Miraguano, 2009: 313.

⑥ Wang, H. Z. *Antología de 300 Poemas de la Dinastía Song*. Shanghai: Shanghai Foreign Language Education Press, 2013: 225.

地将"恨"译作西班牙语的"odio"(恨),容易让西班牙语读者一头雾水。因此,他便承用了上文的"añoranza"(相思),将婉转阴郁的"恨"变成了大胆的、直白的"相思";并且放弃了原词反问句的句型,转而采用陈述句"……除非……",既明晰清楚,又回应了这首《卜算子》的出处:汉乐府《上邪》。

2017年,王怀祖再译《宋词选》,分I、II两册,从属于《大中华文库》系列,选译了王禹偁、林逋、潘阆、柳永、范仲淹、张先、晏殊、宋祁、欧阳修、王安石与苏轼等52位词人的205首词作。译诗集的整体诗学价值高,每一首都如现代西班牙语诗歌。这既得益于王怀祖多年译介的经验,又与宋词长短句形式相关,它给予了译者更大的遣词造句、断章、句读空间。以晏殊《浣溪沙》为例,原词上下阕共6句,①王怀祖自如地译成了两段12句,读来朗朗上口;原词每句7字,西班牙语译诗句长也基本一致。②

对仗是中国文化重要的美学内涵,它体现在文学、艺术以及建筑等各个不同领域,甚至贯穿中国人的一切行为与语言,比如,评价体系也惯于成对,如《诗经》《楚辞》"李杜""唐诗宋词"。然而,对偶结构自然容易生出两种观点:两者之间平衡还是失衡?从上述三例在西班牙语世界的传播观照,多以失衡为主,《诗经》在西班牙语世界的影响远远大于《楚辞》;李白的译本远远多于杜甫;宋词的译介虽然也较为突出,但整体而言,远不及唐诗。然而,中国译出的相关译本却"不相上下":唐诗选(4种)与宋词选(3种),这大概也体现了中国人对这种"对偶式"评价体系的认同与坚持吧。

第三节　西班牙译入宋词:苏轼与李清照专集

中国译出多以断代诗选为译介对象,例如,汉魏六朝诗、唐诗、宋词、

---

① 唐圭璋,钟振振. 宋词鉴赏辞典. 北京:商务印书馆国际有限公司,2020:261.
② Wang, H. Z. *Antología de 300 Poemas de la Dinastía Song*. Shanghai:Shanghai Foreign Language Education Press,2013:198.

元曲。西班牙语世界译入则多以诗人专集为主,例如,陶渊明、李白、王维、杜甫、寒山与白居易。宋词也不例外,中国译出 3 部宋词选,西班牙语世界则译入 3 部词人专集:苏轼(1 部)、李清照(2 部)。

(一)苏轼专集

苏轼对宋词的发展、成熟都至关重要,袁行霈在《中国文学史》中如此定位:

> 苏轼用自己的创作实践表明:词是无事不可写,无意不可入的。词与诗一样,具有充分表现社会生活和现实人生的功能。由于苏轼扩大了词的表现功能,丰富了词的情感内涵,拓展了词的时空场景,从而提高了词的艺术品位,把词堂堂正正地引进文学的殿堂,使词从"小道"上升为一种与诗具有同等地位的抒情文体。[①]

苏轼的重要地位在各类西班牙语诗选、词选中均有体现。阿尔贝蒂的《中国诗歌》中苏轼被选译 8 首,是宋代诗词人中选译诗歌数量最多的,甚至可同李白比肩(9 首);帕斯也偏爱苏轼,《译事与乐事》(*Versiones y Diversiones*, 1973)共译中国诗文 81 篇,苏轼 15 首;同样在墨西哥出版的 Wu Yuanshan 翻译的《唐宋词十五首》(*15 Poemas Ci de las Dinastías Tang y Song*, 1981)中,苏轼也最为突出,被选译 5 首,占比三分之一;毕隐崖《中国诗歌选集》选译 49 首宋诗词,其中苏轼 17 首,超过三分之一。

断代诗词集对苏轼的选译情况如下:王怀祖的《唐诗宋词选》12 首;宫碧蓝的《精选宋词与宋画》5 首,即《水调歌头》《念奴娇》《定风波》《蝶恋花》《江城子》,与辛弃疾(5 首)并列第一;王怀祖的《西译宋代诗词三百首》也将苏轼排在首位,选译 21 首,如《江城子》《浣溪沙》《念奴娇》等;王怀祖的《宋词选》选译 16 首,如《定风波》《蝶恋花》《临江仙》《鹧鸪天》等。

1992 年,马德里伊培里翁出版社出版了一部苏轼西译专集:《苏东坡——〈赤壁怀古〉与其他诗歌》(*Su Dongpo. Recordando el Pasado en el*

---

① 袁行霈. 中国文学史(第三卷). 北京:高等教育出版社,2020:67.

Acantilado Rojo y Otros Poemas），译者为苏亚雷斯。在前言中，她结合历史背景、社会语境历述苏轼生平，概括其诗风，陈述词的历史由来与功能；点明词牌内涵丢失，因此，她大多数时候并不翻译词牌名，而是直接采用汉语拼音，她还分析了苏轼词作的主题：离别、酒诗、年华易逝、政治社会问题以及他的哲思。苏亚雷斯认为苏轼作品音美、象美，艺术水平高，又融入了他对社会政治现实的观察与反思，还体现了作者形而上的一些思考：思考人类同宇宙的融合。①

　　苏亚雷斯还陈述了中国诗歌的翻译难点：一是单音节、声调赋予诗歌的节奏、韵律难以再现；二是汉语词汇多义、语法模糊，与西班牙语主体、逻辑明晰形成矛盾；三是典故、习语等固有文化指射难译、难注。译本选择诗词 80 首，所选词牌如《水龙吟》《鹧鸪天》《临江仙》《蝶恋花》《浣溪沙》《江城子》等。

　　苏轼的《江城子·乙卯正月二十日夜记梦》是经典的悼亡词作，"这首悼亡词运用分合顿挫、虚实结合以及叙述白描等多种艺术方法，来表达怀念亡妻的感情，语言平易质朴，在对亡妻的哀思中又糅进自己的身世感慨，因而能将夫妻之间的感情表达得深婉而执着，感人至深"②。这首词多次被翻译成西班牙语，王怀祖三个译本均将其置于苏轼诗词首位。2013版排在整个选集的首位，仅以词题、词牌与首句"十年生死两茫茫，不思量，自难忘"为例观照不同译本：

　　　帕斯译：

　　　Pensando en su mujer muerta

　　　Diez años：cada día más lejos，

　　　Cada día más borrosos，la muerta y el vivo.

　　　No es que quiera recordar：no puedo olvidar. ③

①　Suárez，A. H. *Su Dongpo*. *Recordando el Pasado en el Acantilado Rojo y Otros Poemas*. Madrid：Hiperión，1992：15.

②　唐圭璋，钟振振. 宋词鉴赏辞典. 北京：商务印书馆国际有限公司，2020：412.

③　Paz，O. *Versiones y Diversiones*. Barcelona：Galaxia Gutenberg，2014：313.

苏亚雷斯译：

JIANG CHENGZI-SUEÑO

(JIANG CHENG ZI-YI MAO ZHENG YUE SHIER RI YEJI MENG)

Diez años hace que la inmensidad separa al vivo de la muerta

No me esfuerzo en recordar

Pero no puedo olvidar ①

毕隐崖译：

SEGÚN LA MELODÍA *JIANG CHENG ZI*

UN SUEÑO

Diez infinitos años

separan la vida de la muerte

No trato de recordar

mas olvidar no puedo②

陈国坚译：

SUEÑO EN LA NOCHE DEL ANIVERSARIO

DE LA MUERTE DE SU MUJER

Según la melodía Jiangchengzhi③

Su Dongpo (Su Shi)

Diez años.

La nebulosa inmensidad

separa al vivo de la muerta.

No es que quiera recordar：

---

① Suárez, A. H. *Su Dongpo. Recordando el Pasado en el Acantilado Rojo y Otros Poemas*. Madrid: Hiperión, 1992: 53.

② Preciado, J. I. *Antología de Poesía China*. Madrid: Gredos, 2003: 195.

③ 原文拼音错误。

No puedo olvidar. ①

王怀祖译：

JIANG CHENG ZI

Evocación del sueño del 20 de enero de 1075

Diez años de bruma entre el que vive

Y la que en paz descanse.

Sin quererlo, no la he podido olvidar. ②

宫碧蓝译：

CIUDAD A LA ORILLA DEL RÍO

RECORDANDO UN SUEÑO

EN LA NOCHE DEL DÍA VEINTE DE LA PRIMERA

LUNA DE 1075

Viviendo y muriendo, estos últimos diez años, uno a uno, se
me han perdido en la inmensidad.

Intento no pensar en lo difícil de olvidarte. ③

　　首先,词牌、词题是词的重要标识,6 个译本的翻译处理,差异颇大。
帕斯完全意译,根据诗歌内容来命名,完全忽略原词牌、词题。苏亚雷斯
与毕隐崖保留词牌名,简译题目中的关键词:梦,两者的区别在于前者同
时采用拼音,后者点明词牌。陈国坚在毕隐崖的基础上扩展了"梦"的具
体内涵。王怀祖与宫碧蓝换算了"乙卯正月二十日夜",区别在于前者保
持了词牌的拼音,后者翻译了"词牌名"的内涵。其次,原词内容易解,6 个

① Chen, G. J. *Lo Mejor de la Poesía Amorosa China*. Madrid: Calambur, 2007:
101.

② Wang, H. Z. *Antología Poética del Ci de la Dinastía Song I*. Shanghai:
Shanghai Foreign Language Education Press, 2017: 135.

③ González España, P. *Poesía y Pintura de la Dinastía Song*. Beijing: China
Intercontinental Press, 2019: 70.

版本均达意。区别在于原文的诗意在译文中的削减程度：帕斯译本受原诗的影响最浅，诗意最浓。当然，另外 5 版也见诗意，以"茫茫"为例，毕隐崖采用的"infinitos"既贴切，又自然；王怀祖用"雾"来表示这种状态，衍生意象与情境也极好。

（二）李清照专集

徐培均在《宋词鉴赏辞典》中如此总述李清照的词风："李清照词，令慢均工，擅长白描，善用口语，能炼字、炼句、炼意、炼格，形成'易安体'。南渡以后，词的风格，从清俊旷逸变为苍凉沉郁，多寓故国黍离之悲，给南宋辛弃疾、陆游、刘辰翁诸爱国词人以深刻的影响。"[①]李清照是西班牙语世界的重要译介对象，阿尔贝蒂的《中国诗集》中，李清照是唯一被专门提及的宋代词人，"一位以词闻名的女诗人，她的一些作品在安宁平静中写成，另一些在逃离、流放的时候著述。她叫李清照，她对丈夫那感人的温柔全部保存在《漱玉集》"[②]。后来，帕斯在《译事与乐事》中也单独介绍了李清照。帕斯认为，李清照应该归于中国经典作家之列，且是中国最伟大的女诗人，没有之一。他简述了李清照的生平履历与文学创作，概括了她的诗词风格：

> 李清照是一位伟大的爱情诗人。相聚、离别、欢乐、悲伤、欲说还休的优雅、思念、自然，与最突出的：时间的流逝，都是描述主题。爱情与死亡相映相照；相聚的甜蜜与离别的愁绪两相辉映。……离愁，即使短暂，也能孕育无尽的思念与不可逆转的时光蹉跎，思念与时光流逝是她诗歌中重要的话题。诗人以一种全面的、模糊的、隐喻的、清灵且优雅的方式呈现了所有的情愫。……语言炙热，但不滥情，淡淡幽幽，隐射着私密的情感。[③]

另外，帕斯还比较了李清照的爱情诗词与西方的爱情诗歌，认为其诗

---

① 唐圭璋，钟振振. 宋词鉴赏辞典. 北京：商务印书馆国际有限公司，2020：653.

② Alberti，R. & León，M. T. *Poesía China*. Madrid：Visor Libros，2003：18.

③ Paz，O. *Versiones y Diversiones*. Barcelona：Galaxia Gutenberg，2014：318.

歌有两个独特之处:一是她的诗歌中灵肉一体,不像西方情诗浸润了柏拉图式空灵之爱;二是她的诗歌中没有嫉妒与指责,情爱与爱情一体,情爱与婚姻也是一体。帕斯译介了李清照的 6 首词:《采桑子》《如梦令》《武陵春》《一剪梅》《诉衷情》《点绛唇》。

李清照最为重要的西班牙语译者是宫碧蓝,她翻译了三部专集:《李清照选集》(*Li Qingzhao. Poemas Escogidos*, 2003)、《李清照全集——词 60 首》(Li Qingzhao. *Poesía Completa. 60 Poemas ci para Cantar*)与《一剪梅:李清照》(Li Qingzhao. *La flor del ciruelo*)。根据 2011 本序言的阐述①,2010 本是 2003 本的再版;2011 本节译 2010 本再版(27 首),所以,这是一个译本三个版本。

Kuo Tsai Chia 与西班牙诗人米格·萨拉斯·迪亚斯(Miguel Salas Díaz)也合译了《漱玉集》(*Jade Puro*, 2014),汉西双语,62 首词。该书前言陈述了李清照生平、诗词创作以及填词规则,译者还概括李清照词风,认为她的诗词以自我、自我情感为中心,哲学传统、宗教理念、社会现实、历史背景从未成为主题,即使是战乱纷飞、流离失所这类亲身经历,也仅是远景。总之,李清照真诚、质朴地叙写醉酒、身体、容貌,让读者见到一个有血有肉、个性鲜明的独立女性,符合西方偏重个性的审美意趣,以《一剪梅》下阕为例,对比观照译风:

李清照原词:

花自飘零水自流,一种相思,两处闲愁。

此情无计可消除,才下眉头,又上心头。②

帕斯译:

...Han de caer los pétalos,

ha de correr el agua infatigable.

---

① González España, P. *Li Qingzhao. La Flor del Ciruelo*. Madrid:Ediciones Torremozas,2011:7-8.

② 唐圭璋,钟振振. 宋词鉴赏辞典. 北京:商务印书馆国际有限公司,2020:666.

Dos soledades: un mismo sentimiento

nos une y nos separa.

Quisiera no pensar en todo esto y es inútil:

mi cabeza vacía, mi corazón henchido. ①

毕隐崖译:

...Caen las flores revoloteando

se esparcen

al igual que los arroyos

que no pueden dejar de fluir,

una recíproca añoranza

dos lugares de tristeza.

Nada puede acabar con esta pena mía

por un momento el ceño se desfrunce

mas luego al punto la tristeza

vuelve a embargar mi corazón. ②

宫碧蓝译:

...las flores se marchitan

pero las aguas fluyen como siempre

igual que nuestro amor

dos lugares distintos

y una misma tristeza

que quisiera detener

pero no puedo

---

① Paz, O. *Versiones y Diversiones*. Barcelona: Galaxia Gutenberg, 2014: 322.

② Preciado, J. I. *Antología de Poesía China*. Madrid: Gredos, 2003: 210.

lágrimas que desde mis ojos caen

desde mi corazón ascienden①

Kuo Tsai Chia 译：

...Se marchita la flor en soledad

y en soledad también discurre el agua，

pero un único amor

envuelve en su tristeza a dos personas.

No hay forma de evadir el sentimiento：

apenas se disipa de su rostro

surge en su corazón. ②

　　从"一种相思"到"两处闲愁"，是两情的分合与深化，其分合，表明此情是一而二、二而一的；其深化，则诉说此情已由"思"入"愁"。帕译忠实度欠佳，"两处孤独：同一种情愫，让我们心相映，也让我们天涯各一方"。关键内容"相思"与"闲愁"都未体现，但若单看，也另有一番风味，表达了分别与思念，是美好的创译示例。毕译忠实度最佳，几乎做到了字词对应，但译诗缺乏诗意。宫译形式工整，虽然颠倒顺序，但并无大碍，她省略了"相思"，但在前面加上了"我们的爱情"，也能理解："愁"由别离、相思引起。Kuo Tsai Chia 将"相思"换作"爱情"，但却并未体现"两处"（别离），而是直接用了"两人"，"一种爱情是两个人的悲伤"，与原文有所出入。

　　"才下眉头又上心头"看似简单，实际难译，关键是确定这句话的主语。根据上下文，当是"此情"才下眉头又上心头。帕斯虚化了主语，化用"这一切"，"我的脑袋才空，我的心又被填满"，基本忠实；毕译亦步亦趋、字词对应，准确，但显啰嗦，原词一句8字(8音节)，译文却一句三行(32

---

①　González España，P. *Li Qingzhao*. *Poesía Completa* （60 *Poemas Ci para Cantar*）. Madrid：Guadarrama，2010：61.

②　Kuo，T. C. & Salas Díaz，M. *Jade Puro*. Madrid：Ediciones Hiperión，2014：89.

音节），极大地削弱了译文的诗意；宫译直接将"此情"实化为"眼泪"，"眼中泪水滑落，心中泪水升起"，归化策略使用得当；Kuo Tsai Chia 译本的独特之处在于属格人称不同，"她的眉头……她的心头"，对于这种人称选择，萨拉斯·迪亚斯在前言中有所论述，除了极少数明显采用"我"的叙事主体，其余大部分均采用第三人称，这能够给予译诗些许"电影效果"[1]，会使得译文独特，算是译者的独特偏好吧。

第四节　元代散曲与明清诗歌的翻译与传播

　　人们通常所说的元曲，包括剧曲与散曲。剧曲指杂剧的曲辞，散曲则属于韵文，是继诗、词之后兴起的新诗体。散曲体制主要包括小令、套数以及介于两者之间的带过曲等几种。在元代，散曲与传统诗词分庭抗礼，代表了元代诗歌创作的最高成就。散曲具备以下三个特点：一是句式灵活多变、伸缩自如；二是语言风格口语化、散文化且以俗为尚；三是审美取向明快显豁、自然酣畅。[2]

　　相较于《诗经》、汉魏六朝诗、唐诗、宋词，元代散曲的西译相对稀疏，间或散落于各样诗选中，专译本仅 3 种：一是吉叶墨翻译的张可久小令集《柳林暮霭》(*Sobre un Sauce，la Tarde*，2000)，二是陈国坚翻译的《大中华文库》系列的汉西对照版《元曲选》(*Antología Poética de Qu de la Dinastía Yuan*，2017)，三是"中华之美"丛书中诗画相映的汉西对照版《元曲与元画》(*Poesía y Pintura de la Dinastía Yuan*，2019)，译者为宫碧蓝与王翘楚。

　　元代散曲的代表作家数量众多，主要有关汉卿、王和卿、白朴、马致远、卢挚、姚燧、张可久、乔吉、睢景臣、张养浩、贯云石与徐再思等。但是，在西译过程中，较为突出的仅张可久、马致远。《柳林暮霭》西译专集以

① Kuo，T. C. & Salas Díaz，M. *Jade Puro*. Madrid：Ediciones Hiperión，2014：31.
② 袁行霈. 中国文学史（第三卷）. 北京：高等教育出版社，2020：297-298.

外,其他涉猎元代散曲的选集,也多以张可久的小令为最重要的选译对象。小令章句灵活、语言朴素,韵律方面也不似古诗严格,看似比诗词更易翻译,实则不然,幽邃深致的意境依然是翻译难点,以张可久《落梅风·闲居》的"青山隐居心自远"为例观照:

毕隐崖译:

...apartado del mundo vivo

en medio de las verdes montañas.

Mi pensamiento muy lejos se va[①]

曾若镜译:

...Retirado en las montañas azules,

el corazón se va solitario. [②]

陈国坚译(2013):

...Retirado entre verdes montañas,

tengo el corazón lejos del mundo. [③]

陈国坚译(2017):

...En mi cabaña eremítica,

perdida entre verdes montes,

tengo el corazón alejado del mundo. [④]

"青山隐居心自远"脱胎于李白《山中问答》的"栖碧山……心自闲"。

---

① Preciado, J. I. *Antología de Poesía China*. Madrid: Gredos, 2003: 234.

② Zeng, R. J. & Barneto, R. J. *Alma y Materia: Poesía y Caligrafía Chinas*. Madrid: Miraguano, 2005: 86.

③ Chen G. J. *Poesía China -Siglo XI a. C.-Siglo XX*. Madrid: Cátedra, 2013: 412.

④ Chen, G. J. *Antología Poética de Qu de la Dinastía Yuan*. Shanghai: Shanghai Foreign Language Education Press, 2017: 217.

轻灵悠远,"心自远"意境难在译诗中再现。三位译者均实现了达意;但是,无论是"我的思绪远去",还是"我的心独自离去",抑或是"我的心远离世界",与原作意境相比,都有所差距。

　　中国古诗历来注重写意,意境到了,"形"也就忘了,元曲也不例外。但是,这种"得意忘形"的诗歌形式对于翻译而言,往往最难。再以张可久《落梅风·闲居》中部分名词西译时的单复数处理差异来管窥这种难度(见表 4-1)。

表 4-1　四个译本关于"梅、柳、莺、花、燕"的翻译对比

原名	毕译	曾译	陈译(2013)	陈译(2017)
梅	un cerezo	un cerezo	ciruelos	ciruelos
柳	el sauce	el sauce	el sauce	los sauces
莺	la oropéndola	el jilguero	las oropéndolas	las oropéndolas
花	las flores	flores	flores	las flores
燕	las golondrinas	el gregario	las golondrinas	las golondrinas

　　首先是"梅",毕译、曾译采用单数,"院里一颗老梅树",契合意境;陈译复数,"院落里好几颗梅树",也未尝不可。"柳莺花燕"较为复杂,毕译为"一只莺停在一株柳树上;几只燕子在花丛中";曾译为"一只莺停在一株柳树上;一只燕子在花丛中";陈译(2013)为"几只莺停在一株柳树上;几只燕子在花丛中";陈译(2017)为"几只莺停在几株柳树上;几只燕子在花丛中",各有千秋。总之,因为汉语单复数的模糊性,译者只能依靠常识与对诗歌的想象,在翻译实践中"创作发挥"。翻译不易,但是,为了能够在异语语境中传递原语文学的美、智慧,勇敢的译者还是坚定地在翻译这条道路上不断前进、不断突破。

　　陈国坚的《元曲选》选译了 150 首散曲,其中张可久 23 首、马致远 17 首、王实甫 12 首(10 首选自《西厢记》唱词)、关汉卿 9 首、乔吉 8 首、白朴 6 首、贯云石 5 首、卢挚 5 首;宫译《元曲与元画》选译 80 首作品,重点译介的诗人有张可久、乔吉、马致远、关汉卿、白朴、贯云石、张养浩、徐再思与汪元亨。

　　马致远被誉为"曲壮元",他的散曲带有浓厚的传统文人气息,小令尤

其俊逸疏宕,别具情致,个中翘楚非《天净沙·秋思》莫属,"仅 28 字就勾勒出一幅秋野夕照图,特别是首三句不以动词作中介,而连用 9 个名词勾绘出九组剪影,交相叠映,创造出苍凉萧瑟的意境,映衬出羁旅天涯茫然无依的孤独与彷徨。全曲景中含情,情自景生,情景交融,隽永含蕴。"①观照前三句的不同译本:

陈国坚译(2013):

Bejucos secos, árboles viejos,

con crepusculares cuervos.

Puentecillo, aguas rodando,

una que otra casa al lado.

En el antiguo camino,

un rocín enflaquecido. ②

陈国坚译(2017):

Vides secas. Árboles viejos.

Cuervos en la oscuridad.

Un puentecillo sobre el riachuelo,

junto a unas cabañas.

Camino antiguo.

Contra el viento del oeste,

un caballo flaco.

. . .

[翻译说明]为保持原文特色,译文主要通过意象的迅速排列给读者寒秋的印象。③

---

① 袁行霈. 中国文学史(第三卷). 北京:高等教育出版社,2020:302.

② Chen,G. J. *Poesía China -Siglo XI a. C. -Siglo XX*. Madrid:Cátedra, 2013: 405.

③ Chen,G. J. *Antología Poética de Qu de la Dinastía Yuan*. Shanghai:Shanghai Foreign Language Education Press,2017:77.

宫碧蓝译：

Enredaderas marchitas. Viejos árboles. Cuervos en el crepúsculo. Las aguas fluyen bajo el pequeño puente. Algunas casas. Sopla el viento del oeste. Por el antiguo sendero se aleja un triste caballo.①

原诗"枯藤老树昏鸦,小桥流水人家,古道西风瘦马"名词堆砌,构成特殊的意象群,译作以谓词为核心的西班牙语,挑战不小。陈国坚选择了异化策略,以原诗为宗旨,叠加偏正短语,尽力还原意境。陈国坚(2017)还特意为自己的翻译方式做注,说明原因。宫碧蓝在译"枯藤老树昏鸦"时,也采用了异化策略,但后两句,还是将"小桥流水"与"古道瘦马"缀连成句,以符合现代西班牙语的行文习惯。由此可见,翻译就是一个不断选择、不断取舍的过程,译者穷尽心血力争平衡,译文孰优孰劣,却见仁见智。

明清诗歌也有一个译出文本:"中华之美"系列《明清诗与明清画》(*Poesía y Pintura de las Dinastías Ming y Qing*, 2019),译者为常世儒与马诺(Manuel Pavón Belizón)。马诺是翻译学学士、中国研究硕士,曾在北京交通大学、北京外国语大学、北京大学访学;目前担任"释解中国网"编辑,从事中华典籍的翻译、研究与传播工作。《明清诗与明清画》选译72位明清诗人80首诗歌,其中唐寅3首、袁枚3首、高启3首、刘基2首与杨基2首,其他诗人各1首。

唐寅的《桃花庵歌》内容浅显,看似容易翻译,实则不然,仅是处理诗中与"桃"相关的词汇,就能让译者叫苦不迭。全诗28字,"桃"字出现7次,已占四分之一篇幅,这样的特殊节奏在译诗中很难还原。汉语以"桃"为基础,加字构成其他词:"桃子""桃树""桃花""桃叶"与"桃枝"等,这还只是第一层次的"加字";第二层次的"加字"是"桃花坞""桃花庵"与"桃花

① González España, P. & Wang, Q. C. *Poesía y Pintura de la Dinastía Yuan*. Beijing: China Intercontinental Press, 2019: 53.

仙",所有与"桃"相关的人、事、物似乎都能以这种形式来构成。反观西班牙语,与"桃"相关的名词,常见的仅两个:"durazno"(桃子、桃树)与"duraznero"(桃树),换句话说,西班牙语中没有一个专门的单词来表示"桃花",所以只能用"桃树上的花"来表示。另外,西班牙语的行文忌讳重复,现代西班牙语采用多种语法手段来避免重复,所以,这首不断重复的中国诗歌,西译很有难度,毕隐崖仅是重复了两遍"桃花仙人(el inmortal de las flores de durazno)"①,已显独特。"摘桃花换酒钱"被陈国坚误译为"卖桃子(Vendiendo sus frutas)"②,一秒破功,破坏意境,随之而来的不是轻灵飘逸的诗境,而是农耕文明的叙事文风格。

---

① Preciado,J. I. *Antología de Poesía China*. Madrid:Gredos,2003:239.
② Chen,G. J. *Poesía China -Siglo XI a. C.-Siglo XX*. Madrid:Cátedra,2013:431-432.

中　篇

中国古典散文、戏剧、小说
在西班牙语世界的翻译与传播

本书上篇以《诗经》《楚辞》,以及汉魏六朝诗、唐诗、宋元明清诗词散曲为具体研究对象,从译文、译本、译者、出版者四个维度梳理中国古典诗词在西班牙语世界的翻译与传播。中篇则梳理古典散文、戏剧、小说在西班牙语世界的翻译与传播。其中古典散文涉及先秦、两汉、魏晋南北朝以及唐代的说理散文与叙事散文,但以先秦说理散文为主,且重点梳理道家经典与儒家"四书"的翻译与传播;古典戏剧章节则重点梳理雷林克翻译的元代杂剧、利亚马斯翻译的南戏《张协状元》以及《大中华文库》系列的《牡丹亭》西译本;古典小说则主要包括神话、传说、志怪、唐传奇、宋明评话、明代"四大奇书"以及清代小说,其中,以唐传奇及《聊斋志异》为议论重点。

第五章　古典散文的翻译与传播

在中国文学史上,散文这一题材与诗歌、故事、戏剧、小说不同,因为它的内涵丰富,融合文、史、哲,界限模糊,较难将其直接、明晰地划归为文学。根据袁行霈《中国文学史》的界定,本章将先秦散文、两汉散文、魏晋南北朝散文与唐代散文的部分代表作作为典型纳入研究范围。

《汉代:公元前 206 年至公元 220 年》除了译介汉诗,对汉代散文也有所涉猎,包括司马迁的《史记》中的《项羽本纪》(*Crónica de Xiang Yu*)与《太史公自序》(*Prefacio del historiador*),班固的《汉书》中的《苏武传》(*Biografía de Su Wu*)与《董仲舒传》(*Biografía de Dong Zhongshu*),以及王充的《论衡》部分片段。《大中华文库》也将《史记》作为译介对象,2014 年由外文出版社出版的汉西对照版的《史记选》(*Selecciones de Registros Históricos*),分 I、II、III 共 3 册,选译《史记》中极具代表性且故事性又强的 31 个篇目,西译者为吉叶墨。

2009 年,在西班牙出版了一个译本《无君——公元 3 世纪两位非主流中国文人的无政府主义论辩》(*Elogio de la Anarquía por Dos Excéntricos Chinos del Siglo III*),译者为阿尔韦特·加尔瓦尼(Albert Galvany)。《无君——公元 3 世纪两位非主流中国文人的无政府主义论辩》选译三国嵇康的《答难养生论》《难自然好学论》与西晋鲍敬言的《无君论》。这个译本在西班牙颇受欢迎,于 2011 年再版,它既是西班牙语世界寻求中国政治智慧的体现,也使得西班牙语世界对中国古典散文的译介更为完整。

唐代散文主张明道、载道,把散文引向政教之用,"古文运动"造就了韩愈、柳宗元等一批重要的散文作家,相关作品也层出不穷。《大中华文库》系列包括一个汉西对照版的《唐宋文选》(*Selecciones de las Dinastías Tang y Song*, 2015),分 I、II 两册,近千页篇幅,西班牙语译者为古巴的翻译家玛丽亚·特蕾莎·奥尔特加(María Teresa Ortega)与古巴作家奥尔加·玛尔塔·佩雷斯(Olga Marta Pérez)。该书选译唐宋 31 位散文家的 119 篇作品,以韩愈(24 篇)、柳宗元(18 篇)、欧阳修(15 篇)、苏轼(18 篇)为主,包括《爱莲说》《陋室铭》《师说》《醉翁亭记》《赤壁赋》等名篇。

西班牙语世界对先秦诸子散文的译介,要追溯到高母羡翻译的《明心宝鉴》,全书汇集了孔子、孟子、荀子、老子、庄子等人关于修身养性的语录,摘抄自《尚书》《易经》《礼记》《论语》《孟子》《庄子》《太上感应篇》等历代经典。袁行霈将先秦散文分为两类:一是叙事散文,主要包括《尚书》《春秋》《左传》《国语》《战国策》等;二是说理散文,以《老子》《论语》《墨子》《孟子》《庄子》《荀子》《韩非子》为主。

在叙事散文中,以约翰·佩奇对《左传》的译介最为突出。他对《左传》的翻译、研究持续了 20 年之久,主要成果都刊载于《亚非研究》,具体篇目如下:一是《〈左传〉中的虚构》(*La ficción en el Zuozhuan*, 1984),通过历史考证、案例分析的方法梳理了《左传》的文学性;二是《晋文公重耳的霸业》(*La hegemonía de Chonger, márques de Jin*, 1992),摘取《左传》中有关重耳的片段结集翻译;三是《〈左传〉的叙事连贯性》(*Coherencia narrativa en el Zuozhuan*, 1995);四是与伊萨贝尔·加西亚·伊达尔戈(Isabel García Hidalgo)、罗莎·埃莱娜·蒙卡约(Rosa Elena Moncayo)合著的《〈左传〉索引》(*Índices analíticos para Zuozhuan*, 1998),《左传》叙事结构庞杂、臃肿,①佩奇采用 FLI 索引结合电脑编程的方式来给作品做索引;五是与伊萨贝尔·加西亚·伊达尔戈合译的《左传中的自杀》(*Los suicidios en el Zuozhuan*, 2003),梳理了《左传》中的死亡、自杀内容,分别为 75 次、25 次,同时选译与 25 次自杀有关的片段。

---

① 编年体:并非每年都有叙述每一个涉猎的国家;不是所有发生的事情都是按照连贯的顺序叙述;人物的名称因为其名,字,号不同,而不断变化;自汉代以来,左传被不停地加注,导致文本愈发臃肿,更加难读。

先秦说理散文是春秋战国时期诸子百家阐述对自然和社会不同观点和主张的哲理性著作，蕴含深厚的中国智慧，是中国译出、西班牙语世界译入的重点。《大中华文库》系列西班牙语出版计划包括 25 种图书，先秦说理散文就有 5 种：《老子》《论语》《孟子》《庄子》《荀子》，《大中华文库》"一带一路"沿线国家语言对照版的西班牙语出版计划又包括了《韩非子选》(2021)。西班牙语世界也有诸多相关译本，比如，以《韩非子》为基础选译的《政治艺术（人与法）》(*El Arte de la Política*：*Los Hombres y la Ley*)于 1998 年出版，2010 年再版，由 Yao Ning 与高伯译合译；再如，以《墨子》为译介对象的《墨子——非攻》(*Mozi*. *Contra el Arte de la Guerra*，2012)与《博爱政治——墨子主义哲学文本全集》(*La Política del Amor Universal*. *Los Textos Filosóficos Completos del Moísmo*，2019)；又如，2019 年西班牙米拉瓜诺出版社出版的《正名：荀子》(*Rectificar los Nombres*：*Xun Zi*)。

如果说诸子百家是中国文化大厦的基石，那么儒家、道家无疑是大厦的两个重要支柱。所以，中国译出以道家经典(《老子》《庄子》)、儒家经典(《论语》《孟子》《荀子》)为主，西班牙语世界对先秦说理散文的译入版图也遵循了这个规律。从 16 世纪开始，儒家、道家典籍便被来华传教士翻译成多种语言文字传播到西方世界，在众多的西班牙语译本中，《道德经》和儒家"四书"无论是在数量上还是质量上都尤为突出，部分知名译本也反复再版。

第一节　道家经典的翻译

道家思想因其深邃而独特的文化内涵引起了全世界广泛的关注。从 16 世纪开始，《道德经》便被翻译成多种文字传播到西方世界，并成为被翻译语种最多、海外发行量最大的中国文化经典。道家思想在西班牙语世界的传播也是从《道德经》的翻译开始的，后逐渐发展到对庄子、列子、文子等多部道家典籍的翻译。道家典籍在西班牙语世界的翻译、研究经历了从萌芽到繁荣的过程；译者也从对中国文化知之甚少的西方诗人、作家到精通中国文化的汉学家、中西方学者;翻译理念更是经历了"以西方思想解读中国文化"到"尊重中国文化的特殊性"再到"以中国思想解读中国文化"的转变过程。1916 年,阿根廷出版了第一本西班牙语的《道德经》,至今道家典籍的全译本已逾百个。

(一)《道德经》的翻译

早在 16 世纪,入华传教士利玛窦等人就在其著作中讨论了《道德经》,并对个别章节进行了翻译。18 世纪末,拉丁文版《道德经》被传教士献给伦敦皇家学会,这是《道德经》被介绍到欧洲的最早历史记录。19 世纪,《道德经》开始被译介成不同的欧洲语言。1841 年,法国汉学家儒莲(Stanislas Julien, 1797—1873)完成了第一部带注释的法译本《道德经》,1868 年、1870 年相继出现了第一个英译本、第一个德译本。1916 年,第一个西译本也在阿根廷诞生。

卫礼贤(Richard Wilhelm, 1873—1930)认为《道德经》译本众多的原因在于:"道德经的内容神秘、深邃、发人深思,即使是中国学者也不一定能够完全领会,这激发了西方翻译家和学者们对其进行自我解读的热情。"[①]毕隐崖更是强调:"老子的思想就像一口永不枯竭的井泉,每个人都能从中汲取泉水,直到满载而归。"[②]《道德经》在西班牙语世界的传播分为3 个时期:一是萌芽期(20 世纪 70 年代前),二是生长期(20 世纪 70 年代后),三是繁荣期(21 世纪)。

《道德经》是诗歌体经文,句式整齐、音韵优美、含义隽永,自然而然地引起了文学界的关注,法国籍的德国历史学家、作家和汉学家亚历山大·乌拉(Alexander Ular, 1876—1919)于 20 世纪初在法国的文学艺术杂志《白色杂志》(*La Revue Blanche*)上连载法译《道德经》,乌拉圭诗人、作家艾蒙多·蒙特雷(Edmundo Montagne, 1880—1941)以此为蓝本,转译《道德经》(*El Libro del Sendero y de la Línea-Recta*),1916 年于阿根廷出

---

① Wohlfeil,M. & Esteban,M. P. *Lao Tse*. *Tao Te King*. Málaga:Sirio,1989:7.

② Preciado, J. I. *Laozi*, *El Libro del Tao*. Madrid:Alfaguara,1978:64.

版,这是能够查阅到的最早的西班牙语版《道德经》。乌拉否认东西方译者对《道德经》评注的权威性,他认为这些评注要么出自一家之言,要么出自反对者之言,不具有参考价值,所以,他的译本不含注释。

蒙特雷忠实地转译了乌拉的翻译,将"道"译为"sendero"(道路、途径),这是 20 世纪之前西方译者的通行做法。但是,"道"字在古汉语中有多重含义,如"规律、教义"等,在《道德经》中更是有宇宙的本体之义,因而把"道"译为"道路"是得其"形"而无其"神"。所以,20 世纪以后,越来越多的译者开始正视和尊重汉语的特殊性,不再强行使用西方语言体系中的词汇来翻译"道",而是使用音译"Tao"来指代"道"。"德"则被蒙特雷译为"Línea-recta"(字面含义为"直线"),"línea"有"路线、途径"之意,"recta"可引申为"正直的、品德高尚的",如此一来,"Línea-recta"就具有了"德"的内涵,但是,这是目前为止唯一一个把"德"译成"Línea-recta"的版本,此后几乎所有西译本都将"德"译作"virtud"(美德)或者直接音译为"Te"。此译本后于 1924 年、1947 年再版。

蒙特雷译本之后,直到 1940 年才在玻利维亚出版了新的西班牙语译本:《道德经》(*El Libro del Sendero y de la Virtud*),此书仅在荷兰莱顿大学图书馆仍有馆藏。20 世纪五六十年代,共产生了 7 个译本。一是 1951 年在阿根廷出版的《老子的智慧》(*La sabiduría de Laotsé*),从林语堂英译本转译,将《道德经》81 章内容按顺序归为 7 篇:道之德、道之训、道之体、力量之源、生活的准则、政治论和箴言,且各章节之后均附有《庄子》相关内容的翻译。二是 1952 年在西班牙出版的、由克里斯托弗·塞拉·西莫(Cristóbal Serra Simó, 1922—2012)从英语、法语转译的《道德经》(*Tao-Teh-King*)。三是 1957 年在布宜诺斯艾利斯出版的、由阿根廷哲学家阿道夫·P·卡皮奥(Adolfo P. Carpio, 1923—1996)翻译的《道德经》(*El Tao Te King de Lao Tse*)。四是 1961 年在马德里出版的、从初大告(1898—1987)英译本(1937 年于伦敦出版)转译而来的《道德经》(*Tao Teh King*),初大告英译本是第一个由中国人翻译并在国外出版的《道德经》译本。五是杜善牧翻译的《道德经的真知》(*La Gnosis Taoísta del Tao Te Ching*, 1961)。六是 1963 年在墨西哥出版的、由世界语转译的《道德经》(*Libro del Camino y de la Virtud*)，它的西班牙语译者和世界语译者均为世界语协会成员，他们提出了老子是无政府主义的倡导者、先驱者的观点，这也是唯一一个以世界语为源语言进行转译的西班牙语译本。七是 1968 年在巴塞罗那出版的《东方哲学》(*Filosofía Oriental*)，包含《论语》《大学》《中庸》《道德经》4 部经典。

从 1916 年到 1969 年的 50 余年，西班牙语世界共有 9 个《道德经》译本，除了杜善牧译本，其余的皆为转译本，译者无法对比、考证所用译本的准确性，因而其译文质量也难以得到保证。如果说转译本是对道家思想"局部"的、"间接"的探索，直译本则能做到对道家思想"全面"而"直接"的解读。杜本《道德经的真知》是首个从汉语直译的西译《道德经》文本，他用 134 页(全书共 225 页)的篇幅梳理了道家思想：回溯道家思想的起源与发展；阐释《道德经》的重要术语；比较道家思想和其他哲学流派，如诺斯底主义、斯多葛主义等，如标题中的"gnosis"，意为"灵知、真知"，就是诺斯底主义或称灵知派的核心信念，而"道"作为"宇宙的基本规律"，被译者比作斯多葛学派的逻各斯(Logos)，"道"的"超验性"则被比作赫尔墨斯主义中的上帝(Dios)。杜本注重内容的忠实、易懂，而非形式(诗歌体)的一致，有时甚至过于平铺直述，如第 2 章中：

老子原文：

是以圣人处无为之事，行不言之教。①

杜善牧译：

El hombre perfecto se aplica a la tarea de no hacer nada y de enseñar callando. ②

回译为汉语：

完美的人执行的任务：什么都不做、用无言的方式教化。

---

① 陈鼓应. 老子今注今译. 北京：商务印书馆，2016：80.
② Elorduy，C. *Tao Te Ching*，Madrid：Tecnos，2017：23.

此外,不管杜善牧本人有没有意识到,他的译文都受到了自己基督教世界观的影响,如第 34 章中:

老子原文:

万物恃之以生而不辞。①

杜善牧译:

Los diez mil seres se arriman a Él para vivir y Él no se niega.②

回译为汉语:

万物都依靠他生长而他不拒绝。

"之"被译作大写的"Él"(他)③,用来特指至高无上的"神"和"创世者",即"道",第 16、62 章中也同样使用了大写的"Él"。但是,瑕不掩瑜,杜译本不仅在《道德经》西译史上具有里程碑意义,而且在学术上也极具参考价值,被多次再版。

20 世纪的后 30 年是《道德经》在西班牙语世界传播的生长期。70 年代开始,国际社会进入政治多极化、经济全球化、文化多元化的新时代,中国和西班牙及拉丁美洲各西班牙语国家也相继建交,为中国文化对外传播提供了良好的社会和政治条件。1973 年长沙马王堆汉墓出土的帛书《道德经》,更是在海外掀起了老子研究热、东方文化研究热。《道德经》的西班牙语译介工作进入了增长期:仅 70 年代就发行了 6 个译本,80 年代增至 9 个译本,90 年代更是达到了 13 个译本。

1972 年,在秘鲁出版了中西双语版的《道德经》(Tao Te Ching)。译者奥诺里奥·费雷罗(Onorio Ferrero, 1908—1989)是一名诗人、学者,

---

① 陈鼓应. 老子今注今译. 北京:商务印书馆,2016:203.
② Elorduy, C. *Tao Te Ching*, Madrid:Tecnos, 2017:89.
③ 西班牙语的人称代词"él"(他)只在句首大写,句中均为小写;只有特指"上帝"或"神"的时候,位于句子任何一个位置都必须大写。

他出生于意大利都灵的贵族家庭,1948 年移民秘鲁,1952 年开始在秘鲁天主教大学任教,后担任该校人文学院院长,并获得荣誉教授头衔。他从教 30 余年,研究领域十分广泛,包括艺术史、文学史、宗教史以及东方哲学,所以在他的课堂上,学习西方艺术宗教史的同学们总是能聆听到费雷罗对同时期东方社会和文化的解读。作为诗人,费雷罗很好地再现了《道德经》韵律诗的特点,他的译文读来行云流水、意韵悠长,颇具诗意。

1978 年,在马德里出版了《道之书》(El Libro del Tao),它是第一本根据马王堆汉墓出土的帛书《道德经》翻译而来的西班牙语译本,译者为毕隐崖。《道之书》为中西双语,按照马王堆本排序(《德书》在前,《道书》在后),毕隐崖因此译本于 1979 年获得西班牙国家翻译奖。

毕隐崖在绪论中阐释了老子的生平与道家思想的基本概念、起源、发展。他认为《道德经》是一本兵书,并很可能是《孙子兵法》的延续、发展,因为两者都讲到了"以弱胜强"。不同的是,老子把"对立面的辩证转换思想"上升到了普遍原则的高度:"《老子》是执政者的教科书,无政府主义的福音,战士的方向和指南,和平者的理由,隐士的庇护所。"[①]但他也坦言,这种观点并非自己首创,中国历史人物如唐代王真、明末王夫之及近代章太炎都有相似的论述。[②] 毕隐崖开创性地音译(拼音)专有术语,比如"dao"指"道"、"ren"指古代计量单位"仞",且在"德""气""无为"等术语的西班牙语译文后用括号注明汉语拼音。此外,毕隐崖对原文语义的研究也十分透彻,对有争议的句子均给出了不同的翻译,同时,还尽可能地保留了原文的韵律、节奏。

1987 年,在马德里又出版了西班牙中医巴汉生(José Luis Padilla Corral)翻译的《道德经:在无限可能的路上》(Tao Te Jing. En el Camino de lo Siempre Posible)。巴汉生先在中国台湾取得了中医针灸学位,后赴越南、中国大陆、韩国等地开展中医学习、研究,返回西班牙之后,在多个大学担任针灸学导师,并创立了西班牙针灸师协会、内经学校,目前,内经

---

① Preciado, J. I. Laozi, El Libro del Tao. Madrid: Alfaguara, 1978: 64.

② Preciado, J. I. Laozi, El Libro del Tao. Madrid: Alfaguara, 1978: 59.

学校已在欧美 19 个国家设立分校。巴汉生一直致力于中医的传播、推广,译、著作多达 80 余部。他的《道德经》译文特色鲜明,每个章节都包含以下板块:汉字、代表该章节含义的自创符号、西班牙语翻译、评论性诗歌、在中医中的应用、易经的卦象和对应的《周易》的内容,因涉及内容广泛,该书只完成了《道德经》前九章的翻译。

20 世纪 90 年代比较知名的译本当属苏亚雷斯翻译的《道德经》(*Libro del Curso y de la Virtud*:*Dao De Jing*, 1998)。她以王弼本为基础,同时参考了马王堆帛书本、河上公本。苏亚雷斯从事汉语教学多年,很重视研究汉字词源,比如,第 4 章中的"道冲而用之",她认为,虽然《说文解字》中的"冲"是指"向上翻涌的水流",但此处的"冲"应为"盅"的假借,是"空虚"的意思,第 45 章中的"大盈若冲"即为佐证。① 她对句式的判定也非常谨慎,比如,在第 1 章的注解中,她提到"无名天地之始;有名万物之母"还有一种断句方式,即"无,名天地之始;有,名万物之母",也给出了相应的译文。此外,她还非常注重翻译策略的选择,她引用了《王弼集校释》下册中的话来说明:"词语是用来解释图像的,但是,一旦图像被捕捉,人们就必须忘记这个词语。图像是用来表达思想的,但是,一旦思想被认识,人们就可以忘记这个图像。"② 所以,她在翻译"道"这一核心术语时,既没有译作"camino"(道路),也没有直接音译"Tao"或"Dao",而是把"道"译作"curso"(水流通行的途径),在她看来,"道"具有水的特质且像水一样奔流不息。③ 这一翻译另辟蹊径却又尽得真意,其水平可见一斑。法国汉学家弗朗索瓦·于连(François Jullien, 1951—　)为此译本作序并盛赞道:"安妮-海伦·苏亚雷斯的研究非常恰当,她像中国人一样读老子。

---

① 这一推论也符合清代段玉裁在《说文解字注》对"冲"的注解:"凡用冲虚字者,皆盅之假借"。

② Suárez, A. H. *Libro del Curso y de la Virtud* (*Dao De Jing*). Madrid: Siruela, 1998: 19.

③ "道"如水且生生不息,可见《道德经》第 8 章"水善利万物而不争,处众人之所恶,故几于道"及第 25 章"寂兮寥兮,独立不改,周行而不殆,可以为天下母。吾不知其名,字之曰道。"

她以传统注解为支撑,力求翻译尽可能地忠实原意,又尽可能地远离译者的投射。"①

　　20 世纪后 30 年,共产生了 28 个《道德经》西译本。虽然大多数仍为转译文本,但是汉西直译本的数量也显著增加;译者不仅在文字层面更注重文采和韵律,而且在文化层面加大了对道家思想及中国文化的研究力度,使得《道德经》的翻译更加准确、多元。

　　21 世纪,《道德经》在西方的翻译、传播不断升温,一方面是由于中国经济、文化实力不断提升,引起了国际上更为广泛的关注;另一方面也反映了西方世界在面临 21 世纪新的精神危机时寻求解决之道的迫切心情,例如,2001 年在巴塞罗那出版的《道德经的教诲》(*Las Enseñanzas de Tao Te Ching*)的前言这样陈述:"当今世界的紧张局势、对技术竞赛的放纵及其给我们日常生活带来的种种压力,使得人们开始寻求平静和反思的空间。在面对疯狂的消费主义竞赛时,西方文化似乎无法为寻求平衡与和谐的生活提供有效的出路。因此,许多人将目光投向东方,投向他们丰富的哲学和宗教。"②

　　《道德经》的西班牙语译介工作也进入了空前繁荣期。从 2000 年到 2019 年,仅仅 20 年时间就产生了 46 个译本③,它们中的四分之一是对已有版本的重译或再版,值得关注的是,2006 年在马德里出版的毕隐崖增译本 *Tao Te Ching:Los Libros del Tao*,它除了毕隐崖早期翻译的马王堆帛书本《道德经》,还新增了郭店楚墓竹简本(1993 年出土)与王弼本的翻译,是毕隐崖 20 多年来研究老子和道家哲学的成果。

　　2003 年,在马德里出版了中西对照版的《老子的道德经》(*El Tao Te Ching de Lao-Tze*),由西班牙华人书法家曾若镜与西班牙太极拳专家安赫尔·费尔南德斯·德卡斯特罗(Ángel Fernández de Castro)合译。它的出版意味着《道德经》的译者群体已逐渐从汉学家、东方学研究者等"内

---

① Suárez,A. H. *Libro del Curso y de la Virtud*(*Dao De Jing*). Madrid:Siruela,1998:14.

② *Las Enseñanzas de Tao Te Ching*,Barcelona:FAPA,2001:3.

③ 其中有 8 个译本无译者信息。

行"延伸到了中国文化爱好者等"外行",这也从侧面反映了《道德经》在西班牙语国家的"国民认知度"达到了一个极高的水平。

2006 年,秘鲁天主教大学出版社出版了汉西双语版的《道德真经》(*Dao De Zhen Jing*:*Urdimbre Verdadera del Camino y Su Virtud*)。译者为前文论述的、曾译李白专集的阿莱萨与秘鲁历史学家、人类学家玛丽亚·安赫莉卡·德贝纳维德斯(María Angélica de Benavides)。阿莱萨之所以选译中国古典文学,不仅是因为他对中国文化的深切热爱,也是因为他想向秘鲁读者提供他最喜欢的中国文学作品的准确版本。

因此,阿莱萨注重原文,翻译过程中多以原文为终级指向,可从以下三点管窥他的这种翻译观:一是使用没有标点符号的汉语原文。在他看来,所有西方语言的《道德经》译本与其说是翻译不如说是解读,因为古汉语既没有标点也不分段落章节,译者对文意的理解也就各有差异。[1] 二是采用异化策略翻译《道德真经》中的"经"字。古汉语中的"经"的本义指纺织使用的经线,也用作指示作为思想、道德和行为标准的书籍以及宗教教义之书,时常用来命名受人推崇的典范之作,如《易经》《诗经》《书经》等。阿莱萨根据汉语本义将《道德真经》中的"经"字译作"urdimbre"(经线)。三是根据原文统一译文词汇。不少译者会根据同一术语在文中体现的不同含义而进行差异化翻译,阿莱萨则对同一术语尽量使用同一西班牙语词汇,例如,在"道可道非常道"一句中,第一个"道"被译作"camino(道路)",第二个"道"被译作"camino"的动词形式"caminarse(行走)",第三个"道"被译作大写的"Camino"。[2]

2009 年,中国的外语教学与研究出版社出版了原文、今译和西班牙语对照版本的《老子》,从属于《大中华文库》系列,今译者为享誉国际的道家文化学者陈鼓应(1935—   ),西译者为汤铭新、李建忠和毛频。

当然,汉学家的身影依然活跃,雷孟笃便是其中一位。他于 1967 年

---

①　Alayza Alves-Oliveira,F. & Benavides,M. A. *Dao De Zhen Jing*:*Urdimbre Verdadera del Camino y Su Virtud*. Madrid:Visor Libros,2013:11.

②　Alayza Alves-Oliveira,F. & Benavides,M. A. *Dao De Zhen Jing*:*Urdimbre Verdadera del Camino y Su Virtud*. Madrid:Visor Libros,2013:19.

迁居台湾,1982 年开始在台湾辅仁大学任教,出版了多部与中国文化、语言相关的著作。雷孟笃认为《道德经》是一本写给统治者的关于统治艺术的书,他据此撰写了自己的博士论文:《〈道德经〉中的政治和统治思想》(*Pensamiento político y de gobierno en el TTC*,1980),凭此获得西班牙康普顿斯大学哲学史博士学位。后来,他从王弼版翻译了汉西对照本的《道德经》(*Tao Te Ching*),1995 年在阿根廷出版。2016 年,台湾又出版了他从严灵峰《老子章句新编》翻译的汉西对照本《道德经新译——严灵峰新编》(*Un Nuevo Texto del Tao Te Ching. Reconstrucción de Yen Lingfong*)。

严灵峰以王弼注《道德经》为蓝本,重新编排整理,形成了《老子章句新编》。它分为 4 个部分:道体、道理、道用与道术,共 54 个章节,比如,原第 2 章“天下皆知美之为美,斯恶已。皆知善之为善,斯不善已”和第 49 章被合并为《新编》第 25 章。雷孟笃指出,虽然有人认为严灵峰对《道德经》的重构缺乏语言学、考古学依据,但是,再编后内容更统一,逻辑更通顺,读者能更好地理解王弼本中重复或者语义不明的章节,所以,他选择将《新编》翻译成西班牙语。[①] 该译本的发行,不仅意味着西班牙语读者在继王弼本、马王堆本和郭店本《道德经》被翻译成西班牙语之后又多了一个选择,还意味着《道德经》西译的多元化程度再次得到加深。

21 世纪的前 20 年里,无论是从译本数量上还是从译者、译本的多元化程度上,《道德经》的西班牙语译介活动都达到了一个全新的高度。一百年前,第一个西译本《道德经》的译者蒙特雷在前言中写道:“老子的话语,和耶稣、佛祖的教义一样,是人类思想的精华,是最崇高、最和谐的灵性之光。像两位圣人一样,老子的教诲也将日复一日地在世界上取得更大的反响。”[②]今天,我们看到,他的预言变成了现实。

《道德经》的百年西班牙语译介史经历了从萌芽到繁荣的转变,它既

---

① Álvarez,J. R. *Un Nuevo Texto del Tao Te Ching. Reconstrucción de Yen Lingfong*. Taibei:Catay,2016:9.

② Montagne,E. *El Libro del Sendero y de la Línea-Recta*. Buenos Aires:Ediciones Mínimas,1916:2.

离不开一代又一代中西方文化人士的努力,也离不开中国综合实力和国际地位提升带来的聚焦效应的影响。今天,文化交流、互鉴超越了文化冲突、隔阂,越来越多的中西方学者开始加强"对话与合作",共同承担文化"走出去"与"引进来"的重任,尽管西班牙语汉学家与中国西班牙语学者都无法完全摆脱本体立场、时代立场和自我立场对自身译作的影响,但也正是因为不同立场的相互交错、相互作用,才形成了如今《道德经》西班牙语译介百花齐放的喜人局面。

(二)其他道家典籍的译介

贮藏中华文明密码的《道德经》,作为中西文化交流的载体和窗口,既是先驱者也是成功者,但不能忽略道家的其他典籍如《庄子》《列子》《文子》《老子化胡经》等的重要性和价值。《庄子》是一部集瑰丽文采与深邃哲学于一体的散文集,在世界各地也广为流传。克里斯托弗·塞拉·西莫在他翻译的《庄子全集》(*Chuang-tzu,obra completa*,2005)中说道:"如果说老子是完全的直觉知识,那么庄子就是完全的智力知识;如果说老子在微笑,那么庄子就是在大笑。在《庄子》中,哲学与文学携手并进,二者的高度结合在整个文学史上都很难找到。"[①]《庄子》一书分内篇、外篇和杂篇,共 8 万余字,和《道德经》的 5000 余字相比,《庄子》的翻译、传播难度显而易见。因为老子是道家学派的创始者,庄子是老子思想的继承者、发扬者,不读老子可能很难理解庄子在故事和对话中表达的哲学观点、理念,对想要一窥门径的译者和读者而言,《道德经》更为合适。

《庄子》的第一个西班牙语译本《庄子:文学家、哲学家、神秘道学家》(*Chuang-Tzu:Literato,Filósofo y Místico Taoísta*)于 1967 年在马尼拉出版,译者为杜善牧,它为中西对照全译本,后于 1972 年在委内瑞拉再版;1977 年,此译本与杜善牧另外两本关于道家的著作《道德经的真知》《六十四个道家思想概念》(*64 Conceptos de la Ideología Taoísta*)合集在

---

① Serra,Cristóbal. *Chuang-tzu(Obra Completa)*. Palma de Mallorca:Cort,2005:5.

西班牙出版,书名为《老子和庄子——两个伟大的道家思想家》(*Lao Tse / Chuang Tzu . Dos Grandes Maestros del Taoísmo*)。1978 年在西班牙出版了《庄子的路》(*Por el Camino de Chuang Tzu*),它从美国作家、神学家托马斯·默顿(Thomas Merton)的英译本转译而来,只选译了《庄子》的部分段落,每一段都有小标题,如《无用之树》,它的内容为《庄子·逍遥游》中的第 7 段。20 世纪 90 年代,在西班牙出现了三个译本:一是在巴塞罗那出版的全译本《庄子》(*Zhuang Zi*,1996),译者为毕隐崖,主要参考陈鼓应、郭庆藩的《庄子》译注本;二是在马德里出版的、由帕斯翻译的节译本《庄子》(*Chuang-Tzu*,1997),它仅选译了庄子的 35 段内容,每段内容都有小标题;三是在马德里出版的《庄子内篇》(*Los Capítulos Interiores de Zhuang Zi*,1998),译者为宫碧蓝,汉学家、诗人的双重身份使得她既注重忠实原意,又不忽视译文的文学性,所以,在她的译笔下,《庄子》首次以西班牙语诗歌的形式同读者见面了。

2000 年,在巴塞罗那出版了《庄子的智慧:道家的根本内容》(*La Sabiduría de Chuang Tse : Textos Fundamentales del taoísmo*)一书,该译本只翻译了《庄子》的 22 个章节内容。2001 年,在马德里出版了从英译本转译而来的《庄子之书》(*El Libro de Chuang Tse*),该译本为全译本,但没有分内篇、外篇和杂篇,而是直接列为 33 章,并采用了威妥玛式拼音法(Wade-Giles Spelling System)翻译人名,同时为便于西方读者理解,删除了一些复杂人名。2005 年,在西班牙出版了由塞拉翻译的《庄子全集》,同年,在西班牙还出版了从英译本转译而来的《庄子的对话》(*Los Diálogos de Chuang Tse*)一书,但该书只有内篇的翻译。2011 年,广东教育出版社出版了原文、今译和西班牙语对照版的全译本《庄子》(*Zhuang Zi*),从属于《大中华文库》系列,今译者为秦旭卿和孙雍长,西译者为姜凤光。2019 年,在马德里出版了汉西直译本《庄子选段》(*Textos Escogidos Chuang Tse*),译者为高伯译,他主要参考了《庄子集解》和《诸子集成》第三卷。

1931 年,在巴塞罗那出版了《道的福音:圣书道德经》(*El Evangelio del Tao : Del Libro Sagrado Tao Te Ching*)一书 ,虽然名为"道德经",实际却是对《列子》的翻译。它整理了《列子》的故事,分为八个篇章:神秘主义、行为、命运、关于列子、政治、形而上学与宇宙论、科学、阴影。它后于1964年、1991年分别在墨西哥、西班牙再版。

1987年,在巴塞罗那出版了毕隐崖翻译的《列子:完美的空性之书》(*Lie Zi:El Libro de la Perfecta Vacuidad*),它分为八个篇章,与中国通行本《列子》内容一致。1997年,在马德里出版了西班牙作家、翻译家阿方索·科洛德龙(Alfonso Colodrón)从英译本转译的《列子:关于生活艺术的道家指南》(*Lie Tse:Una Guía Taoísta sobre el Arte de Vivir*),它谈到了老子、庄子和列子的区别:"老子的哲学从高处而来,我们可以仰望它,也可以追逐它,但它却难以抵达;庄子的哲学从与我们不同的世界而来,我们可以尝试抓住它,但它却难以捉摸;列子则是来自于我们相遇的地方,他和我们在同一个水平上交谈,并向我们讲述了那些我们可以理解的经验。"[①]2006年,在西班牙又出版了《完美的空性》(*Tratado del Vacío Perfecto*),它由法国汉学家戴遂良(León Wieger)的法译本《列子》转译而来。

1994年,科洛德龙又从英语转译了《文子:对神秘的"道"的领悟》(*Wen-tzu:La Comprensión de los Misterios del Tao*)。目前,《老子化胡经》在国内已经没有存本,外译本的中文原本相传是道家人士 HUA-CHING NI 在1976年离开中国后重新复制的。1995年,在马德里出版了科洛德龙从英译本转译的《化胡经:81个道家冥想》(*Hua Hu Ching:81 Meditaciones Taoístas*)。2005年,在巴塞罗那出版了《道德经》(*Tao Te Ching*),该书包含三个部分:《道德经》《老子化胡经》《庄子》和其他道家先贤的选译。

第二节　儒家"四书"的翻译与传播

以"四书"为核心载体的儒学经典,是中国传统文化的重要组成部分,

---

① Colodrón, A. *Lie Tse:Una Guía Taoísta sobre el Arte de Vivir*. Madrid:Edaf, 1997:36.

也是最早被译为欧洲文字的中国典籍。"四书"的西班牙语译介活动也较为突出:译本众多,译入、译出齐进,直译、转译穿插,经典译本也较多,被多次重版、重印。

(一)儒家"四书"的西译本梳厘

"四书"的西班牙语译介史可以追溯到 16 世纪,来华传教士为传播主体。18、19 世纪,随着西班牙政治经济的衰退与世界格局的变化,"四书"的译介工作陷入停滞。20 世纪开始,随着中国改革开放和经济全球化的影响,"四书"的译介进入高速增长期,学者与汉学家成为翻译主体。

16 世纪中叶到 17 世纪,信奉"西班牙主义"的传教士借助"西班牙—墨西哥—菲律宾—中国"贸易航线来到中国,为传播"福音",他们需要掌握汉语,通晓汉文化,这个为传教做准备的过程也成为他们的汉学家养成历程。由此涌现出一批杰出的传教士汉学家,耶稣会士罗明坚(Michele Ruggieri, 1543—1607)就是其中之一,他精通汉语,将"四书"翻译成西班牙语,于 1590 年作为礼物呈献给菲利普二世,供其了解中国王朝的概况。

罗译"四书"是已知最早的"四书"西方文字译本,底本为《四书章句集注》的明代版本,包含三个部分:《大学章句》《中庸》与《论语》的前两篇。罗译本作为儒家经典西译的首次尝试,在中学西传史上具有里程碑意义,原因有二:一是罗明坚的翻译建立了用西方语言译介儒家经典的基本解释框架,并由利玛窦与后继在华传教士延续了二百多年[1];二是罗译"四书"标志着一个决定性转折点,即通过儒家文化而非佛教文化来进行文化适应。

罗明坚在翻译儒家核心术语时,特别强调儒家思想的理性维度,将不同的儒学概念都与"理性"联系起来,比如,将"性"译作"理性(razón)"或者"至高的理性或本性(razón soberana o naturaleza)",将"义"译作"正直和理性(decencia y razón)",将"礼"译作"应有的理性(debida razón)"等,这显然是受到了朱熹注疏的影响。同时,为了调和耶儒思想,译者给"天"

---

[1]　梅谦立,王慧宇. 耶稣会士罗明坚与儒家经典在欧洲的首次译介. 中国哲学史,2018(1):124.

和"上帝"赋予了超越性和人格化的特征,将"天"译作"至高无上的天(el soberano cielo)",将"上帝"译为"至高无上的王(el soberano rey)",以将其引向"天主"这一西方宗教概念。

因为《四书章句集注》涉及孔子及其弟子、朱子和程颐等诸多历史名家的言论,罗明坚在翻译中也难免"张冠李戴",比如,将程颐误作孔子的弟子曾子等,但是,瑕不掩瑜,后世承认了这个译本的文学、史学价值。2018 年,科米利亚斯大主教大学(Universidad Pontificia Comillas)出版了中国中山大学哲学系教授、法国汉学家梅谦立(Thierry Meynard, 1963—)和耶稣会士罗伯特·比利亚桑特(Roberto Villasante)合著的《罗明坚译孔子的道德哲学——1590 年第一部儒家经典西班牙语译本》(*La Filosofía Moral de Confucio*, *por Michele Ruggieri*, *SJ*: *La Primera Traducción de las Obras de Confucio al Español en* 1590),包含罗明坚生平、"四书"手稿副本以及对罗译"四书"的汉学分析,也论证了罗译本在儒家经典西传活动中先驱者的地位。

多明我会士闵明我撰述的《中华帝国纵览》堪称 17 世纪欧洲关于中国最丰富、最全面、最独到的著作之一。该书共有 7 个部分,第三部分为《论孔子和他的学说》,共分十一章:第一章为孔子生平,第二、三章为《大学章句》选译,第四至八章为《论语》选译,第九章为《尚书》选译,第十章为在中国读到、听到的其他格言警句,第十一章为汉字中的一些象形文字。闵译本最大的特点是对比了儒家思想、西方神哲学思想,每一段儒家经典格言译文之后,都搭配阐述西方神哲学中相关内容:《圣经》、教父(奥力振、奥古斯丁等)与经院学家(阿奎那、卡耶坦等)相关语句等,以《论语·学而》为例观照他的译风:

孔子原文:

吾日三省吾身:为人谋而不忠乎?与朋友交而不信乎?传不习乎?①

---

① 陈晓芬,徐儒宗.论语·大学·中庸.北京:中华书局,2015:8-9.

闵明我译：

Examino cada día mi corazón tres puntos. Primero，si tratando algún negocio en bien de mi prójimo，procedí en él con todo cuidado，y sinceridad de ánimo. Segundo，si cuando comunico con mis amigos y compañeros，obro fiel y verdaderamente. Tercero，si en lo que me enseña mi Maestro me aprovecho，o no.①

回译为汉语：

我每天审视自己内心的三点。首先，为他人做事，我是否全心全意。第二，当我与朋友、同事交流时，是否诚实、真挚。第三，老师教给我的，我是否会利用。

著名语言学家、古籍研究专家杨伯峻(1909—1992)指出，古汉语中动词前面的数字大多为动作频率。"三""九"等字一般表示次数多，不要着实地去对待，所以，"三省"之"三"实为"多次"之意。② 闵明我误将"三"译为"三点(tres puntos)"。此外，他在评论中将"吾日三省吾身"和天主教的"忏悔"的作用等同，呼吁天主教徒都应该"认识到忏悔的好处"，并认为"忏悔"才是一个完美的方式，每天用它审视意识既简单又明了。通过对比，闵明我试图证明西方著作的思想更完整、更正确。所以，传教士没有必要通过赞扬"四书"来博得中国人的好感，而应该直接宣传《圣经》和西方哲学使中国人自己明白真理在哪里。③

总的来说，16、17 世纪，西班牙传教士是儒家经典译介、传播的主体。但是，无论是以中文介绍西学，还是以西文翻译中学，他们的目的都是为天主教思想在华传播扫清障碍，所以这一时期译作的宗教倾向非常明显。

---

① Fernández Navarrete，D. *Tratados Historicos*，*Politicos*，*Ethicos y Religiosos de la Monarchia de China*. Madrid：En la Imprenta Real，1676：140.
② 杨伯峻. 论语译注. 北京：中华书局，1980：4.
③ 梅谦立，王慧宇. 耶稣会士罗明坚与儒家经典在欧洲的首次译介. 中国哲学史，2018(1)：123.

　　18、19世纪,西班牙汉学开始衰退,进入低潮期,儒家经典西译甚至陷入停滞状态。造成这种局面的原因主要有两个:一方面是西班牙政治动荡、经济衰退;另一方面是清朝廷反制"礼仪之争",驱逐在华传教士并严禁传教士再进入中国。如此一来,西班牙来华传教士大多被迫转移到福建偏远地区传教,失去了接触中国主流社会的机遇和深入研究汉学的条件。① 这一阶段,为了教育和传教的需要,西班牙传教士转而投身学习方言,所以出现了一系列语言类书籍:语法、词汇、词典和教义问答等。

　　20世纪伊始,"四书"西译活动渐呈复苏之势。20世纪上半叶,中国陷于战争之中,中国与西方的文化交流基本被隔断,这一时期的"四书"西译本均从英语、法语转译。新中国成立以后,我国的综合国力、国际影响力不断提升,加之中国陆续与西班牙语国家建交,西班牙语世界重燃对中国的兴趣,兴起了一股"中国学"研究思潮,"四书"的翻译活动也随之蓬勃发展。这一时期的译者多为学者、汉学家,他们译介"四书",或为西方社会问题寻求解决之道,或为扩大西班牙语读者的文化视野,或为本国文学注入生机,不再为政治、宗教而服务。

　　西班牙语世界的汉学家与中国的西班牙语学者共同承担了从汉语直译"四书"的任务。西班牙著名汉学家华金·佩雷斯·阿罗约就从汉语直译了"四书",1981年在马德里出版。他认为,以"四书"为代表的中国典籍是人类最完整、最独特和最古老的造物之一,在现代世界还有未被充分开发的潜力。长期以来,由于西班牙语汉学缺失(16、17和18世纪的一些学者例外),使大众失去了一个机会:通过翻译正确认识、了解人类中的另一部分的思想、世界观。这对公众而言,是一种被迫的无知,他们会因此受到损害,西班牙语世界出现对东方研究感兴趣的人的可能性也会降低。② 为改变此种现状,也为了纠正其他"四书"西译本的错误,佩雷斯花了四年时间来翻译"四书"。他首次使用汉语拼音翻译节标题、人名、国家名,因

① 管永前. 从传教士汉学到"新汉学"——西班牙汉学发展与流变述略. 国际汉学, 2020,24(3):153.

② Pérez Arroyo, J. *Los Cuatro Libros*. Madrid:Alfaguara,1981:68.

为他认为用拼音取代其他音译体系,便于中国文化的研究、传播工作。

当然,佩雷斯也有"词不达义"的情况,比如,《孟子· 梁惠王上》中"亦有仁义而已矣"中的"亦"是"只"的意思,佩雷斯译作了"también(也)",这种疏忽多是缘于译者未能足够重视文言文一词多义的现象,缺乏对词义的深层探究。

另一个由西班牙语世界译入的重要的直译本为《对生活和统治的教导:〈大学〉和〈中庸〉》,它的译者是阿莱萨、德贝纳维德斯,他们还合译过《道德真经》。阿莱萨先将中文译为西班牙语,德贝纳维德斯再通过研究著名英译本对西班牙语译文进行再编。阿莱萨指出,大多数学者都认为孔子是一个伦理哲学家,《大学》也确实是一篇伦理散文。但是,《中庸》强调的是唯心主义本体论,它与其说是在讲人的责任,不如说是在讲人的潜力;人生来就有上天赐给他的巨大能力。在人类发挥其全部力量的那一天,他将与天地共同养育万物,充分发挥他与天地在宇宙转化中的作用。①

"中庸"一般被译为"El Justo Medio"(中间)或"El Centro Invariable"(不变的中心),阿莱萨却译作"Acción de lo Interno"(内在行为),他认为"中"指的是人的内在精神,而不是一种中间或中心的行为。阿莱萨还特别强调了汉语和西班牙语的区别:在现代西班牙语中,散文一般以连续的方式来连接话语,古汉语则将构成话语的每一个要素分开。如果说西班牙语看起来像稳定的河流,那么中文则像是间歇水流的拍打。② 在他看来,汉语修辞上的重复可能看起来很单调,但却是为了缓慢而深刻地触及读者的精神,所以他注重保持原文形式,即使有时不符合西班牙语的表达习惯,如《大学》中的一个译例:

---

① Alayza Alves-Oliveira, F. & Benavides, M. A. *Enseñanzas para la Vida y el Gobierno. Dos Textos Confucianos, el Da Xue y el Zhong Yong*. Lima: Pontificia Universidad Católica del Perú Fondo Editorial,2004:14.

② Alayza Alves-Oliveira, F. & Benavides, M. A. *Enseñanzas para la Vida y el Gobierno. Dos Textos Confucianos, el Da Xue y el Zhong Yong*. Lima: Pontificia Universidad Católica del Perú Fondo Editorial,2004:15.

孔子原文：

知止而后有定，定而后能静，静而后能安，安而后能虑，虑而后能得。①

阿莱萨译：

Cuando se conoce la meta en la que hay que detenerse, entonces se tiene determinación; con determinación, entonces se tiene quietud; con quietud, entonces se tiene tranquilidad; con tranquilidad, entonces se puede deliberar; deliberando, entonces se puede obtener.②

佩雷斯译：

Conociendo a dónde se debe tender, se determina el objeto que alcanzar. Habiéndolo determinado se puede conseguir la tranquilidad; tras la tranquilidad se puede obtener la paz y, obtenida ésta, la deliberación es posible. La deliberación es seguida por consecución del objeto que alcanzar.③

阿莱萨忠实地再现了原文的顶真手法；佩雷斯去掉修辞以使译文更加符合西班牙语的表达习惯。相对而言，阿译在文学性上技高一筹，但对读者的理解能力和学习愿望有一定要求；佩译则在通俗性上更胜一筹，对初次接触中国古典哲学思想的读者来说更加友好。

在儒家经典西译过程中，西班牙语国家的学者、汉学家是主力军，但是，中国学者也不甘示弱，他们依托文化背景和语言优势，为"四书"在西班牙语世界的传播也贡献了数个高质量的直译本。

---

① 陈晓芬，徐儒宗. 论语·大学·中庸. 北京：中华书局，2015：249.

② Alayza Alves-Oliveira, F. & Benavides, M. A. *Enseñanzas para la Vida y el Gobierno. Dos Textos Confucianos, el Da Xue y el Zhong Yong*. Lima：Pontificia Universidad Católica del Perú Fondo Editorial, 2004：17.

③ Pérez Arroyo, J. *Los Cuatro Libros*. Barcelona：Paidós, 2020：385.

　　20 世纪 50 年代初,中国著名教育家、文物学家李煜瀛(1881—1973)
因政治原因赴乌拉圭蒙得维的亚市暂居,在此停留的几年时间内,他召集
了一批中西学者研究他从瑞士中国国际图书馆转移至乌拉圭国家图书馆
代为保管的 456 箱中国古籍文物,其中包括《易经》《书经》《礼记》及"四
书"的珍贵手抄本,"四书"西班牙语译作就诞生于此时。1969 年,雨果·
费尔南德斯·阿图西奥(Hugo Fernández Artucio,1912—1974)被任命
为乌拉圭驻委内瑞拉大使,他将该译作带到了加拉加斯,后被他的女儿继
承、保管。2000 年在委内瑞拉首都加拉加斯出版了中国学者 Cheng Lin
(郑麐①)的《孔子四书》(Los Cuatro Libros de Confucio)。该译本包括他
序、自序和"四书"译文、参考文献部分。该书他序中阐述了该译本曲折的
成书过程,自序则对"四书"的历史地位和背景、政治和社会结构、孔子和
孟子生平及欧洲语言译本等进行了简述。该书和其他译本不同之处在
于:其他译本均以朱熹编纂和整理的《四书集注》为底本,该书译者则认为
《四书集注》在宋代哲学家评论偏见的引导下得出了错误的结论,所以译
者在对现存古本进行比较研究后新编了"四书"内容,根据所涉主题对每
本书的章节进行了编排,如《论语》被分为 11 章并予以标题:孔子的自传、
孔子的习惯、孔子的轶事等。此外,该译本的注释和评注,均置于正文的
括号中,但数量极少。此外,原文中同一人物一般有数个名字:赐姓、礼
姓、尊姓、谥号或官职,译者为每个人物选择了唯一的名字,以避免不熟悉
中国历史的读者产生混淆。在翻译过程中,译者也参阅了众多欧洲语言

---

① 在西译本的他序中提到,李煜瀛召集了一批东方学者进行中国古籍研究工作,促
　　成了该译本的诞生,遗憾的是对于译者 Cheng Lin,除了名字以外一无所知。笔
　　者对比了 Cheng Lin 西译本和 1948 年世界书局出版的郑麐的《古籍新编:四书》
　　中英文对照本,其西班牙语译文和英语译文完全对应,因此推断 Cheng Lin 即在
　　国内鲜为人知的古籍英学学者郑麐(生卒年不详)。郑麐生平资料极少,只知其在
　　20 世纪初留学欧美,后回国任教,英译了《四书》《孙子兵法》《燕丹子》等古籍,他
　　是否于 20 世纪 50 年代在乌拉圭停留并参与李煜瀛的研究工作已未可考。所以,
　　该"四书"西译本是郑麐直译还是当时在乌拉圭的东方学者根据郑麐的英译本转
　　译而来,尚且存疑。但是,未见郑麐其他典籍西班牙语译本出版和流传,所以转译
　　的可能性较大。

的"四书"译本,比如:理雅各的"四书"英译本、卫礼贤的《论语》《孟子》德译本、卫方济(Francois Noel, 1651—1729)的《大学》《中庸》《孟子》拉丁文译本等等。

如果按照翻译时间计算,该译本是经过 18、19 世纪译介停滞期之后最早完成的"四书"汉西直译本,比佩雷斯的译本约早 30 年。该"四书"译文不是从汉语到西班牙语的简单转写,还包含了译者本人作为中国学者对"四书"及其相关文献的研究和思考。例如,在《论语》译文第一章"孔子的自传"中,译者编入了《论语·述而》第三段的内容:

孔子原文:

德之不修,学之不讲,闻义不能徙,不善不能改,是吾忧也。①

Cheng Lin 译:

Mi preocupación constante consiste en no dejar de cultivar mi carácter;no descuidar mis estudios;no abandonar el camino recto,según yo lo entiendo;no dejar de corregirme cuando veo mis propios defectos.②

回译为汉语:

我一直关心的是不放弃培养我的品格;不忽视我的学习;根据我所了解的,不偏离正道;当看到自己的缺点时,不断纠正自己。

译者用"mi"(我的)、"yo"(我)等词语指出孔子是在"忧己"而非"忧人",即孔子是在这四个方面进行自省,而非指责他人,这一观点也和《论语注疏》保持一致:"夫子常以此四者为忧,忧己恐有不修、不讲、不徙、不改之事。故云'是吾忧也'。"③但是,译者把孔子忧虑的四个不足转换成了

---

① 陈晓芬,徐儒宗. 论语·大学·中庸. 北京:中华书局,2015:75.

② Cheng, L. *Los Cuatro Libros de Confucio*. Caracas:Los Libros de El Nacional,2000:33.

③ 何晏注,邢昺疏,李学勤主编. 论语注疏. 北京:北京大学出版社,1999:85.

需要执行的四个要求,如把"不培养品德"变为"不放弃培养品德","有缺点不能改正"变为"不断改正缺点"等,这一"变贬为褒"的行为实际上背离了原句的感情色彩。此外,译者将标题"大学"译为"El ideal de la educación"(教育的理想),"中庸"译为"Doctrina de la armonía"(和谐的理论),这一译法不同于其他译者采用的直译法,但体现了译者对儒家哲学精神的融会贯通。

2009 年,《大中华文库》系列西译《论语》(*Analectas de Confucio*)出版,今译者为杨伯峻,西译者为常世儒。该《论语》西译本的电子版又于2020 年在巴塞罗那出版。译本阐述了《论语》成书的历史文化背景、后世对《论语》的注疏及《论语》在欧洲、美洲的传播情况。杨伯峻今译直观易懂,又不失精准,既是学术界公认的较好的注译本,也是普及《论语》的通用版本,常世儒结合今译以及自己对儒家思想的理解进行翻译,西班牙语译文也在易读性、准确性上达到了极好的平衡,比如,《论语·学而》的第四句:

孔子原文:

吾日三省吾身:为人谋而不忠乎? 与朋友交而不信乎? 传不习乎?①

杨伯峻今译:

我每天多次自己反省:替别人办事是否尽心竭力了呢? 同朋友往来是否诚实呢? 老师传授我的学业是否复习了呢?②

常世儒译文:

Cada día reflexiono con frecuencia:cuando hago algo por los

---

① Chang,S. R. *Analectas de Confucio*. Beijing:Casa Editorial de Enseñanza e Investigación de las Lenguas Extranjeras,2009:2.

② Chang,S. R. *Analectas de Confucio*. Beijing:Casa Editorial de Enseñanza e Investigación de las Lenguas Extranjeras,2009:2.

demás, ¿he sido desleal a ellos? En mi relación con los amigos, ¿he cumplido mis palabras? ¿ he practicado los preceptos que me ha enseñado el Maestro?[①]

回译为汉语：

每天我都思考很多次：当我为别人做事的时候,我有对他们不忠吗？在我和朋友的关系中,我遵守了我的诺言吗？我是否实践了师父教我的守则？

西方译者多将"三省"中的"三"译作"tres veces"(三次)或者"tres puntos"(三点),常世儒将"三"译为"con frecuencia"(经常地、反复地),可见字词考据的精准。但是,常世儒将"传"译作"老师教我的守则",而非更概括化的"老师教授的学业"或者"老师的教诲",即把"传"的内容具体化为"preceptos"(守则、规则),是译者对原文的个人理解。

在儒家经典译介过程中,部分英译本也在西班牙语世界引起了反响,其中最具影响力的要数林语堂、庞德和比利时汉学家李克曼(Pierre Ryckmans, 1935—2014)的译本,它们悉数被转译为西班牙语。

1946 年,在布宜诺斯艾利斯出版了由林语堂的英文原本转译的西译本《孔子的智慧》(*La Sabiduría de Confucio*)。该书共分 11 章:第一章为导言;第二章为司马迁《史记·孔子世家》译文;第三章为《中庸》,旨在给儒学系统一个完整适当的基础;第四章名为"伦理与政治"(《大学》);第五章为重新编排选录的《论语》,分为十类,并分设标题;第六、七、八章意在解释孔子的"礼",分别选自《礼记·经解》《礼记·哀公问》《礼记·礼运·大同篇》;第九章与第十章是孔子对教育、音乐的看法,选自《礼记·学记》和《礼记·乐记》;第十一章为《孟子·告子上》,旨在显示儒家哲学最重要、最具影响力的发展。

林语堂认为,儒家思想作为人道主义文化、生活观点,仍不失为颠扑

---

① Chang, S. R. *Analectas de Confucio*. Beijing: Casa Editorial de Enseñanza e Investigación de las Lenguas Extranjeras, 2009: 3.

不破的真理,西方人若研究儒家思想及其基本信念会大有裨益。然而,在西方读者看来,孔子只是一位智者,《论语》也只是零散的格言警句,这种看法不足以阐释孔子何以有如此大的威望和影响。因此,林语堂从中国学者的视角,选取了《礼记》《孟子》中思想连贯、主题统一的章节并重编《论语》,以向西方读者系统地介绍儒家思想。

1975 年,在巴塞罗那出版了由恩里克·黑格维茨(Enrique Hegewicz)从庞德英译本转译而来的西译本《孔子:〈论语〉〈大学章句〉〈中庸〉》(*Confucio：Las Analectas，el Gran Compendio，el Eje Firme*)。庞德不仅是儒家经典的翻译者,还是儒学的信奉者。他认为,孔子自下而上从仓库管理员做到大司寇,比任何其他哲学家都更关心政府、政府管理的需要。所以,他将以孔子为代表的儒家价值思想体系视为医治西方社会通病的良药。

庞氏译文属于以创译为主要特点的诠释型翻译。作为 20 世纪意象主义文学运动的领导者,庞德尝试用客观意象向英语世界诠释中国古文中的一些概念,因为这些概念的涵义抽象、丰富,而且对英语读者来说又显得陌生。他采用的其中一个方式便是拆解繁体汉字,进行意象加工,比如,把"君子坦荡荡"中的"坦"拆解为土地、日和地平线,由此译为"日出于地平线",与"坦"的本义不符,但却展现了诗情画意的唯美意象。可以说,庞德的英译本是基于其本人的意识形态和诗学理论对儒家经典的"创译",但是也提供了解读儒家典籍的全新视角。

科洛德龙从英语转译的西班牙语版《论语》(*Analectas*)于 1998 年在马德里出版,英译本译者署名为西蒙·莱斯(Simon Leys),它是比利时汉学家李克曼的笔名。李克曼在前言中指出,常见的《论语》英译本,有的以"雅"害"信",有的虽"信"但未"达",他则希望能够协调知识与文学的关系。① 为此,他采用了大量注释,引用了众多西方文化大家的名言语录,如柏拉图、尼采、康德、莎士比亚等。

任何一部译作都是时代的产物,翻译目的不同,翻译策略、方法也不

---

① Colodrón，A. *Analectas*. Madrid：Edaf，1998：11-12.

同。16、17世纪的"四书"译本,无论是"合儒"还是"批儒",都是为在中国传播天主教服务,译文因此也带有浓厚的宗教色彩。进入20世纪,"中国学"在西班牙语世界兴起,为跨越"中西文化距离",将以"四书"为代表的儒家思想介绍给西班牙语国家普通读者,大多数本土译者都采用了"舍形存旨"的翻译策略,为读者奉上了可读性十足的"四书"通俗文本。中国译者则基于对中国文化的深入了解和语言优势,"四书"编排、字词翻译都更个性化。但是,无论是观照译入还是译出,都可以为在西方语言体系中找到适合中国哲学的话语提供借鉴、思考。

(二)儒家学说在西班牙语世界的研究趋势的分析

译介以外,西班牙语世界也注重研究儒家学说,笔者借助Dialnet从相关研究文献的数量、研究主题等角度对儒家学说在西班牙语世界的研究状况进行了统计、分析,描绘出儒家学说相关研究出版物(包含专著、专著析出文献、连续出版物析出文献、学位论文等)的出版时间区间,如图5-1。

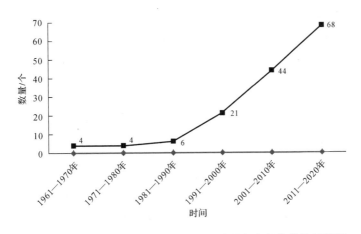

图5-1 Dialnet数据库中儒家学说的相关研究出版物数量折线图

总体而言,从1961年至2020年的60年间,儒家学说的相关研究出版物的数量呈上升趋势,20世纪90年代以后的增幅尤为喜人。究其原因,可从中国、西班牙语国家两个方向分析。中国方面,有三个重要事件促成了这种研究的繁荣局面。一是1994年在北京成立国际儒学联合会(英文名称：International Confucian Association，简称：ICA），它集合了五大洲 80 多个国家、地区与儒学及其传统文化研究有关的学术团体、专家学者；二是在西班牙语国家大量设立孔子学院；三是开办汉学学术期刊《西班牙新汉学》（*Sinología Hispánica*，2015），它被 Dialnet 数据库收录，为汉学研究成果提供了新的学术平台。

西班牙语国家方面，各个高校与研究中心相继成立东亚研究中心或开设相关专业。截至 2019 年，仅拉美西班牙语国家就建立了 49 个与中国相关的研究中心：阿根廷 17 个、智利 8 个、墨西哥 7 个、哥伦比亚 6 个、秘鲁 4 个、委内瑞拉 3 个、厄瓜多尔 2 个、乌拉圭与古巴各 1 个。① 此外，一些科研组织或学术活动也对西班牙语国家的"中国学"现象起到了极大的推动作用，比如，2002 年由西班牙外交部与欧盟共同推动成立的"亚洲之家"（Casa Asia）、由西班牙的格拉纳达大学和巴塞罗那自治大学共同发起的西班牙亚太研究论坛（Foro Español de Investigación sobre Asia Pacífico，简称 FEIAP）。再如，2014 年在墨西哥成立的拉美与加勒比地区关于中国的学术网（Red Académica de América Latina y el Caribe sobre China）。

儒家思想的原始关怀是成就一个现世的人类理想社会，为此，儒家先哲孔子、孟子、荀子等人都不断提出各项有关社会的各个层面的观点，因此，对儒家学说的研究主题也必然会跨越多个领域，西班牙语世界相关出版物的研究主题占比便印证了上述观点，它们的具体占比为：哲学（54.4%）、政治（10.8%）、经济（6.1%）、文化（7.4%）、历史（5.4%）、教育（4.7%）、语言学（2.7%）、社会学（7.4%）、其他（0.6%）。②

其实，20 世纪 90 年代以前的相关研究主要聚焦在孔子和儒家思想本身，研究目的多是向西班牙语读者概括性地介绍神秘的东方哲学与思想，比如，专著《孔子：千年的大师》（*Confucio*，*Maestro de Mil Generaciones*，

---

① 郭存海. 拉丁美洲的中国研究：回顾与展望. 西南科技大学学报（哲学社会科学版），2020，(5)：2.

② 每一个比例按照四舍五入的方式保留一位小数，所以总数加起来为 99.5%，与 100% 有所差异。

1966)、《东方智慧：道家、佛教和儒家》(*La Sabiduría Oriental : Taoísmo , Budismo , Confucionismo , 1985*)以及期刊论文《孔子的宗教》(*La religión de Confucio , 1975*)。90 年代开始,关于儒家学说的研究逐步趋向于多元化、具体化,除了继续从伦理、政治、经济、美学等角度对儒家思想本身进行研究外,学者们也开始用儒家思想来解读中国在政治、经济等领域取得高速发展的原因以及儒家思想对当代中国文化、社会产生的影响。比如,期刊论文《亚洲经济奇迹中的儒家思想》(*El confucianismo en los milagros económicos asiáticos , 1997*)、《对"新儒学"的理解:儒学的革新与中国的未来》(*La comprensión del "Nuevo Confucianismo": la reinvención del Confucianismo y el futuro de China , 2015*)与专著《孔子的管理艺术》(*El Arte de la Gestión de Confucio , 2007*)。此外,对儒家思想在教育、电影、武术、旅游、翻译评论等方面的研究也有涉及。

第六章　古典戏剧的翻译与传播

中国戏剧,经历了漫长的发展时期:先秦歌舞、汉魏百戏、隋唐戏弄、宋代院本,到元代日趋成熟,"文坛在唐代变文、宋代说唱诸宫调等叙事性体裁的浸润和启示下,找到了适合于表演故事的载体,并与舞蹈、说唱、伎艺、科诨等表演要素结为一体,发展成戏剧,它作为一门独立的艺术,脱颖而出。由于宋金对峙,南北阻隔,便出现了南戏和杂剧两种类型"[①]。元代戏剧就此成为中国文学的一颗瑰宝。

元代戏剧受到了中国观众的喜爱,也得到了文艺批评家的肯定,同时还受到了西方的青睐,它最初的传播始于马可·波罗,他在元代造访中国,在其游记中提及了元杂剧的盛况。后来,天主教方济各会会士鄂多立克(Odorico da Pordenone, 1286—1331)被教皇派往中国,回欧洲后,于弥留之际口述了中国宫廷戏剧演出的盛典。接下来几个世纪,陆续有曾游历中国的西方传教士、旅行家、外交官、军官在著作或游记中提到中国戏剧或元代杂剧,或赞赏中国人是戏剧大师,或突显中国戏剧以唱为主的形式,或谈及被中国戏剧艺术中的戏法、杂耍震撼的主观感受。

但是,中国戏剧从开始被欧洲人提及到被他们译介,却走过了几个世纪。法国传教士马若瑟(Joseph de Prémare, 1666—1736)来到中国传教,于1689年将元代剧作家纪君祥的杂剧《赵氏孤儿》译成了法语,并取名为《中国悲剧:赵氏孤儿》,这是首个被译介到西方的中国古典戏剧作品。马若瑟在中国生活了30余年,但是,他对中国诗词缺乏研究,加之剧

---

① 袁行霈. 中国文学史(第三卷). 北京:高等教育出版社,2020:194.

本中的诗歌唱词对于欧洲人来说晦涩难懂,因此,他的法译本仅保留故事大纲,唱词的诗歌部分被大量删去。

1753 年,法国启蒙运动领军作家伏尔泰研读法译本《赵氏孤儿》之后,将其进行改编,取名为《中国孤儿》,他追溯了主人公自我牺牲的历史,且将时间搬到了成吉思汗时代并创造了一段爱情故事。伏尔泰法译本于 1755 年出版,并在巴黎上演,1770 年被译成西班牙语,并收录在托马斯·德伊利亚特(Tomás de Iriarte,1750—1791)的《韵文、散文作品全集》(*Colección de Obras Completas en Verso y Prosa*)的第五册中,于 1805 年正式出版,这是元代戏剧最早的西班牙语译本。后来,《赵氏孤儿》在欧洲不断被改编、创作,故事情节与原著已大有出入,这些改编本也被转译成西班牙语,受到了西班牙民众的喜爱。

《赵氏孤儿》不仅开启了中国古典戏剧在西班牙语世界的传播之路,而且贯穿其中,各个时代都产生了重译本。1995 年,《相遇神州》就刊载了其中一个重译本,辅仁大学教授白安茂(Manuel Bayo)比较了中文原版《赵氏孤儿》与法国、意大利的改编译本,详细分析了两者之间的差异,并从汉语直接翻译了原著,这是元杂剧的第一个汉西直译本。可惜的是,同马若瑟一样,他只翻译了《赵氏孤儿》的主要情节,以"不可译"的理由省去了所有唱词部分的翻译。唱词翻译是元代戏剧的西译难点,要求译者具备高超的语言水平;但也是重点,能够传递中国古典艺术内涵。

古典戏剧在西班牙语世界的译介集中在 21 世纪,杂剧的翻译主要得益于西班牙汉学家雷林克,她既译介了元杂剧的代表作《窦娥冤》《赵氏孤儿》《西厢记》,又翻译了明代汤显祖的《牡丹亭》;汉学家利亚马斯翻译的西班牙语版《张协状元》是南戏最重要的西译本。中国译出则从翻译模式上做了多重尝试:或与国外出版社合作共译汉语原剧,或编译中国经典戏剧故事,或用汉语著述戏剧理论,再多语译出。

第一节　西班牙汉学家雷林克西译元杂剧

程弋洋在新作《鉴外寄象:中国文学在西班牙的翻译与传播研究》中

评价雷林克,"是今日西班牙中国古典文学作品翻译和研究方向最重要的汉学家"①。雷林克与汉语结缘似乎是一系列偶然引发的必然。当时,功夫电影在西班牙广受欢迎,让儿时的雷林克与中国结下了最初的缘分。中学时期,一位一向不苟言笑的老师,从中国旅行回来后,对古老的东方国度充满溢美之词,这让雷林克对中国心生向往,她思忖道,中国到底是一个什么样的国家?竟有如此魔力。

带着这样的好奇心,1976 年,这个西班牙姑娘踏入了汉语学习的大门,也开始慢慢接触中国文学。尽管汉语很难,但是,雷林克在第一节汉语课上就爱上了这门语言,她认为汉字就像跳动的音符,汉语是世界上最美妙的语言。后来接触到中国文学,唐诗给她带来了第一次心灵的震撼,短短一首小诗,寥寥数语,就在她的脑海中勾勒出了一幅幅美妙画面,使她深深折服。大学时期,雷林克主修法律,但是,她却把大部分精力花在了汉语学习上,甚至经常学习汉语直到凌晨三四点钟,也完全感受不到倦意,只是如饥似渴地希望可以学到更多关于汉语的知识。

由于当时西班牙的中文教学资源有限,在马德里自治大学法学专业毕业以后,雷林克来到巴黎第七大学继续学习汉语。1985 年,雷林克获得中国政府奖学金来到北京大学学习。北大图书馆的典籍浩如烟海,在求学的 4 年时间里,雷林克完全沉醉在中国古典文学的浸润之中。归国后,雷林克在格拉纳达大学攻读博士,撰写论文期间,她接触到了中国南朝文学理论家刘勰创作的文学理论专著《文心雕龙》。为了方便撰写论文,雷林克干脆翻译了《文心雕龙》(*El Corazón de la Literatura y el Cincelado de Dragones*),1996 年在格拉纳达出版,之后收到了正面反馈,这坚定了她翻译中国古典文学作品的信念。

雷林克选译的中国文学作品,部部皆是经典,都需要高超水平去释读。《文心雕龙》以后,她又以中州古籍出版社的《全元曲》(1995)为翻译底本,同时参考凌濛初(1580—1644)刻本与明弘治十一年(1498)的金台

---

① 程弌洋. 鉴外寄象:中国文学在西班牙的翻译与传播研究. 北京:商务印书馆,2021:4.

岳家刻本,翻译了《中国古典戏剧三种》(*Tres Dramas Chinos*),2002 年在马德里出版。译本包括《窦娥冤》《赵氏孤儿》《西厢记》三出元杂剧。雷林克选译上述三出的原因有二:其一,它们是中国古典戏剧的代表作,也是各自作者创作生涯中最重要的作品;其二,它们分别反映了元杂剧的主要题材①:《窦娥冤》是公案戏,《赵氏孤儿》属于历史题材,《西厢记》讲述才子佳人的爱情故事。

在译本的总序部分,雷林克首先从中西比较文学的视角,陈述中国古典戏剧的构成、起源与发展,特别强调"曲"的文学价值;随后,她又从舞台布景、表演形式等方面进一步介绍了中国古典戏剧的演出特点。在《赵氏孤儿》的分序部分,她详细介绍了作者纪君祥的生平以及故事写作的历史背景;也厘清了《赵氏孤儿》的欧洲传播路径。此外,她认为,虽然每一个译本都各具特色,但它们都与汉语原版有所出入。所以,为了尽力还原汉语原本的内涵与细节,她同时参照多个汉语原本,细细打磨译文,即使是马若瑟、白茂安译本删减的唱词部分,她也"照单全收",悉数尽译,为此,她付出了艰辛的努力。

雷林克注重译文给读者带来的阅读体验,她希望读者觉得译作有趣,又不会感受到明显的文化冲突。她认为,无论是中文翻译成西班牙语,还是英文翻译成西班牙语,如果读者在阅读的时候,总是想着"原著的表达一定更优美",那么,这种翻译就有生硬造作之嫌。为了便于读者理解,她在宾白、科范部分偏向意译,注重译文的流畅度,如下文《西厢记》译本中的段落所示:

王实甫原文:

向日莺莺潜出闺房,夫人窥之,召立莺莺於庭下,责之曰:"汝为女子,告而出闺门,倘遇游客小僧私视,岂不自耻。"莺莺立谢而言曰:"今当改过从新,毋敢再犯。"是他亲女,尚然如此,可况以下侍妾乎?

① 明代朱权在《太和正音谱》第三章《杂剧十二科》中,将元杂剧分为神仙化道、隐居乐道、批袍秉笏、忠臣烈士、孝义廉节、叱奸骂谗、逐臣孤子、铍刀赶棒、风花雪月、悲欢离合、眼花粉黛、神头鬼面十二类。

先生习先王之道,尊周公之礼,不干己事,何故用心? 早是妾身,可以容恕,若夫人知其事,决无干休。今后得问的问,不得问的休胡说!①

雷林克译:

Hace unos días, Yingying salió de las habitaciones interiores y cuando la señora la descubrió, le ordenó permanecer en el patio y la reconvino diciéndole: "Sólo eres una niña, pero has abandonado las habitaciones interiores sin permiso. Si hubieras encontrado a un caminante o a un novicio que te hubiera observado, ¿no te hubieras sentido avergonzada?" Yingying reconoció inmediatamente su falta y dijo: A partir de hoy me corregiré. No volveré a cometer esa falta." Es su propia hija y la trata así, ¿qué le puede pasar a una sirviente? Practica la vía de los antiguos sabios, los ritos del Duque Zhou. No te metas en asuntos ajenos, ¿a santo de qué esforzarse? Si sólo fuera por mí, puedo sólo enojarme. Pero si la señora se enterara de esto, no podrías escapar fácilmente. De hoy en adelante, pregunta lo que puedas preguntar, sobre lo que no, no digas tonterías. ②

翻译是一种选择,译者不仅需要照顾译语读者的理解能力、阅读兴致,也需要顾及原文的内涵、细节与美感。雷林克也不例外,上例中,她照顾了译语读者的阅读感受,但在遇到中国传统文化中的重要典故时,她也顾及传递细节。例如,她对《西厢记》中的"萤窗雪案"与"刮垢磨光"的翻译处理:

王实甫原文:

暗想小生萤窗雪案,刮垢磨光。③

---

① 王实甫. 西厢记. 石家庄:河北教育出版社,2007:23.
② Relinque, A. *Tres Dramas Chinos*. Madrid: Editorial Gredos, 2002:204.
③ 王实甫. 西厢记. 石家庄:河北教育出版社,2007:7.

雷林克译：

Absorto en las luciérnagas de la ventana y la nieve sobre mi escritorio, sacudía el polvo y sacaba brillo a los textos. ①

她将原文中的"萤窗""雪案""刮垢""磨光"悉数在译文中体现出来，保留了原文意境，同时，为了西班牙语读者能够理解，又加脚注："很多书生很穷，以至于没有钱去购买蜡烛，只能借助萤火虫和雪地的微光来阅读。书本翻了太多遍，以至于都有些反光发亮了。"②

如上，直译原文加典故注解有助于传递原文深意，前者依赖于后者的准确性与全面性，如果注释有失准确，则会严重影响读者的理解，甚至成为误译，仅以雷林克对"秋波"的翻译为例观照：

王实甫原文：

怎当她临去秋波那一转？③

雷林克译：

Cuando me dejó me inundaron las olas de otoñales. ④

"秋波"指代美丽的双眸，译者在脚注中也注明了此意。但是，"秋波"一词若与动词"转"连用，指代的就是一种眼神，如一个被我们熟知的成语"暗送秋波"，所以，原文中的"秋波"是指一种眼神而非眼睛这个实体。其实，西班牙语中有一个词组和"转秋波""暗送秋波"十分接近，即"hacer ojitos"。若作此译，才更贴切、忠实。但是，瑕不掩瑜，雷译本不但有利于中国传统文化的海外传播，对于研究古典文学翻译的学者来说，也是不可多得的理想素材。

1994 年博士毕业以后，雷林克就开始在格拉纳达大学留校任教，教授

---

① Relinque，A. *Tres Dramas Chinos*. Madrid：Editorial Gredos，2002：182-183.

② Relinque，A. *Tres Dramas Chinos*. Madrid：Editorial Gredos，2002：183.

③ 王实甫. 西厢记. 石家庄：河北教育出版社，2007：11.

④ Relinque，A. *Tres Dramas Chinos*. Madrid：Editorial Gredos，2002：191.

中国古典文学、中西比较文学等课程。随后又担任该校孔子学院外方院长,且继续从事中国古典文学作品的翻译工作。2017年,由于对西班牙语世界的中国文学研究和对增进中西文化交流做出的积极贡献,雷林克获得第十一届"中华图书特殊贡献奖"。2018年11月28日,习近平在西班牙媒体发表署名文章《阔步迈进新时代,携手共创新辉煌》,文中特别提到了雷林克对两国文化交流的重要贡献。[①]

第二节　汉学家雷吉娜·利亚马斯西译南戏《张协状元》

《张协状元》《宦门子弟错立身》《小孙屠》是早期南戏的代表,同载于明朝《永乐大典》第13991卷。1920年,中国知名学者叶恭绰先生在伦敦的一家二手书店里发现此卷本,后来,叶先生辗转将其带回中国。大抵因为剧本流传到伦敦,南戏作为中国最早成熟的戏曲形式受到了西方汉学界的关注。波兰汉学家日比科夫斯基(Tadeusz Zbikowski,1930—1989)的专著《南宋早期南戏研究》(*Early Nan-Hsi Plays of The Southern Sung Period*,1974)、英国汉学家杜为廉(William Dolby,1941—2015)的《中国戏曲史》(*A History of Chinese Drama*,1976)中关于南戏的相关章节、莫丽根(Jean M. Mulligan)的博士论文《〈琵琶记〉及其在传奇发展史上的作用》(*P'i-P'a Chi and its role in the development of the Ch'uan-Ch'i genre*,1976)及英译本《琵琶记》(*The Lute:Kao Ming's P'i-p'a Chi*,1980)均展现了西方从对南戏史的梳理到对具体作品进行解读的递变过程。

汉学家雷吉娜·利亚马斯(Regina Llamas)对南戏的译研成果在整个西方的南戏研究发展史上都占有重要地位。利亚马斯是西班牙人,在20世纪70年代末期来到中国台湾学习汉语,由此对中国文化特别是古典文学产生了浓厚的兴趣。台湾的老师告诉她,想要真正接受古典文学的

---

① 习近平在西班牙媒体发表署名文章:阔步迈进新时代,携手共创新辉煌. 人民日报. 2018-11-28(01).

浸润,去大陆学习才是最好的选择。于是,利亚马斯又在 1981 年来到北京大学,用五年时间取得了中国语言文学学士学位。随后,她又赴美国哈佛大学继续攻读硕士、博士,研究方向为中国文学,取得博士学位后,先是留在哈佛大学任教,后又辗转于其他美国的大学。利亚马斯精通西班牙语、英语、法语、汉语,主要研究领域为中国南戏、戏剧史、戏剧表演与晚清戏剧传统等,以对南戏的译研最具代表性,她将《张协状元》翻译成了西班牙语(2014)和英语(2021)。

《张协状元》由南宋时期的温州九山书会的才人从诸宫调里移植故事创作而成。主要故事情节如下:"书生张协遇盗落难,得到王贫女的帮助,结为夫妻,后来赴京考中状元,忘恩负义,不认贫女,反欲将她杀害。幸而贫女仅伤一臂,又得到宰相王德用的收养,最后同张协重圆。"①《张协状元》是唯一保存完整的南宋戏文,利亚马斯认为,它的发现"强迫学者们修正关于中国戏剧源头的历史,并且接受一个事实:以它为代表的南戏高度发展,可以超越北杂剧"②。《张协状元》对中国古典戏剧后来的发展影响深远。

2014 年,利亚马斯翻译的《张协状元》(*El Licenciado Número Uno Zhang Xie*)在巴塞罗那出版,她以中国戏曲史家钱南扬《永乐大典戏文三种校注》(1985)与胡雪冈《张协状元校释》(2006)为汉语原本,译本近 450 页,除正文以外,还有长达 60 页的前言。利亚马斯首先回顾了叶恭绰先生在伦敦发现《永乐大典》的主要经过;接着点明一个客观现实:戏剧作为一个文学门类,在中国的文艺批评中较晚受到重视,大部分相关批评、研究都在 20 世纪以后形成,最重要的两位批评者是王国维、任半塘。她还指出,两位学者主要的分歧在于对戏剧的定义,以及对戏剧正式成为一个文学门类的时间定位。

利亚马斯还通过南戏与杂剧的比较,从历史、源头、音乐、舞台、角色、

---

① 袁行霈. 中国文学史(第三卷). 北京:高等教育出版社,2020:282.

② Llamas, R. *El Licenciado Número Uno Zhang Xie*. Barcelona: Ediciones Bellaterra,2014:11.

剧作家、演出地点、服装与美学内涵的角度陈述、分析了南戏及其代表作《张协状元》。最后,她肯定了《张协状元》的艺术价值:一是印证了一个事实,就是中国 15 世纪初期就已拥有如此复杂的都市民俗艺术形式;二是更加全面地展示了当时不同文人的艺术创作。她认为,《张协状元》以"极其复杂的戏剧结构、十分完备的音乐系统、高度发展且概念化的角色体系"①成为中国戏剧史上、民俗文学史上的里程碑。

前言以外,还有内容丰富的各类注释,主要包括历史背景、神话内涵、宗教本质、人物解释、习俗注解、象征符号注明、文字游戏、词汇意义以及原文韵律等。② 比如,在提及杂剧时,她通过注释给读者推荐有关杂剧的文学史,就包括三本:周贻白的《中国戏剧史长编》、张庚与郭汉城编著的《中国戏曲通史》以及廖奔与刘彦君撰写的《中国戏曲发展史》。③ 这些注释证明了利亚马斯在中国古典戏剧方面的博学。此外,她研究《张协状元》时,既借鉴中国本土学者研究成果,又结合西方戏剧、心理学、社会学理论。涉及国内学者关注的问题的同时,又发掘了一些有待进一步探索的新问题。通过翻译原著,利亚马斯对剧中的三种喜剧角色(末、净、丑)进行了深入而系统的剖析,表现出了对中外南戏研究成果的融通。④这种分析又印证了利亚马斯在中国戏剧研究领域的精深程度。

2021 年,利亚马斯又英译了《张协状元》(*Top Graduate Zhang Xie*),由美国哥伦比亚大学出版社出版。她对《张协状元》的译介、研究使得西班牙语世界对中国古典戏剧的译入更为完整、全面;加之她在美国的译介,相关译研成果的影响又不再局限于西班牙语世界,而是对整个西方都

---

① Llamas, R. *El Licenciado Número Uno Zhang Xie*. Barcelona: Ediciones Bellaterra, 2014: 68.

② Rodríguez Valle, N. El licenciado número uno Zhangxie. *Estudios de Asia y África*, 2016, 159(1): 250.

③ Llamas, R. *El Licenciado Número Uno Zhang Xie*. Barcelona: Ediciones Bellaterra, 2014: 22.

④ 胡永近. 论美国汉学家雷伊娜及其《张协状元》研究. 戏曲艺术. 2019 (4): 82-83.

有影响,因此,利亚马斯及其译研成果值得从汉学以及中国文学域外传播等领域深究、细查。

第三节　中国译出——五洲传播出版社的三重尝试

五洲传播出版社成立于 1993 年,是一家综合性的国际文化传播机构,拥有影视传播、图书出版、文化交流和网络等四个外向型传播平台,以"让世界了解中国,让中国了解世界"为宗旨,多语并译,通过多种手段、渠道向世界介绍中国文化。中国文学一直是他们关注的重要方向,五洲传播出版社是《大中华文库》系列的重要参与者之一,自身也有多个关于中国古典文学的译出项目,仅就西班牙语而言,最为重要的有"中国传统文化精粹系列",主要有《精选唐诗与唐画》《精选宋词与宋画》两册;以及本书上篇已经详细论述的"中华之美"丛书,主要译介《道德经》《诗经》、汉魏六朝诗、唐诗、宋词、元曲与明清诗歌。

而对于古典戏剧的译介,五洲传播出版社更是进行了三重尝试,第一重尝试是"译出—译入联动共译汉语原著",即与国外出版社合作共同翻译、出版汉语原著。为纪念汤显祖逝世 400 周年,五洲传播出版社同西班牙社会科学领域出版巨头特罗塔出版社合作,组织翻译《牡丹亭》,由雷林克担任西班牙语翻译。2016 年 9 月,雷译 472 页的《牡丹亭或还魂记》(*El Pabellón de las Peonías o Historia del Alma que Regresó*),由特罗塔出版社在西班牙发行。与塞万提斯同年去世的汤显祖,他的传世之作《牡丹亭》也终在他们逝世 400 年后,被译成塞万提斯所用的语言,以飨西班牙语读者;2017 年 1 月,雷译《牡丹亭》(*El Pabellón de las Peonías*, 2017)由五洲传播出版社以汉西对照版的形式在中国发行,分 I、II 两册,共 1089 页。

雷林克谈及《牡丹亭》的翻译难度时,引用了法语版译者雷威安(André Lévy)的感想:"戏剧作品的语言,至少是中国古典戏剧作品的语言,是令人生畏的:堆砌的比喻、工整的句式、优美的韵律……特别是汤显祖的作品。……这些特点对翻译来说都是巨大的挑战。"①她还补充道,内容忠实已属不易,保持原文的节奏、韵律更非易事。所以,她采取的翻译原则是首先译出诗句信息,其次赋予它们韵律,当然,不能兼顾的情况不在少数。

此外,雷林克也非常讲究译文形式:她将曲牌名放在中括号里;曲子都悬挂缩进,但是,为了区别唱曲中那些口语化的句子,它们未作悬挂缩进处理,同时,为了区别剧中一些不用来歌唱的或被改写过的诗句,雷林克则选择将它们悬挂缩进、斜体。为了西班牙语读者能够更好地理解主人公的言行,她在序言里花了大量笔墨阐述中国古代文化中的"情""礼"。

2017年10月,得益于雷林克对中国文化的深刻理解与其精湛的翻译水平,此版西译《牡丹亭》获得了西班牙黄玛赛翻译奖。此外,它也获得了读者的喜爱:西班牙的亚马逊官网上,关于此书的评价虽然只有5条,但是,5位读者都给出了五星好评。书评较少的原因是复杂的、综合的,但是,译著的大体量、长篇幅无疑是最为基础的原因,是阻碍普通读者选择的障碍;雷林克对原著的学术梳理与细致翻译也更加适合专业读者。

正是基于经典原著在译语语境中的传播难度,五洲传播出版社开启了它的第二重尝试:推出改编本"中国经典名著故事系列",先由国内专家改编、缩写名著,再将改编本多语译出。编译对象包括"四大名剧":《西厢记》《牡丹亭》《长生殿》《桃花扇》,它们被译成西班牙语,于2018年出版。这四个译本的篇幅均在100页左右,适用于普通读者。缩减后的《西厢记》用十章代替了原版本的五本二十一折。此外,还去除了大部分唱词,仅保留且改写了和情节发展密切相关的叙述、对话,利于译本的大众化传播。

五洲传播出版社的第一、二重尝试在预设受众群体上互相补充,共同完成了中国古典戏剧在西班牙语世界传播的学术化、大众化取向。这也反映了一个事实:他们注重观照传播语境,注重关注译语读者的阅读体验。然而,他们并不满足于此,这便有了第三重尝试:"汉语著述一多语译

---

① Lévy, A. *Le Pavillon aux Pivoines*. París:Música Falsa,1999:22.

出",即以域外传播为宗旨,聘请相关领域的中国专家,直接就某一主题专门为译语读者著述,译成多种外语,与海外出版社合作,由后者译入,实现"从译出到引入"的传播路径,比如,陈连山所著的《中国神话传说》就是实现这种传播路径的代表译本。

此外,五洲传播出版社还发行了以中国酒、中国茶、中国玉、中国建筑、中国家具、中国服饰、中国汉字、中国饮食、中国传统医药、中国书法、中国绘画艺术、中国戏剧等为译出对象的"中国文化"系列,也遵循了这种传播模式:专家以译出为目的进行著述,再译成多语种在国内或者海外出版。

其中,《中国戏剧》(2010)由著名戏曲评论家、中国艺术研究院傅谨研究员撰述,历时梳理中国戏剧的起源、发展,既有对中国戏剧历史的钩沉,也饱含对当代戏剧命运的希冀、关注。全书共六章,第二章为《奇峰:突起的宋戏文和元杂剧》,分"宋代南曲戏文""元杂剧的兴盛与辉煌""关汉卿的光辉"三个部分,重点论及《张协状元》《西厢记》《赵氏孤儿》《汉宫秋》《窦娥冤》等经典戏剧。因为著书的最终目的是域外传播,所以作者注重中国戏剧在世界上的定位,"在世界上现存的传播范围较广的戏剧类型里,中国戏曲可能是历史最为悠久的一种"[1]。此外,第六章为《波澜起伏:融入世界的视野》,也能看出系列著作对国际视野的重视。这部著作在2011年被译成西班牙语,译本通过五洲传播出版社的多种渠道、多类平台传播,西班牙语读者得以了解到中国戏剧的发展与部分具体剧目。

其实,大多诟病《大中华文库》出版计划的批评文章,无非是认为照搬直译原作,并不能收到良好的传播效果。那么,五洲传播出版社的三重尝试则从另一个侧面证明了中国出版者对受众语境的深刻观照以及据此所做的调整,是中国学者、译者、出版者为中国古典文学走近、走入、走进西班牙语世界而坚持努力的重要体现。

---

[1] 傅谨. 中国戏剧. 北京:五洲传播出版社,2010:1.

第七章　古典小说的翻译与传播

　　本章结合国内相关研究成果,系统爬梳、客观述评古典小说在西班牙语世界的翻译、传播状况,发掘西班牙语读者对中国古典小说的理解、接受状态,按照译本出版时间、译者、翻译背景和读者接受度等有关翻译实践的方方面面做详细说明,兼顾不同译本的特色及其异同,力求梳理古典小说在西班牙语世界的传播现状。

第一节　神话、传说、志怪的翻译与传播

　　虽然神话不能算自觉的文学创作,但是,它启发了后世的文学创作,体现在两个方面:一是为文学家提供素材;二是神话原型给予文学创作以情感启发,例如,"屈原、蒲松龄等人的作品都体现了神话原型的精髓和力量"①。此外,由神话演绎的传说、故事则与文学创作的关系更为密切。因此,基于神话(包括神话传说、故事)与文学两者之间"水乳交融"的关系,将它们也纳入研究范围。

　　西班牙语世界关于中国神话、神话传说与故事的译本众多,例如,《中国神话中的龙、神、灵》(*Dragones*, *Dioses y Espíritus de la Mitología China*, 1987)、《中国神话》(*Mitología China*, 1999)、《中国的神与神话》(*Dioses y Mitos Chinos*, 1999)、《古代中国:生活、神话与艺术》(*La Antigua China*: *Vida*, *Mitología y Arte*, 2005)、《中国神话》(*Mitos*

---

① 袁行霈. 中国文学史(第一卷). 北京:高等教育出版社,2020:50.

Chinos，2005）、《中国故事与传说》（*Cuentos y Leyendas de China*，2006）、《中国传统故事》（*Cuentos Tradicionales Chinos*，2007）、《中国神话：东方之光》（*Mitología China：la luz de Oriente*，2021）。

当然，中国神话最重要的译者非高伯译莫属，他在 20 世纪 90 年代来到中国，先在北京外国语大学留学，后到北京师范大学任教，2002 年在西班牙获得博士学位，学位论文为《中国文学西译：干宝的一篇故事》（*La traducción de la literatura del chino al español：un relato de Gan Bao*）。该论文在语用学与跨文化研究的理论框架下，通过文本分析与翻译文化指射展示西译中国经典故事的挑战，同时剖析了译文的文本意义生成过程。他首先分析字词完全对应的西班牙语译文，即"粗糙文本"；其次解析能让译语读者理解、阅读的"精细文本"，并剖析从"粗糙文本"到"精细文本"这个过程中需要插入的变动；最后对照分析两种译本的生成过程。

高伯译从理论角度分析中国古典文学西译实践，这就为他的翻译行为提供了理论指导，他是中国古典文学最为重要的西班牙语译者之一。他的译著对象几乎包含本书论及的所有文学门类，例如，诗歌部分的《诗经》《中国古代民诗》；散文章节的《周易》《韩非子选》《道德经》《庄子选》等；与小说章节的《老残游记》《山海经》《中国古代神话》《窦玉妻——中国唐宋故事选》《博物志》《冤魂志》《搜神记》等。西班牙皇家历史学院院士路易斯·阿尔贝托·德昆卡（Luis Alberto De Cuenca，1950— ）对高伯译的译介活动评价很高："阿斯图里亚斯汉学家加夫列尔·加西亚·诺夫莱哈斯·桑切斯·森达尔所做的正是将中国永恒的美与智慧传递到卡斯蒂利亚语，这种行为是无价的。"①

他关于神话的译著主要有三本：一是与 Yao Ning 合译的《山海经——中国古代宇宙志与神话学》（*Libro de los Montes y de los Mares．(Shanhaijing) Cosmografía y Mitología de la China Antigua*，2000），二是独译的《中国古典神话》（*Mitología Clásica China*，2004），三是独译的《中国古代神话》（*Mitología de la China Antigua*，2007）。

① García-Noblejas，G．*Libro de los Cantos*．Madrid：Alianza Editorial，2013：11.

西译版《山海经》(2000)由胡安·何塞·西鲁埃拉·阿尔费雷斯(Juan José Ciruela Alférez)作序,他认为按照西方学术体系,《山海经》很难定位,学者对它的阐释也是五花八门,但他们一致承认,它有助于认识神话、礼俗、宗教思想以及中国古人的地理、历史概念,总之,《山海经》对认识中国古代文化的重要性无可比拟。

胡安·何塞·西鲁埃拉·阿尔费雷斯分析了《山海经》的作者与文本结构,简单描述了《五藏山经》《海外经》《海内经》《大荒经》,并将神话分成五类:洪水神话、英雄神话、创世神话、战争神话与文化起源神话。另外,为便于西班牙语读者理解,译者附注整整 16 页。

高伯译认为,随着佛经的传入与大量译介,中国文化经历了第一次外来文化的全方位浸润,在此之前,中国的文化更为纯粹,自成体系,所以他编选了商周到汉代的神话逾百则,结集并西译《中国古代神话》,译介对象主要分为两类:一是神话,如创世神话、黄帝神话、颛顼神话与尧舜神话等;二是关于崇拜的神话传说,比如对西王母、蚩尤、炎帝的崇拜等。

高伯译在学习、理解、翻译中国神话的过程中,产生了以下疑问:为何这些神话是这样的? 它们如何传承至今? 是谁何时将他们记录下来的? 如果他们被创作、改编,那么,被改编得多吗? 又是被谁改编的? 为何要被改编? 为了回答上述问题,他求诸多种汉语原文资源:文献资料、考古成果与艺术作品等,成就近 200 页的副文本(包括 800 多条注解)。

他点明了中国神话庞杂、分散、不成体系的特点,并分析了其原因:一方面中国神话源于祖先崇拜,因此,不同家族、不同地区的人自然尊崇不同的先人,加之夏商周并未形成集权国家,真正的社会结构更多地属于氏族结构,家族、血缘更为重要,因此容易形成"各家拜各神"的状态;另一方面,中国的神与人相通,难以形成封闭的、自足的神话体系。高伯译的分析切中要害,体现了他自身的学术水平,也证明了从中西比较视野观照,更能厘清就里。

面对中国神话"不成体系"的现状,高伯译呼吁西方在中国文化的语境中来认知中国神话:"中国神话应该在中国自己的文化标尺下被理解、被研究,因为任何一种使用西方概念的比较或者编录,都可能产生错误的阐释或评价。"①这是难能可贵的。

同样难能可贵的还有西班牙汉学家佩德罗·塞诺斯·阿科内斯 (Pedro Ceinos Arcones,1960—　)翻译中国神话的目的:从中国神话中汲取养分,以支撑西方的理论研究,甚至期待通过中国神话,来改变消费主义盛行的现代社会弊端。他译有 4 部神话集:《母神传说》(*Leyendas de la Diosa Madre*,2007)、《中国母系氏族:母亲、女王、女神与萨满》(*El Matriarcado en China*:*Madres*,*Reinas*,*Diosas y Chamanes*,2011)、《纳西族的创世神话与其他神话》(*La Creación del Mundo y Otros Mitos de los Naxi*,2014)与《佤族的创世神话与其他神话》(*La Creación del Mundo y Otros Mitos de los Wa*,2016)。

其中,《母神传说》逾 300 页,译介了四类神话故事:一是创世女神,二是文明女神,三是母系氏族时期神话传说,四是母系氏族没落神话传说,共 40 则,涉及 23 个民族。被中国多民族文化深深吸引、已定居云南的塞诺斯·阿科内斯论述了自己的译介动机与期待,其中有两点值得强调:一是他想借中国母系氏族社会的历史、现状来论证母系社会的优势,以支撑西方对母系氏族社会的论证与研究;第二点最具情感因素,塞诺斯·阿科内斯认为,现代人身处一切以利益为先的经济社会,整个社会的运转被经济集团控制,人们逐渐失去宗教信仰、社交功能,成为一个仅剩存在主义的孤独的、机械的消费者,因此,这样的社会结构对女性充满敌意,在各个层面酿成悲剧,他希望自己的这本书能够成为翻转这种结构的大浪中的一滴水。

塞诺斯·阿科内斯关于中国多民族神话的译介与阐释既揭示了中国神话的广泛存在,也证明了中国神话于世界的价值所在。相信在如高伯译与塞诺斯·阿科内斯等汉学家的倡导与努力下,中国神话在西班牙语世界传播过程中产生的众多误译、误释、不对称情形终将有所改变,当然,不能只寄望于汉学家,中国译出、中国阐释应该更多地发声,更多的学贯

---

① Yao,N. & García-Noblejas,G. *Libros de los Montes y los Mares*.(*Shanhaijing*). *Cosmografía y Mitología de la China Antigua*. Madrid:Miraguano,2000:21.

中西的中国学者应该深入地从中西比较视野去解读中国神话,建立中国神话体系,阐释中国古典文学,建立更具普世性的批评话语体系。

志怪小说的西译始于拉丁美洲,《亚非研究》1990 年第三期刊载了西班牙语版的《李寄的故事》(*El cuento de Li Ji*),译者为马埃斯。后来,在《雕龙——中国文学选集》中,吉叶墨以"公元三世纪到公元六世纪"为主题,选译志怪故事数十则,范围广泛,包含曹丕的《列异传》、干宝的《搜神记》、张华的《博物志》、葛洪的《神仙传》、荀氏的《灵鬼志》、吴均的《续齐谐记》与王琰的《冥祥记》等重要志怪选集。

当然,志怪小说的集中西译还是要归功于高伯译,他有三个相关译本。一是与 Yao Ning 合译的《中国中世纪的志怪故事:搜神记选集》(*Cuentos Extraordinarios de la China Medieval. Antología del Soushenji*, 2000);二是与 Yao Ning 合译的张华的《博物志》(*Relación de las Cosas del Mundo*, 2001)。后者由雷林克作序,内容包括张华生平、作品、《博物志》内容、版本以及对后世的影响,也属于"厚译型"文本,仅 200 页篇幅的译本,译者用了 213 条注释、23 页词汇表以及 38 条参考文献。此译本后于 2002 年、2007 年在巴塞罗那再版。三是独译的颜之推的《冤魂志》(*Las Venganzas de los Espíritus*, 2002),选译故事 59 篇,他为大部分故事附加简评,补充必要的文化知识与历史知识。前言 20 页,包括颜之推生平与作品、《冤魂志》的版本与原创性、颜之推的生死观、正义观以及《冤魂志》在中国文学史上的定位,并附加详细的参考书以及中国历史朝代表。

第二节 唐传奇西译本梳理与诠释

(一)唐传奇在西班牙语世界的早期译介

1937 年的一个夜晚,阿根廷作家阿道弗·比奥伊·卡萨雷斯(Adolfo Bioy Casares)与朋友相聚,聊起幻想文学,其中一人提出以此为主题,收集相关篇目，便能汇编成一本有意义的选集。后来，这个想法被付诸实践，1940 年，《玄幻文学选集》(*Antología de la Literatura Fantástica*)出版。选集并未提及每一个故事的具体出处，也未点明原文语种、译者。此书分别在 1965 年、1977 年、2008 年与 2015 年再版。选集洋洋洒洒 500 页，包括 76 个作家的 87 个短篇玄幻故事，中国 7 篇：庄子的《庄周梦蝶》、列子的《覆鹿寻蕉》、牛峤《灵怪录》中的《狐狸的故事》、陈玄祐的《离魂记》、曹雪芹《红楼梦》的选篇《风月宝鉴》与《贾宝玉游太虚幻境》以及吴承恩的《魏征斩龙》。

比奥伊·卡萨雷斯在前言中论述了中国玄幻文学的地位以及他们对中国文学"知之甚少"的现状："也许这个文类(指玄幻文学)最早的专家是中国人。从令人赞叹的《红楼梦》再到情色小说、现实主义小说，如《金瓶梅》与《水浒传》，甚至哲学著作，都长于梦幻，善于想象。然而……我们(对中国文学)很无知，因为我们无法亲自认识它。"①唐传奇《离魂记》入选，但并未注明作者，仅注明"Cuento de la dinastía Tang"(唐代故事)；译文隐去了故事发生地点：衡州；男主人公"王宙"的名字有所出入："Wang Chu"，尽管如此，故事的大体情节与原文本一致，《离魂记》的入选也开启了唐传奇的西译之路。

黄玛赛从汉语翻译了《中国故事家选集》(*Antología de Cuentistas Chinos*，1948)，共 7 个故事，5 篇唐传奇：《薛伟》《崔书生》《枕中记》《李娃传》《古镜记》。后来，黄玛赛再译了《〈古镜记〉与其他中国故事》(*El Espejo Antiguo y Otros Cuentos Chinos*)，8 个故事，《古镜记》与《枕中记》再次入选，她在前言中评论《古镜记》道："这则带有童话意蕴的寓言展示了中国当时的社会状况。这些以蛇、鱼的身形出现的怪物，象征了山匪与令人生厌的官兵。"②此译本最早版本已无法查证，能获得的相关出版信息是于 1983、1987、1998 在马德里出版，1991 在墨西哥再版，在西班牙语世

---

① Borges, J. L. *Antología de la Literatura Fantástica*. Barcelona：Edhasa，2015：11.

② De Juan, M. *El Espejo Antiguo y Otros Cuentos Chinos*. Madrid：Espasa-Calpe，1983：10.

界影响深远。黄玛赛译风精准且善用中西比较视野,读者接受度高,进一步拓展了唐传奇在西班牙语世界的传播。

1963 年,比希尼娅·卡雷尼奥(Virginia Carreño)从英语转译了《中国女士》(*Damas de la China*),在布宜诺斯艾利斯出版,选译了《任氏传》《李娃传》《昆仑奴》等唐传奇篇目。

墨西哥汉学家白佩兰是亚非研究中心自主培养的首批研究型人才,曾于 20 世纪 60 年代末期先后赴英国伦敦大学与中国台湾师范大学深造,随后开始了自己对中国文化的译研之路,主要从社会学、哲学、文学与历史学等视角观照、研究中国,后来成为墨西哥研究中心最重要的汉学家之一。《亚非研究》1970 年第 1、3 期分别刊载了白译西班牙语版《莺莺传》《李娃传》,白佩兰的翻译学术化特征显著,即"厚译"。以《莺莺传》为例,13 页译文、13 条注释、4 页引言。引言中道明汉语原文本:《唐人小说》(1959)、《中国历代短篇小说》(1960)与鲁迅的《唐宋传奇集》(1956);阐述译介唐传奇的缘由:西方对唐诗较为熟知,但对唐代叙事文学一知半解;借用鲁迅的《中国小说史略》,详述唐代古文运动内涵与思想,分析传奇作为独立的文学类别的形成过程;历述唐传奇主题:爱情、鬼怪与骑士历险;简述元稹的生平,剖析《莺莺传》的自传色彩,肯定它的文学价值;辨析莺莺这个人物形象的独特性:

> 总之,莺莺是唐传奇中的非传统意义上的女主人公,也就是说,她既不是好心的青楼女子;也不是商人妇;更不是幽处禁宫的妃嫔。她生于富裕家庭,受过良好教育,当深陷爱情时,她首先需要克服自然的羞怯与腼腆,也需要克服社会环境给予她的道德约束。这一切使得她的性格独特,且表现出多重冲突,但又完全不显突兀。[①]

(二)西译专集《唐代传奇》:译入、译出对比

20 世纪 80 年代以前,唐传奇多以选译或者单篇译入的方式被传播到

---

①   Botton,F. La historia de Ying-ying. *Estudios Orientales*,1970,12(1):61.

西班牙语世界;80 年代之后,逐渐出现唐传奇西译专集。1980 年,外文出版社出版了西译专集《唐代传奇》(*Cuentos de la Dinastía Tang*),共选译10 篇:《补江总白猿传》《任氏传》《柳毅传》《霍小玉传》《南柯太守传》《李娃传》《无双传》《杜子春》《昆仑奴》《虬髯客传》。此译本无编者、无译者,仅有一篇佚名前言,简析了唐传奇繁荣的三个主要原因:一是政局稳定带来经济、文化繁荣;二是新兴城市阶级对文化的需求开始多元化;三是新兴城市阶级与封建统治阶级之间的矛盾为传奇的创作提供了丰富的题材。

1980 版《唐代传奇》在西班牙语世界引起了反响,1991 年,西班牙米拉瓜诺出版社直接以同名再版。2014 年,以《唐代故事选集》(*Antología de Cuentos de la Dinastía Tang*)为名再版,该版采用了外文出版社 1980 版的译文,由塞瓦斯蒂安 · 戈麦斯 · 西富恩特斯(Sebastián Gómez Cifuentes)编审、序注。

2014 版在 1980 版的基础上审订、译入,对比观照两个译本,能够管窥译入、译出的异同。1980 版序言 5 页,2014 版序言 13 页。2014 版序言论述了唐传奇的产生背景与发展缘由:唐朝的稳定繁荣、频繁的对外交流、娱乐的需求、印刷术的发明、佛教宣传的需要以及晚唐的古文运动。相对于 1980 版,2014 版更为具体可证。

1980 版每则故事采用一个脚注交代作者生平或故事背景(三两行);2014 版每篇也采用了类似的一个脚注,但有大半页篇幅,铺陈更多。通观注释,1980 版 17 条,2014 版 67 条,再对比两个版本对《任氏传》中“寒食”与“笙”这两个文化负载词的注解,可以发现,2014 版更为详尽、具体,如解释了“寒食”的由来、清明节的基本信息、“笙”这种乐器的具体年代以及主要形状(详见表 7-1)。

表 7-1 1980 版与 2014 版注释对比

注解对象	1980 版注释①	2014 版注释②
寒食	Esta fiesta tenía lugar cada primavera. Ese día había que abstenerse de hacer fuego y debía comerse todo frío (hanshi).	Esta fiesta tiene lugar a comienzos de la primavera. En ese día no se enciende las cocinas y la gente prepara comidas frías. Se celebra la víspera de la festividad de Qingming o "Día de los Difuntos" en el que los chinos rinden homenaje a sus antepasados el primer día del quinto periodo solar, entre el 4 y el 6 de abril del calendario gregoriano.
笙	Instrumento musical de viento, tradicional en China.	El sheng (笙), uno de los instrumentos chinos de viento más antiguos y tradicionales de China (se conservan imágenes datadas en el 1100 a. n. e.), es un órgano de boca compuesto por tubos verticales.

此外，2014 版也审订了 1980 版有误的注释，例如，1980 版的第一个故事《补江总白猿传》的首页，有一条注释"Este cuento es una sátira sobre el famoso calígrafo Ouyang Xiu, que tenía la fama de parecerse a un mono."③错将"欧阳询"写成"欧阳修"。2014 版就订正了这个错误，"Constituye una sátira sobre el origen del famoso calígrafo y ensayista Ouyang Xun(歐陽詢,557—641)."④再以《南柯太守传》最后两段评论为例观照译文的差异：

李公佐原文：

公佐贞元十八年秋八月，自吴之洛，暂泊淮浦，偶觌淳于生棼，询

① *La Hija del Rey Dragón. Cuentos de la Dinastía Tang*. Beijing：Ediciones en Lenguas Extranjeras，1980：13.
② Gómez Cifuentes，S. edi. *Antología de Cuentos de la Dinastía Tang*. Madrid：Miraguano，2014：34.
③ *La Hija del Rey Dragón. Cuentos de la Dinastía Tang*. Beijing：Ediciones en Lenguas Extranjeras，1980：13.
④ Gómez Cifuentes，S. edi. *Antología de Cuentos de la Dinastía Tang*. Madrid：Miraguano，2014：34.

访遗迹，翻覆再三，事皆摭实，辄编录成传，以资好事。虽稽神语怪，事涉非经，而窃位著生，冀将为戒。后之君子，幸以南柯为偶然，无以名位骄于天壤间云。

前华州参军李肇赞曰：

贵极禄位，权倾国都，达人视此，蚁聚何殊！①

1980 版译文：

En el octavo mes del año dieciocho del período de Zhenyuan（hacia 795），en el transcurso de un viaje de Suzhou a Luoyang，me detuve al borde del río Huai，donde por azar me encontré con Chunyu. Me informé de sus palabras y fui a ver los vestigios de las hormigas en el lugar del hecho. Después de muchas verificaciones，finalmente me convencí de la autenticidad de esta historia que termino de escribir para aquéllos a quienes puede interesar. Bien que exista algo de sobrenatural y de poco normal，los ambiciosos podrán sacar una lección. Que la gente honesta que lea esta historia de sueño no vea en ella una simple cadena de coincidencias，sino que aprendan a no dejarse dominar por el orgullo de su fama ni de su posición en el mundo. Y Li Zhao，viejo consejero militar de Huazhou agregó este comentario：

Llevado hasta las nubes，

Todopoderoso en el imperio；

pero el sabio se ríe de ello：

alborotadas hormigas y nada más. ②

---

① 鲁迅校录. 唐宋传奇集. 济南：齐鲁书社出版社，1997：57.

② *La Hija del Rey Dragón*. *Cuentos de la Dinastía Tang*. Beijing：Ediciones en Lenguas Extranjeras，1980：63.

2014 版译文：

En el octavo mes del año trece del periodo Zhenyuan（Nota al pie：Hacia 797，véase nota 27.），en el transcurso de un viaje desde Suzhou a Luoyang，me detuve a orillas del río Huai，donde por azar me encontré con Chunyu. Oí esta historia de sus propios labios y él mismo me llevó a ver los vestigios de los hormigueros en ella mencionados. Después de muchas verificaciones，finalmente me convencí de su autenticidad y ahora la escribo para que sea recordada por las generaciones futuras. Aunque relata sucesos extraordinarios y sobrenaturales，todos aquellos que rigen su existencia guiados por la ambición y la vanidad podrán extraer de ella una importante lección. La gente honrada，por su parte，al leer la historia de este sueño，no debe ver en ella una simple cadena de coincidencias，sino aprender，transcendiendo la anécdota，a no dejarse dominar por el orgullo de su posible fama ni de su posición en el mundo. Como comentó Li Zhao，antiguo consejero militar de Huanzhou①：

Encumbrados hasta los cielos，

todopoderosos en su imperio，

el sabio de② ríe de ellos：

alborotadas hormigas，nada más. ③

首先，从整体观照，1980 版译文虽也忠实达意，但在句子结构、部分句序、虚词以及小品词的使用等语言方面，2014 版更为准确、地道，这大概是因为审订者是母语使用者。这也说明了一个问题：母语译者在翻译输出这个

---

① 原文拼音错误。

② 原文拼写错误。

③ Gómez Cifuentes，S. edi. *Antología de Cuentos de la Dinastía Tang*. Madrid：Miraguano，2014：116-117.

阶段有天然优势,因为这个过程更多依赖译者的语言本能,而非理解能力。

其次,再观照一个细节,此段首句出现了"贞元十八年"这个时间,《南柯太守传》开篇第二段也出现了具体时间"贞元七年"。以这两个时间为参照点,横向对比四个版本,见表7-2。

表7-2 关于"贞元七年"与"贞元十八年"两个时间四个版本的对照比较

鲁迅校录版①	杨宪益、戴乃迭英译本②	1980版西译本③	2014版西译本④
贞元七年	the tenth year of the Zhen Yuan period〈794〉	del año diez del período de Zhenyuan(hacia 794)	del año diez del período de Zhenyuan(hacia 794)
贞元十八年	the eleventh year of the Zhen Yuan period〈795〉	del año dieciocho del período de Zhenyuan(hacia 795)	del año trece del periodo Zhenyuan(hacia 797)

首先,鲁迅校录版的"贞元七年""贞元十八年"与杨宪益版的"贞元十年(约794)""贞元十一年"相左,此版应是采用了异于鲁迅校录版的汉语版本。1980西译版顺承了英译本的两个时间值,但是,"贞元十八年"却与鲁迅校录版一致,前后矛盾;2014西译版另用了一个时间:"贞元十三年"(797),这又是如何得来的呢?当是根据"淳于在家三年后去世"⑤顺承而来,然而,这显然是错误的,因为"作者"亲见淳于定是在他去世之前。

从《唐代传奇》在西班牙语世界的重印、再版可见,对于融合了叙事文学、玄幻故事与民俗生活的唐传奇,西班牙语世界兴致浓厚。但是,1980版西译本的生成过程更多地属于一个偶然,这本由杨宪益、戴乃迭英译的《唐代传奇》,在1980年同时被译成西班牙语、法语、德语,在这之后,即使

① 鲁迅校录. 唐宋传奇集. 济南:齐鲁书社出版社,1997:51,57.
② Yang, X. Y. & Dai, N. D. The Dragon King's Daughter. Beijing:Foreign Language Press, 1980:41, 51.
③ *La Hija del Rey Dragón*. *Cuentos de la Dinastía Tang*. Beijing:Ediciones en Lenguas Extranjeras, 1980:63.
④ Gómez Cifuentes, S. edi. *Antología de Cuentos de la Dinastía Tang*. Madrid:Miraguano, 2014:116.
⑤ 鲁迅校录. 唐宋传奇集. 济南:齐鲁书社出版社,1997:57.

是《大中华文库》也未将唐传奇作为西译对象,所以在一定程度上,译入、译出对于唐传奇的文化价值的定位有所不平衡。

(三)西班牙语世界对唐传奇的篇目选择与价值释读

除《唐代传奇》以外,西班牙语世界还有不少关于唐传奇的专集或重要选集。1999 年,在马德里出版了专集《唐代故事》(*Cuentos de la Dinastía Tang*),译者为胡安·伊格纳西奥·科斯特罗·德拉弗洛尔(Juan Ignacio Costero de la Flor)与阿韦拉多·塞瓦内·佩雷斯(Abelardo Seoane Pérez),选译 13 篇,在 1980 版的基础上另增裴铏 3 篇:《聂隐娘》《裴航》《崔炜》。2003 年,西班牙汉学家高伯译选译《窦玉妻——中国唐宋故事选》(*El Letrado sin Cargo y el baúl de Bambú. Antología de Relatos Chinos de las Dinastías Tang y Song*),全为传奇,包括段成式的《酉阳杂俎》、李复言的《续玄怪录》、鲁迅的《唐宋传奇集》、牛僧孺的《玄怪录》以及张友鹤的《唐宋传奇选》中的唐传奇 25 篇以及宋传奇 6 篇。为了深入地观照三个译本的状况,可从选译篇目、前言对唐传奇的阐述两个角度进行比较观照。从选译篇目对比可知,译入版本对于 1980 年版中所选的 10 个故事,重复率较高,细微差别就在于,1999 年版增加了裴铏的 3 个故事,而 2003 版虽然故事变多,但却未入 1 篇(见表 7-3)。

表 7-3　三个西译本的唐传奇选译篇目

唐传奇选译篇目	1999 年版	2003 年版	2014 年版
《补江总白猿传》	√	√	√
《任氏传》	√	√	√
《柳毅传》	√	√	√
《霍小玉传》	√	√	√
《南柯太守传》	√	√	√
《李娃传》	√	√	√
《无双传》	√	√	√
《杜子春》	√	√	√

续表

唐传奇选译篇目	1999 年版	2003 年版	2014 年版
《虬髯客传》	✓	✓	✓
《昆仑奴》	✓		✓
《聂隐娘》《裴航》《崔炜》	✓		
《小飞人》《窦玉妻》《柳氏传》《长须国》《谢小娥传》《莺莺传》《杨娼传》《古镜记》《庐江冯媪传》《离魂记》《飞烟传》《湘中怨辞》《枕中记》《三梦记》《李章武传》《红线》		✓	

另外,在三个版本中,译者都从各个角度对唐传奇进行了价值释读,分别从社会学价值、文学价值以及影响定位三个角度观照(详见表 7-4)。

表 7-4　三个西译本对唐传奇的价值释读

角度	1999 年版	2003 年版	2014 年版
社会学价值	① 将传奇的作者比作游吟诗人,将唐传奇定义为"民间俗文学",即文人阶级雅文学的对立。尽管言鬼、志怪,但唐传奇对动荡时代的社会状况进行了深刻的描绘。② 以李公佐的从仕经历与《南柯太守传》为例解读传奇作者的"酸葡萄心理":在对统治阶级的讽刺与批判下,掩藏着仕途不顺或者失意文人的羡慕与嫉妒,由此观照唐传奇作者的生活状态。	① 通过对唐朝历史、文化、经济、对外交流以及宗教等方面的分析,剖析出唐传奇中最主要的五类人物:武人、外国人、文人、求仙访道者和宗教人士,以及第六类重要的人物:女人(包括妻子、歌女、舞女等),逐一分析他们的生活状态。对歌女这个社会阶级的产生时间与社会原因进行分析,强调她们所具备的才艺。	① 唐传奇的历史价值与人种学价值非凡。题材丰富,涉猎权力结构以及争权斗争;官僚统治阶级的言行举止;各类迷信、宗教信仰;男女关系、不同阶级之间的关系以及他们主要的习俗(媒、婚、生、死)。② 也通过不同的故事形式来反映那个时代人们的梦想、抱负与想象,而这些"民俗小说"(指唐传奇)的故事形式影响至今。

续表

角度	1999 年版	2003 年版	2014 年版
文学价值	① 唐以前的故事，如志怪，如《世说新语》里面的故事，更多是框架性的写作。只有唐传奇的故事才开始出现文学想象、细节描述与现实性的人物。	① 唐传奇为散文写作带来了新的形式，肯定了故事情节复杂化以及人物形象刻画深度化的巨大重要性。 ② 唐传奇开始背离正统的散文写作方式。尤其是对历史记述的反向背离，因为与朝代史、传记等正统历史记述手法分家，是叙事文学甚至文学形成的关键之所在。但是，唐传奇又反过来借用历史写法，以"传""记"为名，营造文学的"可信性。"	① 汉魏志怪的文学成就不及传奇。局限于对事实的描述，未能与历史完全分离。而唐传奇并非对事实的线性陈述，而是严格意义上的文学，是在努力提升自己文学质量的一种文类，不论是情节的精心构造还是风格的丰富多样，传奇都寻求更多的受众并希望能成为普通大众的消遣。 ② 借用"传""记"之名，行虚构之实；中国套盒式的叙事方式；这个故事是某某人讲的，让我代笔记下的，如《李娃传》最后一段。
影响与定位	① 唐传奇对后世作家影响很大，尤其是不少戏剧由此吸取灵感。 ② 唐传奇的地位可同希腊神话相提并论，中国作家和艺术家不能忽略这些故事，中国的学者应该要深入研究它，理解它的源头以及它对后世作品产生的深刻影响。因为它的艺术性已经达到了极高水准。	① 通过列举东西方文艺评论的观点，认为唐传奇标志着中国小说诞生，因为唐传奇的作者明白自己在虚构作品。 ② 唐传奇在韩国与日本都有深广传播，尤其是日本 18 世纪的作家上田秋成的《雨月物语》，包含大量从唐传奇中直接收录的故事。 ③ 唐传奇为宋话本、元戏曲以及明清小说提供了无限的故事情节以及人物类型。	① 这十篇唐传奇是世界文学的瑰宝。 ② 小说的地位在唐以前并不突出，历史、哲学、道德以及诗歌类的文本更为受到重视，叙事文本处于无足轻重的次要地位，甚至无法作为一个自足的文化产品，唐传奇是叙事文学开始具备一定价值与影响的起点。 ③ 唐传奇爱情故事充满民间浪漫主义，给予元明时代剧作家启示与灵感。

　　西班牙汉学家、翻译家将唐传奇作为译入对象,对唐传奇的整体态度自然是肯定的。社会学角度其实是指他们通过传奇察见彼时中国的社会生活,即在文学中"见中国之像"。唐传奇因为题材多样、人物类型众多、社会习俗密集,自然是观"唐朝中国之像"的一个绝佳窗口。他们对唐传奇的文学价值的肯定多是沿袭鲁迅之论:"小说亦如诗,至唐代而一变,虽尚不离于搜奇记逸,然叙述宛转,文辞华艳,与六朝粗陈梗概者较,演进之迹甚明,而尤显者乃在是时则始有意为小说。"①另外,他们也认为,传奇既与史分离,又借史为皮,这与中国主流批评的观点不谋而合:

　　　　在结构布局上,传奇往往采用史传的表现方法,明确交代故事发生的时间、地点,甚至标注年号,故意给读者造成心理上的真实感觉,但这种结构布局不过是一个外在的框架,而在故事展开过程中,则绝不受其限制,既大量使用虚构想象以求奇,又致力于细节描写以求真,在真假实幻之间,创造出情韵盎然、文采斐然的艺术品,从而在小说这一文体的独立历程上迈出了关键性的一步。②

　　对唐传奇的影响、定位主要分为国内与国外,国内的影响多沿用鲁迅的观点:"实唐代特绝之作也。然而后来流派,乃亦不昌,但有演述,或者模拟而已,惟元明人多本其事作杂剧或传奇,而影响遂及于曲。"③在国外的影响与定位,涉及韩日,定位高的将所选篇目作为世界文学之瑰宝,将唐传奇比作希腊神话。

第三节　"三言二拍"的翻译与传播

　　"三言二拍"是宋明评话的重要代表。"三言"或辑录宋元明以来的旧本,作不同程度修改;或据文言笔记、传奇小说、戏曲、历史故事、社会传闻再创作,这也标志着文人在说唱艺术基础上整理加工、独立创作的开始。

---

① 　鲁迅. 中国小说史略. 北京:民主与建设出版社,2015:49.
② 　袁行霈. 中国文学史(第二卷). 北京:高等教育出版社,2020:328.
③ 　鲁迅. 中国小说史略. 北京:民主与建设出版社,2015:49.

"二拍"与"三言"不同,基本上都是个人创作,已经是一部个人的白话小说创作专集。"三言二拍"共 200 种,明末有人署名"姑苏抱瓮老人",从中选取了 40 种,编成《今古奇观》,后三百年中,它成为流传最广的白话短篇小说选本。不仅如此,它在西方也颇有影响,陈婷婷《〈今古奇观〉:中国文学走向世界最早的典范与启示》将翻译源头追溯到杜赫德的《中华帝国全志》,它收录了其中三个故事:《吕大郎还金完骨肉》《庄子休鼓盆成大道》《怀私怨狠仆告主》。①

拉夫卡迪奥·赫恩(Lafcadio Hearn,1850—1904)(即小泉八云)著《中国鬼故事》(*Some Chinese Ghosts*),1887 年在美国首版。赫恩在前言里也论及了《今古奇观》在西方的译介程度:

> 施莱格尔朱利安、加德纳、伯奇、殷弘绪、雷慕沙、帕维、奥利芬特、格里斯巴赫、赫维圣丹尼斯和其他人,已经在西方国家翻译了《今古奇观》中的十八个故事,它们分别是第二个、第三个、第五个、第六个、第七个、第八个、第十个、第十四个、第十九个、第二十个、第二十六个、第二十七个、第二十九个、第三十个、第三十一个、第三十四个、第三十五个和第三十九个。②

《中国鬼故事》包括《大钟魂》《孟沂的故事》《织女传说》《颜真卿归来》《茶树的传说》《瓷神传说》。《孟沂的故事》就是《今古奇观》中第 34 个故事《女秀才移花接木》的楔子。严格地说,《中国鬼故事》并不是一部严谨的翻译作品,原因有二:一是经历两层语言(中文—法文—英文)转化,原语言中文化信息不免被丢失、添加、扭曲和转换;二是作为作家的赫恩根据自己的知识背景、文学观念和创作风格,改写了传说故事。

但是,这丝毫不影响这个译本在西方的盛行,它被译成多种语言,西班牙语就有多个版本,例如,高伯译编译的 2006 版 *Relatos Chinos de*

① 陈婷婷.《今古奇观》:中国文学走向世界最早的典范与启示. 安徽大学学报,2013(4):45.
② 拉夫卡迪奥·赫恩,诺曼·欣斯代尔·彼得曼. 西方人笔下的中国鬼神故事二种. 毕旭林,译. 上海:上海社会科学院出版社,2014:20.

Espíritus；马科斯·马耶尔(Marcos Mayer)翻译的 2011 版 *Fantasmas de la China*，此版为了便于阅读，调大了字体，删掉了英语原版的"题解"和"词汇表"；再如，乌拉圭诗人阿尔瓦罗·阿曼多·巴塞乌尔(Álvaro Armando Vasseur)翻译的《中国与日本鬼故事》(*Fantasmas de la China y del Japón*，2011，2012)。《孟沂的故事》也就随着它们传到了西班牙语国家。

《中国鬼故事》是转译文本，其实，西班牙语世界还有众多关于《今古奇观》的直译文本。第一个是黄玛赛翻译的《中国古代传统故事》(*Cuentos Chinos de Tradición Antigua*)，1948 年在阿根廷出版，影响颇大，仅在 1948 年就刊行了两版。该书选译宋元明清四个朝代共 9 则故事，其中两则选自《今古奇观》：《钱秀才错占凤凰俦》《杜十娘怒沉百宝箱》。黄玛赛认为，"惩恶扬善"的愿望构成中国故事的底色，它们即使不针砭时弊，也携带教育内涵或者道德意义。[①] 另外，她认为宋代文学大多经历过民间加工，可以算得上是一种"真正的民间文学"[②]。1948 年，黄玛赛又译《中国故事家选集》(*Antología de Cuentistas Chinos*)，共 7 篇，其中两篇选自《今古奇观》：《俞伯牙摔琴谢知音》《灌园叟晚逢仙女》。

黄玛赛之后，约翰·佩奇翻译了冯梦龙《喻世明言》中的《汪信之一死救全家》(*Cómo Wang Xinzhi con su muerte salvó a toda la familia*，1983)，译风精准明朗。1985 年，佩奇撰述了《汪信之与米歇尔·科拉斯：为自我利益而反叛》(*Wang Xinzhi y Michael Kolhaas, rebeldes en aras de su propia causa*)。从文学作品的历史价值、社会学价值的角度观照两部作品的内容、情节，得出了一个结论：汪信之与科拉斯两者均是文学中的典型反叛者形象，但是，他们均是为了自我利益而反叛，并非社会学意义上的反叛。1987 年，佩奇又著文《汪革——从叙事文学到历史》(*Wangge: de la narrativa de ficción a la historia*)。

吉叶墨的《雕龙——中国文学选集》分上、下册，32 个主题，近千页。

---

① De Juan，M. *Cuentos Chinos de Tradición Antigua*. Buenos Aires：Espasa-Calpe，1948：6.

② De Juan，M. *Cuentos Chinos de Tradición Antigua*. Buenos Aires：Espasa-Calpe，1948：5.

他或以文学体裁为主题,例如,"神话""寓言";或以断代文学为主题,例如,"唐诗""宋词";又或以具体的文学作品为主题,例如,《西厢记》《金瓶梅》《警世通言》。吉叶墨借《警世通言》指代话本故事,在这个主题下,他简述"三言二拍",提及《今古奇观》,选译两则话本故事:一是《醒世恒言》中的《钱秀才错占凤凰俦》,二是民间话本《倪老头巧立遗嘱》。

此外,关于"三言二拍",西班牙语世界另有三个译入文本:一是卡门·德圣地亚哥·加维尼亚(Carmen de Santiago Gaviña)从法语转译的《中国故事集——志诚张主管》(*El Honesto Dependiente Chang*. *Cuentos Chinos*, 1984);二是马努埃尔·塞拉特·克雷斯波(Manuel Serrat Crespo)从雷威安(André Lévy)法译本转译的凌濛初的《拍案惊奇》(*Doce Narraciones Chinas*, 2001);三是西尔维娅·福斯特格雷斯(Sílvia Fustegueres)与萨拉·罗维拉·艾斯特瓦(Sara Rovira-Esteva)翻译的冯梦龙的《三言》(*Sanyan*:*Una Tria*, 2002),该书选译了《杜十娘怒沉百宝箱》《蒋兴哥重会珍珠衫》等故事。

关于《今古奇观》,中国也有一个"译出"文本:《宋明评话选》(*El Joyero de la Cortesana*. *Antología de Cuentos de las Dinastías Song y Ming*, 1989),是"三言二拍"最为集中的西译本,它是外文出版社在 20 世纪末出版的一套向西班牙语世界推广中国经典文学作品的口袋书。《宋明评话选》由当时的人民文学出版社古典文学编辑严敦易作序,孟继成译,吉叶墨与梅赛德斯·马丁内斯(Mercedes Martínez)审订。它分上、下册,选译《今古奇观》中的 20 个故事,如《崔待诏生死冤家》《十五贯戏言成巧祸》《小夫人金钱赠年少》等。

这个译本参照杨宪益、戴乃迭的经典英译本,所选故事完全相同。后来,杨、戴的英译本又被纳入《大中华文库》系列,于 2008 年由外文出版社出版。《大中华文库》的西班牙语译本出版计划不包括《宋明评话选》,不过,后来被纳入《大中华文库》的共建"一带一路"沿线国家语言对照版的出版计划。西班牙语本《宋明评话选》(*Cuentos Selectos de la Dinastía Song y Ming*)于 2021 年由外文出版社出版,译者为奥尔加·玛丽亚·罗德里格斯(Olga María Rodríguez)。先是英译、再是西译,这个过程也再次验证了中国译出的传统模式：多语并译。

第四节　明代"四大奇书"的翻译与传播

明代是中国社会历史、文化思想都发生急剧变化的时期,经济上的发展和政治上的腐败并存,社会各方面的矛盾突出,在思想领域形成了一股鼓励个性解放的潮流,蕴含了一种新的价值观,为小说的兴起提供了广泛的素材和社会心理,具体体现在以下几个方面:一是商品经济发展,城市扩大,市民阶层也随之变大,为文人们观察、描写市井生活提供了基础;二是唐传奇、宋话本、元戏曲剧本为小说的成熟提供了文学素材、文学形式;三是印刷术的成熟与发展为长篇叙事文学的传播提供了技术支撑;四是受明代王阳明心学影响,明代文人更加追求一种普遍价值,他们对俗文学的重视与喜爱,带有一种自觉的意识,认为在俗文学传统、俗文学形式中,人性能够得到更为充分的体现。

在众多明代小说中,《三国演义》《水浒传》《西游记》和《金瓶梅》被誉为"四大奇书",它们在西班牙语世界的传播也较为广泛。但是,这四部作品受到的关注程度却不尽相同。西班牙本土共出版《三国演义》1 个纸质译本、2 个电子译本,《水浒传》1 个纸质译本,《西游记》3 个纸质译本,《金瓶梅》4 个纸质译本。中国国内共出版西班牙语版《三国演义》2 个纸质译本,《水浒传》2 个纸质译本,《西游记》4 个纸质译本,《金瓶梅》1 个纸质译本。外文出版社在 20 世纪 80 年代推出过一套西班牙语版的"美猴王丛书"。另外,墨西哥也推出过西译《金瓶梅》《西游记》。

(一)《三国演义》

《三国演义》原名《三国志通俗演义》,是中国第一部长篇章回小说,也是历史演义小说的开山之作。作品描写起自黄巾起义、终于西晋统一的近百年历史。作者罗贯中在众多民间话本、艺人演绎的基础上创作,虚实结合,将美学理念融入文学创作,成就了一幅波澜壮阔、气势恢宏的历史画卷。《三国演义》因其文学审美、精神内涵成为中华民族文化宝库不可撼动的经典之作,名扬四海。早在 1569 年(明隆庆三年),《三国演义》便已传至朝鲜,1635 年(崇祯八年)有一种明刊《三国志传》就入藏于英国牛津大学。自日僧湖南文山于 1689 年(康熙二十八年)编译并出版日文本《通俗三国志》开始,《三国演义》在亚洲以及英、法、俄等国都出现了译本,流传甚广。①

然而,《三国演义》的西班牙语译研起步较晚。目前,《三国演义》西译本共有 4 个:一是奥尔特加和佩雷斯合译的《三国演义》(*Romance de los Tres Reinos*,2012),二是里卡多·塞夫里安·萨莱(Ricardo Cebrián Salé)翻译的电子版《三国演义》(*El Romance de los Tres Reinos*,2013—2019),三是阿列尔·阿列维(Ariel Allevi)翻译的电子版《三国演义》(*Romance de los Tres Reinos*,2016),四是国内出版的由鲁道夫·拉斯特拉·穆埃拉(Rodolfo Lastra Muela)所翻译的改编本《三国演义故事》(*Romance de los Tres Reinos*,2018)。

古巴译者奥尔特加和作家佩雷斯合译本属于《大中华文库》系列,由外文出版社出版(以下称为“奥译本”),这是《三国演义》最早的一部西班牙语全译本,从罗慕士(Moss Roberts)英译本转译。奥尔特加是一位资深的英西翻译专家,她曾将多部欧美作品译为西班牙语,也曾被选为 2014 年第 55 届美洲之家文学奖评委。佩雷斯则是一位作家、编辑、诗人,她为“奥译本”进行文字润色,拥有丰富的编辑出版经验,曾在 2015 年获得古巴国家编辑奖。在文学创作领域,她撰写并出版了大量面向青少年的故事、诗歌。2018 年,哈瓦那国际书展上,她还作为译者代表在《大中华文库》系列丛书(汉西对照版)全球首发式上发言。

塞夫里安·萨莱是一位西班牙学者、独立译者。2012 年,他获得加泰罗尼亚开放大学东亚文化硕士学位,之后成为一名自由撰稿人。2013 年3 月起,他陆续在域名为“www.tresreinos.es”的个人网站上发布题为“三国演义”的西班牙语译文,并通过亚马逊平台出售 Kindle 电子版(以下称为“塞译本”)。萨莱具备一定的中文基础,结合《三国演义》最早的英译

---

① 袁行霈. 中国文学史(第四卷). 北京:高等教育出版社,2020:32-33.

本——邓罗(C. H. Brewitt-Taylor)译本,完成了翻译工作。他坦言,对三国历史的热爱源自于 Koei 公司开发的电竞游戏《真·三国无双》(Dynasty Warriors)。但是,他发现在西班牙语世界很难找到与这部古典小说相关的文本资料,对三国历史感兴趣的读者只能"退而求其次"地阅读英语译本与资料。这就使他决定将《三国演义》译入西班牙文,并且一直为之努力。

2013 年至 2017 年,该译本在西班牙亚马逊电子书网站上有两个系列:第一个系列共发布了 13 册,例如,第一册名为《董卓的独裁》(La Tiranía de Dong Zhuo);第二个系列共发布 6 卷,例如,第五卷为《赤壁之战》(Batalla en el Acantilado Rojo)。两个系列的书名略有不同,第二个系列的每卷在篇幅上大于第一个系列的分册,售价也略高,这些可能是出版商出于读者的需求所做的调整。译者秉持忠于原著的原则,尽可能采取直译方式,同时,扩充其他译本遗漏的内容。译本还补充了有关中国历史、哲学思想的内容,以便读者理解、接受作品。该译本在西班牙亚马逊网站上的读者评价很高,每个品种的星级都在四星以上。其中第二个系列的第一卷有 40 条读者评论,70%的读者给了五星,并从故事情节、语言、译本准确性等方面阐述了对《三国演义》的接受度。2019 年,在马德里出版了其中的选译本《三国演义:赤壁之战》(El Romance de los Tres Reinos : La Batalla del Acantilado Rojo)。这是在西班牙出版的、唯一一部纸质版的《三国演义》,也是在西班牙接受度最高的译本。

阿列尔·阿列维译本也是西班牙亚马逊电子书平台上的译作,共分17 个部分,内容涵盖《三国演义》全一百二十回。《三国演义故事》先由五洲传播出版社授权西班牙人民出版社组织翻译为西班牙文;然后,西班牙人民出版社又将西文版的版权回授五洲传播出版社,最后在中国出版。西班牙语版《三国演义故事》的译者是拉斯特拉·穆埃拉,他还翻译了该系列的《红楼梦故事》(El Sueño de la Mansión Roja, 2018)与《水浒传故事》(Los Bandidos del Pantano, 2018)。但是,目前西班牙本土仅出版了《水浒传故事》,同系列其他作品并未在西班牙出版。总之,虽然《三国演义》的西译还停留在间接翻译的层面,但是,现阶段的这些西译本对于这部古典小说在西班牙语世界的传播也起到了推动作用。

（二）《水浒传》

《水浒传》又叫《忠义水浒传》或《忠义传》，是英雄传奇体小说的典范，也是中国古代四大名著之一，推进了中国古代长篇小说的艺术发展。小说成功地塑造了一系列超群而各异的英雄形象，采用纯熟的白话，生动地描绘了市井社会与平凡人物，刻画了人类基本的生存欲望与对权利的追求、抗争，艺术地再现了当时社会的基本矛盾。关于小说的作者，学术界说法不一，通常认为是施耐庵所作，罗贯中在其底本基础上做了一定的加工。

《水浒传》在世界范围内广泛流传，并得到了高度评价。美国著名女作家、诺贝尔文学奖获得者赛珍珠（Pearl S. Buck）就认可了它的文学价值以及人类学意义，并于 1933 年翻译并出版了七十回英译本《水浒传》，题为《四海之内皆兄弟》（*All Men Are Brothers*），在英语世界广为人知。但是，《水浒传》在西班牙语世界的传播远不及"四大奇书"的另外三部，目前相关译本只有两种：一是米尔克·劳埃尔（Mirko Láuer）和杰西卡·麦克劳克伦（Jessica McLauchlan）合译的《水浒传》（*A la Orilla del Agua*，1992），二是拉斯特拉·穆埃拉翻译的《水浒传故事》。

1992 版《水浒传》西译本属于外文出版社的"凤凰丛书"系列，2010 年再由外文出版社再版，属于《大中华文库》系列。两位译者都不通中文，因此，这个版本的《水浒传》虽然是全本，却是一个转译本。劳埃尔生于捷克，是秘鲁著名作家、诗人、政论家、专栏作家，也是秘鲁绘画艺术的推广者。他还是拉美文学博士，在数所大学任教。青年时代的劳埃尔曾经是积极的左翼活动家，正是在这个阶段，他与后来的秘鲁总统阿兰·加西亚·佩雷斯（Alan García Pérez）结下了深厚的友谊。20 世纪 70 年代初，抱着对共产主义运动的满心向往，劳埃尔来到遥远的中国，开始了对中国传统名著的翻译之路，他在 70 年代翻译《易经》，90 年代翻译《红楼梦》《水浒传》。然而，令人费解的是，劳埃尔本人几乎绝口不提自己的翻译工作，无论是从其个人简历还是维基百科上，都看不出这位秘鲁知识分子曾经翻译了三部重量级中国古典名著。① 这个译本如今可以在西班牙亚马逊网站上购得,从读者的评论来看,这部汉西对照版的《水浒传》得到了西班牙语读者的喜爱,88%的读者将其评为五星。读者们普遍对译文和装帧很满意,认为这是一部经典的译作,唯一的缺憾是定价过高,售价为 89.44欧元。

《水浒传故事》的翻译、出版路径与《三国演义故事》一致,不同之处在于这个译本于 2018 年在中国和西班牙同时出版。"中国经典名著故事系列"作品均按照这一版权合作模式操作,这可能源自 2012 年五洲传播出版社与西班牙人民出版社签署的战略合作意向书,旨在推动中国文化向西班牙语世界的进一步传播。该书在西班牙亚马逊网站上也有售,但暂无读者评论,接受度不如《大中华文库》的汉西对照版。

搜索世界联合目录(WorldCat)数据库,可以发现,外文出版社 1992版《水浒传》被西班牙语国家的 6 家图书馆收藏:巴塞罗那自治大学图书馆、西班牙国家图书馆、格拉纳达大学图书馆、墨西哥学院、秘鲁东方研究中心、哥伦比亚安第斯大学;2010 版《水浒传》只入藏西班牙国家图书馆 1家。西班牙人民出版社的《水浒传故事》也仅有西班牙国家图书馆收藏。五洲传播出版社的《水浒传》电子版被美国、马耳他两国的 9 家图书馆所藏,但是,却没有西班牙语国家图书馆收藏该书。相比英、德、法、日等语种译本的《水浒传》在海外的传播情况,西班牙语版在西班牙语世界的传播和接受不甚理想,原因是多方面的,可能与发行渠道、译文质量、媒体宣传等因素有关。

(三)《西游记》

神魔小说《西游记》取材自唐代玄奘(602 或 600—664)取经的真实历史事件,故事成型于元代,作者为吴承恩。它讲述了唐僧、孙悟空、猪八戒、沙僧师徒四人赴西天取经的故事。作品采用诙谐滑稽的笔墨,"幻中

---

① 程弋洋. 鉴外寄象:中国文学在西班牙的翻译与传播研究. 北京:商务印书馆,2021:119.

有实",在神幻、诙谐中蕴含着"三教合一"的哲理。《西游记》不仅在中国文学史上占据崇高地位,在海外也流传甚广。早在日本江户时代,著名小说家西田维则(笔名国木山人)就已着手翻译《西游记》。至今,日本已有不下 30 余种译本。此外,法、德、意、世界语、斯瓦希里语、俄语、波兰语、朝鲜语、越语等文种也有不同的选译本或全译本。

1945 年,路易斯·马丁内斯·埃伦(Luis Martínez Elen)出版了一部名为《猴王》(*Mono*)的《西游记》西译本。① 译本并非全译本,但却是中国古典小说在西班牙语世界传播的开山之作。这个编译本未再重版,目前仅西班牙国家图书馆、巴斯克大学图书馆以及墨西哥国家图书馆尚有该书的馆藏。此后,又相继出现了五个《西游记》西译本:一是马里奥·梅尔里诺(Mario Merlino)翻译的 1986 版,二是恩里克·P. 加顿(Enrique P. Gatón)与伊梅尔达·黄·王(Imelda Huang-Wang)合译的 1992 版,三是玛丽亚·帕斯·莱塞(María Paz Lece)和卡洛斯·特里戈索·桑切斯(Carlos Trigoso Sánchez)合译的 2005 版,四是卡洛斯·M. 马丁内斯(Carlos M. Martínez)翻译的《西游记故事》(*Viaje al Oeste con el Mono de Piedra*, 2018),五是温多林·佩拉(Wendolín Perla)翻译的 2020 版。

梅尔里诺出生于阿根廷,是一位作家、翻译家,擅长翻译葡萄牙语、意大利语和英语文学作品。1976 年,因阿根廷国内发生军事政变,他移居西班牙。2004 年,他凭借翻译葡萄牙著名作家安图内斯(António Lobo Antunes)的作品《审查官手记》而荣获西班牙国家翻译奖。梅尔里诺翻译的《猴王与骷髅女巫》(*El Rey de los Monos y la Bruja del Esqueleto*)是《西游记》的节选译本,从法文转译,1986 年在巴塞罗那出版。这个节选本问世以后,并没有引起很大反响。

加顿、伊梅尔达夫妇合译的《西游记》(*Viaje al Oeste: Las Aventuras del Rey Mono*)是第一个汉西直译本、全译本,1992 年在马德里初版,共分三卷,2004 年再版;2014 年第三版为单卷本,共计 2200 余页,装帧精美。该译本是

---

① 侯健,张琼. 中国古典文学在西班牙的翻译情况初探. 翻译论坛,2015 (4): 82-83.

西班牙语世界影响最大、再版次数最多的西译本,是巴塞罗那自治大学翻译系东亚古典文学课程必读书目,被西班牙语国家16家图书馆收藏。

帕斯·莱塞和特里戈索·桑切斯从法语转译了《西游记》(*Peregrinación al Oeste*),他们以《西游证道书》为底本,同时参校"世德堂本"。2005年由外文出版社出版,共4卷;2010年,该译本作为《大中华文库》系列丛书之一出版了汉西对照版,共8卷。帕斯·莱塞是该译本的译者,特里戈索·桑切斯是校订者。帕斯·莱塞于1922年出生于马德里,17岁时离开西班牙前往苏联,由此开始了她的西班牙语教师职业生涯。在莫斯科大学任教期间,她阅读了大量有关中国的书籍,对这个神秘的国度心生向往,于是决定前往,她的丈夫阿陶尔福·梅伦多(Ataulfo Melendo)也是西班牙语教师,与她同行,一起参与了北京外国语学院(现北京外国语大学)西班牙语专业的筹建。根据帕斯·莱塞女儿回忆,1964年,译者移居阿尔及利亚,在阿尔及尔大学教授西班牙语。1984年她回到中国,着手将《西游记》译为西班牙语。1986年,西班牙驻中国大使馆授予她"智者阿方索十世十字勋章",以表彰她在西班牙语言、文学和文化推广中所做的巨大贡献。

佩拉是墨西哥籍编辑、译者,曾就职于墨西哥企鹅出版社,主要从事文学作品的翻译、出版工作。她翻译的《猴王》(*Rey Mono*)于2020年在墨西哥城由佩拉出版社出版,书的扉页上写明该译本忠实地译自亚瑟·韦利(Arthur Waley, 1889—1966)的英译节选本(1942)。佩拉出版社是墨西哥一家由一群爱好文学、致力于出版事业的年轻人共同成立的独立出版社,温多林·佩拉本人就是出版社的总编辑。这家出版社出版了大量的各国神话、民间故事、口述历史、传说、童话故事和具有独特价值的现当代文学等叙事题材的书籍,旨在成为一座"连接世界各个角落读者的桥梁"。

以上译本之外,以《西游记》或孙悟空为题材的西译本画册、连环画也是出版社感兴趣的选题。1974年,外文出版社出版了一部由王兴北改编,赫苏斯·科罗纳多(Jesús Coronado)翻译的西文版《孙悟空三打白骨精》(*El Rey Mono contra el Demonio de Hueso Blanco*)。1999年,该译本被墨西哥国家文化艺术委员会引进,后在墨西哥出版。20 世纪 80 年代,外文出版社曾出版过一套多语种版本的"美猴王丛书"。中国外文局为了弘扬民族文化,联合 32 位美术家共同创作了从猴王出世到取经归来的一套较完整的西游记图画书。当时,该丛书被翻译成英、法、德、西、泰、印等语言,为了推广中国文化,它被作为国礼,赠送给各个国家的元首,堪称"国宝级"图书。该丛书英文版共 34 册,西文版(Serie "El Rey Mono")共 33 册,出版于 1984 年至 1987 年,包括《孙悟空三打白骨精》《孙悟空大闹天宫》《三借芭蕉扇》《人参果》《猪八戒学本领》《大闹黑风山》《巧斗黄袍怪》《孙悟空归正》《流沙河收僧》《猪八戒做女婿》《大战通天河》《勇擒红孩儿》等脍炙人口的西游记故事。根据 WorldCat 所查找到的数据,这套西文版"美猴王丛书"被藏于西班牙巴塞罗那自治大学图书馆及秘鲁东方研究中心等机构。另外,2004 年,海豚出版社还出版了一套对外汉语读物《大闹天宫》,其中也包含了西班牙文版"Disturbios en el Palacio Celestial";2007 年,连环画出版社推出了一部西班牙语有声读物《西游记》(*Viaje al Oeste*)。

在西班牙,得益于京剧剧目和日本推出的儿童动画片的影响,"猴王"形象深入人心。所以,西班牙也出版了一些《西游记》题材的漫画、绘本。例如,2014 年,在马德里就出版了一套面向青少年的冒险题材绘本"Tú Decides la Leyenda"(《传说由你来定》),其中包含特里斯坦·托雷斯(Tristán Torres)编写的《猴王和西游记》(*El Rey Mono y el Viaje al Oeste*);2019 年,马德里 SM 出版集团下属的圣塔·玛丽亚基金会出版了一套英国插画师乔·托德-斯坦顿(Joe Todd-Stanton)的冒险绘本,其中一部《小凯与孙悟空》(*Kai y el Rey Mono*)就讲述了主人公 Kai 和猴王一起冒险的故事。

(四)《金瓶梅》

《金瓶梅》是一部以家庭日常生活为素材的人情小说经典之作,大约明万历前中期成书。这个时代,官商结合,商业经济繁荣,市民阶层崛起,人们在两极分化中,受到金钱和权势的猛烈冲击,价值观念发生了急剧的变化,奢华淫逸之风盛行。《金瓶梅》的背景虽然设置在北宋末年,但其描绘的世俗人情,却立足于明代的现实。

《金瓶梅》在国外受到了汉学界的高度重视,与其他几部明代小说相比,《金瓶梅》的翻译、研究工作做得最好。《金瓶梅》共有 6 个西译本:一是玛丽亚·安东尼娅·特鲁埃瓦(María Antonia Trueba)翻译的《金莲:西门与他的妻子们》(Loto Dorado: Hsi Men y Sus Esposas),1961 年在墨西哥出版,1984 年在西班牙再版;二是弗朗西斯科·马拉翁达(Francisco Maraonda)从法语转译的《金莲》(Loto Dorado),1979 年在巴塞罗那出版,未再版;三是雷林克从汉语直译的《金瓶梅》(Jin Ping Mei),2010 年在西班牙出版,2014 年由中国人民文学出版社出版汉西对照版,属于《大中华文库》系列;四是哈维尔·罗加·费雷尔(Xavier Roca-Ferrer)翻译的《金瓶梅》(Flor de Ciruelo en Vasito de Oro, 2010);五是汉学家欧阳平翻译的《金瓶梅》(Flor de Ciruelo en Vasito de Oro, 2010);六是欧阳平翻译的《兰陵笑笑生:金瓶梅》(El Erudito de las Carcajadas: Jin Ping Mei, 2011)。

2010 年,雷译本第一卷出版,次年第二卷出版,书名直译为"Jin Ping Mei"。雷林克对所翻译的古籍版本十分讲究,在翻译之前,她收集了四个版本进行考证和甄选,最终选择了万历丁巳本《金瓶梅词话》。这个版本收有欣欣子序、东吴弄珠客序、廿公跋等。因东吴弄珠客序的落款为"萬历丁巳季冬东吴弄珠客漫书于金闾道中",故推测此本刊行于明万历年间,也称为"万历本",是《金瓶梅》现存最早的版本系统。确定翻译版本之后,雷林克历时 6 年,每天工作近 20 个小时,终于用西班牙语向世人呈现了一部绝世之作。

雷译本的引言长达 35 页,包括《金瓶梅》的作者、版本、中国小说、国与家、性、金钱、修辞和翻译等话题,雷林克还提供了英文、法文的参考译本、47 篇参考文献和 1 篇人名索引,以及为全面传递语词间所承载的中国传统文化内涵而采用的大量注释,可以说,这是一部集翻译与研究于一体的作品。雷林克的译文通俗大胆、内容明确、尊重原作,反映了原作丰富的表现力、节奏和文字内涵。此外,该译本包含上百幅明代精美木刻版画,以及 12 幅清代彩绘插图,装帧精美,是目前最完整、最接近原著的西译本,①甚至是《金瓶梅》所有西方语言版本中最完整的一部,对西方汉学界研究亚洲小说具有里程碑式的意义。

　　罗加·费雷尔生于巴塞罗那,是一位作家、编辑、译者,创作语种主要为加泰罗尼亚语,著、译多部加泰罗尼亚语作品,1993 年凭借小说《蓬托斯的头》(*El Cap de Penteu*)获得加泰罗尼亚语文学界的知名奖项"约瑟夫·普拉(Josep Pla)"奖。罗译《金瓶梅》分两卷:《春夏卷》(*Libro de las Primaveras y los Veranos*)与《秋冬卷》(*Libro de los Otoños y los Inviernos*)。罗译本是转译文本,译者参照了包括英、法、德三个语种的四个版本。这四个译本中只有两个译自《金瓶梅词话》,另外两个译本的原文均不完整。罗加·费雷尔铺陈小说成书的背景,陈述了《金瓶梅》的内容梗概,分析了作者及其艺术手法,辨明了对小说产生影响的荀子思想,还介绍了译本的翻译底本,制作了人名索引。

　　罗译本与雷译本同年问世,评论界往往将两者拿来比较。从翻译策略来看,两者截然不同,雷译本主要采用异化法,罗译本则倾向于归化法。以人名为例,雷译本往往音译,罗译本则倾向于意译。例如,雷林克将三位主人公"潘金莲""李瓶儿""庞春梅"的名字分别译为"Pan Jinlian""Li Ping'er""Pang Chunmei",罗译本则分别为"Loto de Oro Pan""Vasito Precioso Li""Flor de Ciruelo Pang"。

　　另外,《金瓶梅》在语言特色上具有鲜明的口语化和俚俗化特征,善用成语、谚语、歇后语等习语,语句新奇,脍炙人口。习语的翻译关乎汉西班牙语言间跨文化交际的成效,试比较两个译本:

　　　原文:萧墙祸起(成语)

　　　雷译:suceder una catástrofe en la casa②

---

① Chang, Y. H. Del erotismo a la seducción en Jin Ping Mei. Granada: Universidad de Granada (Tesis Doctoral),2015.

② Relinque, A. *Jin Ping Mei*. Girona: Atalanta,2010:254.

罗译:empezar los problemas①

原文:花木瓜，空好看(歇后语)

雷译:Es un membrillo, bueno por fuera y vacío por dentro. ②

罗译:Ha sido mi buena estrella que se ha llevado de mi casa a esta estatua hermosa pero podrida por dentro. ③

原文:家人说着耳边风,外人说着金字经(惯用语)

雷译:Palabras de parientes son como aire para los oídos; las de un extraño son textos sagrados, en oro grabados. ④

罗译:Las palabras de los que les quieren bien les entran por un oído y les salen por el otro, mientras se toman en serio los consejos de cualquier extraño como si estuvieran escritos en oro en un libro sagrado. ⑤

可以看出,在处理习语时,雷林克倾向于直译原文,以便尽可能地传递原著的文化内涵。罗译本在注释中使用了大量西方文学作比照,在翻译手法上也多用归化法,从如实再现原著思想和风格的角度衡量,不如雷译本。例如,罗译本在"月老"一词的注释中,将月老比作基督教的圣安东尼奥,他和月老一样,也掌管人间姻缘。雷译本则详细地解释了月老用红线栓在两个有缘人脚腕上的民间传说。再如,罗译本将"道士"译为"sacerdote taoísta"(道教神父)。又如,由于主题相近,罗译本将金儿所唱

① Roca-Ferrer, X. *Flor de Ciruelo en Vasito de Oro*. Barcelona: Destino, 2010: 225.

② Relinque, A. *Jin Ping Mei*. Girona: Atalanta, 2010: 117.

③ Roca-Ferrer, X. *Flor de Ciruelo en Vasito de Oro*. Barcelona: Destino, 2010: 115.

④ Relinque, A. *Jin Ping Mei*. Girona: Atalanta, 2010: 353.

⑤ Roca-Ferrer, X. *Flor de Ciruelo en Vasito de Oro*. Barcelona: Destino, 2010: 314.

的《山坡羊》和德国戏剧家、诗人布莱希特(Bertolt Brecht)的诗歌做比较，认为两者具有共同之处。

第五节 《聊斋志异》西译本梳理与译文比照

由于文学本身的演变和城市生活发展、市民阶层壮大等，元明以来，新兴的戏曲、小说在文学史上的地位，逐渐超过了诗歌、散文。清代文学中，小说的成就较为突出，出现了大量优秀的作品。它们也被大量译介到西方，然而，不同的西方语种之间差异却较大，相较于英、法、德等语种，清代小说的西班牙语翻译要滞后得多，最早的译本是马努埃尔·斯科尔兹(Manuel Scholz)从德文版转译的《儿女英雄传》(*La Amazona Negra*)，1958 年在巴塞罗那出版，但是，这个译本并未在西班牙语世界产生实质性的影响。在清代小说中，蒲松龄撰写的《聊斋志异》以灵活的短篇形式、丰富的想象力以及针砭时事的文风成为西班牙语世界译入的最重要的对象。

(一)《聊斋志异》的西译版图

《聊斋》的首个西译本为西班牙翻译家拉斐尔·德罗哈斯-罗曼(Rafael de Rojas y Román)所译的《志异故事》(*Cuentos Extraños*，1941)。① 距今，《聊斋》的西译史已达 80 年，已有数十个译本；英语、法语、德语等欧洲语言转译本与汉语直译本交互，西班牙语世界译入与中国译出并进。

1. 西班牙持续译入

德罗哈斯·罗曼翻译的插图版《志异故事》在巴塞罗那出版，包括 10 则故事：《龙飞相公》《画壁》《西湖主》《崂山道士》《书痴》《宦娘》《聂小倩》《汪士秀》《红玉》《恒娘》。加泰罗尼亚 20 世纪最重要的插图画家霍安·

---

① 罗一凡. 创造中国怪异：Rafael de Rojas y Román 首译《聊斋志异》西班牙语译本研究. 蒲松龄研究. 2017(4)：54.

迪沃里(Joan d'Ivori)为该书绘制了 26 幅插图。同年,佚名译者翻译的彩色插图西译本《中国故事》(Cuentos Chinos)也在巴塞罗那出版,选译了《宦娘》与《书痴》等 5 则故事,这个版本于 1951 年再版。

继巴塞罗那之后,马德里成为译介《聊斋志异》的重镇,于 20 世纪 80 年代出版了 5 个译本:一是伊萨贝尔·卡多纳(Isabel Cardona)与博尔赫斯从英语转译的《苗生》(El Invitado Tigre, 1985),共 16 则,其中 14 则选自《聊斋志异》;二是卡门·萨尔瓦多(Carmen Salvador)转译的《罗刹海市》(Los Fantasmas del Mar, 1982),选译 4 则;三是黄玛赛翻译的《〈古镜记〉与其他中国故事》,选译 3 则:《促织》《娇娜》《罗刹海市》;四是罗韦塔(Laura Alicia Rovetta Dubinsky)与拉米雷斯(Laureano Ramírez)从汉语直译的《聊斋志异》(Cuentos de Liaozhai, 1985, 2004);五是 Kim En-Ching 与 Ku Song-Keng 从汉语直译的《聊斋志异:真正的中国经典故事》(Extraños Cuentos de Liao Chai: Auténticos y Clásicos Cuentos Chinos, 1987)。

罗韦塔与拉米雷斯合译的《聊斋志异》,遵循乾隆十六年的铸雪斋抄本,译本插画取自 1866 年的广百宋斋版本,选译 105 则,附引言、脚注与 3 篇附录:科举制度、中央政府及地方的行政工作分配与中国传统文学作品。因为译本翻译质量过硬、译者学术功底深厚,它成为《聊斋志异》经典西班牙语译本,1984 年首版以后,2004 年 5 月、2004 年 10 月两次重印。

译者将《聊斋志异》之前的中国古典故事发展分为四个阶段,即产生、童年、成熟与没落。[①]"产生"对应秦汉,寓言与传说极大丰富,创作基于现实、寓言、传说,融入想象、夸张元素;"童年"对应东汉北魏六朝,创作范围扩大,普通大众以及非正统文人、鬼魅、超自然事件被吸纳;"成熟"对应唐朝,文学含金量增加,唐传奇篇幅增长、描述细化、结构缜密化、语言精良化;"没落"对应宋明时期,话本冲击古典故事,唐传奇故事主题无限重复,导致中国古典故事衰退。译者由此定位《聊斋志异》,认为它是"短篇故

---

① Rovetta,L. A. & Ramírez,L. *Cuentos de Liaozhai*. Madrid:Alianza Editorial,2004:14-16.

事"的扛鼎之作,原因有二:一是宏观层面上,蒲松龄深刻描绘了社会现实,即封建主义最后阶段的社会冲突与明清过渡阶段的社会动荡、变革;二是微观层面上,作品反映了蒲松龄这个社会个体的生活状态,他也通过文学来实现了宣泄与倾诉。①

译者清楚地交代了自己的翻译策略:以流畅易懂为原则。根据古孟玄在《〈聊斋志异〉西译本与中西文化差异》中的论述,此译本从沟通的角度去翻译,"西方文化在文字游戏、单位词、神话、传说、文化遗产等方面,和中华文化落差极大,《聊斋志异》译者 Rovetta 及 Ramírez 灵活应用西班牙语读者的文化背景和习惯,搭起两文化间的沟通平台"②。

20 世纪 90 年代,西班牙有两个译本,一是在马德里出版的、由伊梅尔达与 P. 加顿从汉语直译的《一位爱艺者的神奇故事》(*Historias Fantá sticas de un Ddiletante*, 1992),选译 31 则聊斋故事;二是对西班牙语世界影响颇深的卫礼贤《中国故事》,选译《崂山道士》《种梨》《画皮》《娇娜》《小猎犬》《蛰龙》《白莲教》等 15 则聊斋故事。

21 世纪以来,西班牙已经出版了两个译本:一是罗兰多·桑切斯-梅希亚斯(Rolando Sánchez-Mejías)从汉语直译的《中国神奇故事选集》(*Antología del Cuento Chino Maravilloso*, 2003),选入部分聊斋故事,在巴塞罗那出版;二是克拉拉·阿隆索(Clara Alonso)从英语转译的《中国微型小说》(*Antología de Cuentos Cortos Chinos*),2009 年在马德里出版,选译 41 个微型小说,以现代小说为主,但选译 3 个古典篇目,即《桃花源记》《申氏》与《李寄斩蛇》。

2. 西班牙语美洲分散译入

相对于西班牙的持续译入,西班牙语美洲的译入则较为分散:译本出版时间呈现断代状态,出版地点零散。早在 20 世纪 40 年代,西班牙语美洲便产生了相关译本,但此后直到 21 世纪,才重新出现新的译本;空间上

---

① Rovetta, L. A. & Ramírez, L. *Cuentos de Liaozhai*. Madrid: Alianza Editorial, 2004: 16.

② 古孟玄.《聊斋志异》西译本与中西文化差异. 蒲松龄研究, 2014(4): 63.

则主要是阿根廷与墨西哥有相关译入文本。

1948 年在阿根廷出版的、由黄玛赛翻译的《中国古代传统故事》,选译《聊斋志异》的 4 则故事:《罗刹海市》《促织》《成仙》《娇娜》。黄玛赛简述了蒲松龄的生平、作品以及他在中国文学史上的崇高地位,点明了《聊斋志异》的重要地位,"毋庸置疑,《聊斋志异》是最被中国人珍视的书,也是认识、了解中国民俗习惯与生活方式的最佳向导"①。

黄玛赛还阐述了翻译过程中丢失的一些元素:"显然,它们(聊斋故事)风格迥异且语言类型丰富:古文、白话文、俗语甚至口语尽囊其中,遗憾的是,这些细节在翻译的过程中已经遗失。"②这个译本颇受欢迎,首版于 1948 年 3 月 31 日刊行,同年 9 月 18 日就刊行了第二版。黄玛赛对《聊斋志异》的偏爱也在后续的译作中有所体现,比如,上文论及的《〈古镜记〉与其他中国故事》就于 1991 年在墨西哥再版,选译了《聊斋志异》中的 3 则故事。

后来,直到 21 世纪才出现新的译本。《亚非研究》2012 年第 1 期刊载了《娇娜》(*Jiao Na*)西班牙语译文,由拉蒂娜 · 迪米特罗瓦(Radina Dimitrova)与 Pan Lien-Tan 从汉语直译。2014 年第 2 期两位译者再译 3 篇:《瑞云》(*Ruiyun*)、《书痴》(*El lector obsesionado*)与《丑狐》(*La zorra fea*)。

《聊斋志异》最为新近的一个译本在阿根廷出版。2014 年,胡里奥 · 米兰达(Julio Miranda)译《中国魔幻故事》(*Cuentos Mágicos Chinos*),共 18 篇,全部选自《聊斋志异》,如《洞庭主》《瑞云》《崂山道士》《书痴》《恒娘》《林四娘》《红玉》等,此译本无前言、无注释、无附录,也未点名蒲松龄与《聊斋志异》这两个关键词。

3. 中国集中译出

中国对《聊斋志异》的译出呈现"集中"的特点,主要体现在两个方

---

① De Juan,M. *Cuentos Chinos de Tradición Antigua*. Buenos Aires:Espasa-Calpe,1948:6.

② De Juan,M. *Cuentos Chinos de Tradición Antigua*. Buenos Aires:Espasa-Calpe,1948:5.

面:一是出版社集中,主要是外文出版社与朝华出版社;二是均从属于某一些出版系列。新中国成立以来,中国就注重向世界表达自我,并开启主动译出的历程,早期的译介以文学作品改编为主,连环画、儿童画册最为常见,民间故事与经典文学作品是改编的重要对象。从西班牙语译本来观照,《西游记》画册最多,《聊斋》次之。20 世纪 80 年代,外文出版社与朝华出版社发行西班牙语版彩图画册共 8 本:《仙人岛》《白练秋》《红玉》《崂山道士》《阿宝》《促织》《莲花公主》《婴宁》。装帧精良、绘图优美、故事简洁。画册署名编者、绘者、装帧设计者,但是,译者佚名,这在一定程度上无法保障翻译质量,翻译水平且不谈,拼写错误就较为常见,比如,在《婴宁》的封面上①"Extrannños Cuentos de Liaozhai"中的"Extrannños"就拼写错误。

2014 年,《大中华文库》系列的西班牙语版《聊斋志异选》(*Selecciones de Extraños Cuentos del Estudio Liaozhai*)由外文出版社发行。译者为古巴翻译家奥尔特加与佩雷斯,采用张友鹤辑校本,共选译 216 则故事,汉西对照,分 4 册,近 2000 页。前言称"《聊斋志异》成为一部驰想幻域而映射人间、讽喻现实、表现世情的'孤愤之书'"②。该译本将这些故事大致分为两类,"这些多姿多彩的奇幻表意之作,又可大致分为两类:美情小说与讽喻小说。前者歌赞人性的善、人情的美,特别是爱情之美;后者针砭社会的丑,世态的恶,特别是官场的丑和恶"③。

(二)《聊斋志异》的西译风格

《娇娜》是各个译本选译较多的篇目,以此为例对比译文、观照译风。袁行霈《中国文学史》认为《娇娜》带有对两性关系的思索性内涵,"玩味小说情节和夫子自道,可以认为作者是用了并不确当的语言,表达了他感觉

---

① *La Hija de la Zorra*. Beijing:Blossom Press,1987.

② Ortega,M. T. & Pérez,O. M. *Seleciones de Extraños Cuentos del Estudio Liaozhai I*. Beijing:Ediciones en Lenguas Extranjeras,2014:20.

③ Ortega,M. T. & Pérez,O. M. *Selecciones de Extraños Cuentos del Estudio Liaozhai I*. Beijing:Ediciones en Lenguas Extranjeras,2014:21.

到的一个人生问题：得到'艳妻'不算美满，更重要的是'腻友'般的心灵、精神上的契合，不言而喻，美满应是两者的统一"①。袁行霈认为蒲松龄在《娇娜》中描述了理想的男女关系，或者是男人对女人的完美幻想："艳妻"与"腻友"统一，但他点到即止，并未深入探讨。

在《〈聊斋志异·娇娜〉中的第四种关系》，叶润青立足文本分析，体悟作者意图，定位孔生与娇娜之间是第四种关系，即"腻友"。叶氏认为，在两性关系的范畴中，文学中的描绘不外乎三种主要类型：纯洁至真的友情、灵肉结合的爱情和血肉相连的亲情。"这种关系可以说是前三种关系的交叉、临界和边缘，既复杂又纯粹。而维系第四种关系的重心是两人之间心心相照的'知契'感应。因此这种情愫的微妙、多义和潜在的力量赋予了其独特的美学内涵与永恒的审美价值。"②

其实，《娇娜》中关于两性关系的总述，主要体现在最后的"异史氏曰"："余于孔生，不羡其得艳妻，而羡其得腻友也。观其容可以忘饥，听其声可以解颐，得此良友，时一谈宴，则'色授神与'，尤胜于'颠倒衣裳'矣。"③比较三个汉语直译本对此段的翻译：

罗韦塔译：

En lo que a mí respecta，admiro más a la maravillosa amiga de Kong que a su bella mujer. Dicen que a uno se le quitaba el hambre nada más verla y que oír su voz era una bendición para los oídos. ¡No me cabe duda de que charlar y comer en compañía de una amiga así，sintiéndose compenetrado en todo，supone un placer mucho mayor que el mantener con ella unas simples relaciones carnales! ④

①　袁行霈. 中国文学史（第四卷）. 北京：高等教育出版社，2020：277.

②　叶润青.《聊斋志异·娇娜》中的第四种关系. 湖北科技学院学报，2014（8）：69.

③　蒲松龄.《聊斋志异（一）》，北京：中华书局，2015：130.

④　Rovetta，L. A. & Ramírez，L. *Cuentos de Liaozhai*. Madrid：Alianza Editorial，2004：90.

迪米特罗瓦译：

No envidio a Kong Xueli por tener una bella esposa, sino por encontrar una cordial amiga. Al ver la cara de un amigo, uno se olvida del hambre; al escuchar su voz, la sonrisa sale sola en el rostro. Al tener un amigo tan próximo con quien de vez en cuando conversar o comer juntos, ¡el espíritu se regocija frente a la faz querida! Y aquellos líos que acaban con la ropa de ambos en desorden ni de lejos se pueden comparar con la verdadera amistad.[①]

奥尔特加译：

Lo que admiro del erudito Kong no es que se casara con una mujer bella, sino que también tuviera un buen amigo cuyo rostro pudiera hacerle olvidar el hambre y cuya voz le trajera dicha y deleite. Tener un buen amigo como ése con quien hablar y comer y beber significa un flujo y una fusión en la esfera espiritual. Una amistad tal supera al amor entre esposo y esposa.[②]

首先,从表面看,"得艳妻"与"得腻友"是"非此即彼"的并列关系;但是,根据后文的"色授"可知,"腻友"在"艳妻"的基础上增加了"魂予",所以,从内涵上讲两者是递进的。罗本译作递进关系,相比艳妻,更加"倾慕"腻友,递进关系恰当。但是,直接"倾慕",而不是羡慕孔生"得",意义的准确度上有所欠缺。迪本与原文亦步亦趋,用的是"不是……而是……"的并列关系;奥本用了强调的并列关系:"我羡慕孔生的不是……,而是……",都与原文有所出入。

---

① Dimitrova, R. & Pan, L. T. Jiao Na. Liao Zhai Zhi Yi. *Estudios de Asia y África*, 2012, 147(1): 131.

② Ortega, M. T. & Pérez, O. M. *Selecciones de Extraños Cuentos del Estudio Liaozhai I*. Beijing: Ediciones en Lenguas Extranjeras, 2014: 93.

其次,"腻友"在文中有具体指射,即娇娜。即使将孔生与娇娜的关系一般化,也是男女之间的朋友关系,西班牙语中应该采用女性朋友"amiga",罗本整段均用"amiga",翻译贴切;迪本在"而羡其得腻友也"采用"amiga",但后文所有关于"腻友"的指射都抽象为"朋友"(amigo),突出友情,忽略男女之间的特殊关系,属于欠额翻译;奥尔特加则从头至尾都用"朋友"(amigo),将"第四种关系"狭隘地解读为友情。

(三)《聊斋志异》在西班牙语世界的传播缘由

综上,《聊斋志异》西译本众多,蒲松龄在西班牙语世界也颇有影响。2001 年,何塞·马努埃尔·佩德罗萨·巴托洛梅(José Manuel Pedrosa Bartolomé)作《口述与书写:影响与交汇——亚瑟王传奇、蒲松龄对博尔赫斯、胡安·戈伊蒂索罗》(*Oralidad y escritura：Influencias y convergencias〈de la literatura artúrica y Pu Songling a Borges y a Juan Goytisolo〉*),论述"口述"对文学创作的影响,借此分析《聊斋志异》的"口述"源头,并引用《聊斋志异》前言:"才非干宝,雅爱搜神;情类黄州,喜人谈鬼。闻则命笔,遂以成编。久之,四方同人又以邮筒相寄,因而物以好聚,所积益夥。"[①]总体而言,这篇论文以西方的文论、作家为主,涉及蒲松龄处,仅短短 3 段,且并未真正地将蒲氏与两位作家联系起来,更多的是借作一个噱头,但是,这能侧面揭示蒲松龄与《聊斋志异》在西班牙语世界的名气。

博尔赫斯在《苗生》西译本的前言指出:"《聊斋志异》在中国的地位就等同于《一千零一夜》在西方的地位。"[②]这个比较看似无意,其实道明了《聊斋志异》在西班牙语世界广泛传播的两个原因:一是灵活的短篇形式,二是无穷的想象力。短篇故事是西方重要的文体形式,西班牙语文学也不例外,古有《卢卡诺尔伯爵》,与蒲松龄时代接近的有胡安·佩雷斯·德蒙塔尔万(Juan Pérez de Montalbán),Chen Xinyi 撰写了论文《中国文学

---

① 蒲松龄. 聊斋志异. 长沙:岳麓书社,2001:9(前言部分).

② Borges,J. L. *El Invitado Tigre*. Madrid：Siruela, 1985：5.

与西班牙文学的比较研究：17世纪的胡安·佩雷斯·德蒙塔尔万与蒲松龄的短篇故事》(*Estudio comparativo entre la literatura española y la china：relatos cortos del siglo XVII de Juan Pérez de Montalbán y Pu Songling*)，比较两者。但是，该研究并不深入也不具体，不过作者在文章中提及自己的博士论文是涉猎这两个作家的比较研究，有待以后深入梳理。西班牙语美洲近现代文学的短篇故事佳作更是不胜枚举，如胡安·鲁尔福(Juan Rulfo，1917—1986)的《烈火平原》、奥拉西奥·基罗加(Horacio Quiroga，1878—1937)的《爱情、疯狂和死亡的故事》、胡安·何塞·阿雷奥拉(Juan José Arreola，1918—2001)的《寓言集》等。所以，西班牙语读者习惯短篇故事的形式，也容易接受它们。从翻译实践来看，短篇故事灵活、易于选择，从上文译本梳理过程中可以看到，《聊斋志异》各类西译本从一个、几个、十几个再到百来个、两百余个的选译都具有可操作性。

《聊斋志异》承志怪与传奇，袁行霈论道，"《聊斋志异》里绝大部分篇章叙写的是神仙狐鬼精魅故事，有的是人入幻境幻域，有的是异类化入人间，也有人、物互变的内容，具有超现实的虚幻性、奇异性，即便是写现实生活的篇章，如《张诚》《田七郎》《王桂庵》等，也往往添加些虚幻之笔，在现实人生的图画中涂抹上奇异的色彩"①。

《聊斋志异》的无穷想象力是它在西班牙语世界受到青睐的又一重要原因。仅从书名的翻译便可见一二，有些译本会删减"聊斋"，或者直接用音译，但"异"字从来都是译者刻意突显的重要因素：黄玛赛用"extraño"，伊梅尔达用"fantástico"，桑切斯·梅希亚斯用"maravilloso"，米兰达用"mágico"，均突出了《聊斋志异》无垠的想象力。

其实，想象力丰富只是表层，内里是幻象、幻境的叙述方式，不少评论都认为，在蒲松龄营造的世界里，幻象与真实界限淡化，两者交叉互融。罗韦塔就认为，"当他给我们讲述怪物或狐女时，并不将其作为一种文学

---

① 袁行霈. 中国文学史(第四卷). 北京：高等教育出版社，2020：270-271.

手段,而是真实地相信它们的存在"①。当然,这种用"平常口吻"叙述"奇像"的独特叙事方式并非蒲松龄独有。善于讲故事的拉美作家也深谙此道,比如,鲁尔福在《佩德罗·巴拉莫》(Pedro Páramo)中用平静的口吻讲述鬼魂故事,又如,1982年诺奖得主加西亚·马尔克斯在惊世之作《百年孤独》中用寻常的口吻讲述人物飞升空中、持续四年的雨季、猪尾巴婴儿等一系列奇怪的故事,这与《聊斋志异》的叙事口吻相映成趣。

除了短篇形式与无限想象力,《聊斋志异》在西班牙语世界受到青睐的第三个原因则是它对彼时"中国现实"的呈现与批判。在文学作品中"见中国之像"一直都是西方读者了解中国的重要方式,尤其是离我们遥远的古代社会现实,中国古典文学为此提供了合适的窗口。蒲松龄收集民间故事,在此基础上创作了《聊斋志异》,所以它经历了采集民间声音的过程,这使得它对现实的反映增加了不少"可信度"。也是因此,《聊斋志异》人物众多,有访仙道士、奇异鬼魅、严肃公务员、可怖恶魔、佛家和尚与花妖狐女等,蒲松龄以不同层次、不同生活圈的人之口、非人之口,以及他们的生活经历来反映当时的社会现实。

蒲松龄在《聊斋志异》中主要描绘了两种"社会之像":一是他自身的感悟与体会,二是对社会的观察与深入。大部分故事与书生、文人的生活境遇休戚相关,"联系作者蒲松龄一生的境遇和他言志抒情的诗篇,则不难感知他笔下的狐鬼故事大部分是由他个人的生活感受生发出来,凝聚着他大半生的苦乐,表现着他对社会人生的思考和憧憬。就这一点来说,蒲松龄作《聊斋志异》,像他作诗填词一样是言志抒情的"②。但是,蒲松龄虽写自己,却并不局限于自我,"在那个时代,官贪吏虐,乡绅为富不仁,压榨、欺凌百姓,是普遍的现象。位贱家贫的蒲松龄,有一副关心世道、关怀民苦的热心肠,又秉性伉直,勇于仗义执言。抒发公愤,刺贪刺虐,也成为《聊斋志异》的一大主题"③。

---

① Rovetta, L. A. & Ramírez, L. *Cuentos de Liaozhai*. Madrid: Alianza Editorial, 2004: 16.

② 袁行霈. 中国文学史(第四卷). 北京:高等教育出版社,2020:275.

③ 袁行霈. 中国文学史(第四卷). 北京:高等教育出版社,2020:277.

罗韦塔也认为蒲松龄的文学创作价值就在于他的批判精神。吉叶墨在西班牙语版的《中国文化百科全书》中如此解释《聊斋志异》的现实指射:"这部作品也是对当时某些社会现实的一种揭露,批判贿赂、专政、科举的不公正、官员的腐败、地主阶层的专横。每一个故事的夫子自道也揭示了这种批判与控诉意图,他同农民共同生活过多年,他自己也曾艰难度日,深知那个时代的各种不公,所以他的很多故事都描述了统治阶级对民众的剥削。"①Chen Xinyi 则具体化了三个批判对象:一是官员,二是科举制度,三是以程朱理学为代表的道德体系。② 总之,《聊斋志异》以灵活的短篇形式、无垠的想象力以及深刻的批判精神,受到西班牙语世界译者的青睐、读者的喜爱,传播深广。

第六节　其他清代小说的翻译与传播

《聊斋志异》以外,不少其他清代小说也被翻译成西班牙语出版。梳理"西班牙出版书籍数据库"中有关清代小说的西译本,可以发现,除了《儿女英雄传》之外,《儒林外史》《红楼梦》和《老残游记》各有 1 个西译本,《肉蒲团》3 个。中国译出方面,《儒林外史》西译本 2 个、《红楼梦》2 个、《老残游记》1 个。此外,墨西哥还出版过一套四大名著的简写连环画西译本。

(一)《儒林外史》

《儒林外史》是中国古代讽刺文学的杰出代表,被鲁迅评价为"于是说部中乃始有足称讽刺之书",奠定了我国古典讽刺小说的基础,以《官场现

① Dañino，G. *Enciclopedia de la Cultura China*. Beijing：Ediciones en Lenguas Extranjeras，2013：460.

② Chen，X. Y. Estudio comparativo entre la literatura española y la china：relatos cortos del siglo XVII de Juan Pérez de Montalbán y Pu Songling. *Actas del VIII Congreso Internacional Jóvenes Investigadores Siglo de Oro JISO* 2018. BIADIG：Biblioteca Áurea Digital，2019：47-48.

形记》为代表的晚清谴责小说均受了《儒林外史》讽刺艺术的影响,并在结构上进行了模仿。《儒林外史》的作者吴敬梓以敏锐的观察力、丰富的生活体验和鲜明的爱憎,对当时社会上司空见惯的人情世态加以典型的概括,而不做主观的说明,使读者从客观事物本身得到启发。正如鲁迅《什么是"讽刺"?》一文中所说:"它所写的事情是公然的,也是常见的,平时是谁都不以为奇的,而且自然是谁都毫不注意的。不过事情在那时却已经是不合理,可笑,可鄙,甚而至于可恶。但这么行下来了,习惯了,虽在大庭广众之间,谁也不觉得奇怪;现在给它特别一提,就动人。"①

《儒林外史》的西班牙语翻译归功于汉学家劳雷亚诺·拉米雷斯。中国与西班牙建交后,他作为第一批外交官来到中国,在西班牙驻中国大使馆工作,他原计划只在北京待两年,没想到中国文化如此丰富,吸引他留了下来。1979 年,他进入北京语言学院(现北京语言大学)现代汉语专业学习,结识了后来的妻子劳拉·A. 罗韦塔。罗韦塔是乌拉圭籍专业译者,除母语西班牙文之外,通晓中文、英文及法文,曾任职于墨西哥驻华使馆,口、笔译经验丰富。他们成为翻译事业上的最佳搭档,合作翻译了多部中国文学作品。

《儒林外史》的批判现实主义和讽刺艺术手法吸引了拉米雷斯,1985年起,他便投身于这部小说的研究、翻译工作中。6 年后,全译本《儒林外史》(*Los Mandarines*. *Historia del Bosque de los Letrados*, 1991)终于在西班牙问世。译本一经出版,立即引起西班牙学界和新闻界的关注,初版的 5000 册很快销售一空。译本出版后的第二年,译者凭借这部作品荣获西班牙国家翻译奖,并收到当时的西班牙国王胡安·卡洛斯一世(Juan Carlos I)亲自发来的贺电,祝贺其为中国和西班牙两国文化交流所做的杰出贡献。西班牙著名作家、诗人、翻译家拉蒙·布埃纳文图拉(Ramón Buenaventura)在《五天报》上为此发表了一篇题为《中国的讽刺》(*La ironía de China*)的评论,文中写道:

可以肯定,这将是夏季里一部很好的读物。阅读它,需要悠然自

---

① 鲁迅. 鲁迅全集 6. 北京:人民文学出版社,2005:340.

得，需要平心静气，慢慢地溢出苦涩的微笑。这是一部优美的古典作品，它超越时代，超越文化，也超越肤色。这就是拉米雷斯翻译的吴敬梓的小说《儒林外史》。……这部 500 页的书向我们揭示了一个完整、深奥、僵化、独特的世界，是一本教科书。……这部书以非常细腻的方式介绍给读者，它有精辟的前言、工整的注释以及对历史事件的必要说明。①

为了保留原作语言的古韵，拉米雷斯使用了 18 世纪的古西班牙语，这也是他获奖的重要原因；此外，他在译本中添加了 470 条注释，还在前言部分介绍了书中的人物、中国古代科举制度与中央地方行政制度等内容。关于这部译作的翻译水平，汉学家高伯译给予了高度评价。他认为，面对这样一部翻译难度大大高于《诗经》《道德经》的作品，译者巧妙地在现代西班牙语和古西班牙语之间寻求一种平衡，译文既反映了原作的古典美，又不失现代语言所具有的幽默。该译本于 2007 年再版，被西班牙语国家 16 家图书馆收藏，其在西班牙取得的成功，促使西班牙出版社对中国文学作品更为关注，对推动西班牙语读者对中国文学的了解有着巨大的积极意义。

除拉米雷斯译本以外，陈根生也译有《儒林外史》(*Historia Indiscreta del Bosque de Letrados*, 1993)，属于外文出版社"凤凰丛书"系列。陈根生生于 1939 年，是北京周报社西班牙语译审，曾翻译多部汉西译作，并担任中国当代优秀作品国际翻译大赛评委，2009 年被中国翻译协会表彰为中国资深翻译家。2015 年，该译本作为《大中华文库》项目之一出版了汉西对照版。

(二)《红楼梦》

清代小说中，最为后人称道的莫过于《红楼梦》。它又名《石头记》，以贾、史、王、薛四大家族的兴衰为背景，以富贵公子贾宝玉为视角，以贾宝

---

① 详见：王丽娜. 超越文化，也超越肤色——《儒林外史》西班牙文全译本荣获西班牙国家翻译奖. 中国图书评论，1995 (4)：49.

玉与林黛玉、薛宝钗的爱情婚姻悲剧为主线,描绘了一批举止见识出于须眉之上的闺阁佳人的人生百态,展现了以贾宝玉和金陵十二钗为中心的正邪两赋有情人的人性美和悲剧美。书中包罗万象,不仅包括服饰、民俗、建筑、饮食,更有做人处事之道、针砭时事之言、人际世故之法。

《红楼梦》全书共一百二十回,曹雪芹完成了前八十回,后四十回一般认为是高鹗所补。乾隆五十六年(1791),程伟元和高鹗将《红楼梦》前八十回与后四十回合成了一个完整的故事,以木活字排印出来,书名为《红楼梦》,俗称"程甲本"。后来,随着"程乙本"的印行,《红楼梦》结束了传抄时代,开始广泛传播。《红楼梦》不仅属于中国,也属于世界。迄今为止,《红楼梦》已有 20 多种外文译本,有节译本、摘译本和全译本。它在西班牙语世界的译介可追溯至 1940 年在阿根廷出版的《玄幻文学选集》,"游幻境指迷十二钗饮仙醪曲演红楼梦"和"王熙凤毒设相思局贾天祥正照风月鉴"两章被收入其中。

后来,西班牙又陆续推出了赵振江与何塞·安东尼奥·加西亚·桑切斯(José Antonio García Sánchez)合译的《红楼梦》(*Sueño en el Pabellón Rojo. Memorias de una Roca*),这是目前最完备、影响最大的西译本。此外,中国还出版过米尔克·劳埃尔的全译本《红楼梦》(*Sueño de las Mansiones Rojas*, 1991)和拉斯特拉·穆埃拉的改编译本《红楼梦故事》。另有在墨西哥出版的、由陈雅轩(Mónica Ching Hernández)翻译的画册《红楼梦》(*Sueño en el Pabellón Rojo*, 2007)。

赵振江是北京大学的西班牙语教授,也是我国著名的西班牙语翻译家,毕生从事西班牙语文学的汉译、评述工作,《红楼梦》是他译介生涯中唯一一次西译实践。赵振江与《红楼梦》的结缘始于他的首部汉译西班牙语诗歌作品:阿根廷民族史诗《马丁·菲耶罗》(*Martín Fierro*)。赵译《马丁·菲耶罗》给当时的中国驻阿根廷使馆的文化参赞张治亚留下了深刻印象。1987 年,张治亚任中国驻西班牙使馆文化参赞,因此,当格拉纳达大学找到中国大使馆,希望他能推荐一位中国的西班牙语学者来参与《红楼梦》西译本的翻译、校订工作时,张先生毫不犹豫地推荐了赵振江。所以,赵振江在 1987 年夏天来到了格拉纳达,本以为不过是校阅一遍,最终却发现自己要做的远不止校订,而是大改乃至重译。为保证《红楼梦》中大量诗韵在翻译过程中得到最大程度的保留,赵振江特别向格拉纳达大学申请了一位西班牙诗人来合作翻译。于是,诗人加西亚·桑切斯修订了《红楼梦》中的大量诗歌译文。最终,西文版《红楼梦》第一卷(前四十回)在 1988 年出版,甫一面世,便告售罄;第二卷于次年出版;后来,因赵振江回国,加西亚·桑切斯工作变动,第三卷一拖再拖,直到雷林克参与校订,才使得该卷终于在 2005 年面世。

赵振江与加西亚·桑切斯译本问世后,像《国家报》《阿贝赛报》这样的西班牙主要媒体的"书评版"都对其进行了专题介绍,特别是在《阿贝赛报》1989 年第 2 期的"书评家推荐图书"栏目中,14 位书评家中有两位同时推荐了《红楼梦》。文化季刊《拾遗》上甚至刊登了小说的第十七回译文,并附有译者赵、加二人合写的介绍文章《曹雪芹与红楼梦》;《比特索克》上发表了第十八回译文。格拉纳达大学副校长胡安·弗朗西斯科·加西亚·卡萨诺瓦(Juan Francisco García Casanova)称格拉纳达大学与两位译者是"将这智慧与美的遗产译成西班牙语的先行者"。

因为在评论界口碑良好,同时市场表现不俗,2009 年,巴塞罗那古登堡出版社从格拉纳达大学出版社购得版权,对该译本进行了重新装帧、排版,出版了两卷本《红楼梦》,通过他们在整个西班牙语世界的销售渠道全面铺开,于 2017 年、2021 年再版。今天,可以在不同的西班牙语国家的亚马逊上便捷地购买到该版西译《红楼梦》。不同出版社购买版权再版的行为,本身就是对《红楼梦》赵振江与加西亚·桑切斯译本权威性的一种承认与接受。同时,古登堡出版社凭借其在出版业的地位,也将该译本推向了一个影响力的新高度。①

赵振江与加西亚·桑切斯译本的底本是原来格拉纳达大学与中国外文局合作,邀请秘鲁专家米尔克·劳埃尔从杨宪益、戴乃迭英译本转译的西班牙语《红楼梦》。这一底本原本应先于赵、加译本出版,但是,由于译

---

① 程弋洋. 鉴外寄象:中国文学在西班牙的翻译与传播研究. 北京:商务印书馆,2021:117-118.

本有较多脱离或缺失文化背景的内容,格拉纳达大学出版社考虑再三,最终还是放弃了出版该译本,于是便有了赵、加从校订到重译的过程。劳埃尔译本(*Sueño de las Mansiones Rojas*)后于 1991 年由外文出版社在中国出版,该书被列入"凤凰丛书"系列。2010 年,该译本又作为《大中华文库》项目之一出版了汉西对照版。

根据赵振江的回忆,他和诗人加西亚·桑切斯按照人民文学出版社 1982 版、中国艺术研究院红楼梦研究所校注本校订的《红楼梦》,重新注释(劳埃尔译本中注释很少),且重译了劳译本中的所有诗词,还改变了劳译本的南美风格。[①] 以诗词为例,赵、加二人如此开展工作:

> 首先由我做两种翻译,一种是不管西班牙语的语法结构,逐字硬译,"对号入座",使何塞(我的合作者)对原诗的本来面目有个总体印象,以弥补他根本不懂汉语的缺欠,并向他讲解中国古典诗词格律的艺术特征,但这样的翻译,他往往看不懂,莫名其妙;因此,我要按照规范的西班牙语作另一种翻译。何塞在这两种翻译的基础上进行加工润色,并使其符合西班牙语诗歌的韵律。然后,我们一起讨论定稿。定稿后,还要把它交给埃赫亚(Javier Egea)、蒂托(José Tito)、古铁雷斯(José Gutiérrez)等几位诗人朋友传阅并听取他们的修改意见。因此,可以说,西文版的《红楼梦》是一项集体劳动成果,是友谊与勤奋的结晶。[②]

赵、加译本和劳埃尔译本的海外接受情况也存在极大差异。WorldCat 数据库的搜索结果表明,赵、加译本被 27 家海外图书馆收藏,而收藏劳埃尔译本仅 4 家。同时,赵、加译本得到了西班牙、拉丁美洲主流媒体的大力报道和文学界的倾力推荐,而劳埃尔译本在海外媒体中极少被报道。由此可见,赵、加译本在西班牙语世界的影响力远远大于米尔克译本。

2007 年,在墨西哥城出版了一部缩略插图版《红楼梦》(*Sueño en el*

---

① 赵振江. 西文版《红楼梦》问世的前前后后. 红楼梦学刊,1990(3):324.

② 赵振江.《红楼梦》西班牙语翻译二三事. 华西班牙语文学刊,2010(2):64.

Pabellón Rojo），译者是墨西哥作家、出版人、中国文学专家陈雅轩。2004年，她获得了支持中国文学作品西译的墨西哥国家文化艺术基金（FONCA：Fondo Nacional para la Cultura y las Artes）资助，翻译了这部青少版《红楼梦》。2007年，她再次获得该资助，翻译了该系列中的《西游记》。

（三）《老残游记》

清末文学家刘鹗（1857—1909）所作的《老残游记》被誉为"晚清四大谴责小说"之一。小说以一位走方郎中老残的游历为主线，对社会矛盾开掘很深，也是作者梦想破灭的写照。作者直斥那些名为清官、实为酷吏的愚蠢行为误国害民，独具慧眼地指出清官的昏庸常常比贪官更甚。《老残游记》共二十回，作于1903年，前十四回发表于商务印书馆《绣像小说》半月刊；1904年，全二十回载于《天津日日新闻》。作为一部艺术作品，《老残游记》在语言的运用上、在对生活的观察上、在细节的描绘上，均见作者不愿因袭、追求创造的精神。

据郭延礼《〈老残游记〉在国外》一文，"在全球范围内，能够引起如此强烈反响的中国近代小说，《老残游记》独占鳌头"[①]。早在1929年，《老残游记》的片段"黑妞白妞说书"就被译作英文：《歌女》（*The Singing Girl*），在《亚洲》杂志（11月号）上发表，西方人通过这个选译本开始认识刘鹗的艺术才能。随后，林语堂、杨宪益和戴乃迭夫妇、哈罗德·沙迪克（Harold Shadick）等译者推出了全译本。该书还被译成法语、德语、俄语、日语、捷克语、匈牙利语、朝鲜语等文字，在海外广为流传。目前，在西班牙语世界传播较广的西译本由高伯译翻译，另有一个在中国出版的译本，即尹承东、姜萌与阿根廷学者克里斯丁·迪耶戈·阿奇卡尔（Cristián Diego Achkar）的合译本。

---

① 郭延礼.《老残游记》在国外——为《老残游记》发表百周年而作. 中华读书报，2003-05-21（15）. http://www.360doc.com/content/15/0315/16/22201879_455320648.shtml.

　　高伯译翻译的《老残游记》(*Los Viajes del Buen Doctor Can*)于 2004年由西班牙知名的讲席出版社出版，收入该社著名的"世界文学"丛书。"该出版社在西班牙语世界享有盛誉，因为它只出版高水平的各类文学作品。凡收入该《丛书》的，西班牙语世界各国的图书馆都会把它作为藏书。"①译者在译序中提到，该译本并未以在西方影响较大的林语堂《英译老残游记第二集及其他选译》为底本，而是采用了人民文学出版社的二十回《老残游记》，原因有三：一是刘鹗生前从未出版过《老残游记》续集；二是林语堂所译的续集仅六回，和二十回相比，数量太少，不足以称为"第二集"；三是林语堂的六回不全，依据人民文学出版社版《老残游记》，续集遗稿有九回。翻译副文本包括 195 条注释，以及中国朝代历史表、参考文献及人名、书名索引。该译本在西班牙语世界广为流传，被西班牙语国家共 9 家图书馆所收藏。

　　2015 年至 2017 年，尹承东带领大连外国语大学西班牙语专业教师，以"老带新"的模式组建团队，共同翻译了《老残游记》(*Viajes de Lao Can*)，并全程担任审校。2017 年，该书由大连理工大学出版社出版，汉西对照版，属于《大中华文库》系列。高译本和尹译本在翻译策略上有很大不同，具有很强的对照性，以两个译本对"单名一个英字，号补残"这一句话的翻译为例，观照它们对同一文化负载词的应对策略：

　　高译：Y como constaba su nombre de un solo ideograma, Ying，y como la gente le tenía un gran respeto, dio ésta en agregar al nombre un segundo ideograma, Can，...②

　　尹译：Su nombre contenía un carácter, Ying，y su apelativo era Bucan．③

---

① 孙义桢，张婧亭．"中西合璧"陈国坚．中华读书报，2017-02-15(15)．

② García-Noblejas，G．*Los Viajes del Buen Doctor Can*．Madrid：Cátedra，2004：85．

③ Yin，C. D. Jiang，M. & Achkar，C. D．*Viajes de Lao Can*．Dalian：Editorial de la Universidad de Tecnología de Dalian，2017：3．

中国古代人的姓、名、字(表字)、号并存,既适应了当事人不同年龄阶段和不同情况下的需要,又是中国姓名文化的重要内容。此书中的主人公姓铁,名英,号补残。对于外国人而言,搞清楚这些复杂的名号并非易事。高译本的译法采用了异化法,虽说复杂了点,但是通过解释将中国特色的姓名文化传递给了读者。而尹译本则使用了意译的方法,省去了读者阅读的障碍,再以对"炕"的翻译为例观照:

高译:kang (Suerte de camaestufa. Se trata de un tipo de poyos huecos construidos con ladrillos y con una anchura variable en cuyo interior se meten brasas para calentar la superficie horizontal sobre la que se duerme o se sienta uno. Como se verá, lo corriente es hacer la vida no tanto sobre el suelo como sobre el kang.)①

尹译:lecho de ladrillo②

火炕是我国北方特有的一种集供热、睡卧于一体的居民特色建筑技术,具有长达两千年的历史,体现了中国文化的民俗特色和丰富内涵。高译本采用音译加注解,详细地阐释了"炕"的内涵;而尹译本则是运用意译,略去中国特色的生活习惯。以"亦非倾盖之间所能尽的"的翻译为例观照:

高译:necesitaría mucho más tiempo que el de cubrir e inclinar el carro (En la Antigüedad, cuando dos carros se cruzaban por un camino, ambos se detenían un rato y quienes lo iban empujando se saludaban y charlaban; entonces solían tapar con lonas los carros,

---

① García-Noblejas, G. *Los Viajes del Buen Doctor Can*. Madrid: Cátedra, 2004: 120.
② Yin, C. D. Jiang, M. & Achkar, C. D. *Viajes de Lao Can*. Dalian: Editorial de la Universidad de Tecnología de Dalian, 2017: 79.

que dejaban inclinados.）①

尹译：no podemos tratarlos por completo en una corta conversación.②

"倾盖"的意思是途中相遇,停车交谈,双方车盖往一起倾斜。形容一见如故或偶然的接触。"倾盖之交"就是指一见如故的朋友。高译本在翻译时将"倾盖"的原意做了注释,将其全面展现给了读者,而尹译本简单阐释。

从以上几例可以看出,《老残游记》两个译本对翻译策略选择的差异。这一差异可能源于两者的翻译目的不同。高伯译作为外国人,他期待的是读者对于异文明(中国文化)的发现。因此,为了保存异文明(中国文化)的原汁原味,他愿意牺牲部分的理解性,这时异化策略成了必然之选。而尹承东团队作为中国人,他们希望的是推动异文明(外国文化)对本土文化的接受,更看重的是目的语读者的感受,为了便于外国人理解而自愿放弃部分中国元素,这时归化策略无疑是最佳选择。

(四)《肉蒲团》

《肉蒲团》的作者为明末清初文学家、戏曲家李渔(1611—1680),他自幼聪颖,擅长古文辞,素有才子之誉,世称"李十郎"。《肉蒲团》又名《回圈报》《觉后禅》,成书于清顺治十四年(1657),分《春》《夏》《秋》《冬》四卷,共二十回。后屡遭禁毁,但仍有私刻本。

《肉蒲团》于1705年传入日本,现今最完整的抄本存于东京大学。该书以男主角未央生所经历的一系列荒诞离奇的故事为主线,向世人宣扬了佛教的轮回报应。《肉蒲团》不仅在国内饱受争议,在西方的传播过程也不顺利,德国汉学家库恩(Franz Kuhn)的德译本(1959)甚至还惹过官

---

① García-Noblejas，G. *Los Viajes del Buen Doctor Can*. Madrid：Cátedra，2004：124.

② Yin，C. D. Jiang，M. & Achkar，C. D. *Viajes de Lao Can*. Dalian：Editorial de la Universidad de Tecnología de Dalian，2017：85.

司。《肉蒲团》有三个西班牙语译本：一是贝亚特里斯·波德斯塔（Beatriz Podestá）翻译的《肉蒲团：中国情色小说》（*Jou Pu Tuan：Novela Erótica China*），二是伊里斯·门德斯（Iris Menéndez）翻译的《肉蒲团》（*La Alfombrilla de los Goces y los Rezos*），三是恩里克·加柳德·哈迪尔（Enrique Gallud Jardiel）翻译的《肉蒲团》（*El Erudito de Medianoche o la Alfombrilla de los Goces y los Rezos*）。

乌拉圭翻译家波德斯塔翻译的《肉蒲团：中国情色小说》于 1978 年在巴塞罗那出版。门德斯西译本《肉蒲团》转译自西方最重要的英译本——哈佛大学中国文学教授韩南（Patrick Hanan）的译本，于 1992 年在巴塞罗那出版。韩南的英译本（*The Carnal Prayer Mat*）从汉语直接译出，于 1990 年在纽约的波尔兰厅书系公司出版，语言生动流畅，远胜于之前从德文转译成英文的译本，在英语世界流传甚广。门德斯的西译本将韩南译本的前言和注释全都译为了西班牙语，该译本于 2000 年、2015 年再版。

加柳德·哈迪尔是西班牙语语言文学博士、大学教师、演员、戏剧导演，1958 年生于西班牙瓦伦西亚，1976 年前往印度求学，1981 年起开始在新德里的尼赫鲁大学教授西班牙文学，并在该校获得西班牙语语言文学博士学位。1994 年，他回到西班牙定居，并在马德里的弗朗西斯科·德维多利亚大学、智者阿方索十世大学、亚洲之家等机构任职。他还是位多产的作家，出版了 200 余本书，包括散文和小说。

下　篇

中国古典文学
在西班牙语世界的翻译、传播特点

　　本书上篇、中篇从译文、译本、译者与出版者四个维度依次以《诗经》《楚辞》、汉魏六朝诗、唐诗、宋元明清诗词散曲、古典散文、戏剧与小说为线索综述了中国古典文学在西班牙语世界的翻译与传播。下篇将以上篇、中篇为基础,通过对具体的翻译、传播问题的分析,管窥中国古典文学在西班牙语世界的翻译与传播的特点。

第八章　中国古典文学在西班牙语世界的翻译特点

文学跨语际传播首先涉及翻译,中国古典文学译作现代西班牙语,译文风格客观上受限于汉、西两种语言之间所构成的关系给翻译提供的可能性;主观上取决于译者对两门语言的驾驭能力以及在翻译实践中所做的权衡、取舍。因此,本章第一节将从中国古典诗词翻译实践的译者类型角度出发,观照译风的差异;译本的副文本也体现译介方式的差异,为了观照这种差异,第二节将比照吉叶墨翻译的《五柳先生》、《大中华文库》系列的《汉乐府诗选》与"中华之美"系列的《汉魏六朝诗与诗意画》三个译本的副文本的板块与具体内容;图画类的副文本的使用同样能呈现译介方式的独特性,如外文局下辖的多家出版社就擅长使用"图说故事"这种译介模式。

第一节　中国古典诗词西译实践中的五类典型译者

刘若愚以中国诗歌英译为基础,著《语际批评》(*The Interlingual Critic* , 1982),根据翻译目的、目标读者群将译者分为两类:诗人译者(poet-translator)与批评家译者(critic-translator)。本节以刘氏理论为基础、中国古诗西班牙语翻译为实践对象,析出五类典型译者:诗人译者、批评家译者、成为批评家译者的诗人、成为诗人的批评家译者与居中平衡的理想译者,并从译者身份、译介目的与翻译风格等视角,采用例证法逐一辨析。

(一)古诗西译五类典型译者:X、Y、A、B、C

诗人为创作充电而翻译,为不懂汉语的读者提供用英语创作的诗歌;批评家为展示原诗样貌而翻译,为对原诗有研究兴趣的各类读者提供译本,"由于批评家译者译诗的目标读者大概多为求知,并非只为消遣,因此,于批评家译者而言,更为重要的是为他们提供知识而非美学体验"①。简言之,在刘若愚看来,诗人虽然看似在翻译,但多以汉诗为原型,用英语"作"诗,而批评家才是字斟句酌地"译"诗。

刘若愚直截了当地将译者静态地分为了两类。由此产生三个问题:一是所有诗人译者都不追求传递诗歌信息没有例外?二是所有批评家译者都不追求为读者提供美学体验也没有例外?三是难道没有译者同时具备这两种质素?对于第一、二个问题,刘若愚虽也指出,两类译者并非相互对立、非此即彼,但却并未深入、具体地论述。有关第三个问题,他有较为具体的论证,并且他认为翻译中国古诗的理想译者应当同时具备这两种质素。但是,为生成译者二元论,他以一种近乎机械的方式排除了这种理想状态,"但是,根据现在的事实,几乎没有这样的译者,既能独立地从汉语直译中国诗歌,同时自身又是稳定的、用自己母语写诗的诗人"②。

实际上,若要清楚地回答上述三个问题,仅需将上述分类方法做一个调整:取消诗人与批评家二元对立分类,转而将诗人质素、批评家质素分别作为变量参数 x、y;x 为横轴,y 为纵轴(见图 8-1)。

理论上任何译者都处于函数区间,是动态函数结果(x, y)。然而,为避免陷入相对主义,从实际出发采用函数的近似值、临界值,择出五类典型译者:诗人译者 $X(y=0)$、批评家译者 $Y(x=0)$、想成为批评家的诗人译者 $A(y \uparrow)$、想成为诗人的批评家译者 $B(x \uparrow)$ 与居中平衡的理想译者 $C(x=y)$。

---

① Liu, J. *The Interlingual Critic*. Bloomington：Indiana University Press，1982：49.

② Liu, J. *The Interlingual Critic*. Bloomington：Indiana University Press，1982：38.

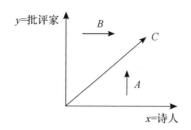

图 8-1　译者二元素(诗人、批评家)动态变化图

(二)X 与 Y:诗人译者与批评家译者

诗人注重译诗的语言、韵律、意象等元素,意在引起读者的情感共鸣,为他们带来美学体验;批评家长期从事汉语言文化研究,注重向母语语境传递真实的中国古诗内涵。其实,在翻译实践中,两类译者都有一种本能冲动:最大化自己熟知的东西,分别是译诗美学效果与原诗文化内涵。

1. 诗人译者

西班牙语美洲的现代主义诗歌构思新奇、用词典雅、韵律和谐,旨在寻找最为原始的自然,与中国古诗有意趣同质的一面。西班牙语美洲现代主义诗人最早将中国古诗引入西班牙语世界。既是诗人、又是画家的塔布拉达曾译《月下独酌》(1920)。前四联的汉语原诗、塔布拉达西译诗与张礼骏汉译如下:

> 李白原诗:
>
> 花间一壶酒,独酌无相亲。
>
> 举杯邀明月,对影成三人。
>
> 月既不解饮,影徒随我身。
>
> 暂伴月将影,行乐须及春。①
>
> 塔布拉达译:

① 俞平伯等. 唐诗鉴赏辞典. 上海:上海辞书出版社,2017:383.

Solo estoy con mi frasco de vino bajo un árbol en flor

Asoma la luna y dice su rayo

que ya somos dos

y mi propia sombra anuncia después

que ya somos TRES

aunque el astro no puede beber su parte de vino

y mi sombra no quiere alejarse

pues está conmigo

en esa compañía placentera

reiré de mis dolores entretanto que dura la Primavera①

张礼骏译：

我只是端着酒杯独坐在一颗盛放的树下

月亮探身月光说道

你我已二人

我的影子接着宣布

我们已三人

月虽不能饮酒

影子也不愿走远

它与我随行

春天依旧

愉快的陪伴中我将嘲笑痛苦②

　　首联，诗人错将"花间"译作"一颗盛放的树下"，牵强附会，意境消减。
颌联，原诗"我"邀明月、对影；译诗月、影不请自来、主动加入，"独酌"的寂

---

① Tablada, J. J. *Li-Po y Otros Poemas*. México：CONACULTA, 2005，该著作诗
　　集部分无页码。

② 何塞·胡安·塔布拉达.《李白》及其他诗歌. 张礼骏，译. 桂林：漓江出版社，
　　2023：15，17.

寞被拟人手法的俏皮冲淡。颈联,原诗承上,虽"成三人",但"月"与"影"
所做有限,独酌的寂寞更添一层;译诗逻辑错误,"既"此处意为"已经",译
诗将其作转折关系;后半句漏译"徒",将"影徒随我身"的孤独译成了影子
"执着"的陪伴。尾联,原诗接受现状,在春天里及时行乐;译诗在月与影
的愉悦陪伴中嘲笑人生苦痛。塔布拉达多处误译,译诗走样。但是,若单
看译诗,也算是一首美妙的西班牙语诗歌,能为读者带来愉悦的美学体
验。此外,译诗的排列形式独特,时而如俳句,时而若酒瓶、扇子、圆月等
诗歌意象(见图 8-2)①。

图 8-2 塔布拉达西译《月下独酌》的诗歌排列形式

另一位诗人译者的代表是翻译《神州集:东方诗歌》(1929)的巴伦西
亚。他按照西班牙语诗歌的韵律节奏翻译,融入现代主义诗歌美学,以李
白《赠汪伦》为例观照:

DEDICADO A WANG LUN

En el instante de partir,

la nave que me conducía,

---

① Tablada,J. J. *Li Po y Otros Poemas*. México:CONACULTA, 2005,该诗集部
分无页码。

yo，Li-Tai-Po，comencé a oír

una canción que me seguía

con melancólico gemir.

El mar，cuando menos medía

dos mil pies de profundidad.

Wuang-Lueng：más hondo todavía

fue el sentimiento de amistad

que originó tu melodía. ①

译诗两节、五行、九言、韵体，韵脚为 i-a-i-a-i/ ía-a-ía-a-ía（ABABA），音美、韵美、形美，符合现代主义诗歌的语言美学：重抒情、强音乐、多押韵。巴伦西亚、塔布拉达与其他西班牙语诗人在中国古诗中感受虚幻的意境，从字里行间借鉴意象，模仿雅致的景色描绘，对中国古诗进行"再创作"："意译""改编""杜撰"。总之，诗人译者常漏译、误译、多译；但译诗的诗学、美学价值高，可读性强。

2. 批评家译者

刘若愚举例具化两类译者的区别：遇典故或比喻，诗人译者多倾向淡化；但批评家译者却有标明并解释的负担与压力。所以，批评家译者的译诗往往密布注释，如吉叶墨《唐诗一百首》作注释 240 条、苏亚雷斯《临路歌：李白诗歌一百首》258 条。其实，这两部译诗集所选诗歌简短易懂，即便如此，平均每首诗歌还超过两条注释。例如，王勃《送杜少府之任蜀州》，吉叶墨作 5 条注释，依次为"蜀州""王勃""三秦""五津"与"海内存知己、天涯若比邻"：

Shuzhou，en la provincia Sichuan.

Wang Bo（649/650—676）nació en el distrito de Hejin，provincia de

---

① Con referente a Chen，G. J. *La Poesía China en el Mundo Hispánico*. Madrid：Miraguano，2015：21.

Shanxi. A los 14 años triunfó en los exámenes imperiales y fue nombrado funcionario. A los 27, durante un viaje, murió ahogado. Es uno de los poetas más ilustres de los inicios de la dinastía Tang.

División en la decadente dinastía Qin, durante el período de los Tres Reinos (220—265).

Alusión a los cinco muelles sobre el río Ming que representan a la ciudad de Suzhou.

Estos versos se citan con frecuencia en la actualidad para señalar la fidelidad en la amistad. ①

除注释以外,信息量丰富的前言也是批评家译者的"标配":诗人生平、历史时代、诗歌韵律、汉字特点以及详细明了的翻译原则等;不少译者还在书后附加详细的参考文献与推荐书目。另外,目前常用的汉语、西班牙语双语版式,也表明了译介与出版的目的:希望读者能够同时欣赏原诗的美妙。但是,这给译者施加了更大的压力:保持翻译的精准度与忠实度。在信息化、数据化的语境下译诗,他们既有传递原诗内涵的主观意愿,也在客观上"被迫"注重异化。比如,词汇选择方面,批评家译者多倾向于采用具体而准确的词汇,来"解释"原诗,注重分析;诗人译者则倾向于采用抽象而泛化的词汇,"凝练"原诗,注重综合。为观照这种不同,比较马埃斯(批评家译者)与阿尔贝蒂(诗人译者)《木兰诗》前四句的译文:

《木兰诗》原诗:

唧唧复唧唧,木兰当户织。不闻机杼声,唯闻女叹息。②

马埃斯译:

LA BALADA DE MULAN

Tsik, tsik seguido por liek, liek.

① Dañino, G. *La Pagoda Blanca*: *Poemas de la Dinastía Tang*. Lima: Pontificia Universidad Católica del Perú Fondo Editorial, 1996: 102.

② 曹旭. 古诗十九首与乐府诗选评. 上海:上海古籍出版社,2019:492.

Mulan está tejiendo allí en la puerta.

No se oyen los sonidos del telar o de la lanzadera.

Sólo se oyen sus suspiros. ①

阿尔贝蒂译：

CANCIÓN DE MU-LAN

Tsi tsi… tsi tsi…

Mu-lan teje en la ventana.

Mas no se escucha el telar,

solamente sus suspiros. ②

从外观便知,马埃斯译文比阿尔贝蒂译文更为复杂:前者音节数 55 个,后者仅 35 个。马埃斯将"辞""复""(正在)织""机""杼""声"与"闻"这几个词汇具体化、精准化且采用一一对应的译文。阿尔贝蒂则采用"歌""织""织布机"等更为宽泛、笼统的词汇。实际上,批评家译者所选词汇"解释性"越强,译诗愈加精准,不过,译诗同时也越发"沉重",有可能失去中国古诗的"轻灵""飘逸"与"悠远",意境减退。

(三)A 与 B:诗人与批评家动态函数变化

1. 帕斯:努力成为批评家译者的诗人

墨西哥诗人奥克塔维奥·帕斯曾经到过日本,后来又以外交官的身份出使印度达 6 年之久,所以,他对东方文化兴趣浓厚。拉美文化常年受到欧洲中心主义的压制,拉美知识分子在寻找自我身份的过程中,拥趸多元文化,帕斯也不例外。基于近距离的了解与对多元文化的支持,"帕斯坚信东方文化并非异域的、低等的文化,相反,它与西方文化平行且相互

---

① Maeth，R. La canción popular de la China medieval VII. "La balada de Mulan" y la tradición norteña. *Estudios de Asia y África*，1990，81(1)：126.

② Alberti，R. & León，M. T. *Poesía China*. Madrid：Visor Libros，2003：81.

补充,对于理解整个人类思想不可或缺"①。

尽管帕斯并未来过中国,但是,他对中国古典文学兴趣浓厚。20 世纪 80 年代末,中国的拉美文学翻译家江志方有幸到帕斯家里访问,帕斯悉数向江先生展示了英文版《李白诗选》《杜甫诗选》《苏东坡诗选》《王维诗选》《韩愈诗文选》与法文版《红楼梦》《水浒传》等书,帕斯认真研读每本书,细心做好笔记。无怪乎江先生都忍不住要将帕斯定义为"西出阳关"的"故人"。他还曾将"庄周梦蝶"的典故镶嵌于自己的诗篇中:

> 蝴蝶在汽车间飞舞。
>
> 玛丽·何塞对我说:
>
> 一定是庄子从纽约经过。
>
> 但是蝴蝶不知道自己是梦想成为庄子的蝴蝶,
>
> 还是梦想成为蝴蝶的庄子。
>
> 蝴蝶毫不迟疑,直飞而去。②

帕斯非常欣赏庄子的哲理,"亲近自然、打破常规、存在相对性、梦想与现实的融合、反对集权"③。他认为东西文学交流有利于互学互鉴,比如,中日诗歌英译就极大地丰富了英语文学,西班牙语因为缺乏对东方诗歌的翻译,丧失了丰富自身的一次机会,这就是帕斯翻译中国古典文学的原始动机。他翻译的《译事与乐事》涉猎诗人逾百位,诗作 300 多首。前三章为法语、英语、德语与意大利语等西方诗歌,第四章为印度的梵语古典诗歌,第五章是中国古典文学作品,第六章为日本的短歌、俳句。第五章选译庄子、嵇康、刘伶、韩愈、柳宗元的散文,王维、李白、杜甫、白居易、苏东坡与李清照等人的诗词,共 81 篇作品,翻译源文本多为中国诗词西方名家的英、法译本。

---

① Botton,F. Octavio Paz y la poesía china:las trampas de la traducción. *Estudios de Asia y África*,2011,145(2):269.

② 赵振江,滕威. 中外文学交流史——中国-西班牙语国家卷. 济南:山东教育出版社,2015:216.

③ Botton,F. Octavio Paz y la poesía china:las trampas de la traducción. *Estudios de Asia y África*,2011,145(2):270.

从表面看,帕斯属于典型的诗人译者,《译事与乐事》既无星罗棋布的注释,又无信息量丰富的前言,书后也无任何参考书目。帕斯认为翻译是一项"语言工程",既有充满激情、偶然的另类创作(诗人),也有精心比对的工匠精神之作(批评家),但两者之间,他还是选择了诗人:"我请求,这本书不要被归入学术研究或文学史,也不要被读者当成这类书来阅读。正因如此,我并未将原诗囊括进来:我是在其他语言的诗歌上用我的母语创作诗歌。"①这番见解似乎也印证了他诗人译者的属性。

然而,这其实是一种自谦。事实是,帕斯译文忠实度较高,与塔布拉达、巴伦西亚不可同日而语,这既有赖于法、英译本的忠实度、精准度,也与诗人精雕细琢的工匠精神相关。为再现真实的中国古诗,帕斯还独创了三种翻译方法:一是重视对仗,在翻译实践中,他尽量使得原诗、译诗的诗句数目相等、再现对仗。因为他认为对仗是中国古诗的精髓,体现诗人的世界观。二是"音韵检验法",即诗人听着原诗的汉语朗诵,来修改自己的西班牙语译诗,使两者在韵律上更加接近。三是"行间翻译法"。汉语结构缺乏连接成分,古汉语尤其如此。中国古诗中,词与词之间的联系非常微弱,有时甚至不存在任何可见的联系。但是,西班牙语句法逻辑严格,连接词众多。"行间翻译法"指尽可能地减少译文中的连接词,使两者更为接近。

从帕斯独特的翻译方法可见他向批评家译者靠近的冲动。在翻译实践中,这种冲动体现在他反复推敲原诗、几易其稿,西译《鹿柴》就是一个实例。他有三个《鹿柴》译本,主要修改在"返景入深林,复照青苔上"这一联。②

译本一:Por los ramajes la luz rompe. Tendida entre la yerba brilla verde.

回译:深林树枝间透着阳光,阳光照在青草间,绿得发亮。

译本二:La luz poniente entre las ramas. El musgo la devuelve, verde.

回译:佛光照在树枝间,青苔反射着阳光,绿绿的。

---

① Paz, O. *Versiones y Diversiones*. Barcelona: Galaxia Gutenberg, 2014: 12.

② Paz, O. *Versiones y Diversiones*. Barcelona: Galaxia Gutenberg, 2014: 14-15.

译本三：Bosque profundo. Luz poniente：alumbra el musgo y，verde，asciende.

回译：深林间，佛光照着青苔，绿绿的，升起来了。

对比三个译本，最主要的变化在于帕斯对王维禅学思想的理解，他逐步将禅思同《鹿柴》关联起来。仅从第三个版本的诗歌译名就能管窥这种变化："En la Ermita del Parque de los Venados"（在鹿柴寺）。帕斯注意到中国文化对"西天""阿弥陀"的敬仰，结合王维是禅宗的重要践行者，推断"返景"暗指"阿弥陀""佛光"。暮光时，禅思的作者就如同受到"夕阳"照射的青苔一般受到"佛光"的启示。可以说，帕斯在译本修改的过程中，准确地捕捉到了《鹿柴》这首山水诗的禅意，并准确地向西班牙语读者传递了这种禅意，他充当了批评家译者。

《鹿柴》的翻译并非个例，雷孟笃在《奥克塔维奥·帕斯与中国诗歌翻译》(Octavio Paz y la traducción de la poesía china)一文中对比了《赠卫八处士》的两个译本：一个是《译事与乐事》(1973)中的版本，另一个刊载于阿根廷《国家报》(La Nación，1986)。雷孟笃认为，"不需要细致分析便能确认第二个版本(1986)更具诗意，帕斯所做修改得益于他对杜甫诗歌、中国诗歌的深刻体认与多年研习"①。雷孟笃的论述再次印证了帕斯的批评家译者属性。

2. 宫碧蓝：久译成诗人的批评家译者

帕斯是想成为批评家译者的诗人，同样也有想成为诗人的批评家译者，所谓"译而优则作"，宫碧蓝就是其中之一。她译过庄子、陆机、王维、司空图与李清照等，翻译水平也受到了同行肯定，"西班牙汉学家、诗人皮拉尔·贡萨雷斯·艾斯巴尼亚(宫碧蓝)……毫无疑问是西班牙的中国文学最佳译者之一"②。宫碧蓝属于批评家译者，以《李清照全集——词60首》为例，前言

---

① Álvarez，J. R. Octavio Paz y la traducción de la poesía china. *Encuentros en Catay*. 1991：4.

② Chen，G. J. *La Poesía China en el Mundo Hispánico*. Madrid：Miraguano，2015：110.

包括历史背景、词人生平、宋词阐述、原作分析与翻译原则等,汉西对照版式,书后附密匝的尾注、详备的参考书单与双语目录。上述种种均透露出批评家译者向读者传递信息的冲动。然而,宫碧蓝也重视译诗的美学体验。从她对翻译原则的阐述便能看出这种"左右为难"(见表 8-1)①。

表 8-1 宫碧蓝对的"批评家"倾向与"诗人"倾向翻译原则的阐述

批评家	诗人
遵循最为严格、细致的汉学学术准则	遵循译诗作为诗歌的创作规律
译全典故、比喻与专有名词	注重译诗文学价值
紧贴原诗	放飞想象
文后加注	译诗美学体验最重要

不过,宫碧蓝在这种"左右为难"的处境中找到了一个出口:脱开原诗束缚,用母语或其他语言创作诗歌。迄今,她已发表 8 部诗集,其中,4 部是西班牙语,4 部是法语。宫碧蓝的西班牙语诗集《幻化》(*Transmutaciones*, 2005)获得了西班牙"卡门·贡德"文学奖。新近译作中她将自己定位为"诗人、翻译家、学者"。值得深究的是,宫碧蓝的诗歌创作深受中国古典文学西译实践的影响,两个例子可以说明。

第一个例子是她以《易经》六十四卦为线索创作的诗集《力天》(*El cielo y el poder*, 1997),每卦对应一首诗歌。第 38 卦为睽卦,宫碧蓝凭此创作诗歌《矛盾》:

38

KUI

La oposición

Entre Dios y los Hombres

una eterna muralla

Entre la Luna y la Tierra

---

① González España, P. *Li Qingzhao. Poesía Completa* (*60 Poemas Ci para Cantar*). Madrid: Guadarrama, 2010: 18.

un espacio abismal

Entre un País y otro

una orgullosa pared

Entre mi Casa y tu Casa

una ventana ciega

Entre mis Padres y Yo

un ejército de ideas

Entre Tú y Yo

un extraño vacío

Entre mi Deseo y mi Razón

un precipicio de rocas

Entre mi Cabeza y mis Pies

millones de kilómetros

Entre una Palabra y la siguiente

una alambrada de carne

Entre Sonido y Sonido

un secreto silencio

Entre Silencio y Silencio

una eterna muralla①

　　"火泽睽"指矛盾,宫碧蓝据此创作了上帝与人类、月亮与地球、国与国、你家与我家、父母与子女、你与我、意愿与理性、思想与行动、词与词、音符与音符、沉默与沉默共 11 对相生相克的矛盾,与"睽"相映生辉。

　　第二个例子是她受到宋词长短句的影响,以西班牙语诗集《幻化》为例,宫碧蓝在这部诗集中将宋词长短句的形式推向极致,随意断句、启行、自由留白,以《逃离者》为例观照:

FUGITIVO

---

① 　González España，P. *El Cielo y el Poder*. Madrid：Hiperión，1997：14-15.

algo te ha debido ocurrir

    algo gravoso

difícil y doliente

por eso huyes

eliges el camino más distante y opuesto al anterior

te vas

creyendo que te vas

pero tus pasos hacen un círculo atroz

en tu agonía

por eso

ya

vuelves[①]

除形式以外,宫碧蓝还以"虚无"这个中国道家的哲学概念作为《幻化》这部诗歌集的底色;诗歌内涵方面,她采用中国古诗常见意象:明月、白云、小桥、流水等。宫碧蓝在翻译实践中会受到原诗限制,但为突出译诗的美学体验,她逐渐挣脱原诗,自创诗歌。她所创诗歌里无时无刻不印着中国古诗的影子,她从批评家译者逐渐转化成诗人。宫碧蓝是刘若愚笔下的例外,她既能从汉语直译中国古诗词,又是稳定的西班牙语诗人。

(四)C(x=y):居中平衡的理想译者黄玛赛

1901 年,语言不通的驻西班牙清末明初外交官黄履和与比利时贵族小姐勃朗特在伦敦结婚。黄玛赛是他们的次女,1905 年生于古巴。"Marcela de Juan"为黄玛赛的西班牙语名字,"Marcela"脱胎于她母亲给她取的法语名字"Marcelle";黄履和初到西班牙时,别人问他姓什么,他说"Huang",这个发音类似于西班牙语名字"Juan"(胡安),所以西班牙人告

---

① González España,P. *Transmutaciones*. Madrid:Colecciones Torremozas,2005:38.

诉他,若将名字作为姓,要加介词"de",所以女儿的姓便成了"de Juan"。她的父亲又从母亲选的法语名字中取前两个音节,做她的中文名字,即"Ma Cé"。后来,她取父姓,开始用自己的中文名字"Ma Ce Hwang"签名著作,中文译作"黄玛赛"。

在这个充满文化差异的家庭里,时时发生"啼笑皆非"的中西文化冲突。接受了中国传统孔孟思想的父亲想给两个女儿裹脚,裹成"三寸金莲",但是,母亲每次都悄悄取下裹脚布,如此不断反复,直到父亲最终放弃;父亲不允许女儿们信仰天主教,黄玛赛的姐姐却被偷偷受洗。差异不仅存在于家庭成员之间,也存在于同一个人身上,黄履和就是一个典型案例。

黄玛赛 8 个月时,黄履和因公被调回西班牙,他开始学习西班牙语,成就显著,后来还有少量译著。他努力融入西班牙社会,结交各界人士。他一方面如同中国典型的儒生,忠君、爱国、尚古;另一方面又轻易地融入西班牙社会,邀请在街上认识的人到家里吃饭,去参加当地的艺术展、茶话会,甚至一度想去学习斗牛。他一方面要给女儿裹足,另一方面却又注重培养女儿的独立思想。黄玛赛得益于父亲黄履和的教育,在那个年代参加了社会工作,为她的汉学家成长之路做好了铺垫。

1913 年,黄玛赛 8 岁,随父亲返回中国,在北京成长、念书、工作,在中国生活了 15 年,亲历了五四运动,感受了新、旧中国的更迭变化,加之中西文化在她身上交融,她形成了一种独特的"中西古今全局观",即一切都有可能,一切皆被接受。黄玛赛的独特之处在于她或被动或主动地去沟通这种中与西、古与今的差异,家庭环境使她养成了这种独特的沟通能力,与父亲对话、同母亲交流需要不同的方式,如父亲惯用委婉、比喻,母亲则喜欢一是一、二是二的表达;学校生活与社会生活也是如此,面对中国人,需用中国人的语言与思维去阐释西方文化,反之亦然,这于青年时代的黄玛赛而言,并非一种工作、一个任务,而是她的生活日常,这种被动交流积累到一定程度之后,就质变为主动沟通,为她作为中国文化西传使者与中国文学西班牙语译者做好铺陈。

1928 年,黄玛赛返回西班牙,开始在西班牙外交部翻译司、欧洲共同体从事翻译工作,1948 年,《中国诗歌简集》(*Breve Antología de la Poesía*

China)面世。此后,黄玛赛又译《中国诗歌简集再编》与《中国诗词:公元前 22 世纪至"文化大革命"》(*Poesía China : Del Siglo XXII a . C. a las Canciones de la Revolución Cultural* , 1973)。

　　黄玛赛并非诗人,她从汉语直译诗歌,不符合刘若愚对批评家译者的描述:她不显才,不学究,不给读者提供诗歌背景、文史及社会学数据,她深究原诗后,自如地用西班牙语"写"诗。她虽熟稔原诗的内涵与外延,但并不如刘若愚所述的那般重视展示诗歌原貌,没有"译"的包袱,只有"写"的轻快,她是在诗人与批评家两个参量变数之间居中平衡的理想译者,以《山中问答》为例,对比观照黄玛赛与批评家译者苏亚雷斯、陈国坚、陈光孚的译风。

　　　　李白原诗:
　　　　问余何意栖碧山,笑而不答心自闲。
　　　　桃花流水窅然去,别有天地非人间。①

　　　　黄玛赛译:

　　　　Me preguntáis por qué estoy aquí, en la montaña azul.

　　　　Yo no contesto, sonrío simplemente, en paz el corazón.

　　　　Caen las flores, corre el agua, todo se va sin dejar huella.

　　　　Es éste mi universo, diferente del mundo de los hombres. ②

　　　　苏亚雷斯译:

　　　　PREGUNTA Y RESPUESTA EN LA MONTAÑA

　　　　Me preguntáis por mi retiro en los Montes de Jade,

　　　　sonrío pero no contesto, libre el corazón.

　　　　Flores de melocotonero por el agua van,

---

① 俞平伯,等. 唐诗鉴赏辞典. 上海:上海辞书出版社,2017:351.

② De Juan, M. *Segunda Antología de la Poesía China* . Madrid:Alianza Editorial, 2007:110.

hay un universo distinto, no es el mundo humano. ①

陈国坚译:

RESPUESTA A GENTE SIMPLE, DADA EN
LA MONTAÑA

Me preguntan por qué habito

entre los verdes montes.

Callado sonrío

sin abrirles mi corazón:

Las flores de durazno en el arroyo sosegado

Me abren un universo

distinto del mundo humano. ②

陈光孚译:

DIÁLOGO EN LA MONTAÑA

Me preguntan por qué resido en la montaña.

Con una sonrisa les contesto mientras

siento una gran y atávica complacencia.

Las flores del durazno se miran

con la corriente del río por espejo.

Sí, estoy en un idílico paraje abierto

divergente a la rutinaria cerrada humanidad. ③

赵其均如此点评《山中问答》:

---

① Suárez, A. H. *A Punto de Partir*, *100 Poemas de Li Bai*. Valencia: Editorial
Pre-textos, 2005: 115.

② Chen, G. J. *Copa en Mano*, *Pregunto a la Luna-L: Bo*, *Poemas*. México: El
colegio de México, 1982: 30.

③ Chen, G. F. & Wang, H. Z. *Antología Poética de las Dinastías Tang y Song*.
Madrid: Miraguano, 2009: 54.

　　全诗虽只四句,但是有问,有答,有叙述,有描绘,有议论,期间转接轻灵,活泼流利。用笔有虚有实,实处形象可感,虚处一触即止,虚实对比,蕴意幽邃。……诗押平声韵,采用不拘格律的古绝形式,显得质朴自然,悠然舒缓,更有助于传达出诗的情韵。①

　　原诗意境淡远而轻灵,译成西班牙语时,极易采用解释性的"重"词与直白的连接,意境难以保留。上述 4 个版本的译诗,所用词语逐渐呈现"解释性"的特点,越发"沉重",渐次失去原诗的"轻灵"。与批评家译者相比较而言,黄玛赛的高明就在于她在尽力避免上述做法。

　　为什么黄玛赛能成为居中平衡的理想译者呢? 原因有三:一是她对"译"这个行为的深刻理解。她说,"音""韵""形"不可译,译诗是将这一件已经融进"血肉"的"衣服"剥离,徒留"骨架"。② 正因深知完全对等的"译"如同西西弗斯推巨石,所以反无"保全"的包袱,将精力集中在"骨架"上。

　　二是黄玛赛独特的成长经历。她自小就生活在东西文化交流的氛围中,并穷其一生在这种冲突、矛盾、疑惑、拒绝中学习、消化、融合、创新。

　　三是黄玛赛译诗的时代特殊性。20 世纪中叶,知识、信息的准确性并非主流。举个例子,她的译诗集均省略诗歌标题,这样的译本在彼时成了经典。但若放在求真求准的今天,恐译者、出版社与读者都不易接受这种形式上的"缺憾"吧,更遑谈欣赏内容呢。

　　刘若愚以中国古诗英译实践为研究基础,在西方二元对立理论框架下生成译者类别二元理论。但是,若跳出二元静态割裂的限制,将诗人、批评家作为两个变量参数,生成动态函数以后,译者类别理论就变得更加丰富、多元,充满活力。当前,中国文学外译以英译为主,多语外译起步早,发展也迅速,但是,多语译作尚未成为译论的重要研究对象,对译论发展的影响远不及英译作品。其实,只有将多样文明互学互鉴中的"多"字真正落到实处,深入发展多语外译,将多语翻译实践纳入译论研究范围,博采众长,翻译理论研究才能不断发展、不断创新。

---

① 俞平伯,等. 唐诗鉴赏辞典. 上海:上海辞书出版社,2017:352.

② De Juan,M. *Segunda Antología de la Poesía China*. Madrid:Alianza Editorial,2007:52.

第二节　西班牙语译本《五柳先生》的副文本阐释

除译文以外,译本的副文本在很大程度上也能够体现译介方式的差异。目前,关于翻译副文本的研究成果较多,但是,对于"副文本"的定义,鲜少有研究者深入分析。一般情况下,有两类概念研究者会直接采用,一类是内涵过于广泛,导致无法精准定义,但是,在绝大多数语境中又不会产生歧义;另一类则是内涵明显、浅白,专门定义反而显得累赘,翻译中的"副文本"便属于这一类,"副"是相对概念,相对于"主"存在,在译本中,"主文本"指正文(译文);其他部分,如致谢、序言、注释、参考书目、附录等均属于"副文本"。本节比照了《五柳先生》,以及《大中华文库》系列的《汉乐府诗选》与"中华之美"系列的《汉魏六朝诗与诗意画》三个译本的副文本的具体板块、内容与篇幅(见表 8-2)。

表 8-2　三个译本的副文本对照

比照点	译本		
	《五柳先生》(2006)	《汉魏六朝诗与诗意画》(2019)	《汉乐府诗选》(2021)
致谢	√①	×	×
译介对象简述	√	√	√
译者简介	√	√	×
目录	√	√	√
前言作者	吉叶墨(译者)	许渊冲(非译者)	杨牧之、李正栓(非译者)
前言内容	时代背景、诗人生平、轶事集锦、作品(形式、内容、题材)	共享中华之美——"中华之美"丛书序	《大中华文库》总序、"一带一路"沿线国家语言对照版序言、乐府诗简史
前言篇幅	15 页(西班牙语)	4 页(汉西对照)	39 页(汉西对照)

① "有"用√表示,"无"用×表示。

续表

比照点	译本		
	《五柳先生》 (2006)	《汉魏六朝诗与 诗意画》(2019)	《汉乐府诗选》 (2021)
译文注释数目	250 条(每首诗 平均 1.67 条)	32 条(每首诗 平均 0.4 条)	15 条(每首诗 平均 0.28 条)
参考书目数量	53 本	×	×
译者寄语	×	√	×

　　可以从两个角度分析上述比照结果:一是译本的风格趣向是专业化还是大众化,二是译本中所体现的"译者声音"。通常情况下,可以设想两类译语读者,即专业读者、普通读者。专业读者一般指汉学家、学者与研究者等有相关知识积淀的读者,他们通常会对译本有更高的专业要求,不仅对译文是否精准有要求,对副文本是否完整、严谨也有要求;普通读者则更加注重阅读体验,集中关注翻译主文本,繁密的副文本有可能影响他们阅读的连贯性。因此,总体而言,前言长、内容繁、注释密、参考书目多的吉译本更加适合专业读者,走的是"专业风";而前言短、注释少、无参考书目的《汉魏六朝诗与诗意画》与《汉乐府诗选》这两个译出文本更加适合普通读者,走的是"大众风"。

　　当然,三者选译对象不同,也有可能有所影响,比如,文人诗需要更多的阐释,乐府诗更加浅显易懂。那么,再选一个事例具体对比,《五柳先生》与《汉魏六朝诗与诗意画》均选译陶渊明饮酒诗(前 6 首),同样的译介对象,前者 6 条注释,后者仍然是 0 条,这就再次印证了副文本差异确实体现了译入、译出的不同角度、不同思路。在译入实践中,吉叶墨作为陶诗传递者,他的传播使命与学者底色会促使他尽可能全面、准确甚至事无巨细地传递信息;而译出是为了向世界推介中国文化典籍,弘扬中华民族优秀传统文化。所以,译出的目标是吸引尽可能多的读者,自然不希望他们被"难倒""繁倒"。

　　此外,《五柳先生》《汉魏六朝诗与诗意画》《汉乐府诗选》体现的"译者声音"依次递减。《五柳先生》的致谢、简介、前言、目录、注释、参考书目均由吉叶墨撰写,无不体现译者声音;《汉魏六朝诗与诗意画》有译者简介、注释与译者寄语,"译者声音"减弱;《汉乐府诗选》由译者撰写的仅有注释,译者个性化声音最弱。这种不同也折射出译入、译出两个翻译方向的差异。西班牙语世界译入往往更为看重译者的个性化叙述,优势在于译介行为多出于译者自发,以他们的主观能动性为基础,所以,实践中虽也产生翻译质量参差的译本,但是,经典译本也多;劣势在于翻译行为的偶然性很强,难以保证持续、集中、全面的译入。中国译出则多在宏大叙事的框架下开展,译者的个性体现相对较弱,优势在于可以"集中力量办大事",劣势在于译者的主观能动性尚未得到充分发挥,译文质量参差,副文本更多地停留在陈述"为何要做这件事"这个层面,对译本的个体价值阐述不足,对译介对象的普遍价值挖掘也不够深入。

吉叶墨的《五柳先生》就是在译入语境中产生的经典译本之一,2005年在秘鲁面世。墨西哥学院在《亚非研究》2006年第2期用近20页篇幅评述此部译作,并极力向读者推荐。首版第二年,西班牙伊培里翁出版社再版,这个译本跨越了大西洋两岸,惠及了更多的西班牙语读者。

第三节 "图说故事":中国外文局独特的译介方式

除了文字类的副文本,使用图画类的副文本也是重要的翻译策略,体现了译者与出版者的译介方式。如果从译出的角度考量,中国外文局将"图说故事"这种译介方式运用得最为淋漓尽致。外文局下辖多家出版社,如外文出版社、中国画报出版社、朝华出版社以及华语教学出版社等。它们曾大量地出版多语种(包括西班牙语)的连环画、画册以及插图本,译介对象大部分改编自中国古典文学作品,此外,这种"图说故事"的译出模式始于新中国成立初期,一直持续到今天。

根据于美晨所作的硕士论文的附录"建国60年中国古代文化典籍外

译书目目录"①,再结合中国国家图书馆、孔夫子旧书网、外文出版社、朝华出版社与海豚出版社等出版社,以及部分译本提供的同系列其他译本的数据信息,得出相关数据,并对其进行历时分析。

首先,最早的西班牙语连环画为《孔雀东南飞》(1957)与《东郭先生》(1957),20世纪50年代还产生了西译连环画《十五贯》《天仙配》《西厢记》《秦香莲》《火焰山》和插图本故事集《中国民间故事选——水牛斗老虎》《中国民间故事选——青蛙骑手》《中国古代寓言选(上)》《中国民间故事选(第一集)》与《中国民间故事选(第二集)》,共13册;20世纪60、70年代译本相对较少,有西译插图本故事集《中国古代寓言选(上下合订本)》《故事:别怕鬼》与连环画《鲁班学艺》《愚公移山》,以及由《西游记》改编的"美猴王"系列画册2本:《孙悟空三打白骨精》《大闹天宫》,共6册。上述19册西译连环画、插图本故事集均由外文出版社出版。

20世纪80年代是"图说故事"的高峰,仅外文出版社的"美猴王"系列画册就有33册。其他西班牙语版连环画有《哪吒闹海》《蛐蛐》《宝葫芦》《牛郎织女》《人参姑娘》《双龙出洞》《曹冲称象》《鲁班学艺》《九色鹿》《金色的海螺》《猎人海力布》《石榴》,以及"文人轶事"系列《李白求师》《杜甫济贫》《吴承恩上云台》《陶渊明授学》《郑板桥审石头》。故事浅显易懂,讲述方式生动有趣,引人入胜。所有画册都图文并茂,一般署名编者、绘者,译者无署名。

经典民间故事《猎人海力布》(El Cazador Hailbu)共38页。在这个故事中,海力布拯救了小白龙,获得了理解动物语言的特异功能,但是他不能将此秘密告诉别人,否则自己就会变成石头。后来,他听到小鸟谈话,得知此处近期有山洪,他回家告诉乡民,但乡民都不相信他,最终无奈,只能将自己能懂动物语言的秘密告知了乡民,他们因此得救,海力布却变成了石头。《石榴》(Las Granadas)故事中,两兄弟分家,仅有的财产是一头黄牛,黄牛被哥哥占去,弟弟仅分得一只牛虻。后来,牛虻被一只

---

① 于美晨.建国60年中国古代文化典籍外译书目研究.北京:北京外国语大学硕士论文,2013:45-117.原文不分语种,只按时间排列。

鸡吞食,鸡的主人便将鸡送给弟弟;鸡又被狗吃,狗的主人便又将狗送给弟弟;狗又被哥哥折磨死。弟弟便在狗的坟上种石榴树,后来收获红石榴,第一个红石榴变成一座房子,哥哥贪心,去偷其他的石榴,结果房子没有得到,反倒被复活的牛虻、鸡、狗所伤,最后一无所有。

"文人轶事"系列由朝华出版社出版,采用水墨风图画,叙述文人故事。《李白求师》(*Li Bai Pregunta por un Poeta*)叙述了李白求访许宣平的故事。《杜甫济贫》(*Du Fu Socorre a los Necesitados*)根据杜诗《又呈吴郎》改编,杜甫允许无依无靠的老妇人拾捡自家院里红枣,留房给吴郎后,吴郎不允,故有一诗。

20世纪80年代另有外文出版社出版的西译插图本"中国民间故事选",如《水牛斗老虎》《青蛙骑手》《白蛇传》《孔雀姑娘》《宝刀》《七姊妹》《妈勒带子访太阳》《奴隶与龙女》《神鸟》《长发妹》《孔雀公主》《石汉与田螺》《灯花姑娘》。此系列另有1册,于90年代出版:《牧人与山鹰》。

上述译本均为选集,无前言、无译者,主要选译中国各民族的古代民间故事,并搭配海派画家程十发(1921—2007)的插图,比如,《孔雀姑娘》(1981)就选译了傣族的《孔雀姑娘》、维吾尔族的《一棵石榴树的国王》、藏族的《土司与穷术士》、壮族的《一幅壮锦》、蒙古族的《山之子》与汉族的《三胜地主》等11个民间故事;再如,《奴隶与龙女》(1984)选译了汉族的《百鸟床》、藏族的《奴隶与龙女》、苗族的《驼背公公与香蕉娃娃》与瑶族的《金芦笙》等8个民族的13个民间故事。

另有1册署名为Wang Hongxun、Fan Moxian的译者翻译的《白兔姑娘——中国民间爱情故事选》(*La Muchacha Liebre*：*Antología de Cuentos Populares de Amor*, 1989),也由外文出版社出版。该选集共450页,选译东乡族、撒拉族、回族、汉族、黎族、藏族、毛南族、土家族、鄂温克族、白族、仡佬族、鄂伦春族、高山族、达斡尔族、维吾尔族、壮族与苗族共17个民族的33个爱情故事,如《米拉尕黑》《苏里曼和瓦利雅的故事》《白兔姑娘》《聪明的女婿》《夜明珠》《梁山伯与祝英台》《茶和盐的故事》《鸳鸯石》《白花公主》《日月潭》等。

外文出版社是我国20世纪最为重要的译出出版机构,尤其是改革开放以后,该社多语种并译的文学翻译项目众多。图书出版以后,也注重译本的推广与传播,哥伦比亚路易斯·安赫尔·阿朗戈(Luis Ángel Arango)图书馆收藏了一个系列:《中国文学:西译作品简短书目》("Literatura China: Una Breve Lista de Obras en Español"),这个系列中关于当时外文出版社译出的西译本藏书就有 56 册,仅中国故事选集就有以下 6 个藏本:*Las Semillas y Otros Cuentos*(1974)、*Sueño sobre unas Cuerdas*: *Antología de Cuentos Destacados*"(1982)、*La Novia Recobrada*: *Selección de Novelas Populares*(1994),以及上文论及的《故事:不怕鬼》《白蛇传》《中国古代神话》。这在一定程度上折射出了 20 世纪八九十年代中国各界为"中国文学走出去"所做的努力。

进入 21 世纪,中国画报出版社、朝华出版社开始成为西译画册的主力军。中国画报出版社成立于 1985 年,隶属中国外文局,是国内一家以中外文图书、多文种出版物和摄影与美术教材为特色的国家级出版社,具备外文、新闻、外宣、图文出版等方面的出版特色和对外传播优势。2018 年出版的《木兰从军》《孔雀东南飞》《后羿与嫦娥》3 册均由酱油熊动漫编绘,林叶青译,迈克·萨拉特(Michael Zárate)审订。其中,《后羿与嫦娥》简述后羿射日、西王母赐药、逢蒙逼药、嫦娥吃药飞升月亮、后羿仰望月亮、思妻情切以及中秋节来历,以图话文。

2019 年,中国画报出版社还出版了插图本故事集《龙吟:35 个中国传说》(*Dragones Cantando*. 35 *Leyendas Chinas*)。译者为阿根廷记者、作家毛里西奥·佩尔卡拉(Mauricio Percara),选译神话故事如《盘古开天》《女娲造人》、历史故事如《关羽》《李冰治水》、民间故事如《长发妹》《孟姜女哭长城》。佩尔卡拉在中国神话、历史故事的基础上进行演绎,甚至创作。佩尔卡拉翻译的《牛郎织女》的故事情节大体如下:织女专注织布,不重打扮、蓬头垢面,所以,天帝将她嫁给牛郎,后又因过度享受爱情,耽误织布,惹怒天帝,让他们只得每年七月七日这天相见。故事形象地塑造了织女无法家庭、工作两相兼顾的状态,也揭示了现代社会对女性的多重期待。这部插图本故事集的出版受到"中国国际广播电台国际人才项目"的支持,这在一定程度上揭示了"中国文化走出去"的全方位程度,还体现了传播方式的改变，即资助外国汉学家翻译创作，以期更加适合受众语境。

朝华出版社也成立于1985年，同样隶属于中国外文局，朝华出版社擅长使用中文以及英、法、德、日、西班牙等多种文字出版图书、画册，向国内外读者介绍中国古今文化。他们在2016年、2017年、2019年出版《中国故事绘》系列西班牙语画册共23本：《曹冲称象》《愚公移山》《司马光砸缸》《女娲补天》《李寄除妖》《捆龙仙绳》《金斧头》《文成公主入藏》《孔子的故事》《蚌姑娘》《凤栖梧桐》《龙门点额》《西瓜女》《一幅壮锦》《杭州绸伞》《马兰花》《梁山伯与祝英台》《荀灌讨救兵》《外黄小儿说服楚霸王》《鼠女出嫁》《孟姜女的故事》《凤凰山的传说》《金瓜儿银豆儿》。画本以中西双语形式呈现，擅长连环画、童书插画的著名画家杨永青(1927—2011)为本系列图画作者，文字作者则是现当代的一些作家，如任德耀、陈秋影、张菱儿、孟琢等，他们大多根据中国古典文学对故事进行改编。

此外，华语教学出版社也于2013年出版了插图本"中国蒙学经典故事丛书"4册：《〈三字经〉故事》《〈百家姓〉故事》《〈千字文〉故事》与《〈幼学琼林〉故事》，分别包含25则、24则、21则、23则故事。《〈三字经〉故事》的25则故事分为5类：幼学故事、美德故事、人才故事、传说故事与历史故事。这套丛书由一些现代作家参照文言文，编著通俗易懂的白话文短篇故事，再译为西班牙语，采用汉西对照版式，同时插入生动的彩色漫画。"这些书中蕴藏着丰厚的中华民族历史文化传统，尤其是其中提到的那些隽永、生动的故事，令读者印象深刻。"[①]该丛书彰显了中华民族"自我发声"的内在需求以及同其他民族共享智慧的心志。

观照"图说故事"的译介历程可见，自新中国成立以来，中国一直注重文化交流，注重向世界讲好中国故事。外文局的前身中央人民政府新闻总署国际新闻局在1949年10月成立，就是一个很好的证明。而从近年的《大中华文库》、"中华之美"等系列出版计划，更能管窥中国对于"文化走出去"的重视：集各界力量、通过各种渠道力图传播中国声音。加之国内注重培养具

---

① 郁辉.《三字经》故事. 露西亚·伊内斯·巴塞耶斯,译. 北京:华语教学出版社，2013：Ⅳ.

有家国情怀、国际视野的多语种人才,将来定能有更多的译者、学者与出版人具备比较视野,能深入地对具体的受众语境以及文化交流的相互性进行分析、阐述,在此基础上根据不同的受众语境调整译出目标、译出模式以及阐释模式,争取"各花入各眼",那时,中国译出将进入一个新的阶段。

第九章　中国古典文学在西班牙语世界的传播、接受特点

　　无论是历时梳理译本,还是字斟句酌地分析译文,抑或是区分译者类别,都尚未涉及中国古典文学在西班牙语世界真实的传播、接受状态。本章先以李白诗歌及其形象在拉美现代诗人中的传播为例,观照具体对象在西班牙语世界的传播状态;后以中国神话、寓言的西班牙语译本为例,观照"从译出到引入"的传播模式;再从接受者的研究视角观照西班牙语世界对中国诗歌选集的译入路径,探析"接受者的需求"在中国古典文学西传中的核心作用;最后,通过文本分析考察墨西哥学院学术期刊《亚非研究》对中国古典文学的评论,洞见西班牙语世界对中国古典文学的评价、分析。

第一节　李白诗歌及其形象在拉丁美洲现代诗人中的传播

　　跨越时空的拉丁美洲现代诗人与李白之间有着深入的"交流"。尼加拉瓜诗人达里奥声言是李白的化身,哥伦比亚诗人吉耶尔莫·巴伦西亚是李白诗歌最重要的西班牙语译者之一,兼通诗画的墨西哥诗人何塞·胡安·塔布拉达则是李白形象的最佳绘者,通过这些交流,李白的诗学思想和诗歌生命力得以在拉美文化语境中扩展与延伸。这种跨越时空的交流也揭示了文学翻译的内在规律:异语文学交流。

(一)拉丁美洲的"诗圣"想象、创作中国的"诗仙"

　　1867 年,法国帕纳斯派女诗人朱迪特·戈蒂耶(Judith Gautier, 1845—

1917)在中国家庭教师丁敦龄的帮助下,出版了译作《玉书》(*Le Livre de Jade*),翻译了24位中国诗人的71首诗歌。一经出版,它便相继被译成德语、意大利语、葡萄牙语、英语等多种语言;1902年,戈蒂耶增译诗歌,选择中国诗歌110首,其中李白的诗歌19首。她大胆地改写、创新中国诗歌,仅以李白《玉阶怨》的汉语回译观照戈蒂耶的创造性与想象力:

> 玉石的台阶因洒满露珠而闪闪发光,长夜漫漫,皇后拾阶而上,任由沙罗和黄袍的拖裙在无数露珠中慢慢浸湿,她在炫目的亭台口驻足,水晶珠帘瀑布般地垂下,帘下本可以看到太阳。但当珠帘叮咚清脆的声音平息后,忧郁迷离的皇后透过珠帘看到了亮晃晃的秋月。①

戈蒂耶并未体会到《玉阶怨》中所描绘的深闺女子夜里等候无果所生发的怨"情",转而将重点放在了对夜"景"的描绘:"玉石""露珠""沙罗""黄袍""水晶珠帘""秋月"等。若从忠实的角度考量,戈蒂耶的译文实在"差强人意",但她的创译风格迎合了欧洲大众对东方文学猎奇的心理,使遥远的中国古诗在欧洲读者的眼中变得亲切,易于接受。所以,《玉书》成为欧洲的"现象级译作"时,中国古诗也在"被创作"中风靡欧洲。

1902版《玉书》也曾数次由法语转译为西班牙语,在西班牙语世界流传,直到2013年,戈蒂耶法语版《玉书》仍然被胡里安·赫亚(Julián Gea)译成西班牙语出版,其深远影响可见一斑。众多西班牙语国家的诗人通过《玉书》认识了李白等中国古代诗人。被喻为拉丁美洲"诗圣"的尼加拉瓜诗人达里奥便是在戈蒂耶创译的各类充满异国情调的浪漫符号之间"结识"了中国的"诗仙":"戈蒂耶拜倒在中国公主面前"②。

1894年,达里奥身处阿根廷,在蒂克雷饭店写下了名篇《神游》,两年后该篇被收入《世俗的圣歌》(*Prosas Profanas*)。神游之处由"希腊""法兰西""弗洛伦萨""德国"与"西班牙",再到"中国""日本"与"印度",最后

---

① 董斌孜孜. 诗仙远游法兰西——李白诗歌在法国的译介与接受. 贵州社会科学,2011(11):40.

② 达里奥. 鲁文·达里奥诗选. 赵振江,译. 石家庄:河北教育出版社,2003:123.

回到"加勒比"。描绘旖旎风光时,也着墨于各地的诗人。达里奥描绘中国的"丝绸""锦缎""黄金""琉璃宝塔"与"罕见的金莲";赞美中国公主的美貌,"你的容颜胜过月宫的婵娟"[1];李太白(Li Tai-pe)是《神游》中唯一一位东方诗人,比肩阿那克里翁、魏尔伦、薄伽丘与歌德:

> 达里奥原诗:
>
> Ámame en chino, en el sonoro chino
>
> de Li Tai-pe. Yo igualaré a los sabios
>
> poetas que interpretan el destino,
>
> madrigalizaré junto a tus labios. [2]

> 赵振江译:
>
> 请用中文表达对我的爱恋
>
> 用李太白的响亮的语言
>
> 我将像那些阐述命运的诗仙
>
> 吟诗作赋在你的唇边。[3]

达里奥是拉美现代主义诗歌最重要的代表之一,他的诗集《蓝》(Azul,1888)的问世标志着这个运动的形成;当他于1916年逝世后,现代主义便逐渐为先锋派所取代。拉美现代主义诗歌主观色彩强烈、逃避社会现实、夸大个人自由。与独立战争时期朝气蓬勃、积极乐观的浪漫主义相比,现代主义诗人面对无法改变的现实,便力图在诗歌创作上追求新奇构思、典雅用词与和谐韵律。达里奥曾经声言,"你们将在我的诗歌中看到公主、皇帝、皇宫轶事、遥远国度的风景甚至想象的风景,你们还想看到

---

① 达里奥.鲁文·达里奥诗选.赵振江,译.石家庄:河北教育出版社,2003:124.

② Con referente a Chen G. J. *La Poesía China en el Mundo Hispánico*. Madrid: Miraguano, 2015:17.

③ 达里奥.鲁文·达里奥诗选.赵振江,译.石家庄:河北教育出版社,2003:123-124.

什么？我憎恨我生活的时代……"①。"异国"与"过去"是现代主义诗人的"避风港"，所以，遥远的中国、生活在中国古代的诗人无疑是他们创作诗歌的最佳题材。《蓝》收录了一篇名为《中国女皇之死》的诗歌，诗中的"中国女皇"实乃一尊精美绝伦的瓷器，达里奥充分运用自己的想象，以华丽的笔墨描绘她：

> 亚洲艺人有双什么样的手，竟能塑出一个如此迷人的人儿？她头发紧挽在一起，脸上带着神秘的表情，天仙般神奇的双眼低垂着，露出斯芬克斯的微笑，挺秀的脖颈下那圆润的双肩上，披着一件秀龙的丝绸薄衫，这一切都给这尊洁白无瑕、蜡一般光滑的瓷像平添了魅力。中国女皇！②

新航路打通之后，中国瓷器在西方并不少见，但是中国女皇的形象却需要诗人发挥想象。当时西方对中国文化的想象大抵如此：穿着中国丝绸，品着中国茶，使着中国香料，用着中国团扇。他们想象着中国宫廷中的公主与皇帝的形象，幻想着中国诗人的佳篇。而作为中国诗歌巅峰代表的李白，机缘巧合地成为达里奥笔下众多中国元素之一。然而，李白同"中国女皇"不同，他不仅仅是西方追寻的东方异域元素，他的诗风与达里奥的诗风之间因着帕纳斯诗派有着更深的渊源。

戈蒂耶的父亲是法国著名诗人特奥菲尔·戈蒂耶（Théophile Gautier，1811—1872），他是帕纳斯诗派"为艺术而艺术"主张的首倡者，帕纳斯诗派主张描写古代的、异国的题材，将诗歌与社会现实分离。戈蒂耶深受帕纳斯诗派审美意趣的影响，《玉书》中所选诗歌多为山水诗，如李白的《渌水曲》《江上吟》《采莲曲》《陌上赠美人》等。诗歌中诗人姿态高雅、远离世俗与人群，漫步于云雾蒸腾的山水之间。与世俗生活的隔离、

---

① Darío, R. Prosas Profanas y Otros Poemas. ［2023-4-20］. https://www.cervantesvirtual. com/portales/ruben _ dario/obra-visor/prosas-profanas-y-otros-poemas--0/html/fedc2602-82b1-11df-acc7-002185ce6064_2.html＃I_1_.

② 赵振江，滕威. 中外文学交流史——中国－西班牙语国家卷. 济南:山东教育出版社,2015：207.

与大自然的亲近,正是李白诗歌与帕纳斯派之间不谋而合的共同追求。

拉美现代主义诗歌深受法国帕纳斯诗派的影响,其中一个特征便体现在倾向于回归自然,寻找最为原始的自然,这种倾向可以理解为"一种艺术愿望:寻找过滤社会与道德偏见的自由视角,以此视角来表现生活的愿望"①。这从达里奥诗集《蓝》的题目就可管窥一二:"蓝"既是天空的颜色,亦是大海的颜色,换言之,"蓝"是自然的颜色。同时,纵观李白一生,我们不难发现"他所憧憬的理想生活境界:旅行、归隐、道教、酒、自由、美与不朽"②。各个主题之间并非相互独立,而是息息相关:因为追逐自由,注定流浪,途中结识朋友,自然也对饮成欢,却又因为选择流浪,注定要跟朋友别离;因为前行,所以逃避过往、逃避自我;因为逃避带来不安全感,需要寻求庇护,而青山绿水则是仙风道骨的青莲居士最为向往的庇佑之所,"自然是最本质的,通过自然,诗人藏匿于雾里、林中、水涧,感悟天地交汇,追逐永恒不朽与虚无"③。因此,中国"诗仙"与拉丁美洲"诗圣"的创作拥有一个共同的旨趣:回归自然。

(二)李白的拉美译者:诗人巴伦西亚

1920 年,由法国著名东方学家弗朗兹·图桑(Franz Toussaint,1879—1955)翻译的中国诗歌集《玉笛》(Le Flûte de Jade)在巴黎出版。该书收录了从《诗经》到清代的中国古诗共 174 首,其中李白 41 首,延续了《玉书》对李白的"偏爱"。《玉笛》在法国传播广泛,出版两年就重印 34 次,到 1958 年已经印刷了 128 次。巴伦西亚客居巴黎时结识了达里奥,受其影响,1929 年,巴伦西亚以《玉笛》为原型,西译《神州集:东方诗歌》(Catay-Poemas orientales,1929),共 98 首中国诗歌,其中李白 26 首。

---

① Sellés, C. L. "Érase una vez..." en el modernismo hispanoamericano. *Hesperia*:*Anuario de Filología Hispánica*,2001:55.

② Martín Ríos, J. *El Silencio de la Luna-Introducción a la Poesía China de la Dinastía Tang*. Barcelona:Azul Editorial,2003:95.

③ Martín Ríos, J. *El Silencio de la Luna-Introducción a la Poesía China de la Dinastía Tang*. Barcelona:Azul Editorial,2003:95.

巴伦西亚是系统译介李白诗歌的第一位西班牙语诗人,与达里奥相比,巴伦西亚对汉诗的认识已经更进一步,在序言中,作者认为短小、精炼乃中国古典诗歌最为突出的特点,中国人写诗犹如在屏风上作画,在长衫上刺绣:清新、刻意、朴实、典雅。① 他总结了汉诗的三个特点:重复的主题及意象、含蓄内敛的表达与自然而连贯的情景结合。《玉笛》中,图桑"解释"汉诗,将汉诗韵文散文化,以散文化的汉诗为源文本,巴伦西亚试图在西班牙语译文中"再创作",将其"译成"西班牙语诗歌。以《乌夜啼》为例分析诗人的翻译特色,译诗与汉语回译如下:

巴伦西亚译:

Los cuervos
El rayo del crepúsculo moroso
dora el polvo sutil que capta el viento
en los bastiones fúnebres del foso
que escucha la ciudad.

Es el momento
en que giran los cuervos sobre el árbol
do pasarán la noche. Su graznido
a una mujer que borda en la ventana
—la esposa de un guerrero—
vuela medroso a sacudir su oído.
Ella alza la cabeza y mira al foso,
y piensa con despecho
que él acaso no vuelva, como tanto
ausente amigo; y al mirar el lecho

---

① 参阅:赵振江,滕威. 中外文学交流史——中国-西班牙语国家卷. 济南:山东教育出版社,2015:210.

deja correr el llanto. ①

回译为汉语：

乌鸦

缓缓降临的黄昏

细腻的尘埃飘荡在金黄色的暮光中

笼罩着城墙边凄惨的驻防堡垒

凝听着这座城市。

就在这时

乌鸦在树上盘桓

准备在此过夜

它们一阵阵惊恐的叫声

惊起了一位在窗前织锦的女人

她是一位战士的妻子

她抬起头望向城边

伤心地想到

他难道如远去的朋友再也不回来了

她望向床边

失声痛哭。

　　巴伦西亚非常注重诗歌的韵律、节奏，译文似一首两段的、11 音节与 7 音节交错、押韵的西班牙语现代主义诗歌，"唯理主义的语言呈现'逻辑—句法'强化的特点，现代主义摒弃这种语言，转而创造了另外一种'抒情—音乐'性很强的语言，它注重诗句的押韵与意象的创造"②。译诗的第

---

① Con referente a Chen G. J. *La Poesía China en el Mundo Hispánico*. Madrid：Miraguano，2015：24.

② Zheng，S. J. & Chang，S. R. *Antología de la Literatura Hispanoamericana*. Beijing：Foreign Language Teaching and Research Press，1997：208.

一段意境优美,但与原诗已相差甚远。虽然诗人知晓汉诗"寓情于景"的特点,但未能在译诗中再现,原诗中"乌鸦归"与"远人未归"遥相辉映。因诗人未体会乌鸦—秦川女—远人之间的微妙关系,才有了"乌鸦叫声惊起秦川女"的误译。

巴伦西亚译介李白诗歌的原因主要在于作为诗人的他需要另外一种诗,"西方诗人需要另外一种诗,一种可供比较、可供借鉴的诗歌形式,一段可供比较的创作经验"[①]。简言之,巴伦西亚实现了从"李白"到"李白诗歌"的跨越。

(三)塔布拉达笔下"斗酒诗百篇"的李白

墨西哥现代诗人何塞·胡安·塔布拉达幼年时就表现出绘画的禀赋,本来父亲打算存钱供他去欧洲学习绘画,但是,后来父亲早逝,未能践行他的诺言。不过,塔布拉达有幸在 1905 年拜入西班牙画家安东尼奥·法布雷斯(Antonio Fabrés,1854—1938)门下,研习绘画。尽管塔布拉达并不如他的其他同门一般,举办各种画展,但是,他一生从未停止过绘画。此外,画家的身份为他后来的图像诗创作奠定了基础。

19 世纪末 20 世纪初,西方诗歌艺术表现形式遭遇危机,以法国为代表的欧洲急切地向东方"借鉴",大批西方诗人受到东方诗歌的影响,深受法国文化影响的拉美诗人自然浸润其中,塔布拉达也声称受到影响,并强调自己的诗歌创作与东方诗歌有直接联系。他曾作为外交官出使日本、印度,甚为欣赏日本俳句(haiku),后发表模仿之作《一天……》(融合的诗歌)(*Un Día...Poemas Sintéticos*, 1919),对日本文化的兴趣促使他对中国文化、中国艺术也产生了兴趣,为后来创作诗歌《李白》埋下伏笔。

西方评论界认为,塔布拉达的诗歌创作前期主要受现代主义诗歌美学的影响,后期则主要受先锋主义影响。但是,诗人自己对此种"贴标签、分门派"的做法不屑一顾,他标榜自己无门无派。这个"无门无派"在一定程度上否定了批评家的工作——划分文学流派并分析每个流派的不同内

---

① 蒋向艳. 唐诗在法国的译介和研究. 北京:学苑出版社,2016:57.

涵,因此"激怒"了批评家。他们"伺机"反击诗人,便一致认为他的创作灵感来源于法国诗人纪尧姆·阿波利奈尔(Guillaume Apollinaire,1880—1918)。这对一直追求独辟蹊径的塔布拉达而言,甚至算得上一种"侮辱",他迅速反击,称其影响源于遥远的东方,而非眼前的西方。

　　然而,执着的批评家并未因此让步,转而研究塔布拉达诗歌的东方影响,他们很快便发现,尽管诗人身处日本3个月,但是,他连自己的日语名字都无法正确书写,遑论阅读日语原著。换言之,他所受的东方影响并非直接的,也是通过以法语为主的欧洲语言间接接触,所以,他所接受的东方影响亦是加了法国艺术的这面"滤镜"的,也是西方视角中的东方影响。塔布拉达却并未就此"屈服",继而创作了诗集《〈李白〉及其他诗歌》,首诗为《李白》,为了突出自己诗歌创作的东方来源,他还将其置入题目。也就是说,塔布拉达在捍卫自己诗歌原创性的"荆棘道路"上,与李白"相识",他向西方读者描绘了一个"斗酒诗百篇"的中国诗人的形象,李白也成为他最坚实的"后盾"。20世纪初期,中国国门被打开,西学风潮以压倒性的优势扑面而来;而在遥远的西方,拉美诗人为突出自己诗歌的原创性,借鉴中国诗人李白,这是文化交流相互性的最佳体现。

　　《李白》的内容主体是李白的生平、李白的诗作与《月下独酌》这首诗歌的创译。李白醉酒之后步伐曲折,继而跌倒,后被唐太宗召见,杨贵妃为他磨墨,他醉意浓烈地执笔作诗,凝望湖中之月并为抱月而溺亡,中国再对诗仙进行祭奠,李白的生平尽数在塔布拉达的笔下铺展开来;明月、玉杯、大鹏等李白诗歌中的意象也在诗歌中频繁再现。塔布拉达在《李白》的开篇以众多的中国元素来描绘李白的生平,如绸缎、青瓷、玉杯与竹林等,也刻画了诗仙醉酒后曲折前进的情景。

　　　　LI-PO

　　　　Lí-Pó, uno de los "Siete Sabios en el vino"

　　　　Fue un rutilante brocado de oro...

　　　　Como una taza de jade sonoro

　　　　Su infancia fue de porcelana

　　　　Su loca juventud

un humoroso bosque de bambúes lleno de garzas y misterios

Rostros de mujeres en la laguna

Ruiseñores encantados

por la luna en las jaulas de los salterios

Luciérnagas alternas

Que enmarañaban el camino

Del poeta ebrio de vino

Con el zigzag de sus linternas①

张礼骏译：

李白

李白，"饮中七仙"之一

耀眼的金丝绸缎……

如同一盏玉制能发声的酒杯

青瓷般的童年时光

疯狂的青春年华

喧嚣的竹林间满是草鹭还有神秘

湖上一张张女子的面孔

萨泰里琴弦构筑的鸟笼

夜莺沉醉于月亮的华光

萤火虫交替闪烁

提着灯画着"之"字

迷乱了醉酒诗人前行的路②

作为诗集中第一首图像诗，塔布拉达在诗中创作了许多图像，如将诗

---

① Tablada, J. J. *Li-Po y Otros Poemas*. México：CONACULTA, 2005, 此译本诗歌部分无页码.

② 何塞·胡安·塔布拉达.《李白》及其他诗歌, 张礼骏, 译. 桂林：漓江出版社, 2023：5，7.

歌排列成汉字"李""壽";诗人醉酒后曲折向前的步伐、诗人醉酒跌倒的样子、女人的面孔、唱歌的小鸟、中国塔、玉扇、玉杯、圆月、满月等均被构成了图画,诗与画交汇。《李白》不仅能为读者带来视觉上的享受,亦是一首"有声诗歌",画面与声音交融在一起,飒飒响的竹林、如吟诗般歌唱的夜莺、闪闪发亮的萤火虫、跌倒的诗人、"发表演讲"的蟾蜍、发出"嘲讽般"笑声的蟋蟀、李白作诗时如"化茧成蝶"般的展开、河岸上捕鱼的鸬鹚等等。

塔布拉达对李白的了解主要源于两本书:一是英国汉学家翟理斯(Herbert Giles, 1845—1935)于 1901 年完成的《中国文学史》(*History of Chinese Literature*),二是美国翻译家威特沃(James Whithall)撰写的《中国歌辞:白玉诗书——自朱蒂斯·戈蒂耶法译本转译》(*Chinese Lyrics From The Book of Jade, Translated From The French of Judith Gautier*, 1918)。《中国歌辞》是《白玉诗书》(《玉书》的另一译名)的英语转译文本,所以,塔布拉达间接参考了戈蒂耶译本。他与达里奥、巴伦西亚一样,通过欧美的转译接触了李白诗歌,但是他们译介中国古典诗歌的内在规律仍然是受异语文学的相互交流所驱动:达里奥创作现代主义诗歌涉猎了遥远的中国古诗元素;巴伦西亚希望通过阅读、翻译中国古诗来为自己的诗歌创作给予灵感;塔布拉达则是为了捍卫自己诗歌的原创性。

总之,中国古诗在西班牙语美洲的传播与拉美现代主义诗歌的发展息息相关。美洲曾经是欧洲的殖民地,文化思潮多承袭宗主国文化,但是,西班牙语美洲的现代主义文学思潮却不同:它生于美洲,再从美洲传到欧洲,进而影响宗主国的文学发展,这也是中国古诗在西班牙语世界的传播始于西班牙语美洲,转而影响西班牙的重要原因之一。

第二节 以神话、寓言西译本为例观照 "从译出到引入"的传播模式

北京大学教授褚斌杰编选了《中国古代神话》(1980)。1982 年,外文出版社以此为底本,出版了西译本《中国古代神话选》(*Relatos Mitológicos de la Antigua China*),杨永青绘插图,佚名译者,选译《盘古

开天》《女娲造人补天》《神农尝百草》《黄帝战蚩尤》《精卫填海》《嫦娥奔月》《牛郎织女》等 19 则神话故事。虽然中文书名为"神话",但西班牙语"Relatos mitológicos"(神话故事)更为贴切,西译本 1989 年再版。后来,西班牙米拉瓜诺出版社与外文出版社合作,1992 年在西班牙原版再次付梓,首次打通了"从译出到引入"的传播路径。

2000 年,外文出版社出版了英译本《中国神仙家故事选》(Tales of Immortals),选自《神仙传》《列仙传》《吴越春秋》《楚辞》与《洛神赋》等历史、文学作品,以八仙故事、求道访仙故事为主,共 68 篇,精炼易读。2003 年,外文出版社又出版了同一译本的法语版"Histoires des Immortels de la Chine"。后来,西班牙人民出版社购买版权,由西班牙译者克拉拉·阿隆索从英文版转译为西班牙语"Cuentos Legendarios de la Antigua China",2010 年在马德里出版,成为实现"从译出到引入"传播路径的第二个神话故事译本。

此后,专治中国民间文学的北京大学教授陈连山又著述了《中国神话传说》,2008 年由五洲传播出版社出版,后陆续出版了英译本、法译本、阿拉伯语译本以及西班牙语译本:《中国神话传说》(Mitos y Leyendas de China, 2011),译者为国红坤。2013 年,西班牙人民出版社与五洲传播出版社合作,在西班牙原文再版,第三次成功地实现了从"译出到引入"的传播路径。

陈连山的《中国神话传说》共 56 则神话,分为 13 个类别,每一类别附加简短引言,并采用大量插图。例如,《女娲》这个故事一共 8 页,配 8 幅插图,既有名画,也有现今的旅游照片,能够给读者更形象的认知。陈本的独特之处还在于本就为外译而作,设定的受众群体就是惯读希腊神话的西方读者。所以,他注重使用比较方法,先是整体对比中国神话与希腊神话,认为两者主要有三个方面的不同:一是神灵外表不同,二是神灵来源存在差异(希腊神话人神之间二元对立,严格分裂),三是叙事体系存在差异(严明、分散)。后又解释了中国神话叙事体系较西方分散的原因:

　　而中国古代地域辽阔,三大民族集团(华夏、东夷和苗蛮)文化不一致,没有形成一个固定的主神和完整统一的神灵体系。中国古代也没有出现荷马、赫西俄德那样的史诗诗人，来整理互不统一的神话传说材料。未经系统整理的神话传说资料，散见于各种古代典籍中。这样，中国神话传说在故事情节上就比较零散。①

陈连山的分析与高伯译的论证交相呼应。对比 20 世纪末的褚本《中国古代神话选》与 21 世纪的陈本《中国神话传说》，最大的区别是预设读者不同，褚本最早由少年儿童出版社出版，针对中国少年儿童，所以，故事性强，深入浅出。外文出版社选择译出，显然是从浅显易懂的角度考虑的，但是，受众语境尚未成为重要的考量因素。相比之下，21 世纪，中西通学的陈连山在比较视野中专门针对惯读希腊神话的西方读者编选《中国神话传说》，将神话分类、立足于中西文化传统差异的视角去解释某些难点、比照中西神话人物、原型与情节，再主动译出，并与当地出版社合作，在当地出版，这种变化是学者与出版者为"中国文学走出去"而持续努力的见证。

"美中不足"的是神话故事体系构建能力有待提高。《中国神话传说》共 56 则故事，却被分为 13 类，平均不足 5 个故事，类别过多。其又多以时间、人物与故事类型为根据分类，并无更深层次的学科内涵依据。而且，还加上一个"包罗万象"的"其他神话故事"（第 13 类），如《夸父追日》《愚公移山》《牛郎织女》，整体而言，体系依然斑驳。

再观卫礼贤在《中国故事》中的分类：100 则 7 类，尽管具体的分类标准也值得推敲，但是，仅从类别数量观照，这个分类比陈连山的更为有效。体系建构本为西方学术话语的重要部分，任何经历过学术研究训练的学者都深谙此道，甚至可以说，这已融进他们的"学术血脉"。例如，卫礼贤编译《牛郎织女》时，得知织女是玉帝的第七个女儿，便由此开始探索玉帝其他女儿的去向，这其实就是一个微观的体系建构案例：

天帝共有 9 个女儿，住在九重天。大女嫁李靖（见哪吒，第 18 个故事）；二女是杨二郎母亲（见第 17 个故事）；三女儿是木星母亲（见

---

① 陈连山. 中国神话传说. 北京：五洲传播出版社，2008：3.

第二册第 37 个故事);四女同一位仁善的名叫 Dung Yung 的文人在一起,并帮助他获取财富与名声;七女是织女;九女因违天规,被罚在地上做奴隶。关于五女、六女与八女,无相关信息。①

虽然中西学术体系建构各有差异,但是,中国译出的尝试与努力仍然值得肯定,相信在将来,随着中国译出文本的体系构建能力的提升,中国神话甚至整个中国古典文学在西方的接受度与认可度都会提高。

实现"从译出到引入"传播路径的第四个译本是西班牙语版《中国古代寓言选》(*Fábulas Antiguas de China*, 1980)。汉语原本《中国古代寓言》由浙江籍左翼文学家魏金枝(1900—1972)编选,海派著名画家程十发绘插图,最早于 1954 年由少年儿童出版社出版,后来多次重印、重版。选编《晏子春秋》《墨子》《列子》《吕氏春秋》《世说新语》《柳河东集》《艾子杂说》《雪涛小说》《笑赞》《谭概》等 66 部作品中的寓言共 205 则。魏金枝特别赞赏《列子》,认为它的每篇文字,不论长短,都自成系统,各有主题;且充满哲理的同时又浅显易懂,饶有趣味;只要逐篇阅读,细细体会,就能获得教益。他甚至认为,《列子》完全可同《伊索寓言》媲美,且在意境上远超后者。

20 世纪 50 年代末、60 年代初,外文出版社多语种"译出"魏编《中国古代寓言选》:英语、法语、西班牙语、德语、豪萨语与印地语等。不同译本采用相同封面。对比英译本(1980 版)、法译本(1981 版)与西译本(1984版)可以发现,所选故事完全相同,3 个版本的内里插图也一致。插画由丰子恺作,他根据寓言的具体内容搭配别致优美的插画,图文并茂,时至今日也不觉过时。

西班牙语版《中国古代寓言选》的首版于 1961 年出版,1980 年再版,1984 年第三版。1984 版由佚名译者翻译,载魏金枝前言。选译 121 首寓言,大多属于公元前 3—4 世纪或公元 16—17 世纪,因为这两个阶段是中国寓言的巅峰、高潮。

---

① Wilhelm, R. *Cuentos Breves y Leyendas sobre los Dioses*. Tucci, N. (trad.). Madrid: Ediciones Librería Argentina, 2019: 54.

外文出版社西译本《中国古代寓言选》在西班牙语世界影响颇深。1981年,阿尔贝托·劳伦特(Alberto Laurent)从法语转译《中国寓言》(*Fábulas chinas*),就以魏金枝所编为蓝本。书底论及寓言内涵与中国寓言的特殊性:"寓言是一个独特的文学类别,因为文本中总是包含一个需要读者去发掘的信息:关于生活的一个忠告、一则教训或一抹揶揄。寓言是所有文化,尤其是古代文化中用以教学的得天独厚的材料与元素。……寓言是一个在中国占优势的文类,在充满政治危机的年代,嘲弄统治者构成了寓言的基本素材与内容。"①译者对寓言、中国寓言的认知是客观的、中肯的。除劳伦特译本以外,西班牙语世界还有两个魏编译入文本:一是佚名译者翻译《中国古代寓言与故事》(*Fábulas y Relatos de la Antigua China*, 1984),二是玛丽亚·孔德·奥杜尼亚(María Conde Orduña)译《中国古代寓言》(*Fábulas Antiguas de China*, 1998)。

《中国古代寓言与故事》共 109 则,也主要集中在两个阶段:公元前3—4 世纪或公元 16—17 世纪。它与西译魏金枝编选的《中国古代寓言选》(1984)的选译数目相近,译文也接近,极有可能参照了后者,或者更早的版本(1961 版或者 1980 版)。不过,译入本将汉语拼音换成了西方惯用的罗马注音,删去了丰子恺插画,后来,这个译本在西班牙重印多次。

20 世纪 80 年代,外文出版社的译出文本还直接被带到了西班牙,为中西文化交流做出了贡献。1985 年,北京大学西班牙语教师沈石岩拜访西班牙穆尔西亚大学,商讨吸引西班牙留学生的事宜。随后,北京大学在1985 年 11 月赠送穆尔西亚大学一批图书,其中就包括《中国古代寓言》(*Fábulas Antiguas de China*, 1984)。

如上,"从译出到引入"的传播路径是中国学者、译者、出版者在中国同其他国家的文化交流过程中的持续的、多重的努力的见证,美中不足的是"同一文本多语并译"的模式。其实,在向西班牙语世界译出的起始阶段,有所参照、有的放矢是好事,但是,这也确实反映出译出的一个努力方

---

① Laurent, A. *Fábulas Chinas*. [2022-4-20]. https://dtieao.uab.cat/txicc/lite/traducciones/fabulas-chinas/.

向:对受众语境个性的深刻认知。因为,即使同属西方文化,不同的语言圈也有不同的文化、不同的审美意趣,译出语的个性应该考虑。

第三节 接受者的需求:辨析西班牙语世界 对中国诗歌选集的译入路径

西班牙语世界对中国诗歌选集的译入路径堪称典范:译者体认中国文学的诗学内涵、审美意趣;从自身需要的角度译入;译本经历文化过滤与本土化;产生数个经典译本,通过译者的"名人效应"实现译文学的深广传播。

(一)接触"他者":体认中国文学的多重路径

中国诗歌选集译入阶段(1980 年前),西班牙语世界同中国文学的接触路径主要有三道:一是借道欧洲文化,例如,达里奥、巴伦西亚身居巴黎,感染法国东方学氛围,接受法译中国诗集《玉书》《玉笛》的影响。二是借道日本、印度等其他东方文化,例如,塔布拉达、帕斯作为外交官出使日本、印度,接受东方文化熏陶,进而对中国文化、中国文学产生兴趣。三是中国文化直接作用,译者或拜访中国,如阿尔贝蒂;或在中国成长、工作,如黄玛赛;或在本国接触中国朋友,如罗密欧·萨利纳斯(Romeo Salinas)。

上述大部分译者与中国文化的接触路径已被阐释,此处仅以阿尔贝蒂为例具体分析。20 世纪 50 年代,为向世界展示新中国景象,也为促进新中国文艺进一步发展,中国作协邀请了一些世界知名作家来访中国,信仰共产主义的阿尔贝蒂也在受邀之列,他与妻子莱昂于 1957 年拜访中国,他们从北京出发,先后到过成都、重庆、杭州、上海、沈阳,最后回到北京。

中国之行后,阿尔贝蒂与莱昂合创诗集《中国在微笑》(*Sonríe China*,1958),于布城出版,诗集又在 2009 年被译为中文,译者为中国西班牙语学者赵振江。诗集控诉了西方世界对东方世界的傲慢态度与行为,以亲和的态度、温暖的笔触描写中国,这大概归功于阿尔贝蒂与莱昂彼时的流亡状态、他们的共产主义信仰以及莱昂特有的女性视角。诗集分 3 部分,共 26 首诗歌,对中国人情风物等进行创作或借用中国元素创作西班牙历史、人物,如《茶乡》《京剧》《成都的春天》《婚礼之歌》《长城之歌》《致建筑师路易斯·拉卡萨》。此外,阿尔贝蒂还曾作诗向齐白石致敬:《致敬齐白石》(Un saludo para Chi Pai-shih),他与中国的情缘值得比较文学与汉学研究领域的学者深挖。

(二)融入"自我":对话中国文学

查明建认为,"一种文化对另一种文化的关注与接受,很大程度上是出于自身的需要"①。中国诗歌选集西译也不例外,译入动机体现了两种"自我"诉求:一是表达"自我",如阿尔贝蒂、帕斯;二是实现"自我",如黄玛赛。

阿尔贝蒂的好朋友加西亚·洛尔卡(Federico García Lorca, 1898-1936)②在西班牙内战中被枪杀,为抒发自己的缅怀之意,阿尔贝蒂借"中国景",达"自我情",创作了诗歌《中国的中国歌谣——赠费德里科·加西亚·洛尔卡》,收录在《中国在微笑》,全诗如下:

CANCIÓN CHINA EN CHINA
A Federico García Lorca

La luna es un grano
de arroz, por los campos
de China,
mi amigo.

---

① 查明建. 比较文学与中外文化交流. 外语教学与研究,2018(2):623.
② 费德里科·加西亚·洛尔卡(Federico García Lorca,1898-1936),西班牙诗人,代表作有《诗集》(Canciones)、《深歌集》(Poema del cante jondo)与《吉普赛人谣曲集》(Romancero gitano)等多卷。

Tu luna en Granada

era como un grano

de harina

de trigo,

mi amigo.

¡Qué alegre esta luna

por los arrozales,

hoy cantando

viva,

mi amigo!

¡Qué triste tu luna,

hoy por los trigales,

llorando,

cautiva,

mi amigo!①

汉语译文：

朋友啊，

月亮

是一颗稻粒

在中国的

田野上。

朋友啊，

---

① 拉菲尔·阿尔贝蒂. 中国在微笑: 拉菲尔·阿尔贝蒂诗选. 赵振江, 译. 石家庄:
河北教育出版社, 2009: 100.

> 你的月亮
>
> 是一颗麦粒，
>
> 在格拉纳达的田野上。
>
>
> 朋友啊，
>
> 这稻田上的月亮
>
> 喜气洋洋，
>
> 在生动地歌唱！
>
>
> 朋友啊，
>
> 你的月亮
>
> 何等的悲伤，
>
> 啼哭在麦田上！①

月亮是中国古诗中最常见的意象之一，阿尔贝蒂以此作主题，借用张若虚"江畔何人初见月？江月何年初照人？"与李白"今人不见古时月，今月曾经照古人"，欲凭曾经相照朋友的月亮，同他对话，回忆其遇害场面，抒发怀念之情。

借用中国古诗来表达"自我"的另一个例子是对李白《江上吟》的援引，阿尔贝蒂流亡阿根廷期间，诗歌成为他最大的精神支柱，所以借用"屈平辞赋悬日月，楚王台榭空山丘"②感叹自己的处境与心绪，表达自己对文学创作、功名利禄的看法。事实上，阿尔贝蒂的经历同李白颇有几分相似之处：同是少年得志的诗人，政治前途却不顺坦。西班牙内战结束时，阿尔贝蒂因其共产主义信仰而选择自我流放，弗朗哥独裁统治结束后方归故里。诗人在翻译李白诗歌时，自然代入了自己的心境与情感。

1968 年 10 月 2 日，墨西哥城发生骇人听闻的"特拉特洛尔科事件"：

---

① 拉菲尔·阿尔贝蒂. 中国在微笑：拉菲尔·阿尔贝蒂诗选. 赵振江，译. 石家庄：河北教育出版社，2009：101.

② Alberti, R. & León, M. T. *Poesía China*. Madrid：Visor Libros，2003：16.

数以万计的学生为揭露国内贫困、悲惨和腐败的真相,进行抗议,遭到政府的武力镇压,数百名学生死亡、上千名受伤。事件在社会上引起了极大轰动,不少知识分子为表达抗议,都做出了回应。诗人帕斯时任墨西哥驻印度大使,他当即辞去职务,又借王维《酬张少府》来抒发心志:

> 要问成和败遵循什么样的标杆?
>
> 打鱼人的歌声飘荡在静止的岸前;
>
> 王维酬张少府在他水中的毛庵。
>
> 然而我却不愿做个知识居士在圣安赫尔或科约阿坎。①

但是,他不似王维诗歌中所表达的那般只寄情于清风明月、秀水幽篁。20 世纪的墨西哥诗人同公元 8 世纪的中国唐代诗人进行了一场跨越时空的心灵"对话"。所以,从传播的角度,是阿尔贝蒂与帕斯将中国诗歌翻译成西班牙语,让译语读者能够欣赏中国诗歌;但是,从译入的角度,阿尔贝蒂与帕斯是为了表达"自我",才去接触、了解、体认与翻译中国诗歌。

在当今多元文化互鉴语境中,混血孩子多被包容、接受、肯定。但在黄玛赛生活的时代,并非如此。她亚欧混血的身份既不受中国人待见,又受到欧洲人的鄙夷。在中国上学时因此被欺凌;与法国青年恋爱,又因身份特殊遭到反对,失恋分手。总之,亚欧混血的身份给她带来的多是尴尬。然而,定居西班牙后,这种尴尬发生了质的转变。

20 世纪二三十年代,西班牙对中国知之甚少,当黄玛赛在节日里穿着中国旗袍出现时,周围的人感到非常新奇,并由此对中国文化产生了兴趣。在此语境中,她开始在马德里开展关于中国艺术的讲座,据王央乐(1980),在 20 世纪三四十年代,黄玛赛一共在马德里、里斯本、巴黎等欧洲城市开展有关中国文化的讲座 400 多场。② 在西班牙,她多以"中国女

---

① 详见:赵振江,滕威. 中外文学交流史——中国－西班牙语国家卷. 济南:山东教育出版社,2015:217.

② 王央乐. 旧的回忆和新的印象——黄玛赛和她的自传. 读书,1980,5:103-104.

人"的形象出现：梳着短卷发,身着斜襟、短袖、点缀蝴蝶刺绣的中国旗袍。①

　　黄玛赛向欧洲人讲述中国文化,由此受到肯定。混血身份从劣势转化成了优势,由此而生的尴尬也成了无与伦比的便利,她在此过程中实现了"自我"。而她对中国文学的译介活动则让这种"自我"实现更上层楼。

（三）呈现"自我"：翻译中的文化过滤与本土化

　　译介对象"要经过接受主体的文化过滤和选择性接受,再加以本土化改造"②,才会被纳入接受者文化系统中,衍生发展。西译后的中国文学具有很强的翻译性,属于翻译文学,与原本的中国文学不同,它经历了翻译对象选择、翻译策略运用、阐释话语补充这个"折射"过程,完成了译入语文化过滤与本土化。

　　译入语文化过滤与本土化浸入翻译语境(文化语境、社会因素、意识形态与政治因素等)、翻译动机、翻译对象选择、翻译策略厘定与出版、传播方式等活动环节。此处以翻译对象选择、策略厘定为例阐释。若概论中国古诗的经典地位,"诗经楚辞唐诗宋词"首当其冲,两汉魏晋南北朝诗歌次之,元明清诗歌最末。西班牙语世界译入"中国诗歌"时,与上述系统定位有所出入,体现在以下两点：一是《诗经》《楚辞》译入地位完全失衡,例如,黄玛赛《中国诗歌简集再编》(192 首)选译《诗经》10 首,未收录《楚辞》;二是两汉魏晋南北朝诗歌地位突出,例如,阿尔贝蒂《中国诗歌》(129 首)选译 28 首,黄玛赛《中国诗歌简集再编》选译 16 首。

　　当然,文化过滤与本土化也不仅限于中国诗歌选集的译介,而是贯穿了中国诗歌西译的整个过程。努涅斯在《中国的形象与诗歌》中将中国诗歌粗放地分为抒情诗、社会诗两类,"纵观中国诗歌所有流派,可清晰地分为两类,尽管这两类诗歌经常交叉,同一诗人也经常在两类诗歌中流转。

---

① Con referente a De Juan, M. *Segunda Antología de la Poesía China*. Madrid：Alianza Editorial, 2007：26.
② 查明建. 比较文学与中外文化交流. 外语教学与研究, 2018, 50(4)：623.

一类是抒情、绘景、婚仪诗歌;另一类是社会诗歌,描述底层人民(农民、手工业者或者士兵)的贫困,女性卑微顺从的命运,封建官僚、地主、达官贵人的盛势,总之,方方面面的社会不公正"①。

西班牙语世界偏爱社会诗,也多从社会学视角分析中国古诗,体现在以下两点:一是偏爱民诗,大量译入《诗经》、乐府诗。他们希望从民诗中去重构古代中国各个社会阶层的多方面生活,而不仅仅是从抒情诗歌中去观察文人的心路历程与情感意志。二是青睐女性诗歌,特别关注女诗人、女性题材诗歌。

傅汉思专治中国文学,尤其关注女性主题诗歌,曾著文《中国古代与中世纪诗歌中的女性形象》(*La mujer en la poesía china antigua y medieval*),翻译女性题材诗歌 48 首,发表在《亚非研究》1992 年第 1 期。傅汉思认为,在男尊女卑的中国古代社会,绝大部分女人没有机会接受教育,所以无法同男人一般,通过写诗来发声,在男性笔触下,女性形象主要有以下四类:一是战胜追求者的美丽女性,二是表达倾慕、思念的陷入爱河的女人,三是被丈夫抛弃的美丽年轻的妻子,四是得宠或失宠的宫廷女人。

此外,截至 2019 年,西班牙语世界已出版 4 部女性主题诗歌集:著名译者卡洛斯·曼萨诺(Carlos Manzano)从美国当代诗人王红公(Kenneth Rexroth, 1905—1982)英译诗集转译的《爱情、时间与流浪:中国诗歌新译》(*El Amor y el Tiempo y la Mudanza-Cien Nuevas Versiones de Poesía China*, 2006)与《兰舟:中国女诗人》(*El Barco de Orquídeas. Poetisas de China*, 2007)、陈国坚译《中国最佳爱情诗歌》(2007)与《中国青楼女诗人选集》(2010)。

中国诗歌选集译入阶段,以转译为主,多数诗歌都经历了更为剧烈的译入语文化过滤与本土化过程,诗歌的翻译属性很强,这一点从德拉里奥斯对翻译原则的阐述便可管窥一二:

---

① Núñez, R. *China: Imagen y Poesía*. Beijing: China International Culture Press, 1987: 6-7.

在接下来的这种改编中，或许有一点或者很多个人的东西。说真的，我不愿略过这个词：我刚说了"改编"，实际上我应该说"阐释"。一般情况下，翻译诗歌本就是得不偿失的事情；我这种情况更加费力不讨好，原因如下：一是尽管有伤我的虚荣，我仍然讲明了我的译诗是一种"改编"、一种"阐释"；二是我的译诗是一种无法避免的再译——从别的译本再翻译；三是上述两点也就委婉地表达了一个事实：我对汉语一窍不通。①

总之，译者融入"自我"，中国古诗经历译入语文化过滤，在西班牙语世界实现本土化。从传播的角度看待，文化过滤与本土化具有积极意义，能够延续民族文学生命。

（四）经典西译本的深广传播：名人效应

经历文化过滤与本土化之后，中国诗歌西译产生了数个经典译本，它的衡量标准主要有以下几个：一是译本重印，尤其是现下的重印；二是在译语世界传播深广；三是对后来的译入、译出影响深远。据此，"中国诗歌"西译经典译本主要有阿尔贝蒂的《中国诗歌》、黄玛赛的《中国诗歌简集再编》与帕斯的《译事与乐事》。

三个译本首版均在 20 世纪中叶，又均在 21 世纪再版，体现了译本深远的影响力。再版对译本的定位更能体现它的重要性，2007 年再版的《中国诗歌简集再编》如此定位该书："1962 年西方杂志出版的《中国诗歌简集再编》，由黄玛赛摘选、作序并翻译，选译古老诗歌国度的诗歌精华，译诗精准、贴切，翻译质量无与伦比。已成为至今都可能未被超越的经典。"②黄玛赛的名字就代表翻译质量，后世佳本至多与她媲美；同时，黄译本频繁出现在后来译本的参考书目中，影响可见一斑。

---

① Con referente a Arbillaga，I. *La Literatura China Traducida en España*. Alicante：Publicaciones de la Universidad de Alicante，2003：21-22.

② De Juan，M. *Segunda Antología de la Poesía China*. Madrid：Alianza Editorial，2007：contraportada.

中国诗歌内在的诗学价值、美学内涵是其域外传播的基础,经历文化过滤与本土化是传播的基本途径。但是,译本深广传播的关键是译者自身的影响力,即他们的"名人效应"。例如,三个译本再版均因纪念名人译者(诞生 100 周年)。

《译事与乐事》(2014)序言中,墨西哥国立自治大学校长何塞·纳洛·罗布雷斯(José Narro Robles)就认为,再版是为了使读者能够再一次靠近帕斯,去理解他的文学翻译理念以及翻译实践为他带来的语言探索。他们希望通过出版帕斯的作品,再一次传播西班牙语语言、伊比利亚美洲文化。① 此观点颇有意思,译作不为传递其他民族文学,而是为传播译入语文化。此处内含的翻译理念就是译作也是作者的著作,诗人在目标语文学的基础上用译入语创作诗歌。这个论述内含的文学史概念是:翻译文学不属于源语文学,而属于译入语文学。也就是说,《译事与乐事》中的西译中国诗歌在纳洛·罗布雷斯的视野里,属于帕斯创译的西班牙语文学。

所以,《译事与乐事》在西班牙语世界的深广传播得益于帕斯的名人效应,得益于他诺奖得主的身份。阿尔贝蒂虽非诺奖得主,但是,他属于将西班牙诗歌带入现代主义的"二七年一代"的重要代表,也将西班牙各类文学奖收入囊中,又因其自我流放的经历,部分作品在西班牙语美洲出版,故在西班牙语世界的影响力也不容小觑。因此,才有《中国诗歌》的重印与深入传播。在 Dialnet 上分别输入"Octavio Paz"(帕斯)、"Rafael Alberti"(阿尔贝蒂)与"literatura china"(中国文学)三个关键词,检索到相关结果条目数量分别为 1441、1185 与 1660,②也就是说,西班牙语世界对两位译者的关注度与对整个中国文学的关注度不相上下。

黄玛赛虽非帕斯、阿尔贝蒂这样的名人作家,但是,她的出生、成长环境给予了她各种社会人脉与资源。黄家历来"谈笑有鸿儒,往来无白丁",西班牙作家皮奥·巴罗哈(Pío Baroja)与艾米莉亚·帕尔多·巴桑

---

① Paz, O. *Versiones y Diversiones*. Barcelona:Galaxia Gutenberg,2014:7-8.
② 检索时间为 2023 年 3 月 28 日,网址为 https://dialnet.unirioja.es.

(Emilia Pardo Bazán)亦为其座上宾。她在中国生活的 15 年,与黄家打交道的也不乏文艺界名流,胡适、林语堂是常客,她又与辜鸿铭相识,与韩素音交好。回到西班牙后,黄玛赛又担任了西班牙职业翻译协会会长,并积极参与各类社会、文化活动,结识政治圈、文学圈、出版界的各类重要人物,这些都为她传播中国文化、译介中国文学奠定了基础,也为她的西译本传播做好了铺垫。

综上,西班牙语世界"中国诗歌"译入路径印证了文学传播的内在动因:接受者的需求。因此,中国译出也应该避免落入"以己度人"的桎梏,应该更多地设身处地,重视接受方的需求与语境,深刻认识,贴切把握。比较文学视野是实现这个过程的关键。熟稔译语文学源头、传统、发展、现状与译语读者阅读习惯,与中国文学反复对照、比较、思考,方能更好地实现译出:确定译介目标、选择翻译策略、建立对应的阐释话语体系(翻译副文本、文学批评)。

第四节　考察墨西哥《亚非研究》对中国古典文学的评论

中国古典文学西班牙语译本繁多。但是,如何了解它们在受众国家的影响范围、接受情况呢?通过文本细读的方式考察学术期刊的相关书评是一个具有可操作性的途径。书评能够反映对象国专业读者偏好的译介对象、译介模式,能够呈现域外学者开展中国古典文学研究的阅读地图、学术养成,也可以辨析中国古典文学域外学术地位。

墨西哥学院《亚非研究》170 期(截至 2019 年 12 月)的 961 篇书评中,有关中国著作的书评有 320 篇,占比 33.3%;有关中国古典文学著作的书评有 61 篇,占中国著作书评的 19.1%。因此,《亚非研究》对有关中国、中国古典文学的著作进行的评介均较为充分。61 本被评论著作中有 40 部英译本、12 部西译本、6 部汉语原著与 3 部法译本,占比分别为 65.6%、19.7%、9.8%、4.9%。

（一）英译本"越位"：《亚非研究》通过英美汉学认识、研究、评价中国古典文学

拉丁美洲一直努力过滤欧美视角去认识自我、认识世界。墨西哥学院亚非研究中心竭力创造拉丁美洲自己的亚非研究视角，但是，这并非易事。海外汉学的研究中心在二战后逐渐由欧洲转移至美国，逐渐形成了事实上的"美国中心主义"，"就英语世界中国古典文学译介与研究而言，本时期最有影响的汉学家集中在美国，最易被检索到的研究成果集中在美国"①。因此，拉美学者即使力图建立本土视角，所征引的文献也多源自美国，采用的研究视角、研究方法甚至论文体例都深受美国汉学影响。墨西哥与美国接壤，这种浸润更为深重：《亚非研究》评论的 61 部中国古典文学著作中有 31 个源于美国。

美国汉学对拉丁美洲汉学的浸透主要体现在三个方面。第一方面是支持美国汉学家对中国古典文学的"拿来主义"态度以及对中国国内相关研究的偏见。在这些书评里，墨西哥评论者引用了美国汉学家的两个论断：一是"既然同属人类，中国文化也是我们的文化。中国诗歌是中国文化的心脏。这颗中国文化的心脏也在我们心中跳动"②。二是"今日从事汉学研究的仍是百年前从事汉学研究的国家，法国、荷兰、德国、英国、美国，很奇怪的是中国的研究非常有限"③。第一个论断深刻地揭示美国对中国文化、中国诗歌的"拿来主义"态度。第二个论断以自身的评判标准，衡量中国国内研究，提高西方汉学的地位。对于这两个论断，引用它们的墨西哥书评作者的态度是赞同。他们多数时候通过译语间接地去认识、研究、评价中国古典文学，并且不觉得这种方法有所不妥。

遗憾的是，他们本有能力突破这种局限、偏见，因为他们汉语水平高

---

① 黄鸣奋. 中国古典文学的英语译介. 北京教育学院学报，2017(6)：59.
② Maeth，R. G. Whincup. The heart of chinese poetry. *Estudios de Asia y África*，1990，81(1)：156.
③ Maeth，R. G. Whincup. The heart of chinese poetry. *Estudios de Asia y África*，1990，81(1)：157.

超,能读、能解也能译中国古典文学汉语原著,还能对照汉语原著,发现英译本的瑕疵。上文已经论述过的白安妮英译《上山采蘼芜》,她将"蘼芜"译为"甜草"(sweet herbs),遗失了蘼芜的文化内涵。中国古人相信蘼芜能使人多子,这一文化内涵可能隐射女主人公与前夫分开的原因,评论者认为不能一笔带过。① 再有,《亚非研究》评论《李白与杜甫:明月楼鸣》(*Li Po and Tu Fu*:*Bright Moon. Perching Bird*,1987)时指出,一是"举头望明月"错译为"举头望山月",二是《独坐敬亭山》错误地凸显叙事主体"我"("but we two aren't bored/me and Ching T'ing Peak"),评论者认为李白原意是要将叙事主体"我"消融于天地之间。②

尽管如此,整体而言,英译本的错译、误译并不常见,且多为"小错""小误",《亚非研究》对英译本的评价多为肯定,也不吝推荐它们,甚至英译本成为其评论其他语言译本、翻译汉语原著时重要的标准、参照。比如,英译本常用的译介模式为前言、译文与注释,墨西哥学者也采用这种模式翻译汉语原著,并从这三个角度去评论其他语言译本。再如,他们通过对比同一首古诗的英语译文与西班牙语译文,来判断西班牙语译文的忠实度。这就是英美汉学对拉美汉学浸润的第二方面:中国古典文学的译介、评论模式。

第三方面体现在研究视角:多用非文学视角解读中国古典文学,如社会学视角。多数时候,他们并不将中国古典文学作为研究目的,而是当成一个研究手段,以此来探照中国古代的社会现实及个人生活状态。举两个例子,第一个是《亚非研究》对乐府诗的大量译介,上一节已经详述。译介动机是乐府诗有别于儒生所作的、代表官僚地主阶级的诗歌,它能反映中国古代的民间社会生活,揭示彼时社会现实的"阴影区"。

第二个例子是对白行简《李娃传》的译介。译介目的也非文学层面。白佩兰认为《李娃传》文学价值不高:故事节奏急促、突兀;情节夸张,甚至

---

① Anne Birrell New Songs from a Jade Terrace:An Anthology of Early Chinese Love Poetry. Maeth.R.(trad.) *Estudios de Asia y África*,1984,60(2):324.

② Maeth,R. J.P. Seaton and James Cryer, Li Po and Tu Fu:Bright Moon. Perching Bird. *Estudios de Asia y África*,1992,89(3):572-573.

有不合理之处;除李娃外,人物形象多扁平化、脸谱化。《李娃传》的价值在社会学方面,因为它全面记录了唐朝长安的日常生活细节,映射了彼时社会生活。关于书中人物的个人命运有三点值得探讨。一是以李娃为代表的青楼女子的社会处境,白佩兰认为,在当时,出生低微的女子能入身青楼也算一条出路;二是科举制度给予所有儒生入仕、改变命运的机会,即使是世家子弟也须努力备考,这种制度在封建社会所具备的公平公正的意义,欧洲的贵族等级制度望尘莫及;三是买卖人口、父亲杀害自己孩子无罪等无人权状况。①

(二)西译本"错位":《亚非研究》忽视西班牙语世界对中国古典文学的译介

墨西哥的官方语言为西班牙语,《亚非研究》的写作语言也为西班牙语。按常理,西班牙语译本当是墨西哥学者的第一选择。然而,事实是 61 本被评论的中国古典文学著作,西译本仅 12 个,占比 19.7%,呈现一种"错位"的态势。究竟是因为西译本绝对数量小还是《亚非研究》接受的西译本数量小? 答案是后者。以中国古诗西译为例,1970 年至 2019 年 50 年间:西班牙语世界产生西译本 101 个,但是,《亚非研究》在此期间评论的仅 9 个,占比仅 8.9%。

产生这种"错位"的第一个原因是时间层面的,图 9-1 描绘了中国古诗西译本总量(101 个)与《亚非研究》关于中国古诗著作的书评总量(49 篇)的时间走向。

由图 9-1 可知,《亚非研究》有关中国古诗著作的书评数量的高潮阶段(1980—1995)早于西班牙语世界译介中国古诗的高潮阶段(1998—2007),呈现一种时间上的错位。比如,1990 年至 1993 年 4 年间,《亚非研究》共产生 16 篇书评,但同一时段的西译本仅 2 个;又如,2000 年至 2001 年两年间,西班牙语世界产生 15 个译本,同一时段《亚非研究》有关中国

① Botton,F. Bo Xing-Jian: la historia de Li Wa. *Estudios de Asia y África*,1970,14(3):261-264.

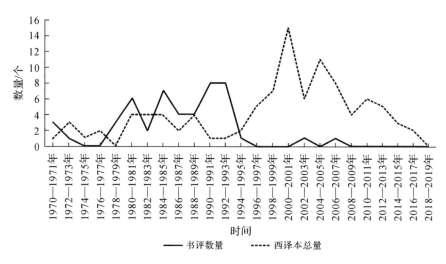

图 9-1　1970 年至 2019 年中国古诗西译本总量与《亚非研究》
相关书评数量时间走势

古诗的译评为 0 篇。也就是说，当《亚非研究》集中评论中国古诗时，并无
多少西译本可供参考；而当西班牙语世界集中译介中国古诗时，《亚非研
究》的书评重点却不是中国古诗了。

　　导致西译本"错位"的第二个原因是空间层面的。101 个西译本的出
版国家分布情况为西班牙（69）、秘鲁（11）、阿根廷（8）、墨西哥（7）、哥伦比
亚（4）、古巴（1）与智利（1），超过三分之二的西译本产生在大洋彼岸的西
班牙，距离影响了这些译本向拉丁美洲传播。也因为这种距离，拉美汉学
家并不了解西班牙汉学的研究现状，他们做的"文献综述"片面、武断。以
一个实例来说明，吉叶墨翻译的《翰林：杜甫诗选》于 2001 年出版，2003
年，《亚非研究》刊载了这个译本的书评。在书译中，溯宗杜甫在西班牙语
世界的译介，白佩兰论证道，除了黄玛赛、陈国坚，吉叶墨是第三个从汉语
直译杜甫诗歌的人。[①] 这个论断是错误的。事实上，即使在 2001 年之前，
西班牙也还有黄宝琳、佩雷斯·阿罗约、常世儒与毕隐崖从汉语直译杜甫

---

① 　Botton，F. Bosque de pinceles，poemas de Tu Fu. *Estudios de Asia y África*，
2003，122（3）：709.

诗歌,其中还包括两个专集:佩雷斯·阿罗约译《杜甫:七首伤感诗歌》与毕隐崖译《微风燕子斜:杜甫诗选》。

西译本"错位"的第三个原因是翻译水平、学术规范的差异。总体而言,《亚非研究》对西译本的评价并不高,即使是在西班牙受到极大肯定的译本,在他们的标尺里,也极少达到值得推荐的水平。那么,《亚非研究》评论译本的标准与参照点究竟是什么呢?选取两篇具有代表性的书评进行比较:《把酒问月——李白诗选》(评价较低)①与《五柳先生》(评价极高)②,细读书评文本就能厘清期刊关键的评论参照点(见表 9-1)。

表 9-1　陈国坚译本与吉叶墨译本的评价比照

译者	陈国坚	吉叶墨
书名	《把酒问月——李白诗选》	《五柳先生》
文献综述	局限于中国相关研究;未注重西方汉学对李白的译介与研究成果。	51 条参考书目,包括英语、法语、西班牙语与汉语文献。
译介目的	墨西哥亚非研究中心的西译项目,受到联合国教科文组织资助。	增译陶渊明的赋;按诗歌主题(田园、家庭、友情、酒、死亡、哲思)归类;选诗 150 首,目前最全的陶渊明诗歌西译本。
学术严谨性	① 隐去汉语原文本信息;② 使用《太白行吟图》,却未标注画家。	① 详细地注明两个汉语原文本的书目信息。② 前言里精解中国古诗形式、主题、韵律,阐释书法、细描汉语语音。
译文质量	基本达意,不精准。	精雕细琢的严肃译作,译者成功地超越了陶渊明诗歌西译的多个挑战。
书评结论	可充当一个比较、参考文本。	祝贺作者,祝贺出版社。

从表 9-1 的综述可知,《亚非研究》注重译本的学术价值,体现为三个

---

① Maeth,R. Li Bo, Copa en mano, pregunto a la luna. *Estudios de Asia y África*,1983,55(1):141-143.

② Swákhina,T. El maestro de cinco sauces:poemas de Tao Yuanming (Antología). *Estudios de Asia y África*,2006,130(2):321-338.

层次:第一层次是译者应当在国际视野下做文献综述。他们认为,文献综述不应被语言、地域阻隔;"原语"(中国古典文学的具体语境,指汉语)与译语也应不分先后。第二层次是在世界范围的文献综述基础上,有创造性地选择译谁、译哪些作品、怎么译,据此来确定翻译活动的学术目的而非现实目的。第三层次是学术严谨性,引言、译文与注释需严谨且精准。

(三)汉语原著"缺位":《亚非研究》片面、粗糙、肤浅地解读汉语原著

《亚非研究》对中国古典文学的评论共 61 篇,评论汉语原著的有 6 篇。这 6 篇书评长则两页、短则半页,可以预见,这种解读有失全面、难以深入。上文论及他们本有绝佳的读、解、译汉语原著的能力,排除语言障碍,导致这种现象的真实原因又是什么呢? 只能逐一对比被评论的原著与书评来观照、剖析。

总的来说,《亚非研究》对这几部汉语原著的评价褒贬兼具,即使评价同一部作品,也是肯定中夹杂否定,否定中又带有肯定。因此,只能剔出每条评价,选取典型,进行深入对比研究。典型的否定类评价有两条:一是《古诗今选》选诗标准缺乏新颖性,二是《中国古代神话》缺乏理论框架。

《古诗今选》由程千帆、沈祖棻选注。1983 年由上海古籍出版社刊行,曾作为高校的中国古典文学教材多次再版,最新一版还是 2019 年发行的。由此可知,这本著作在中国受到了认可。1993 年,《亚非研究》刊载了《古诗今选》的书评。① 书译对其最大的诟病是缺乏新颖性,因为类似的中国古诗选不少。

事实是,就选诗而言,《古诗今选》创意十足。程先生选注不少宋诗、中晚唐诗歌,改变了传统诗选"厚唐薄宋"与突出"盛唐气象"的做法;诗选

---

① 书评里提供的《古诗今选》出版年份为 1987 年。但书名、作者、出版社、上下两册的出版形式、包括书本的页码(620 页)、文中提及的后注内容均与 1983 年版不差毫厘。这种结果可能有两个原因:一是书评作者将出版年份注错;二是 1987 年确实直接再版过 1983 年版的《古诗今选》。这两种情况我们都可采用 1983 年版作为比照对象。

的前言也论述了选诗标准:以五言、七言诗歌为主,八代、唐、宋最具代表性,加之选注者对元明以来的诗歌研究不深,故未涉猎。

那么,书评里的"偏见"又是如何形成的呢?一是程先生将本书定位为"一般性读物",所以《古诗今选》这个书名宽泛,无具体指向;二是虽有选诗标准,但未"开宗明义",而是随意夹杂在洋洋洒洒的 20 页前言的中间;三是若要理解诗选的创新性,需对中国诗选历来"厚唐薄宋"与突出"盛唐气象"的传统有所了解,并且需要研读整本诗选,而不是局限于前言。所以,这样的书评无疑片面、粗糙、肤浅。

对《中国古代神话》的否定是缺乏理论框架的。实际上,在导言部分,作者袁珂就构建了全面的理论框架:定义神话;区别神话与历史、迷信、传说、仙话;论述神话与历史犬牙交错的依存关系;论证中国神话零星、散落的特点及原因,分析历史、诗歌与诸子散文对保存神话起到的积极作用与对神话的改编。那么,造成这种巨大"偏差"的原因是什么呢?一是导言结构混乱,随意地分隔为四个部分,上述理论散落、杂糅在各处,毫无逻辑、系统可言;二是未涉猎西方汉学对中国神话的既有研究成果,没有引证西方汉学家的理论作框架。因此,评论者阅读时,既无惯常的西方论文体例,又无熟悉的西方汉学家的理论,加上著作以繁体字写成,相信他很可能"如坠云雾",既然辨析不出熟悉的内容,直接认为"没有",便来得更加干脆、轻松。

总之,《亚非研究》评论汉语原著时缺乏耐心,他们并未仔细阅读内容,因此难以客观、全面、深入地评价。汉语原著若要针对西方读者,需要开宗明义,适当地采用西方论文体例,多使用表达逻辑关系的连词,不能洋洋洒洒地"想到哪里写到哪里"。当"散文式"的写作方式遭遇"论文式"的评价模式就会产生偏差、偏见,导致汉语原著在拉丁美洲汉学中严重"缺位"。

但是,必须指出的是,在中国,这种"散文式"的写作方式也是随着时间改变的。20 世纪 90 年代出版的《中国历代诗歌名篇鉴赏辞典》(1993)与《古代爱情诗词欣赏辞典》(1990)的前言就更具"论文"式样,更易得到西方书评的认可。典型的肯定性评价有两条:一是《中国历代诗歌名篇鉴赏辞典》选诗标准新颖,二是《古代爱情诗词欣赏辞典》爱情主题丰富、多元。

书评认为《中国历代诗歌名篇鉴赏辞典》选诗标准新颖,因为除了选择传统诗词曲赋,另选无名氏诗歌、民歌及其他能反映时代面貌的诗歌。实际上,原著前言陈述了4条选诗标准,评论者只取这一条。因为这条选诗标准契合他们的研究视角:以社会学视角解读中国古典文学。

他们对《古代爱情诗词欣赏辞典》的总体评价最高,评论者认为读它是一种真正的享受。该书选注关于爱情的各种主题的诗歌共932首,评论者认为它有两个突破。一是反诘了一个传统认知,西方普遍认为,中国古典文学缺乏真正意义上的爱情诗歌,或者说,爱情诗歌在中国的地位不如西方重要。二是改变了一个刻板印象,中国古代爱情诗局限于闺怨弃妇诗。有意思的是,对于这两个创新之处,原著完全是"无意为之",更多的是书评者自己的解读,原因有两点,一是中国诗歌浩瀚、庞杂,爱情诗歌散落于各处,少有以爱情为主题辑录的诗集;二是西方汉学过度追求中西差异,"闺怨弃妇"是能借题发挥的绝佳题材,再加上受部分汉学著作对中国爱情诗歌的单向研究影响,如傅汉思的《梅花与宫闱佳丽》,形成了片面、刻板的印象。

总的来说,无论是肯定还是否定,《亚非研究》的书评都是从西方汉学的角度去衡量汉语原著。墨西哥汉学家传承了西方汉学对中国古典文学研究的偏见,会在西方汉学的视野下去衡量作品是否具有创新性,理论框架是否严谨。反观汉语原著,绝大多数时候定位的潜在读者是中国人,研究视野、行文方式更加中国化,这样的著作在拉丁美洲汉学的语境中自然容易产生偏差、偏见;即使是正面的评价,多数时候也是因为"误打误撞"契合了西方汉学的研究模式。

中国古典文学域外传播始于译介,却不止于译介。从原著到目标语读者,再从读者阅读译本并接受,然后到认可中国古典文学是一个多种因素共同作用的复杂过程。在拉丁美洲,这种过程更加复杂,因为他们在接受西班牙语译本、汉语原著之前,深入地接受了英译本与英美汉学对中国古典文学的研究视角、方法、模式,导致英译本"越位"、西译本"错位"与汉语原著"缺位",三者互为因果、互相深化。

要打破这种循环,一个重要的突破口是由中国学者翻译中国古典文学。事实上,近年来,国内西班牙语学者也确实译介了不少相关作品,力图让中国古典文学走进西班牙语世界。然而,总体而言,这些西译本多停留在语言转码的翻译层面,对中国古典文学的学术化阐释比较薄弱,尚未建立中国译者对中国古典文学的学术话语权力;前言、注释、译文还时有明显错处,缺乏学术严谨性。所以,它们难以获得拉美专业读者的肯定与认可。

西译中国古典文学,需要在全球视野下,通过比较的方法,确定中国古典文学的独特性,多从诗学、美学、哲学的角度去凝练、阐释可同拉丁美洲共享的中国古典文学的"美"与"智慧",来丰富他们单一的社会学视角,避免他们"只见中国,不见文学"的狭隘解读方式。由此,推动中国古典文学"走出去"朝学术化方向发展,在全球语境下重新建立我们自己对中国古典文学的学术高地。

结　语

　　本书上篇、中篇从译文、译本、译者与出版者四个维度直观、立体地梳理了中国古典诗词、散文、戏剧、小说在西班牙语世界的翻译与传播现状；下篇则在前两篇的基础上梳理、总结了翻译、传播、接受的特点。

　　本书的基础为梳理中国古典文学的西班牙语译本，尽管采用了尽可能多的资源、数据源头，但是，由于研究对象宽泛，研究范围宏广，即译本时间跨度长，翻译行为发生的空间大，疏漏在所难免。因此，探索、挖掘未被发现的相关译本是未来研究的一项重要工作。这类发现可以丰富中国古典文学西班牙语翻译史研究。具体的经典译本研究也值得投入精力，既可以述评译本产生的背景及出版状况，也可以勾勒译本的传播路径，还应该分析译本的正、副文本以及翻译体例。

　　译文研究是翻译学科最为基础的研究。从汉语、西班牙语对比的角度，阐释、辨析字词、语句、语篇的翻译是最为常见的研究方法；对比同一原文的不同西班牙语译文最易瞥见不同译风，而追溯不同译风的作品在西班牙语世界的传播效果，厘析译风对译作传播的影响程度最为困难，但也最具研究价值。

　　译者是翻译行为的主体，是翻译学研究的重点对象，也是本书的重要论述内容。本书专门论述了译者群体西班牙语美洲诗人、唐诗四大译者以及个体译者黄玛赛、马埃斯、高伯译、雷林克以及利亚马斯，行文中涉及的其他译者也为数众多，为译者研究发掘了研究对象。将译者作为众多翻译元素之一进行研究，陈述译者生平、翻译活动，评论他们的译作或者翻译理念，是最为传统的"传记式"的译者研究。若将译者作为一种文化现象，即将个人译者、群体译者、知名译者或者不知名译者的翻译活动以及其他社会活动作为研究对象,从"文本"扩展到"文学",再到"文化"是非常新颖的研究方向,从译者的角度去观照社会和文化,则会得到更深邃的理解。当然,部分译者是西班牙语世界的重要汉学家,也是海外汉学的重要研究对象。

出版者往往是翻译活动最为重要的组织者,是译本的发行方与推广者,他们见证了中国古典文学西译实践的发展,本书主要就五洲传播出版社以及外文出版社的相关行为展开了论述,尚未对西班牙语国家的出版社进行深入而具体的研究,探索译入文本的产生过程及出版者在其中所起的作用,有助于探析译入行为的发生规律,咨鉴文学、文化双向交流。

此外,从译本、译者与出版者的角度对比西班牙语世界的译入行为与中国的译出行为,可以更为宏观地观照翻译行为发生的缘由、目的、过程及结果。例如,对比两个翻译方向的译者群体的二语习得、文学养成、翻译活动在他们自己整个社会活动中所占据的地位等,便能观照文学交流过程中翻译主体与社会文化之间的相互作用。

再如,集中观照西班牙语世界某一个汉学研究中心对中国古典文学的翻译、评介、研究及教学,可以深化对西班牙语世界汉学研究的认知,若宏观地描述,又能大致勾勒西班牙语世界的汉学研究版图;同时,对比"汉学"与"中国学"视野下的中国文学译研也是一个颇具价值的研究方向,既能透视古典文学在西班牙语世界传播的特殊性,也能观照到它们深受英美汉学的影响。随着科班出身的汉学家以及中国西班牙语学者越来越多,汉西直译本也越来越多,中国古典文学与西班牙语世界的接触也越来越直接。

此外,挖掘、厘析中国古典文学对西班牙语诗人、译者产生的影响则是比较文学的重点研究领域,例如,诗人李白与西班牙语世界诗人的跨时空的"互动",又如,翻译宋词对于宫碧蓝个人的诗歌创作所产生的重要影响,再如,中国山水诗歌对于拉丁美洲现代主义诗歌发展所起到的作用、中国寓言故事与西班牙寓言故事的"异曲同工"。

总的来说,本书是一个探索性的基础研究,多数时候"浅尝辄止"。在这个回溯、梳理、分析、勾勒、比较的过程中,为后续研究拓展了视野,同时发掘了不少可供继续拓展、深入的翻译学、海外汉学以及比较文学领域的新的课题,也提供了部分可以采用的研究方法。

参考文献

北京大学中国文学史教研室. 两汉文学史参考资料. 北京:高等教育出版社,1959.

曹胜高,岳阳峰. 汉乐府全集. 武汉:崇文书局,2018.

曹旭. 古诗十九首与乐府诗选评. 上海:上海古籍出版社,2019.

陈鼓应. 老子今注今译. 北京:商务印书馆,2016.

陈连山. 中国神话传说. 北京:五洲传播出版社,2008.

陈婷婷.《今古奇观》:中国文学走向世界最早的典范与启示. 安徽大学学报(哲学社会科学版),2013(4):44-51.

陈晓芬,徐儒宗. 论语·大学·中庸. 北京:中华书局,2015.

陈增荣.《诗经》、《楚辞》之比较. 新闻爱好者,2009(14):177.

陈众议,范晔,宗笑飞. 西班牙文学:黄金世纪. 南京:译林出版社,2018.

程弋洋. 鉴外寄象:中国文学在西班牙的翻译与传播研究. 北京:商务印书馆,2021.

达里奥. 鲁文·达里奥诗选. 赵振江,译. 石家庄:河北教育出版社,2003.

董斌孜孜. 诗仙远游法兰西——李白诗歌在法国的译介与接受. 贵州社会科学,2011(11):38-42.

范立本. 明心宝鉴. 北京:北京联合出版公司,2014.

傅汉思. 梅花与宫闱佳丽:中国诗选译随谈. 王蓓,译. 北京:生活·读书·新知三联书店,2010.

傅谨. 中国戏剧. 北京:五洲传播出版社,2010.

管永前. 从传教士汉学到"新汉学"——西班牙汉学发展与流变述略. 国际汉学,2020(3):150-157.

古孟玄.《聊斋志异》西译本与中西文化差异. 蒲松龄研究,2014(4): 57-71.

郭存海. 拉丁美洲的中国研究:回顾与展望. 西南科技大学学报(哲学社会科学版),2020(5):1-6.

郭茂倩. 乐府诗集. 上海:上海古籍出版社,1998.

郭延礼.《老残游记》在国外——为《老残游记》发表百周年而作. 中华读书报,2003-05-21(15). https://www.gmw.cn/01ds/2003-05/21/10-77C0840BB9BA10A248256D2D0006C028.htm.

何塞·胡安·塔布拉达.《李白》及其他诗歌. 张礼骏,译. 桂林:漓江出版社,2023.

何晏注,邢昺疏,李学勤主编. 论语注疏. 北京:北京大学出版社,1999.

胡永近. 论美国汉学家雷伊娜及其《张协状元》研究. 戏曲艺术. 2019 (4): 82-86.

黄鸣奋. 英语世界——中国古典文学之传播. 上海:学林出版社,1997.

黄鸣奋. 中国古典文学的英语译介. 北京教育学院学报,2017(6): 57-62.

侯健,张琼. 中国古典文学在西班牙的翻译情况初探. 翻译论坛, 2015 (4): 81-86.

吉叶墨. 来自中国:迷人之境的报道. 奚晓清,译. 北京:五洲传播出版社,2016.

蒋向艳. 唐诗在法国的译介和研究. 北京:学苑出版社,2016.

卡斯蒂耶霍等. 西班牙黄金世纪诗选. 赵振江,译. 北京:昆仑出版社,2000.

孔丘编订. 诗经. 北京:北京出版社,2006.

拉菲尔·阿尔贝蒂. 中国在微笑:拉菲尔·阿尔贝蒂诗选. 赵振江, 译. 石家庄:河北教育出版社,2009.

拉夫卡迪奥·赫恩,诺曼·欣斯代尔·彼得曼. 西方人笔下的中国鬼神故事二种. 毕旭林,译. 上海:上海社会科学院出版社,2014.

李久之. 陶渊明传论. 天津:天津人民出版社,2006.

李玉良.《诗经》翻译探微. 北京:商务印书馆,2017.

鲁迅. 鲁迅全集 6. 北京:人民文学出版社,2005.

鲁迅. 中国小说史略. 北京:民主与建设出版社,2015.

鲁迅校录. 唐宋传奇集. 济南:齐鲁书社出版社,1997.

罗一凡. 创造中国怪异:Rafael de Rojas y Román 首译《聊斋志异》西班牙语译本研究. 蒲松龄研究. 2017 (4):52-61.

梅谦立,王慧宇. 耶稣会士罗明坚与儒家经典在欧洲的首次译介. 中国哲学史,2018(1):118-124.

缪钺. 诗词散论. 西安:陕西师范大学出版社,2008.

蒲松龄. 聊斋志异,长沙:岳麓书社,2001.

上海塞万提斯图书馆. 安妮-海伦·苏亚雷斯荣获西班牙国家翻译奖. (2021-09-20)[2023-03-31]. https://mp. weixin. qq. com/s/oc7IPmNM9nHq TIxeZo1bwA.

孙义桢,张婧亭."中西合璧"陈国坚. 中华读书报,2017-02-15(15).

唐圭璋,钟振振. 宋词鉴赏辞典. 北京:商务印书馆国际有限公司,2020.

王晨颖. 华裔文学及中国文学在西班牙语国家的译介(La traducción de la literatura diaspórica china y de la literatura china a lengua española). 北京:对外经济贸易大学出版社,2018.

王国维. 宋元戏曲史. 北京:中华书局,2010.

王丽娜. 超越文化,也超越肤色——《儒林外史》西班牙文全译本荣获西班牙国家翻译奖. 中国图书评论,1995 (4):49.

王实甫. 西厢记. 石家庄:河北教育出版社,2007.

王央乐. 旧的回忆和新的印象——黄玛赛和她的自传. 读书,1980,

5：103-107.

谢天振. 中国文学走出去:问题与实质. 中国比较文学,2014(1)：1-10.

许多,许钧. 中华文化典籍的对外译介与传播——关于《大中华文库》的评价与思考. 外语教学理论与实践,2015(3)：13-17.

杨伯峻. 论语译注. 北京:中华书局,1980.

叶润青.《聊斋志异·娇娜》中的第四种关系. 湖北科技学院学报,2014(8)：69-71.

游国恩等. 中国文学史(一). 北京:人民文学出版社,1983.

游国恩等. 中国文学史(三). 北京:人民文学出版社,2006.

余冠英. 诗经选. 北京:中华书局,2012.

余冠英. 乐府诗选. 北京:中华书局,2012.

郁辉.《三字经》故事. 露西亚·伊内斯·巴塞耶斯,译. 北京:华语教学出版社,2013.

于美晨. 建国60年中国古代文化典籍外译书目研究. 北京:北京外国语大学硕士学位论文,2013.

俞平伯等. 唐诗鉴赏辞典. 上海:上海辞书出版社,2017.

袁行霈. 中国文学史(第一、二、三、四卷). 北京:高等教育出版社,2020.

曾德昭. 大中国志. 何高济,译. 北京:商务印书馆,2012.

查明建. 比较文学与中外文化交流. 外语教学与研究,2018(2)：619-627.

张万民. 英语世界的诗经学. 石家庄:河北教育出版社,2021.

赵振江. 西文版《红楼梦》问世的前前后后. 红楼梦学刊,1990(3)：323-328.

赵振江.《红楼梦》西班牙语翻译二三事. 华西班牙语文学刊,2010(2)：62-65.

赵振江,滕威. 中外文学交流史——中国—西班牙语国家卷. 济南:山东教育出版社,2015.

郑樵. 通志. 北京：中华书局,1987.

周贻白. 中国戏剧史长编. 上海：上海书店出版社,2007.

朱光潜. 诗论. 上海：华东师范大学出版社,2019.

左丘明. 春秋左传. 内蒙古：内蒙古文化出版社,2007.

Acevedo, B. Traducir. *Encuentros en Catay*, 1987.

Alayza Alves-Oliveira, F. & Benavides, M. A. *Enseñanzas para la Xida y el Gobierno. Dos Textos Confucianos ,el Da Xue y el Zhong Yong*. Lima：Editorial de la Pontificia Universidad Católica del Perú Fondo Editorial,2004.

Alayza Alves-Oliveira, F. & Benavides, M. A. *Dao De Zhen Jing：Urdimbre Verdadera del Camino y Su Virtud*. Madrid：Visor Libros,2013.

Alberti, R. & León,M. T. *Poesía China*. Madrid：Visor Libros,2003.

Alonso, A. *Fray Luis de León. Poesía*. Barcelona：Penguin Random House Grupo Editorial, 2005.

Álvarez, J. R. Octavio Paz y la traducción de la poesía china. *Encuentros en Catay*. 1991.

Álvarez, J. R. Esbozo de la sinología española. *The World of Chinese Language*,2009(12)：1-40.

Álvarez, J. R. *Un Nuevo Texto del Tao Te Ching. Reconstrucción de Yen Lingfong*. Taibei：Catay,2016.

Arbillaga, I. *La Literatura China Traducida en España*. Alicante：Publicaciones de la Universidad de Alicante,2003.

Aristóteles. *Poética de Aristóteles*. Madrid：Editorial Gredos,1974.

Beltrán, J. *Perspectivas Chinas*. Barcelona：Ediciones Bellaterra,2006.

Borges, J. L. *El Invitado Tigre*. Madrid：Siruela,1985.

Borges, J. L. *Antología de la Literatura Fantástica*. Barcelona：Edhasa,2015.

Botton, F. La historia de Ying-ying. *Estudios Orientales*,1970,12

(1): 59-62.

Botton, F. Bo Xing-Jian: la historia de Li Wa. *Estudios de Asia y África*, 1970, 14(3): 261-277.

Botton, F. Un espacio propio: nuevas interpretaciones sobre las mujeres en la China tradicional. *Estudios de Asia y África*, 2001, 114 (1): 155-164.

Botton, F. Bosque de pinceles, poemas de Tu Fu. *Estudios de Asia y África*, 2003, 122(3): 707-720.

Botton, F. Octavio Paz y la poesía china: las trampas de la traducción. *Estudios de Asia y África*, 2011, 145(2): 269-286.

Chang, S. R. & Calle, R. *101 Cuentos Clásicos de la China*. Madrid: Editorial Edaf, 1996.

Chang, S. R. *Analectas de Confucio*. Beijing: Casa Editorial de Enseñanza e Investigación de las Lenguas Extranjeras, 2009.

Chang, S. R. & Ollé, M. *Poemas de la Dinastía Tang*. Beijing: China Intercontinental Press, 2015.

Chang, Y. H. Del erotismo a la seducción en Jin Ping Mei. Granada: Universidad de Granada (Tesis Doctoral), 2015.

Chen, G. F. & Wang, H. Z. *Antología Poética de las Dinastías Tang y Song*. Madrid: Miraguano, 2009.

Chen, G. J. Dieciocho poemas de Li Po. *Estudios de Asia y África*, 1981, 47(1): 177-199.

Chen, G. J. *Copa en Mano, Pregunto a la Luna-Li Bo Poemas*. México: El Colegio de México, 1982.

Chen, G. J. *Lo Mejor de la Poesía Amorosa China*. Madrid: Calambur, 2007.

Chen, G. J. *Poesía China -Siglo XI a. C. -Siglo XX*. Madrid: Cátedra, 2013.

Chen, G. J. *La Poesía China en el Mundo Hispánico*. Madrid:

Miraguano, 2015.

Chen, G. J. *Trescientos Poemas de la Dinastía Tang*. Madrid: Cátedra, 2016.

Chen, G. J. *Antología Poética de la Dinastía Tang*. Shanghai: Shanghai Foreign Language Press, 2017.

Chen, G. J. *Antología Poética de qu de la Dinastía Yuan*. Shanghai: Shanghai Foreign Language Education Press, 2017.

Chen, X. Y. Estudio ccomparativo entre la literatura española y la china: relatos cortos del siglo XVII de Juan Pérez de Montalbán y Pu Songling. *Actas del VIII Congreso Internacional Jóvenes Investigadores Siglo de Oro JISO* 2018. Biadig: Biblioteca Áurea Digital, 2019: 37-50.

Cheng, L. *Los Cuatro Libros de Confucio*. Caracas: Los Libros de El Nacional, 2000.

Chicharro Chamorro, D. *Orígenes del Teatro*. Madrid: Cincel, 1980.

Cid Lucas, F. La mujer soldado como motivo literario en Oriente y Occidente: la Canción de Mulán y el romance de La doncella soldado. *La Torre del Virrey: Revista de Estudios Culturales*, 2013, 13: 49-52.

Curtius, E. R. *Literatura Europea y Edad Media Latina* (1), Madrid: FCE, 1995.

Colodrón, A. *Lie Tse: Una Guía Taoísta sobre el Arte de Vivir*. Madrid: Edaf, 1997.

Colodrón, A. *Analectas*. Madrid: Edaf, 1998.

Dañino, G. *La Pagoda Blanca: Poemas de la Dinastía Tang*. Lima: Pontificia Universidad Católica del Perú Fondo Editorial, 1996.

Dañino, G. *La Montaña Vacía-Poemas de Wang Wei*. Madrid: Hiperión, 2004.

Dañino, G. *Tao Yuanming: El Maestro de los Cinco Sauces*. Madrid: Hiperión, 2006.

Dañino, G. *Enciclopedia de la Cultura China*. Beijing: Ediciones en Lenguas Extranjeras, 2013.

Darío, R . Prosas Profanas y Otros Poemas. [2023-4-20]. https://www. cervantesvirtual. com/portales/ruben_dario/obra-visor/prosas-profanas-y-otros-poemas--0/html/fedc2602-82b1-11df-acc7-002185ce6064_2. html # I_1_.

De Juan, M. *Cuentos Chinos de Tradición Antigua.* Buenos Aires: Espasa-Calpe, 1948.

De Juan, M. La literatura china. *Arbor*, 1956, (5): 67-79.

De Juan, M. *El Espejo Antiguo y Otros Cuentos Chinos.* Madrid: Espasa-Calpe, 1983.

De Juan, M. *Segunda Antología de la Poesía China.* Madrid: Alianza Editorial, 2007.

Dimitrova, R. &. Pan, L. T. Jiao Na. Liao Zhai Zhi Yi. *Estudios de Asia y África*, 2012, 147(1): 119-131.

Dobson, W. C. A. H. Los orígenes de la poesía china. *Estudios de Asia y África*, 1967, 3(1): 40-48.

Durán Vélez, J. *Del Género Dramático, la Historia y Nuestra Lengua.* Bogotá: Universidad del Rosario, 2004.

Elorduy, C. *Romancer Chino. Madrid:Editora Nacional*, 1984.

Elorduy, C. *Tao Te Ching*, Madrid: Tecnos, 2017.

Estébanez, D. *Diccionario de Términos Literarios.* Madrid: Alianza Editorial, 2016.

Fajardo, D. Borges y la literatura china. *Encuentros de Catay*, 1995.

Fernández Navarrete, D. *Tratados Historicos, Politicos, Ethicos y Religiosos de la Monarchia de China.* Madrid: En la Imprenta Real, 1676.

Folch, D. Poesia xinesa i poesia xinesa en català. *Reduccions: Revista de Poesia*, 1984, 25(2): 57-86.

García-Noblejas, G. *Los Viajes del Buen Doctor Can.* Madrid: Cátedra, 2004.

García-Noblejas, G. *Poesía Popular de la China Antigua*. Madrid: Alianza Editorial, 2008.

García-Noblejas, G. *Libro de los Cantos*. Madrid: Alianza Editorial, 2013.

Gómez Cifuentes, S. edi. *Antología de Cuentos de la Dinastía Tang*. Madrid: Miraguano, 2014.

Gómez Redondo, F. Armonía y diseño formal en *Oda a la vida retirada. Fray Luis de León, Historia, Humanismo y Letras*. Salamanca: Ediciones Universidad de Salamanca, 1996.

González España, P. *El Cielo y el Poder*. Madrid: Hiperión, 1997.

González España, P. *Transmutaciones*. Madrid: Colecciones Torremozas, 2005.

González España, P. *Li Qingzhao. Poesía Completa* (60 *Poemas Ci para Cantar*). Madrid: Guadarrama, 2010.

González España, P. *Li Qingzhao. La Flor del Ciruelo*. Madrid: Ediciones Torremozas, 2011.

González España, P. *Poesía y Pintura de la Dinastía Song- Antología Selecta*. Beijing: China Intercontinental Press, 2011.

González España, P. *Las Veinticuatro Categorías de la Poesía*. Madrid: Trotta, 2012.

González España, P. *Poesía y Pintura de la Dinastía Song*. Beijing: China Intercontinental Press, 2019.

González España, P. & Wang, Q. C. *Poesía y Pintura de la Dinastía Yuan*. Beijing: China Intercontinental Press, 2019.

Guzmán Guerra, A. *Introducción al Teatro Griego*. Madrid: Editorial Alianza, 2005.

Huerta Calvo, J. *Historia del Teatro Español*. Madrid: Editorial Gredos, D. L. 2003.

Kuo, T. C. & Salas Díaz, M. *Jade Puro*. Madrid: Ediciones

Hiperión, 2014.

La Hija de la Zorra. Beijing: Blossom Press, 1987.

La Hija del Rey Dragón. Cuentos de la Dinastía Tang. Beijing: Ediciones en Lenguas Extranjeras, 1980.

Lafarga, F. &. Pegenaute, L. *Diccionario Histórico de la Traducción en España*. Madrid: Gredos, 2009.

Las Enseñanzas de Tao Te Ching, Barcelona: FAPA, 2001.

Laurent, A. *Fábulas Chinas*. [2022-4-20]. https://dtieao. uab. cat/txicc/lite/traducciones/fabulas-chinas/.

Lévy, A. *Le Pavillon aux Pivoines*. París: Música Falsa, 1999.

Liu, J. *The Interlingual Critic*. Bloomington: Indiana University Press, 1982.

Liu, Y. X. , Dong, Y. S. &. Ding, W. L. *Antología de la Literatura Española*. Beijing: Foreign Language Teaching and Research Press, 1997.

López, A. *Comedia Romana*. Madrid: Editorial Akal, 2007.

López, J. L. *Mencio*. Beijing: Ediciones en Lenguas Extranjeras, 2012.

Llamas, R. *El Licenciado Número Uno Zhang Xie*. Barcelona: Ediciones Bellaterra, 2014.

Maeth, R. La esposa de Jiāo Zhòngqīng-una balada larga china del siglo III d. C. *Estudios de Asia y África*, 1980, 43 (1): 124-148.

Maeth, R. La poesía popular de la dinastía Hàn: el amor, la guerra y la realidad social. *Estudios de Asia y África*, 1980 , 45(3): 617-639.

Maeth, R. Li Bo, Copa en mano, pregunto a la luna. *Estudios de Asia y África*, 1983, 55(1): 141-143.

Anne Birrell New Songs from a Jade Terrace: An Anthology of Early Chinese Love Poetry. Maeth, R. (trad.) *Estudios de Asia y África*, 1984, 60 (2): 324-325.

Maeth, R. La canción popular en la China medieval I: "Las

canciones de la Dama Medianoche". *Estudios de Asia y África*, 1985, 64（2）: 133-149.

Maeth, R. Carmelo Elorduy, Romancero chino. *Estudios de Asia y África*, 1986, 68(2): 336-343.

Maeth, R. La canción popular de la China medieval VII. "La balada de Mulan" y la tradición norteña. *Estudios de Asia y África*, 1990, 81 （1）: 116-133.

Maeth, R. G. Whincup. The heart of chinese poetry. *Estudios de Asia y África*, 1990, 81(1): 156-157.

Maeth, R. Anne-Hélène Suárez. Li Bo: Cincuenta poemas. *Estudios de Asia y África*, 1992, 88(2): 429-430.

Maeth, R. J. P. Seaton and James Cryer, Li Po and Tu Fu: Bright moon. Perching Bird. *Estudios de Asia y África*, 1992, 89（3）: 571-573.

Martín Ríos, J. *El Silencio de la Luna-Introducción a la Poesía China de la Dinastía Tang*. Barcelona: Azul Editorial, 2003.

Montagne, E. *El Libro del Sendero y de la Línea-Recta*. Buenos Aires: Ediciones Mínimas, 1916.

Montes de Oca, F. *Literatura Universal*. México: Editorial Porrúa, 1977.

Muguerza, J. La herencia filosófica de la casa de España en México: José Gaos y el pensamiento de lengua española. *Las Palmas de Gran Canaria*, 2013, 59: 769-789.

Núñez, R. *China: Imagen y Poesía*. Beijing: China International Culture Press, 1987.

Ortega, M. T. & Pérez, O. M. *Selecciones de Extraños Cuentos del Estudio Liaozhai I*. Beijing: Ediciones en Lenguas Extranjeras, 2014.

Page, J. La narrativa de ficción china: El género gongán de crimen y detección. *Estudios de Asia y África*, 1991, 85(2): 239-244.

Paz, O. *Versiones y Diversiones*. Barcelona: Galaxia Gutenberg, 2014.

Perez Arroyo,J. Los Cuatro Libros. Madrid: Alfaguara,1981.

Pérez Arroyo, J. *Los Cuatro Libros*. Barcelona: Paidós, 2020.

Pérez Magallón, J. *El Teatro Neoclásico*. Madrid: Editorial Laberinto. 2001.

Preciado,J. I. *Laozi, El Libro del Tao*. Madrid: Alfaguara,1978.

Preciado, J. I. *El Vuelo Oblicuo de las Golondrinas*. Madrid: Ediciones del Oriente y del Mediterráneo, 2000.

Preciado,J. I. *Antología de Poesía China*. Madrid: Gredos,2003.

Ramajo Caño, A. El carácter proemial de la Oda primera de Fray Luis (y un excurso sobre la Priamel en la poesía de los Siglos de Oro) . https://www. cervantesvirtual. com/obra-visor/el-carcter-proemial-de-la-oda-primera-de-fray-luis-y-un-excurso-sobre-la-priamel-en-la-poesa-de-los-siglos-de-oro-0/html/01e254fc-82b2-11df-acc7-002185ce6064 _ 13. html. [2023-04-17].

Relinque,A. *Tres Dramas Chinos*. Madrid: Editorial Gredos,2002.

Relinque,A. *Jin Ping Mei*. Girona: Atalanta,2010.

Roca-Ferrer, X. *Flor de Ciruelo en Vasito de Oro*. Barcelona: Destino,2010.

Rodríguez Adrados, F. *Del Teatro Griego al Teatro de Hoy*. Madrid: Alianza Editorial,1999.

Rodríguez Durán, P. *Poesía Ilustrada de la Era Han, los Tres Reinos y las Dinastías del Norte y Sur*. Beijing: China Intercontinental Press,2019.

Rodríguez Valle, N. El licenciado número uno Zhangxie. *Estudios de Asia y África*,2016, 159(1): 247-251.

Rovetta, L. A. & Ramírez, L. *Cuentos de Liaozhai*. Madrid: Alianza Editorial, 2004.

Ruiz Ramón, F. *Historia del Teatro Español* : (*desde Sus Orígenes hasta 1900*). Madrid: Ediciones Cátedra, 2000.

Sellés, C. L. "Érase una vez..." en el modernismo hispanoamericano. *Hesperia : Anuario de Filología Hispánica*, 2001: 55-71.

Senabre, R. La escondida senda de Fray Luis. https://www. cervantesvirtual. com/obra-visor/la-escondida-senda-de-fray-luis--0/html/5050 71c8-b243-4fa4-b6b1-5090cb3828ee_8. html#I_0_. [2023-04-17].

Serra, Cristóbal. *Chuang-tzu (Obra Completa)*. Palma de Mallorca: Cort, 2005.

Shen, V. El uso de las metáforas cosmográficas en Li Po y José Asunción Silva. *Encuentros en Catay*, 1989.

Suárez, A. H. *Su Dongpo. Recordando el Pasado en el Acantilado Rojo y Otros Poemas*. Madrid: Hiperión, 1992.

Suárez, A. H. *Libro del Curso y de la Virtud (Dao De Jing)*. Madrid: Siruela, 1998.

Suárez, A. H. *A Punto de Partir*, *100 Poemas de Li Bai*. Valencia: Editorial Pre-textos, 2005.

Suárez, A. H. Sinología y traducción: El problema de la traducción de poesía china clásica en ocho poemas de Du Fu. Barcelona: Universidad Autónoma de Barcelona (Tesis Doctoral), 2009.

Swákhina, T. El maestro de cinco sauces: poemas de Tao Yuanming (Antología). *Estudios de Asia y África*, 2006, 130(2): 321-338.

Tablada, J. J. *Li-Po y Otros Poemas*. México: CONACULTA, 2005.

Vasvári, L. O. Queering "The donçella guerrera". *Calíope: Journal of the Society for Renaissance and Baroque Hispanic Society*, 2006, 12(2): 93-118.

Wang, H. Z. *Antología de 300 Poemas de la Dinastía Song*. Shanghai: Shanghai Foreign Language Education Press, 2013.

Wang, H. Z. *Antología Poética del Ci de la Dinastía Song I.* Shanghai: Shanghai Foreign Language Education Press, 2017.

Wang, I. H. & Gatón, E. P. *Cuentos Chinos del Río Amarillo.* Madrid: Siruela, 2008.

Wilhelm, R. *Cuentos Breves y Leyendas sobre los Dioses.* Tucci, N. (trad.). Madrid: Ediciones Librería Argentina, 2019.

Wohlfeil, M. & Esteban, M. P. *Lao Tse. Tao Te King.* Málaga: Sirio, 1989.

Xu, L. & Valdés, C. *Poesía de la Antigua China I.* Beijing: Ediciones en Lenguas Extranjeras, 2017.

Yang, X. Y. & Dai, N. D. *The Dragon King's Daughter.* Beijing: Foreign Language Press, 1980.

Yao, N. & García-Noblejas, G. *Libros de los Montes y los Mares.* (*Shanhaijing*). *Cosmografía y Mitología de la China Antigua.* Madrid: Miraguano, 2000.

Yin, C. D., Jiang, F. G. & Barrera, F. *Versos de Chu.* Dalian: Editorial de la Universidad de Tecnología de Dalian, 2015.

Yin, C. D. Jiang, M. & Achkar, C. D. *Viajes de Lao Can.* Dalian: Editorial de la Universidad de Tecnología de Dalian, 2017.

Yunque, Á. *Poetas Chinos. Paisaje a través de una Doble Niebla.* Barcelona: Azul, 2000.

Zeng, R. J. & Barneto, R. J. *Alma y Materia: Poesía y Caligrafía Chinas.* Madrid: Miraguano, 2005.

Zheng, S. J. & Chang, S. R. *Antología de la Literatura Hispanoamericana.* Beijing: Foreign Language Teaching and Research Press, 1997.

附录：
中国古典文学西班牙语译本目录

西班牙语国家译入文本（按出版时间排序）：

1. Zozaya, A. *Confucio: Los Grandes Libros de Filosofía Moral y Política de la China*. Madrid: Dirección y Administración, 1905.

2. Montagne, E. *El Libro del Sendero y de la Línea-Recta*. Buenos Aires: Ediciones Mínimas, 1916.

3. Guirao, P. *El Evangelio de Confucio*. Barcelona: B. Bauzá, 1920.

4. Valencia, G. *Catay-Poemas Orientales*. Bogotá: Camacho Rolden, 1929.

5. Ruiz de Larios, J. *Antología de la Poesía China*. Barcelona: Tartessos.

6. Guirao, P. *El Evangelio del Tao: Del Libro Sagrado Tao Tê Ching*. Barcelona: B. Bauzá, 1931.

7. Telaya, C. E. *El Pabellón de Porcelana: Compilación de Poesías Chinas*. Perú: Editorial Atlántida, 1938.

8. Aschero, J. F. Ernesto B. Rodríguez, *El Libro del Sendero y de la Virtud*. Cochabamba: Adonis, 1940.

9. Manent, M. *El Color de la Vida: Interpretaciones de Poesía China*. Barcelona, 1942.

10. De Champourcín, E. *La Flauta de Jade*. Ciudad de México: Centauro, 1945.

11. Gutiérrez Marín, M. *El Pabellón de Porcelana : Poesías Chinas*. Barcelona: Editorial Montaner y Simón, 1945.

12. Martínez Elen, L. *Mono*. Barcelona: Cervantes, 1945.

13. Dukelsky Yoffe, E. *La Sabiduría de Confucio*. Buenos Aires: Siglo Veinte, 1946.

14. Salinas, R. *Poesías de la Antigua China*. Santiago de Chile: Escuela Nacional de Artes Gráficas,1948.

15. De Juan, M. *Cuentos Chinos de Tradición Antigua*. Buenos Aires: Espasa-Calpe, 1948.

16. De Juan, M. *Antología de Cuentistas Chinos*. Buenos Aires: Espasa-Calpe, 1948.

17. De Juan, M. *Breve Antología de la Poesía China*. Madrid: Revista de Occidente, 1948.

18. Mazia, F. *La Sabiduría de Laotsé*. Buenos Aires: Editorial Sudamericana, 1951.

19. Serra, C. *Tao-Teh-King (El Libro del Camino Recto)*. Palma de Mallorca: Clumba, 1952.

20. Bergua, J. B. *Confucio y Mencio. Los Libros Canónicos Chinos*. Madrid: Ediciones Ibéricas, 1954.

21. Farrán y Mayoral, J. *Los Cuatro Libros de Filosofía Moral y Política de China*. Barcelona: José Janés, 1954.

22. Chang, J. Algunas notas sobre la literatura china. *Revista de Literatura*, 1955, 16: 322-330.

23. Carpio, A. P. *El Tao Tê King de Lao Tse*. Buenos Aires: Sudamericana, 1957.

24. Yunque, A. *Poetas Chinos*. Buenos Aires: Editorial Quetzal, 1958.

25. *Los Diez Mejores Cuentos Chinos*. Barcelona: Sucesor de E. Meseguer Editor, 1958.

26. Scholz, M. *La Amazona Negra*. Barcelona: Iberia. Diamante, 1958.

27. Núñez de Prado, J. *Tratados Morales y Políticos : Según los Textos de Confucio y de Sus Discípulos Tseng-Chen, Tchu-Hi y Otros*. Barcelona: Iberia, 1959.

28. Ruy, R. A. *Poetas Chinos de la Dinastía T'ang*. Buenos Aires: Mundonuevo, 1961.

29. Trueba, M. A. *Loto Dorado : Hsi Men y Sus Esposas*. Ciudad de México: Baal Editores, 1961.

30. Elorduy, C. *La Gnosis Taoísta del Tao Te Ching*. Burgos: Oña, 1961.

31. Díaz-Faes, C. *Tao Teh King (El Libro del Recto Camino)*. Madrid: Morata, 1961.

32. De Juan, M. *Segunda Antología de la Poesía China*. Madrid: Revista de Occidente, 1962.

33. Délano, L. E. *Poemas de Li Po*. Santiago de Chile: Editorial Universitaria, 1962.

34. Carreño, V. *Damas de China. Historias de la China Clásica*. Buenos Aires: Goyanarte, 1963.

35. Vivancos, E. *Libro del Camino y de la Virtud*. México: Tierra y libertad, 1963.

36. Elorduy, C. *Chuang-tzu*. Manila: East Asian Pastoral Institute, 1967.

37. Manent, M. *Vida y Poesía de Li Po*. Barcelona: Seix Barral, 1968.

38. Soler Blanch, C. *Cuentos Chinos*. Barcelona: Afha Internacional, 1968.

39. *Filosofía Oriental*. Barcelona: Ediciones Zeus, 1968.

40. Sanglas, O. F. *Los Cuatro Libros Clásicos*. Barcelona: Bruguera, 1968.

41. Botton, F. La historia de Ying-ying. *Estudios Orientales*, 1970, 12 (1): 59-62.

42. Botton, F. La historia de Li Wa. *Estudios de Asia y África*, 1970, 14(3): 261-277.

43. Fernández Arce, A. *Viento del Este: Mao y la Poesía China. Con Poemas de Chu Yuan, Tao Chien, Li Po, Tu Fu, Lu You, Mao Tse Tung y Kuo Mo Jo*. Trujillo: Diego E. Natal, 1972.

44. *Tao Te King*. Madrid: Ricardo Aguilera, 1972.

45. Tola, J. M. *Tao Te King*. Barcelona: Barral Editores, 1972.

46. Pla Salas, R. *Tao Te King*. Ciudad de México: Editorial Diana, 1972.

47. Ferrero, O. *El Tao Te Ching de Lao-Tzu*. Lima: Gráfica Morsom, 1972.

48. De Juan, M. *Poesía China: Del Siglo XX a. C. a las Canciones de la Revolución Cultural*. Madrid: Alianza, 1973.

49. *Leyendas y Amores de la Antigua China*. Barcelona: Petronio, 1973.

50. Hegewicz, E. *Confucio: Las Analectas, el Gran Compendio, el Eje Firme*. Barcelona: Labor, 1975.

51. Fernández Oviedo, J. *Tao Te Ching*. Buenos Aires: Andrómeda, 1976.

52. Aguado Pertz, F. *Poesía China: Antología Esencial*. Buenos Aires: Andrómeda, 1977.

53. Podestá, B. *Jou Pu Tuan: Novela Erótica China*. Barcelona: Bruguera, 1978.

54. Preciado, J. I. *El Libro del Tao*. Madrid: Alfaguara, 1978.

55. Resines, A. *Por el Camino de Chuang Tzu*. Madrid: Visor, 1978.

56. Maraonda, F. *Loto Dorado*. Barcelona: Jesús Díez Moreno, 1979.

57. Silva-Santisteban, R. *Cathay*. Barcelona: Tusquets, 1980.

58. Maeth, R. La esposa de Jiāo Zhòngqīng-una balada larga china del siglo III d. C. *Estudios de Asia y África*, 1980, 43 (1): 124-148.

59. Maeth, R. La poesía popular de la dinastía Hàn: El amor, la guerra y la realidad social. *Estudios de Asia y África*, 1980, 45(3): 617-639.

60. Álvarez, J. R. Pensamiento político y de gobierno en el TTC. Madrid: Universidad de Complutense (Tesis Doctoral), 1980.

61. Cardona Castro, F. *Los Cuatro Libros de la Sabiduría*. Madrid: Editora de los Amigos del Círculo Bibliófilo, 1980.

62. Chen, G. J. Dieciocho poemas de Li Po. *Estudios de Asia y África*, 1981, 47(1): 177-199.

63. Chen, G. J. Dieciocho poemas de Du Fu. *Estudios de Asia y África*, 1981, 48(2): 342-355.

64. Wu, Y. S. 15 *Poemas Ci de las Dinastías Tang y Song*. Ciudad de México: Universidad Autónoma Metropolitana, 1981.

65. Laurent, A. *Fábulas Chinas*. Barcelona: Astri, 1981.

66. Pérez Arroyo, J. *Los Cuatro Libros*. Madrid: Alfaguara, 1981.

67. Chen, G. J. *Copa en Mano, Pregunto a la Luna—Li Bo, Poemas*. Ciudad de México: El Colegio de México, 1982.

68. Sánchez Trabalón, J. *Poesía China*. Barcelona: Adíax, 1982.

69. Maeth, R. Wu Yuanshan. 15 poemas Ci de la dinastía Tang y Song. *Estudios de Asia y África*, 1982, 53(3): 557-558.

70. Moya, A. P. *Los Cuentos Fantásticos de China*. Barcelona: Crítica, 1982.

71. Salvador, C. *Los Fantasmas del Mar*. Madrid: LEGASA, 1982.

72. Rosenberg, M. *Las Analectas: Conversaciones con los Discípulos*. Barcelona: Adíax, 1982.

73. *Confucio*: *El Centro Invariable*. Ciudad de México: Yug, 1982.

74. Davie, M. C. *Antiguas Canciones Chinas*. Barcelona: Teorema, 1983.

75. Huang, P. & Del Saz-Orozco, C. *Poetas de la Dinastía Tang*. Barcelona: Plaza & Janés, 1983.

76. De Juan, M. *El Espejo Antiguo y Otros Cuentos Chinos*. Madrid: Espasa-Calpe, 1983, 1987.

77. Peradejordi, G. *Tao-Te-King*. Barcelona: Obelisco, 1983.

78. Laurent, A. *Tao Te Ching*. Barcelona: Teorema, 1983.

79. Page, J. Cómo Wang Xinzhi con su muerte salvó a toda la familia I. *Estudios de Asia y África*, 1983, 56 (2): 268-286.

80. Page, J. Cómo Wang Xinzhi con su muerte salvó a toda la familia II. *Estudios de Asia y África*, 1983, 57 (3): 477-501.

81. Elorduy, C. *Romancero Chino*. Madrid: Editora Nacional, 1984.

82. Chen, G. J. *Poemas de Bai Juyi*. Lima: Viento Sur, 1984.

83. Maeth, R. Botton, F. & Page, J. *Dinastía Han*. 206 a. C. - 220 d. C. Ciudad de México: El Colegio de México, 1984.

84. Folch, D. Poesia xinesa i poesia xinesa en català. *Reduccions: Revista de Poesia*, 1984, 25(2): 57-86.

85. Wei, J. Z. *Fábulas y Relatos de La Antigua China*. Barcelona: Teorema, 1984.

86. De Santiago Gaviña, C. *El Honesto Dependiente Chang. Cuentos Chinos*. Madrid: Altea, 1984.

87. Trueba, M. A. *Loto Dorado: Hsi Men y Sus ssposas*. Barcelona: Libros y Publicaciones Periódicas, 1984.

88. Axe, A. *Tao The King*. Madrid: Ziggurat, 1984.

89. Caudet Yarza, F. *Los Poemas de Han-Shan, Poesía Zen*. Madrid: Editorial Ayuso, 1985.

90. Maeth, R. La canción popular en la China medieval I: "Las

canciones de la Dama Medianoche". *Estudios de Asia y África*, 1985, 64（2）: 133-149.

91. Maeth, R. La canción popular en la China medieval II: "Las canciones de la Dama Medianoche". *Estudios de Asia y África*, 1985, 65（3）: 427-443.

92. *Cuentos y Leyendas Budistas（de la China）*. Barcelona: MRA, 1985.

93. *Cuentos Chinos*. Madrid: Miraguano, 1985.

94. Peradejordi, A. *Cuentos Chinos de Fantasmas*. Barcelona: Obelisco, 1985.

95. Shiao, M. *Tao Te King*. Madrid: Miguel Shiao, 1985.

96. Calvera, L. *Tao Te Ching*. Buenos Aires: Leviatán,1985.

97. Borges, J. L. *El Invitado Tigre*. Madrid: Siruela, 1985.

98. Page, J. Wang Xinzhi y Michael Kolhaas, rebeldes en aras de su propia causa. *Estudios de Asia y África*, 1985, 65（3）: 408-423.

99. Paz, O. *La Nación*. Argentina, 1986.

100. Merlino, M. *El Rey de los Monos y la Bruja del Esqueleto*. Barcelona: Altea, 1986.

101. Hervás, R. *Tao Te Kin*. Barcelona: Ediciones 29, 1986.

102. Wang, I. H. & Gatón, E. P. *Cuentos de la China Milenaria I, II*. Madrid: Anaya,1986, 1987.

103. Laiseca, A. *Poemas Chinos*. Buenos Aires: Libros de Tierra Firme, 1987.

104. Page, J. Wangge: de la narrativa de ficción a la historia. *Estudios de Asia y África*, 1987, 71（1）: 29-45.

105. Maeth, R. La canción popular en la china medieval III: "[*Las canciones de las cuerdas sagradas*]". *Estudios de Asia y África*, 1987, 72(2): 294-307.

106. Janés, C. *Dragones, Dioses y Espíritus de la Mitología*

China. Madrid: Ediciones Generales Anaya, 1987.

107. Preciado, J. I. *Lie Zi : El Libro de la Perfecta Vacuidad*. Barcelona: Kairós, 1987.

108. Cano Méndez, S. *Tao-Tê-Ching*. Madrid: Alba, 1987.

109. Padilla Corral, J. L. *Tao Te Jing : En el Camino de lo Siempre Posible*. Madrid: Escuela Neijing, 1987.

110. Maeth, R. Yexian: la cenicienta china del siglo IX. *Estudios de Asia y África*. 1987, 73 (3): 386-410.

111. Maeth, R. Un cuento de Zhou Chu: un precursor sino-tibetano de la edad medieval temprana de Beowulf. *Estudios de Asia y África*. 1987, 74 (4): 535-546.

112. Martínez González, G. *El Bosque de los Bambúes : Poemas de China*. Bogotá: Trilce, 1988.

113. Suárez, A. H. *Cincuenta Poemas de Li Po*. Madrid: Hiperión, 1988.

114. Chen, G. J. *Poemas de Tang , Edad de Oro de la Poesía China*. Madrid: Cátedra, 1988.

115. Zhao, Z. J. & García Sánchez, J. A. *Sueño en el Pabellón Rojo. Memorias de una Roca*. Granada: Universidad de Granada y Ediciones en Lenguas Extranjeras de Pekín, 1988.

116. Maeth, R. La canción popular en la china medieval IV-VI. *Estudios de Asia y África* , 1989, 78 (1): 128-145.

117. Chen, G. J. *Poemas de Li-Po , Poesía Clásica China* , Barcelona: Icaria, 1989.

118. Page, J. Los orígenes de la narrativa de ficción china en el cuento de fantasmas. *Estudios de Asia y África* , 1989, 79 (2): 212-223.

119. Wei J. Z. *Fábulas Antiguas de China*. Madrid: Alba, 1989, 1998.

120. Wohlfeil, M. & Esteban, M. P. *Tao Te King*. Málaga: Sirio, 1989.

121. Pérez Arroyo, J. *Dú Fu : Siete Poemas de Melancolía*. Málaga: Delegación de Málaga, 1990.

122. Elorduy, C. Selección de textos del Shih-ching y traducción de Carmelo Elorduy. *Encuentros en Catay*, 1990.

123. Maeth, R. La canción popular de la China medieval VII. "La balada de Mulan" y la tradición norteña. *Estudios de Asia y África*, 1990, 81(1): 116-133.

124. Del Amo, E. *La Huella del Dragón. Cuentos Populares Chinos*. Madrid: Gaviota, 1990.

125. Maeth, R. El cuento de Li Ji. *Estudios de Asia y África*, 1990, 83 (3): 537-539.

126. Soublette, G. *Tao Te King : Libro del Tao y de Su Virtud*. Santiago: Cuatro Vientos Editorial, 1990.

127. De Juan, M. *El Espejo Antiguo y Otros Cuentos Chinos*. Ciudad de México: Espasa-Calpe mexicana, 1991.

128. Ramírez, L. *Los Mandarines. (Historia del Bosque de los Letrados)*. Barcelona: Seix Barral, 1991, 2007.

129. Page, J. La Narrativa de ficción China: el género gongán de crimen y detección. *Estudios de Asia y África*, 1991, 85(2): 239-244.

130. Suárez, A. H. *Su Dongpo. Recordando el Pasado en el Acantilado Rojo y Otros Poemas*. Madrid: Hiperión, 1992.

131. Frankel, H. H. La mujer en la poesía china antigua y medieval. *Estudios de Asia y África*, 1992, 87 (1): 155-170.

132. Müller, S. *Confucio Esencial : El Corazón de las Enseñanzas de Confucio Ordenadas según I Ching*. Buenos Aires: Editorial Planeta Argentina, 1992.

133. Wang, I. H. & Gatón, E. P. *Viaje al Oeste : Las Aventuras*

del Rey Mono. Madrid: Siruela, 1992, 2004, 2014.

134. Menéndez, I. *La Alfombrilla de los Goces y los Rezos*. Barcelona: Tusquets, 1992, 2015.

135. Colodrón, A. *Tao Te King*. Madrid: Edaf, 1993.

136. Arango, J. M. *El Solitario de la Montaña Fría: Poemas de Han-shan*. Medellín: Intergraf, 1994.

137. Berg, R. *Poesía Amorosa de la Antigua China*. Buenos Aires: Andrómeda, 1994.

138. Medrano, A. *Tao Te King de Lao-Tse: El Taoísmo y la Inmortalidad*. Madrid: América Ibérica, 1994.

139. Colodrón, A. *Wen-Tzu: La Comprensión de los Misterios del Tao*. Madrid: Edaf, 1994.

140. Colodrón, A. *Antología Zen. Cien Historias de Iluminación*. Barcelona: Teorema, 1995.

141. Colodrón, A. *Hua Hu Ching: 81 Meditaciones Taoístas*. Madrid: Edaf, 1995.

142. Álvarez, J. R. *Tao Te Ching. Texto Chino de Wang Pi*. Buenos Aires: Almagesto, 1995.

143. Relinque, A. *El Corazón de la Literatura y el Cincelado de Dragones*. Granada: Editorial Comares, 1996.

144. Yagüe Bosch, J. *Diez Despedidas de la Dinastía Tang*. Luxemburgo: La Moderna, 1996.

145. Dañino, G. *La Pagoda Blanca: Poemas de la Dinastía Tang*. Lima: Pontificia Universidad Católica del Perú Fondo Editorial, 1996.

146. Dañino, G. *Esculpiendo Dragones-Antología de la Literatura China I, II*. Lima: Pontificia Universidad Católica del Perú Fondo Editorial, 1996.

147. Martínez González, G. *La Montaña Vacía-Poemas de Wang Wei*. Bogotá: Trilce Editores, 1996.

148. Chang, S. R. & Calle, R. 101 *Cuentos Clásicos de la China*. Madrid: Editorial Edaf, 1996.

149. Dellius, P. H. *Enseñanzas Taoístas*. Barcelona: MRA, 1996.

150. Preciado, J. I. *Zhuang Zi-Maestro Chuang Tsé*. Barcelona: Kairós, 1996.

151. Flores, M. A. *Ventana al Oriente: Li Po, Tu Fu y Wang Wei*. México: Verdehalago, 1997.

152. Bahk, J. W. *Surrealismo y Budismo Zen. Convergencias y Diferencias. Estudios de Literatura Comparada y Antología de Poesía Zen de China, Corea y Japón*. Madrid: Verbum, 1997.

153. *Cuentos e Historias de la Antigua China*. Madrid: M. E. Editores, 1997.

154. Colodrón, A. *Lie Tse: Una Guía Taoísta sobre el Arte de Vivir*. Madrid: Edaf, 1997.

155. Paz, O. *Chuang-Tzu*. Madrid: Siruela, 1997.

156. Arnau, E. *Los Cuatro Libros*. Madrid: Torre de Goyanes, 1997.

157. Suárez, A. H. *Lun Yu: Reflexiones y Enseñanzas*. Barcelona: Kairós, 1997.

158. Perea, F. J. *Proverbios Selectos de Confucio: Lun Yu*. Ciudad de México: Diana, 1997.

159. Aguirre de Carcer, L. F. *Aforismos Confucio: La Virtud de Saber Dirigir*. Madrid: Temas de Hoy, 1997.

160. Díaz, M. *Cuentos Chinos: Sabidurías y Enseñanzas*. Aznar, A. M. (trad.). Madrid: Velecio, 1997.

161. Paz, O. M. *Cuentos Chinos I. La Princesa Repudiada y Otros Relatos de la Mitología China*. Barcelona: Paidós, 1997.

162. De Juan, M. *El Espejo Antiguo y Otros Cuentos Chinos*. Madrid: Planeta DeAgostini (Austral Juvenil), 1998.

163. Dañino, G. *Manantial de Vino: Poemas de Li Tai Po*. Lima:

Pontificia Universidad Católica del Perú Fondo Editorial, 1998.

164. Paz, O. M. *Cuentos Chinos II-Ying ning o la Belleza Sonriente y Otros Relatos Populares y Fantásticos*. Barcelona: Paidós, 1998.

165. Colodrón, A. *Analectas*. Madrid: Edaf, 1998.

166. González España, P. & Pastor-Ferrer, J. C. *Los Capítulos Interiores de Zhuang Zi*. Madrid: Trotta, 1998.

167. Aguado, J. & Paz, J. S. *Tao Te King*. Madrid: Mandala, 1998.

168. Suárez, A. H. *Libro del Curso y de la Virtud*. Madrid: Siruela, 1998.

169. *Tao Te Ching*. Buenos Aires: NEED, 1998.

170. *El Tao Te Ching*. Lima: Sairam Editores, 1998.

171. Merckens, O. *Eres Tan Bella Como una Flor, Pero las Nubes Nos Separan*. Madrid: Grijalbo Mondadori, 1999.

172. Alayza Alves-Oliveira, F. *El Bosque de las Plumas, Li Tai Po*. Lima: Pontificia Universidad Católica del Perú Fondo Editorial, 1999.

173. Carro Marina, L. *Ciento Setenta Poemas Chinos*. Madrid: Biblioteca Nueva, 1999.

174. Preciado, J. I. *Poemas del Río Wang*. Madrid: Ediciones del Oriente y del Mediterráneo, 1999.

175. Gómez Gil, A. & Chen, G. F. *Antología Poética de la Dinastía Tang. Primer Período de Oro*. Madrid: Edaf, 1999.

176. Costero de la Flor, J. I. & Seoane Pérez, A. *Cuentos de la Dinastía Tang*. Madrid: Biblioteca Nueva, 1999.

177. Fibla, J. *Tao Te Ching*. Madrid: Martínez Roca, 1999.

178. Páez de la Cadena, F. *Tao Te King*. Madrid: Debate, 1999.

179. López, J. J. *Tao Tê Ching: Libro del Camino y de la Virtud*.

Madrid: Jorge A. Mestas, 1999.

180. Parada, R. A. *El Tao para Todos*. Buenos Aires: Errepar, 1999.

181. Ayala, R. *Mitología China*. Barcelona: Edicomunicación, 1999.

182. López, J. A. *Dioses y Mitos Chinos*. Madrid: Edimat Libros, 1999.

183. Dañino, G. *Sobre un Sauce, la Tarde*. Madrid: Hiperión, 2000.

184. Suárez, A. H. *99 Cuartetos de Wang Wei y Su Círculo*. Valencia: Pre-Textos, 2000.

185. Yunque, A. *Poetas Chinos. Paisaje a través de una Doble Niebla*. Barcelona: Azul, 2000.

186. García Moral, C. *Poetas Chinos de la Dinastía Tang*. Madrid: Visor, 2000.

187. Paz, O. *Versiones y Diversiones*. Madrid: Galaxia Gutenberg, 2000.

188. Preciado, J. I. *El Vuelo Oblicuo de las Golondrinas*. Madrid: Ediciones del Oriente y del Mediterráneo, 2000.

189. Curto, R. *Li Po y Otros-Las Mejores Poesías Chinas*. Buenos Aires: Errepar, 2000.

190. Yao, N. & García-Noblejas, G. *Libros de los Montes y los Mares. (Shanhaijing). Cosmografía y Mitología de la China Antigua*. Madrid: Miraguano, 2000.

191. Yao, N. & García-Noblejas, G. *Cuentos Extraordinarios de la China Medieval. Antología del Soushenji*. Madrid: Lengua de Trapo, 2000.

192. Hamill, S. & Seaton, J. P. *La Sabiduría de Chuang Tse: Textos Fundamentales del Taoísmo*. Barcelona: Oniro, 2000.

193. Yao, N. & García-Noblejas, G. *Cuentos Fantásticos Chinos*. Barcelona: Seix Barral, 2000.

194. Menéndez, I. *La Alfombrilla de los Goces y los Rezos*. Barcelona: Círculo de Lectores y Galaxia Gutenberg, 2000.

195. Cheng, L. *Los Cuatro Libros de Confucio*. Caracas: Los Libros de El Nacional, 2000.

196. Merino, M. *La Sabiduría de Confucio*. Buenos Aires: Longseller, 2000.

197. Dañino, G. *La Canción del Laúd, Poemas de Bai Juyí*. Lima: Pontificia Universidad Católica del Perú Fondo Editorial, 2001.

198. Dañino, G. *Bosque de Pinceles. Poemas de Tu Fu*. Lima: Pontificia Universidad Católica del Perú Fondo Editorial, 2001.

199. Bahk, J. W. *Poesía Zen: Antología Crítica de Poesía Zen de China, Corea y Japón*. Madrid: Verbum, 2001.

200. Chang, S. R. & Zaya, A. 300 *Poemas de la Dinastía Tang*. Madrid: Cromart, 2001.

201. Chen, G. J. *Poesía Clásica China*. Madrid: Cátedra, 2001.

202. Dañino, G. *La Pagoda Blanca: Poemas de la Dinastía Tang*. Madrid: Hiperión, 2001.

203. Yao, N. & García-Noblejas, G. *Relación de las Cosas del Mundo*. Madrid: Trotta, 2001.

204. Peradejordi, G. *Cuentos Mágicos Chinos*. Barcelona: Ediciones Obelisco, 2001.

205. Serrat Crespo, M. *Doce Narraciones Chinas*. Barcelona: Círculo de Lectores, 2001.

206. *Las Enseñanzas de Tao Te Ching*. Barcelona: FAPA, 2001.

207. Viñes Roig, J. *Tao Te Ching*. Madrid: Gaia Ediciones, 2001.

208. Lamberti, M. *El Libro de Chuang Tse*. Madrid: Edaf, 2001.

209. Chen, G. J. *Cien Poemas-Li Po*. Barcelona: Icaria, 2002.

210. García-Noblejas, G. *Las Venganzas de los Espíritus*. Madrid: Lengua de Trapo, 2002.

211. García-Noblejas, G. La traducción de la literatura del chino al español: un relato de Gan Bao. Granada: Universidad de Granada(Tesis Doctoral), 2002.

212. Fustegueres, S. & Rovira-Esteva, S. *Sanyan: Una Tria.* Barcelona: Proa, 2002.

213. Relinque, A. *Tres Dramas Chinos.* Madrid: Editorial Gredos, 2002.

214. *Tao Te King.* Barcelona: Índigo, 2002.

215. Alberti, R. & León, M. T. *Poesía China.* Madrid: Visor Libros, 2003.

216. Suárez, A. H. 111 *Cuartetos de Bai Juyi.* Valencia: Pre-Textos, 2003.

217. Preciado, J. I. *Antología de Poesía China.* Madrid: Gredos, 2003.

218. Martín Ríos, J. *El Silencio de la Luna-Introducción a la Poesía China de la Dinastía Tang.* Barcelona: Azul Editorial, 2003.

219. González España, P. *Li Qingzhao. Poemas Escogidos.* Málaga: Centro de ediciones de la diputación de Málaga, 2003.

220. Sánchez-Mejías, R. *Antología del Cuento Chino Maravilloso.* Barcelona: Editorial Océano, 2003.

221. García-Noblejas, G. *El Letrado Sin Cargo y el Baúl de Bambú. Antología de Relatos Chinos de las Dinastías Tang y Song* (618-1279). Madrid: Alianza Editorial, 2003.

222. Tseng, J. C. & Fernández de Castro, A. *El Tao Te Ching de Lao-tze.* Guadalajara: Tao, 2003.

223. Tucci, N. *Tao Te King.* Madrid: Librería Argentina, 2003.

224. Navascués, F. *Tao Te King.* Madrid: Edaf, 2003.

225. Sahagún, J. *Las Analectas (Lun Yu): Eseñanzas, Orientaciones y Consejos.* Palma de Mallorca: José J. de Olañeta, 2003.

226. Nhàn, H. *Tao Te King* : *El Libro del Recto Camino*. Buenos Aires: Editorial Quadrata, 2003.

227. Suárez, A. H. *De la China a al-Andalus*. *39 Jueju y 6 Robaiyat (Esplendor del Cuarteto Oriental)*. Barcelona: Azul Editorial, 2004.

228. González España, P. *Poemas del Río Wang*. Madrid: Trotta, 2004.

229. Dañino, G. *La Montaña Vacía-Poemas de Wang Wei*. Madrid: Hiperión, 2004.

230. Cobo, U. *Ch'ang-an*. Bogotá: Arquitrave, 2004.

231. Liao, Y. P. *Esperando a las Liebres y Otros Cuentos Chinos*. Barcelona: Maguregui, 2004.

232. García-Noblejas, G. *Los Viajes del Buen Doctor Can*. Madrid: Cátedra, 2004.

233. Rovetta, L. A. & Ramírez, L. *Pu Songling*, *Cuentos de Liaozhai*. Madrid: Alianza Editorial, 2004.

234. Parisi, H. *Tao Te Ching*: *El Libro Clásico de la Sabiduría China*. Barcelona: Océano Ámbar, 2004.

235. Bermejo, C. *Tao Teh King*. Málaga: Sirio, 2004.

236. Alayza Alves-Oliveira, F. & Benavides, M. A. *Enseñanzas para la Vida y el Gobierno*: *Dos Textos Confucianos*, *el Da Xue y el Zhong Yong*. Lima: Pontificia Universidad Católica del Perú Fondo Editorial, 2004.

237. Tablada, J. J. *Li Po y Otros Poemas*. México: CONAC ULTA, 2005.

238. Suárez, A. H. *A Punto de Partir*, *100 Poemas de Li Bai*. Valencia: Editorial Pre-textos, 2005.

239. Zeng, R. J. & Barneto, R. J. *Alma y Materia*: *Poesía y Ccaligrafía Chinas*. Madrid: Miraguano, 2005.

240. Pulido, J. J. *La Antigua China*: *Vida*, *Mitología y Arte*. Madrid: Ediciones Jaguar, 2005.

241. López Martín, F. *Mitos Chinos*. Madrid: Ediciones Akal, 2005.

242. Montesinos, C. *Tao Te Ching*. Barcelona: Océano Ámbar, 2005.

243. Gatón, E. P. & Wang, I. H. *Cuentos Maravillosos de la Antigua China*. Madrid: Oberon, 2005.

244. García-Noblejas, G. *Tao Te Ching*. Barcelona: Océano Ámbar, 2005.

245. Lapaz, S. *Dao De Jing*: *Tratado Clásico de Dáo Dé de Lao Zi*. Barcelona: Aixa, 2005.

246. Nesh, H. *Tao Te King*. Bogotá: Solar, 2005.

247. Dossetti, C. *Tao Tê King*: *El Libro del Sendero del Tao*. Buenos Aires: Hastinapura, 2005.

248. Serra, C. *Chuang-Tzu* (*Obra Completa*). Palma de Mallorca: Cort, 2005.

249. Gutiérrez, F. *Los Diálogos de Chuang Tse*. Palma de Mallorca: Olañeta, 2005.

250. Dañino, G. *Tao Yuanming*: *El Maestro de los Cinco Sauces*. Madrid: Hiperión, 2006.

251. Manzano, C. *El Amor y el Tiempo y la Mudanza-Cien Nuevas Versiones de Poesía China*. Madrid: Gadir, 2006.

252. Chen, G. J. *Poesía China Caligrafiada e Ilustrada*. Madrid: Editorial Tran, 2006.

253. Dañino, G. *Bosque de Pinceles*: *Poemas de Tu Fu*. Madrid: Hiperión, 2006.

254. López Moraleda, M. A. & Martínez Castellote, R. *Cuentos y Leyendas de China*. Madrid: Miraguano, 2006.

255. García-Noblejas, G. *Relatos Chinos de Espíritus*. Madrid:

Miraguano, 2006.

256. Serra, E. *Tratado del Vacío Perfecto*. Palma de Mallorca: José J. de Olañeta, 2006.

257. Naranjo, L. A. *Laotsé*. Madrid: Club Internacional del Libro, 2006.

258. *Tao Te Ching*. Barcelona: Folio, 2006.

259. Alayza Alves-Oliveira, F. & Benavides, M. A. *Dao de Zhen Jing: Urdimbre Verdadera del Camino y Su Virtud*. Lima: Pontificia Universidad Católica del Perú, 2006.

260. De Juan, M. *Segunda Antología de la Poesía China*. Madrid: Alianza Editorial, 2007.

261. Manzano, C. *El Barco de Orquídeas. Poetisas de China*. Madrid: Gadir, 2007.

262. Delmont, J. L. *La Escritura Poética China, Seguido de una Antología de Poemas de los Tang*. Valencia: Pre-Textos, 2007.

263. Chen, G. J. *Lo Mejor de la Poesía Amorosa China*. Madrid: Calambur, 2007.

264. Tucci, N. *El Hombre Superior y el Arte de Gobernar*. Madrid: Librería Argentina, 2007.

265. García-Noblejas, G. *Mitología de la China Antigua*. Madrid: Alianza Editorial, 2007.

266. Ching Hernández, M. *Sueño en el Pabellón Rojo*. Ciudad de México: Ediciones del Castor, 2007.

267. Sun Calatayud, M. X. *Cuentos Tradicionales Chinos*. Madrid: Estudio Editorial Centaurea Nigra, 2007.

268. Ceinos Arcones, P. *Leyendas de la Diosa Madre y Otros Mitos de Diosas y Mujeres de los Pueblos de China*. Madrid: Miraguano, 2007.

269. Chang, M. *Tao Tê ching: Libro del Camino y de la Virtud*. Buenos Aires: Gradifco, 2007.

270. Briceño Polo, P. A. *El Tao Te Ching*. Lima: Los Libros Más Pequeños del Mundo, 2007.

271. Diez Pastor, L. *El Maestro del Monte Frío*. Madrid: Hiperión, 2008.

272. Chen, G. J. *Poesía China Elemental*. Madrid: Miraguano, 2008.

273. Suárez, A. H. Poemas ante la muerte en la China antigua. *Estudios de Asia y África*, 2008, 135 (1): 111-140.

274. García-Noblejas, G. *Poesía Popular de la China Antigua*. Madrid: Alianza Editorial, 2008.

275. Wang, I. H. & Gatón, E. P. *Cuentos Chinos del Río Amarillo*. Madrid: Siruela, 2008.

276. Conde, M. *La Palabra y el Tao: Tres Textos, un Solo Tao*. Córdoba: Nous, 2008.

277. Montserrat, M. *Tao Te King*, Madrid: BO & G, 2008.

278. Serra, E. *Tao Te King: El Libro del Tao*. Palma de Mallorca: José J. de Olañeta, 2008.

279. Chen, G. F. & Wang, H. Z. *Antología Poética de las Dinastías Tang y Song*. Madrid: Miraguano, 2009.

280. Alonso, C. *Antología de Cuentos Cortos Chinos*. Madrid: Editorial Popular, 2009.

281. Zhao, Z. J. & García Sánchez, J. A. *Sueño en el Pabellón Rojo. Memorias de una Roca*. Barcelona: Círculo de Lectores y Galaxia Gutenberg, 2009.

282. Cabrera, N. *Tao Te Ching*. Madrid: Editorial Popular, 2009.

283. Lozano Mitter, P. *Tao Te King*. Barcelona: Brontes, 2009.

284. *Tao Te Ching: El Libro Sagrado del Taoísmo*. Buenos aires: Ediciones Lea, 2009.

285. Cabrera, N. *Analectas*. Madrid: Editorial Popular, 2009.

286. Rodríguez Felder, L. H. *Los Poemas de la Montaña Fría*.

Buenos Aires: Edi. Proyecto Larsen, 2010.

287. Chen, G. J. *Antología de Poetas Prostitutas Chinas(Siglo V-Siglo XXI)*. Madrid: Visor Libros, 2010.

288. Relinque, A. El tigre en China en ocho poemas. *Instituto Confucio*,2010(3): 44-51.

289. González España, P. *Li Qingzhao. Poesía Completa (60 Poemas Ci para Cantar)*. Madrid: Guadarrama, 2010.

290. González España, P. *Wenfu. Prosopoema del Arte de la Escritura*. Madrid: Cátedra, 2010.

291. Ramírez, L. *El Viaje de Faxian*. Madrid: La Esfera de los libros, 2010.

292. Ceinos Arcones, P. *El Tigre en China: Imagen y Símbolo*. Madrid: Miraguano, 2010.

293. Yuan, Y. *Cuentos Legendarios de la Antigua China*. Madrid: Editorial Popular, 2010.

294. Relinque, A. *Jin Ping Mei*. Gìrona: Atalanta, 2010.

295. Roca-Ferrer, X. *Flor de Ciruelo en Vasito de Oro*. Barcelona: Destino, 2010.

296. Briggent, B. *Tao Te King*. Barcelona: Plutón, 2010.

297. *Antología Bilingüe de Poesía China*. Buenos Aires: Rúcula Libros, 2011.

298. Rodríguez Felder, L. H. *Poesía y Narrativa de la Antigua China (Antología de Bellas Historias del Pueblo Chino)*. Buenos Aires: Proyecto Larsen, 2011.

299. González España, P. *Li Qingzhao. La Flor del Ciruelo*. Madrid: Ediciones Torremozas, 2011.

300. Mayer, M. *Fantasmas de la China*. Madrid: La Compañía de los libros, 2011.

301. Ceinos Arcones, P. *El Matriarcado en China: Madres,*

Reinas, Diosas y Chamanes. Madrid: Miraguano, 2011.

302. Muñoz Moya, M. A. *El Centro Invariable*. Madrid: Mestas, 2011.

303. Chen, G. J. *Poemas Chinos para Disfrutar*. Madrid: Latorre Literaria, 2012.

304. González España, P. *Las Veinticuatro Categorías de la Poesía*. Madrid: Trotta, 2012.

305. Albiol, A. *Fábulas y Cuentos del Viejo Tíbet*. Valencia: El Caballero de la Blanca Luna, 2012.

306. *Chung Yung. El Medio Invariable*. Buenos Aires: Hastinapura, 2012.

307. Pareja, A. *Tao Te Ching*. Madrid: Dojo, 2012.

308. *Tao Te King*. Madrid: Creación, 2012.

309. Golden, S. *El Libro del Tao*. Madrid: Taurus, 2012.

310. Bornhorst, D. Garbizu, A. & Todtmann, C. *Tao Te King*. Caracas: Oscar Todtmann Editores, 2012.

311. Dimitrova, R. & Pan, L. T. Jiao Na. *Estudios de Asia y África*, 2012, 147(1): 119-131.

312. Yao, D. *Literatura China*. Yang, Z. P. (trad.). Madrid: Editorial Popular, 2013.

313. Pérez Villalón, F. *La Escritura Poética China, Seguido de una Antología de Poemas de los Tang*. Santiago de Chile: Ediciones Universidad Alberto Hurtado de Chile, 2013.

314. Gea, J. *El Libro de Jade*. Madrid: Ardicia, 2013.

315. Chen, G. J. *Poesía China -Siglo XI a. C.-Siglo XX*. Madrid: Cátedra, 2013.

316. García-Noblejas, G. *Libro de los Cantos*. Madrid: Alianza Editorial, 2013.

317. Cebrián Salé, R. *El Romance de los Tres Reinos*. Amazon. es,

2013-2019.

318. De Amoraga, S. & De Garnica, X. *Tao Te Ching de Lao Tsu*. Madrid: Los Libros del Olivo, 2013.

319. *Tao Te Ching*. Buenos Aires: Del Nuevo Extremo, 2013.

320. Paz, O. *Versiones y Diversiones*. Barcelona: Galaxia Gutenberg, 2014.

321. Kuo, T. C. & Salas Díaz, M. *Jade Puro*. Madrid: Ediciones Hiperión, 2014.

322. Llamas, R. *El Licenciado Número Uno Zhang Xie*. Barcelona: Ediciones Bellaterra, 2014.

323. Gómez Cifuentes, S. *Antología de Cuentos de la Dinastía Tang*. Madrid: Miraguano, 2014.

324. Miranda, J. *Cuentos Mágicos Chinos*. Buenos Aires: Quadrata, 2014.

325. Ceinos Arcones, P. *La Creación del Mundo y Otros Mitos de los Naxi*. CreateSpace Independent Publishing Platform, 2014.

326. Tristán, T. *Tú Decides la Leyenda 4. El Rey Mono y el Viaje al Oeste*. Madrid: Hidra, 2014.

327. *Tao Te Ching*. Asturias: Sapere Aude, 2014.

328. Guijarro Araque, A. *Tao Te Ching*. Madrid: Kailas, 2014.

329. Bárcenas, A. *Tao Te Ching: El Libro del Tao y la Virtud*. Createspace Independent Publishing Platform, 2014.

330. Cárcamo, L. *Tao-Te-King*. Madrid: Luis Cárcamo, 2014.

331. Dimitrova, R. & Pan, L. T. Ruiyun, El lector obsesionado y la zorra fea. *Estudios de Asia y África*. 2014, 154 (2): 457-473.

332. Dañino, G. *La Montaña Vacía-Poemas de Wang Wei*. Madrid: Hiperión, 2015.

333. Borges, J. L. *Antología de la Literatura Fantástica*. Barcelona: Edhasa, 2015.

334. Pujol Lavín, J. A. *Tao Tê Ching*: *El Libro del Camino y la Virtud*. Madrid: Mestas, 2015.

335. Adrián Vitier, J. *Tao Te Ching*: *Tratado del Camino y Su Virtud*. Madrid: Bagua, 2015.

336. Bonilla, H. R. *Tao Te King*. México: Yug, 2015.

337. Chen, G. J. *Trescientos Poemas de la Dinastía Tang*. Madrid: Cátedra, 2016.

338. Calle, R. *Los Mejores Cuentos de China*. Madrid: Ediciones Librería Argentina, 2016.

339. González Rosales, E. *Fábulas y Leyendas de China*. Madrid: Quaterni, 2016.

340. *Los Caminos de la Sabiduría*. Buenos Aires: Editorial Del Nuevo Extremo, 2016.

341. Ceinos Arcones, P. *La Creación del Mundo y Otros Mitos de los Wa*. CreateSpace Independent Publishing Platform, 2016.

342. Relinque, A. *El Pabellón de las Peonías*. Madrid: Trotta, 2016.

343. Allevi, A. *Romance de los Tres Reinos Parte* 1-17. Amazon. es, 2016.

344. Alegría, C. & Alegría, E. F. *Tao Te Ching*. Granada: Valparaíso, 2016.

345. *Tao Te Ching*. Madrid: Verbum, 2016.

346. *Tao Te King*. Barcelona: Sincronía, 2016.

347. Gómez Carrizo, P. *Tao Teh Ching*: *el Libro del Camino y la Justicia*. Barcelona: Biblok, 2016.

348. Nesh, H. *Tao Te King*. Ciudad de México: Yug, 2016.

349. *Tao Te Ching*. Asturias: Ars Poetica, 2017.

350. *Confucio*: *el Camino de la Conciencia*. Tenerife: Fundación Cultural de Confucio y Mencius, 2017.

351. Núñez de Prado, J. *Analectas y Otros Tratados Políticos y*

Morales. Barcelona：Biblok Book Export，2017.

352. Zhao, Z. J. & García Sánchez, J. A. *Sueño en el Pabellón Rojo. Memorias de una Roca*. Barcelona：Galaxia Gutenberg, 2017，2021.

353. Tucci, N. *Cuentos y Proverbios Chinos Ilustrados*. Madrid：Editorial ELA，2018.

354. Meynard, T. & Villasante, R. *La Filosofía Moral de Confucio. La Primera Traducción de las Obras de Confucio al Español en* 1590，por Michele Ruggieri SJ：Madrid：Mensajero & Sal Terrae & Universidad Pontificia de Comillas，2018.

355. Wilhelm, R. *Cuentos Breves y Leyendas sobre los Dioses*. Tucci, N. (trad.). Madrid：Ediciones Librería Argentina，2019.

356. Cebrián Salé, R. *El Romance de los Tres Reinos：La Batalla del Acantilado Rojo*. Madrid：La Esfera de los Libros，2019.

357. Todd-Stanton, J. *Kai y el Rey Mono*. Madrid：SM，2019.

358. Gallud Jardiel, E. *El Erudito de Medianoche o La Alfombrilla de los Goces y los Rezos*. Madrid：Verbum，2019.

359. García-Noblejas, G. *Textos Escogidos Chuang Tse*. Madrid：Alianza Editorial，2019.

360. Perla, W. *Rey Mono*. Ciudad de México：Perla，2020.

361. Chang, S. R. *Analectas*. Barcelona：Heder editorial，2020.

362. Tapia Rodríguez, J. *Mitología China：La Luz de Oriente*. Galicia：Plutón Ediciones，2021.

中国译出文本（按出版时间排序）：

1. 火焰山. 北京:外文出版社,1958.

2. 中国民间故事选第二集. 北京:外文出版社,1962.

3. 赫苏斯·科罗纳多. 孙悟空三打白骨精. 北京:外文出版社,1974.

4. 取回真经. 北京:外文出版社,1978.

5. 不怕鬼的故事. 北京:外文出版社,1979.

6. 大闹天宫. 北京:外文出版社,1979.

7. 唐代传奇. 北京:外文出版社,1980.

8. 三借芭蕉扇. 北京:外文出版社,1980.

9. 中国民间故事选——孔雀公主. 北京:外文出版社,1981.

10. 人参果. 北京:外文出版社,1981.

11. 猪八戒学本领. 北京:外文出版社,1981.

12. 中国民间故事选——妈勒带子访太阳. 北京:外文出版社,1982.

13. 中国民间故事选——奴隶与龙女. 北京:外文出版社,1984.

14. 中国民间故事选——神奇的大鸟. 北京:外文出版社,1984.

15. 方原改编. 流沙河收沙僧. 北京:外文出版社,1984.

16. 许力改编. 孙悟空出世. 北京:外文出版社,1984.

17. 魏金枝编. 中国古代寓言选. 北京:外文出版社,1984.

18. 晨雪改编. 大闹黑风山. 北京:外文出版社,1984.

19. 巧斗黄袍怪. 北京:外文出版社,1984.

20. 孙悟空归正. 北京:外文出版社,1984.

21. 仙人岛. 北京:外文出版社,1984.

22. 白练秋. 北京:外文出版社,1984.

23. 红玉. 北京:外文出版社,1984.

24. 崂山道士. 北京:外文出版社,1984.

25. 阿宝. 北京:外文出版社,1984.

26. 邓念慈. 中国诗歌选. 台北:Central Book Co, 1985.

27. 李白求师. 北京:朝华出版社,1985.

28. 杜甫济贫. 北京:朝华出版社,1985.

29. 猪八戒做女婿. 北京:外文出版社,1985.

30. 巧妙的蟋蟀. 北京:朝华出版社,1985.

31. 西梁女国. 北京:外文出版社,1986.

32. 金色的海螺. 北京:外文出版社,1986.

33. 莲花洞. 北京:外文出版社,1986.

34. 智降狮猁王. 北京:外文出版社,1986.

35. 郑板桥审石头. 北京:朝华出版社,1986.

36. 三借芭蕉扇. 北京:外文出版社,1986.

37. 勇斗青牛精. 北京:外文出版社,1986.

38. 盘丝洞. 北京:外文出版社,1986.

39. 狮驼岭上伏三魔. 北京:外文出版社,1986.

40. 大战通天河. 北京:外文出版社,1986.

41. 孙悟空大闹天宫. 北京:外文出版社,1986.

42. 变法斗三仙. 北京:外文出版社,1986.

43. 勇擒红孩儿. 北京:外文出版社,1986.

44. 真假孙悟空. 北京:外文出版社,1986.

45. 偷吃人参果. 北京:外文出版社,1986.

46. 计盗紫金铃. 北京:外文出版社,1986.

47. 智斗白鹿精. 北京:外文出版社,1986.

48. 鲁文·努涅斯. 中国的形象与诗歌. 北京:国际文化出版公司,1987.

49. 扫平假西天. 北京:外文出版社,1987.

50. 中国民间故事选——斗犀夺珠. 北京:外文出版社,1987.

51. 婴宁. 北京:朝华出版社,1987.

52. 莲花公主. 北京:朝华出版社,1987.

53. 中国民间故事——莲花天女. 北京:海豚出版社,1987.

54. 计闹钉耙宴. 北京:外文出版社,1987.

55. 大战九头怪. 北京:外文出版社,1987.

56. 七绝山. 北京:外文出版社,1987.

57. 劝善施雨. 北京:外文出版社,1987.

58. 四探无底洞. 北京:外文出版社,1987.

59. 悟空擒玉兔. 北京:外文出版社,1987.

60. 弄法救死魂. 北京:外文出版社,1987.

61. 猎人海力布. 北京:海豚出版社,1988.

62. 报恩虎. 北京:海豚出版社,1989.

63. 石榴. 北京:海豚出版社,1989.

64. 中国民间故事——淌来儿. 北京:海豚出版社,1989.

65. 孟继成. 宋明评话选 I, II. 北京:外文出版社,1989.

66. 中国古代神话选. 北京:外文出版社,1989.

67. Wang Hongxun, Fan Moxian. 白兔姑娘——中国民间爱情故事选. 北京:外文出版社,1989.

68. 中国民间传统故事选——牧人与山鹰. 北京:外文出版社,1990.

69. 中国民间故事——石汉与田螺. 北京:海豚出版社,1991.

70. 米尔克·劳埃尔. 红楼梦. 北京:外文出版社,1991.

71. 米尔克·劳埃尔,杰西卡·麦克劳克伦. 水浒传. 北京:外文出版社,1992.

72. 陈根生. 儒林外史. 北京:外文出版社,1993.

73. 大闹天宫. 北京:海豚出版社,2004.

74. 玛丽亚·帕斯·莱塞,卡洛斯·特里戈索·桑切斯. 西游记 I, II, III, IV. 北京:外文出版社,2005.

75. 西游记. 北京:连环画出版社,2007.

76. 汤铭新,李建忠,毛频. 老子. 北京:外语教学与研究出版社,2009.

77. 常世儒. 论语. 北京:外语教学与研究出版社,2009.

78. 常世儒. 精选唐诗与唐画. 北京:五洲传播出版社,2010.

79. 唐代传奇. 北京:外文出版社,2010.

80. 玛丽亚·帕斯·莱塞,卡洛斯·特里戈索·桑切斯. 西游记 I, II, III, IV, V, VI, VII, VIII. 北京:外文出版社,2010.

81. 米尔克·劳埃尔,杰西卡·麦克劳克伦. 水浒传 I, II, III, IV, V. 北京:外文出版社,2010.

82. 米尔克·劳埃尔. 红楼梦 I, II, III, IV, V, VI, VII. 北京:外文出版社,2010.

83. 皮拉尔·贡萨雷斯·西班牙. 精选宋词与宋画. 北京:五洲传播

出版社,2011.

84. 陈根生. 中国京剧. 北京:五洲传播出版社,2011.

85. 傅谨. 中国戏剧. 北京:五洲传播出版社,2011.

86. 国红坤. 中国神话传说. 北京:五洲传播出版社,2011.

87. 姜凤光. 庄子 I, II. 广州:广东教育出版社,2011.

88. 玛丽亚·特蕾莎·奥尔特加,奥尔加·玛尔塔·佩雷斯. 三国演义 I, II, III, IV, V, VI. 北京:外文出版社,2012.

89. 豪尔赫·路易斯·洛佩斯. 孟子. 北京:外文出版社,2012.

90. 王怀祖. 宋代诗词三百首. 上海:上海外语教育出版社,2013.

91. 吴铭群.《幼学琼林》故事. 北京:华语教学出版社,2013.

92. 王冬梅.《千字文》故事. 北京:华语教学出版社,2013.

93. 露西亚·伊内斯·巴塞耶斯.《三字经》故事. 北京:华语教学出版社,2013.

94. 吴铭群.《百家姓》故事. 北京:华语教学出版社,2013.

95. 吉叶墨. 史记选. 北京:外文出版社,2014.

96. 玛丽亚·特蕾莎·奥尔特加,奥尔加·玛尔塔·佩雷斯. 聊斋志异选 I, II, III, IV. 北京:外文出版社,2014.

97. 雷林克. 金瓶梅 I, II, III, IV, V, VI, VII, VIII, IX. 北京:外文出版社,2014.

98. 常世儒,欧阳平. 唐诗选. 北京:五洲传播出版社,2015.

99. 尹承东,姜凤光,法比奥·巴雷拉. 楚辞. 大连:大连理工大学出版社,2015.

100. 玛丽亚·特蕾莎·奥尔特加,奥尔加·玛尔塔·佩雷斯. 唐宋文选 I, II. 北京:外文出版社,2015.

101. 陈根生. 儒林外史 I, II, III. 北京:外文出版社,2015.

102. 徐蕾,卡塔里娜·巴尔德斯. 西厢记. 北京:人民教育出版社,2016.

103. 雷孟笃. 道德经新译——严灵峰新编. 台北:Catay, 2016.

104. 陈国坚. 西译唐诗选. 上海:上海外语教育出版社,2017.

105. 陈国坚. 元曲选. 上海：上海外语教育出版社,2017.

106. 王怀祖. 宋词选 I, II. 上海：上海外语教育出版社,2017.

107. 徐蕾,卡塔里娜·巴尔德斯. 诗经 I, II. 北京：外语教学与研究出版社,2017.

108. 徐蕾,卡塔里娜·巴尔德斯. 窦娥冤. 北京：外语教学与研究出版社,2017.

109. 尹承东,姜萌,克里斯丁·迪耶戈·阿奇卡尔. 老残游记 I, II. 大连：大连理工大学出版社,2017.

110. 雷林克. 牡丹亭 I, II. 北京：五洲传播出版社,2017.

111. 鲁道夫·拉斯特拉·穆埃拉. 三国演义故事. 北京：五洲传播出版社,2018.

112. 鲁道夫·拉斯特拉·穆埃拉. 水浒传故事. 北京：五洲传播出版社,2018.

113. 鲁道夫·拉斯特拉·穆埃拉. 红楼梦故事. 北京：五洲传播出版社,2018.

114. 卡洛斯·M.马丁内斯. 西游记故事. 北京：五洲传播出版社,2018.

115. 林叶青. 孔雀东南飞. 北京：中国画报出版社,2018.

116. 林叶青. 嫦娥奔月. 北京：中国画报出版社,2018.

117. 路易斯·费尔南德斯·卡塞雷斯. 狄公案之黄金案. 北京：五洲传播出版社,2018.

118. 何塞·路易斯·费尔南德斯. 桃花扇. 北京：五洲传播出版社,2018.

119. 何塞·路易斯·费尔南德斯. 牡丹亭. 北京：五洲传播出版社,2018.

120. 卡洛斯·M.马丁内斯. 长生殿. 北京：五洲传播出版社,2018.

121. 鲁道夫·拉斯特拉·穆埃拉. 西厢记. 北京：五洲传播出版社,2018.

122. 宫碧蓝. 宋词与宋画. 北京：五洲传播出版社,2019.

123. 常世儒. 唐诗与唐画. 北京:五洲传播出版社,2019.

124. 常世儒,马诺. 明清诗与明清画. 北京:五洲传播出版社,2019.

125. 宫碧蓝,王翘楚. 元曲与元画. 北京:五洲传播出版社,2019.

126. 罗豹鹿. 汉魏六朝诗与诗意画. 北京:五洲传播出版社,2019.

127. 加夫列尔·加西亚·诺夫莱哈斯·桑切斯-森达尔. 诗经与诗意画. 北京:五洲传播出版社,2019.

128. 宓田,丹尼尔·赫夫纳格尔·默伊. 梁山伯与祝英台. 北京:朝华出版社,2019.

129. 宓田,丹尼尔·赫夫纳格尔·默伊. 荀灌讨救兵. 北京:朝华出版社,2019.

130. 宓田,丹尼尔·赫夫纳格尔·默伊. 外黄小儿说服楚霸王. 北京:朝华出版社,2019.

131. 宓田,丹尼尔·赫夫纳格尔·默伊. 鼠女出嫁. 北京:朝华出版社,2019.

132. 毛里西奥·佩尔卡拉. 中国神话故事. 北京:中国画报出版社,2019.

133. 加夫列尔·加西亚·诺夫莱哈斯·桑切斯－森达尔. 汉乐府诗选. 北京:五洲传播出版社,2021.

134. 加夫列尔·加西亚·诺夫莱哈斯·桑切斯－森达尔. 搜神记选. 北京:五洲传播出版社,2021.

135. 奥尔加·玛丽亚·罗德里格斯·马雷诺. 宋明平话选. 北京:外文出版社,2021.

136. 加夫列尔·加西亚·诺夫莱哈斯·桑切斯－森达尔. 韩非子选. 北京:五洲传播出版社,2021.

中華譯學館 · 中华翻译研究文库

许　钧◎总主编

第一辑

第二辑

第五辑

翻译与文学论稿　许　钧　著

翻译选择与翻译出版　李景端　著

翻译教育论　仲伟合　著

翻译基本问题探索：关于翻译与翻译研究的对谈　刘云虹　许　钧　著

翻译研究基本问题：回顾与反思　冯全功　著

翻译修辞学与国家对外话语传播　陈小慰　著

跨学科视角下的应用翻译研究　张慧玉　著

中国网络翻译批评研究　王一多　著

中国特色话语翻译与传播研究　吴　赟　编著

异域"心"声：阳明学在西方的译介与传播研究　辛红娟　费周瑛　主编

翻译文学经典的影响与接受——傅译《约翰·克利斯朵夫》研究
　　（修订本）　宋学智　著

第六辑

文学翻译探索　王理行　著

浙江当代文学译家访谈录　郭国良　杜　磊　主编

《道德经》英译文献目录考　辛红娟　邰谧侠　著

安乐哲中国哲学典籍英译路径研究——以《中庸》英译本为中心　郭　薇
著

中国古典文学在西班牙语世界的翻译与传播　李翠蓉　著

中国当代小说英译的文学性再现及中国当代文学形象语际重塑　孙会军
等著

中国古代科技语英译研究　刘迎春　季　翊　田　华　著

中国武术外译话语体系构建研究　焦　丹　著

中国文学经典翻译批评研究　王树槐　著

译脉相承：翻译研究新探索　卢巧丹　张慧玉　主编